Scrittori / *Serie gialla*
192

Collana Scrittori

ultime uscite

157. Francesca Sensini, *La trama di Elena*
158. Francesco Pecoraro, *Solo vera è l'estate*
159. Margaret Atwood, *La donna che rubava i mariti*
160. César Pérez Gellida, *Schegge nella pelle* (serie gialla)
161. María Oruña, *Il porto segreto* (serie gialla)
162. Daniela Ranieri, *Tutto cospira a tacere di noi*
163. Benoît Philippon, *La centenaria con la pistola* (serie gialla)
164. Emanuele Trevi, *La casa del mago*
165. Sandra Newman, *Gli uomini*
166. Cinzia Bomoll, *Non dire gatto* (serie gialla)
167. Margaret Atwood, *Vecchi bambini perduti nel bosco*
168. Ana Martínez Muñoz, *Il killer a luci rosse* (serie gialla)
169. Leo Giorda, *L'età dell'oro* (serie gialla)
170. Maria Oruña, *Un posto dove andare* (serie gialla)
171. Frédéric Richaud, *Mostri*
172. Enrico Brizzi, *La leggenda di Anita*
173. Deborah Gambetta, *Incompletezza*
174. Jacques Bonnet, *La questione del metodo* (serie gialla)
175. Ann Patchett, *Tom Lake*
176. Giorgio Biferali, *Sono quasi pronto*
177. Francesca Sensini, *Afrodite viaggia leggera*
178. Stefania Aphel Barzini, *L'isola che mi amava*
179. Susana Martín Gijón, *1580: morte a Siviglia* (serie gialla)
180. Marc Dugain, *La stanza degli ufficiali*
181. Cinzia Bomoll, *Il sangue non mente* (serie gialla)
182. Alberto Rollo, *Billy il Cane*
183. Lucia Tancredi, *Ogni cosa è per Giulia*
184. Rosa Montero, *Il pericolo di essere sana di mente*
185. Giovanni Greco, *Il club 27*
186. Emanuele Trevi, *Invasioni controllate*
187. Benoît Philippon, *Il nonno killer* (serie gialla)
188. Sandra Newman, *Julia*
189. Benoît Coquil, *Piccole cose*
190. Margaret Atwood, Douglas Preston (a cura di), *Quattordici giorni*
191. Ritanna Armeni, *A Roma non ci sono le montagne*
192. Cesar Pérez Gellida, *Terra bruciata* (serie gialla)

CÉSAR PÉREZ GELLIDA

TERRA BRUCIATA

Traduzione di
Thais Siciliano

PONTE ALLE GRAZIE

Titolo originale:
Bajo tierra seca

ISBN 979-12-5582-124-3

Traduzione: Thais Siciliano
Redazione e impaginazione: Scribedit – Servizi per l'editoria

In copertina: © David Paire / Arcangel,
© Olga Nikonova, New Africa / Shutterstock
Progetto grafico della collana «Scrittori»: Camille Barrios / ushadesign
Progetto di copertina: IFIX

Ponte alle Grazie è un marchio
di Adriano Salani Editore s.u.r.l.
Gruppo editoriale Mauri Spagnol

Il nostro indirizzo Internet è www.ponteallegrazie.it
Seguici su Facebook, Instagram e X
IL LIBRAIO.IT – il sito di chi ama leggere

Terra bruciata

A María, terra fertile

Prima parte

Dalle Sirene in principio verrai, sì, da quelle che a tutti
gli uomini tessono incanti, a chiunque giunga da loro.
Quello che per incoscienza le accosta e ne ascolta la voce,
delle Sirene, non più la sua donna e i teneri figli,
lui ritornato alla casa, lo attorniano, e sono felici.

OMERO, *Odisssea*, XII, 39-43

Capitolo primo

L'uomo con la cicatrice

Stazione ferroviaria di Zafra
Provincia di Badajoz
17 aprile 1917, ore 9.56

Ci prova, ma non riesce a far sparire gli strilli che sente dentro la testa. Acuti, laceranti, disperati.

Lo tormentano.

L'uomo con la cicatrice sul volto fa del suo meglio per non ascoltarli, ma li sente lo stesso, come se facessero parte della colonna sonora della sua vita. Dà per scontato che quelle grida lo perseguiteranno fino alla fine dei suoi giorni, e tuttavia non è questo a spingerlo a pensare che farebbe meglio a buttarsi sui binari del treno. È la certezza che se lei glielo chiedesse ancora lui lo farebbe di nuovo, senza esitazione.

Tornerebbe a uccidere a sangue freddo.

Tornerebbe a smembrare un corpo.

Tornerebbe a darne la carne in pasto ai maiali.

Come un animale selvatico in gabbia, l'uomo con la cicatrice sul volto cammina avanti e indietro senza sollevare lo sguardo dalla punta smangiata delle sue scarpe. Indossa una tuta blu da lavoro aperta fino al petto sopra una canottiera che un tempo è stata bianca e un berretto da operaio stacanovista. Dei suoi lineamenti e della sua corporatura si potrebbe dire che, sebbene in gioventù possa essere stato un bel ragazzo, oggi nessuna donna di età non troppo avanzata gli metterebbe gli occhi addosso.

Malgrado l'evidente turbamento e la tensione che si è impossessata dei suoi muscoli facciali, nessuna delle persone che incrocia sulla banchina sospetterebbe mai che Jacinto Padilla sia un tipo pericoloso. Nessuno a parte l'agente della Guardia Civile Pedro Lobato, che tutti in caserma chiamano Lobito – «lupetto» – per via del suo atteggiamento arrogante, in netto contrasto con la sua espressione serafica. Non sono però né l'abbigliamento né il brutto solco che gli attraversa la guancia sinistra da nord a sud a richiamare l'attenzione dell'agente. E nemmeno il suo andirivieni frenetico, più adatto a chi diventa padre per la prima volta che a qualcuno che attende l'arrivo di un treno. È il borsone da viaggio a insospettire l'agente spingendolo a dare di gomito al suo collega brizzolato, il caporale Aguado, il quale, distratto da attività più mondane – come rallegrarsi la mattinata osservando le viaggiatrici più audaci nel vestire –, fa schioccare la lingua in segno di protesta.

«Ti ha pizzicato una mosca, ragazzino?»

«Sì, quella là» indica con un cenno fugace della testa. «Il borsone non è suo».

«L'operaio?»

«Sì».

A Román Aguado dà fastidio dover dare ragione al suo inesperto collega, ma dopo qualche secondo di osservazione conclude che, sia per il suo aspetto sia per l'argomento addotto da Lobito, è necessario intervenire.

«Seguimi» gli ordina mettendosi in spalla la Remington, una carabina che, proprio come lui, ha più di vent'anni di servizio.

Padilla sussulta quando Aguado gli poggia una mano sulla spalla.

«Buongiorno, signore, dov'è diretto?»

L'uomo li guarda con evidente disprezzo prima di rispondere.

«Sto aspettando una persona».

«Chi, se si può sapere?»

«Non sono affari suoi» replica brusco.

Lobito, rimasto nella retroguardia, fa un passo avanti, ma Aguado gli sbarra la strada con la sua corporatura imponente e si accarezza i baffoni mai tagliati.

«Cominciamo male. Documenti».

Contrariato, l'uomo con la cicatrice sul volto si fruga nella tasca posteriore dei pantaloni senza mollare il borsone, dettaglio che non sfugge agli agenti. Il caporale Aguado lascia che sia Lobito a controllare il documento, come se lui non volesse sporcarsi le mani con le attività più banali.

«Padilla Sánchez, Jacinto. Di Baena, eh? E cosa ci fa così lontano da casa in questa bella giornata di sole?» indaga Lobito.

«Lavoro da queste parti».

«Dove».

«Qua vicino».

Facendo valere la sua anzianità, Aguado gli dà un colpo sul petto con il dorso della mano.

«Basta con i misteri! Dove diavolo lavora?»

«Sono il fattore della tenuta Monterro...!»

Jacinto Padilla non termina la frase. Gli agenti si scambiano uno sguardo sentendo il nome che è sulla bocca di tutti dopo l'incendio che all'alba del giorno prima ha devastato una delle proprietà più note della zona, non per la sua estensione o ricchezza, ma per chi la possiede.

Román Aguado è il primo a reagire, e allunga un braccio con l'intenzione di afferrare il bavero del sospetto, il quale però risponde con un rapido pugno prima di darsela a gambe attraversando i binari sotto lo sguardo attonito dei presenti. Una donna grida indicando la locomotiva del treno che sta entrando in stazione. Lobito fa per seguire Padilla ma poi si ferma a prestare soccorso al suo collega, che, con un ginocchio a terra, cerca di riprendere fiato.

«Inseguilo, imbecille!» lo rimprovera Aguado.

Quando Padilla sente urlare «Fermo, polizia», non ha la minima idea di dove gli convenga andare, ma ha ben chiaro che non si fermerà. Ha due possibilità: continuare a correre fino al muro di cinta della stazione, scavalcarlo e cercare di depistare il suo inseguitore nel labirinto dei vicoli, oppure infilarsi nel magazzino abbandonato alla sua sinistra per tentare di coglierlo di sorpresa e metterlo fuori combattimento. Il problema è che scavalcare il muro lo costringerebbe a mollare il borsone per qualche istante, possibilità che scarta immediatamente. Una finestra senza vetri si trasforma in un invito irresistibile a entrare nell'edificio.

Lobito, che l'ha visto infilarsi, estrae il revolver e toglie la sicura prima di lanciare un'occhiata all'interno senza sporgere troppo la testa. Dentro, la penombra che regna nell'ambiente sembra lottare contro le zone illuminate dai raggi del sole che filtrano dalle numerose fessure nel tetto. Il calo della temperatura è la prima cosa che l'agente nota quando i suoi stivali toccano il pavimento, ricoperto da un sottile strato di polvere sul quale sono rimaste impresse le orme delle scarpe di Padilla. Si spaventa sentendo il battere d'ali degli uccelli che hanno trasformato la struttura nel loro nido, tuttavia, deciso a non sprecare l'occasione di dimostrare il suo coraggio, libera l'aria che ha trattenuto nei polmoni e si incammina. L'atmosfera che regna nello stanzone gli ricorda il pollaio della sua prozia Vicenta, che va a trovare ogni mattina prima di presentarsi in caserma. Ci sono giorni, come oggi, in cui la sorte gli sorride e può affondare la forchetta nelle molliche fritte della sera prima, e allora, forse distratto dalla reminiscenza dell'aglio, della paprica e della pancetta che indugiano ancora sul suo palato, Lobito non si accorge di un movimento alle sue spalle. Quando i suoi occhi notano l'oggetto che si sta avvicinando alla sua testa è già troppo tardi per schivarlo. Il mattone lo stordisce, ma è il colpo che riceve in mezzo alle gambe a fargli mollare l'arma mentre cade a peso morto con la bocca aperta. Rannicchiato in posizione fetale, riesce a evitare i gravi danni che i primi calci gli avrebbero provocato alla testa, ma non quelli dei tre calci successivi, allo stomaco e al basso ventre. L'ultima cosa che ricorderà l'agente Pedro Lobato, alias Lobito, saranno le molliche fritte che percorrono la strada in senso inverso, prima di uscirgli dalla bocca. Contagiato dall'odore del vomito, Jacinto Padilla non riesce a evitare che la nausea e i conati lo scuotano, e si allontana per non rigettare sui capelli biondi del ragazzo che ha appena fatto svenire, cosa quantomeno paradossale, visto che è stato in grado di commettere senza battere ciglio azioni che farebbero impallidire qualunque essere umano.

Dopo aver raccolto il revolver da terra e averlo infilato nel borsone da viaggio, che non intende mollare, corre verso la porta scorrevole che ha visto all'angolo opposto. Quando la raggiunge, afferra con entrambe le mani la maniglia di metallo e usa tutto il peso del suo corpo per aprirla. Non senza sforzo, riesce a farla cedere abbastanza da poter passare dall'altro lato. Tuttavia, dalla fessura spunta il calcio di una Remington che colpisce con estrema violenza la bocca di Padilla, stendendolo. Con la schiena a terra, dolorante, infila la mano nel borsone per cercare l'arma, ma la canna puntata contro la sua faccia lo dissuade.

«Io al posto tuo non lo farei, schifoso».

Arrendendosi all'evidenza, Jacinto Padilla gira la testa e sputa il dente che, orfano di radice, gli vagava in bocca senza meta.

Capitolo secondo

Il fiore del sonno

Strada sterrata fra Almendralejo e Zafra
Provincia di Badajoz
18 aprile 1917, ore 11.15

Un'infinità di particelle di polvere in sospensione ricopre gli stivali da cavallerizzo che aveva lucidato con tanto zelo appena qualche ora prima. L'uniforme di servizio è ben stirata: blu scuro con una doppia fila di bottoni dorati, mantello di lana; sciabola regolamentare da fanteria alla cintura. Sotto il tricorno c'è Martín Gallardo, tenente della Guardia Civile, che si dirige verso la stazione di polizia di Almendralejo.

Battezzato con il nome di suo nonno trentanove anni fa nella cattedrale di Santa María de la Asunción di El Burgo de Osma, mentre cavalca fuma senza distogliere lo sguardo dalla strada. Di stazza notevole, con i baffi a manubrio e le spalle larghe, trasuda la determinazione di chi si è trovato troppe volte faccia a faccia con la morte. Tende al manicheismo e chi lo conosce dice che è meglio non averlo come nemico.

Ma nemmeno come amico.

Un altro cavallo che si avvicina al galoppo lo spinge a tirare le briglie di Alarico – figlio di Rocestes, che ha avuto l'onore di montare durante gli anni che ha passato nell'esercito –, che per lui è molto più di un semplice mezzo di trasporto. Martín Gallardo non si volta, non ne ha bisogno. L'uomo si ferma accanto a lui e si schiarisce la gola.

«Chiedo scusa, tenente. Non mi hanno avvisato finché non sono arrivato in caserma».

Si può dire che il sergente Pacheco, nato a Santoña ma cresciuto a Madrid, sia il suo braccio destro e sinistro in caserma e il suo unico amico al di fuori, ma questo non impedisce loro di darsi del lei quando sono in servizio; ossia sempre.

«Non c'è problema».

«La creatura non voleva uscire. A quanto pare sarà un osso duro, come sua madre».

«Come tutte le madri. Un'altra femmina?»

«Un'altra».

Il tenente Gallardo allunga un braccio e gli dà un paio di pacche sulla spalla.

«Congratulazioni, sergente».

«Grazie. Cambiando argomento, ha saputo? Dicono che gli americani siano finalmente entrati in guerra per aiutare i cugini inglesi. Buon per loro, perché con la ritirata dei russi le cose non si erano messe molto bene, non crede?»

«Finché la faccenda non ci coinvolge, non credo niente» sentenzia lui. «Sa bene cosa ne penso di quei maledetti dell'altro lato dell'Atlantico».

«Sì, sì, lo so».

«Se quei bastardi ci mettono lo zampino è per interesse personale, non per aiutare i figli della Gran Bretagna, che pensavano di piegare il nemico in due settimane. Presuntuosi. Per fortuna questa guerra non ci riguarda. Abbiamo già avuto fin troppi bocconi amari da inghiottire...»

Il tenente Gallardo si riferisce alle pene sofferte da migliaia di disgraziati che, come lui, sono stati reclutati per tentare di controllare le colonie d'oltremare. Possedimenti che già da tempo avevano smesso di appartenere *de facto* a una Spagna che non voleva naufragare come sarebbe poi successo alle sue imbarcazioni a Cuba e nelle Filippine. Da quel momento in avanti, l'inevitabile spaccamento sociale e politico aveva finito per portare a una sanguinosa guerra tra le due Spagne: quella di destra e quella di sinistra; la conservatrice e la liberale; la cattolica e l'anticlericale; quella del braccio alzato e quella del pugno chiuso.

Quella dei vincitori e quella dei vinti.

Tutti sconfitti, senza eccezioni.

Dopo qualche minuto senza aprire bocca, il sergente decide di rompere il silenzio.

«Non è normale questo caldo a metà aprile, non è nemmeno mezzogiorno e sembra già estate» commenta, ma non ottiene alcuna risposta dal suo collega. «Al comando non mi hanno raccontato nulla della faccenda. Le sarei grato se mi aggiornasse».

«La faccenda...» ripete Gallardo lisciandosi i baffi a manubrio come se volesse controllare che siano stati rifiniti alla perfezione.

All'improvviso, Alarico nitrisce e si erge sui quarti posteriori. Dopo una breve lotta con l'animale, il tenente riesce a controllarlo.

«Shhh. Tranquillo, bello» gli sussurra accarezzandogli la criniera. «Che succede?»

«Laggiù».

Pacheco indica una vipera acciambellata in mezzo alla strada. Con calma, il tenente sfodera il fucile che porta attaccato alla sella, lo carica abilmente togliendo la sicura e lo punta verso il rettile. Quest'ultimo, con aria di sfida, mostra la lingua bifida prima di mettersi in movimento e perdersi fra la scarsa vegetazione che sopravvive ai lati della strada.

«Bestie maledette» dice Pacheco.

Gallardo mette via il fucile, getta il mozzicone che tiene all'angolo della bocca e accarezza il collo di Alarico.

«Erano qui molto prima che noialtri cominciassimo a camminare in posizione eretta. La maggior parte dei rettili è più nobile delle persone».

«Senta, non che voglia darle torto, ma se non le dispiace ne parliamo in un altro momento. Ora stava per aggiornarmi sulla faccenda».

Il tenente si trattiene per non ridere. Quando finisce di raccontargli i fatti accaduti alla stazione di Zafra, Darío Pacheco si leva il tricorno e si asciuga il sudore dalla fronte.

«E cos'aveva quel furbastro nel borsone da viaggio?» domanda.

«Quasi 1500 pesetas e gioielli di scarso valore, ma non ci hanno chiamati per indagare su un possibile furto».

«No?»

«No. Immagino che avrà sentito parlare della Vedova, giusto?»

«E chi non ne ha sentito parlare? La donna con i denti d'oro che cercava il quinto o sesto marito con un annuncio sul giornale».

«Proprio lei, ma è stata sposata solo due volte. Comunque, un paio di notti fa c'è stato un incendio alla tenuta Monterroso che ha raso al suolo tutto. A quanto pare l'uomo che è stato arrestato, il fattore della proprietà, ha confessato di essere il colpevole».

«Perfetto. E la donna?»

«Questo è il problema. Nessuno sa dove sia. Non si hanno sue notizie dalla mattina precedente all'incendio».

«Non dare segni di vita non è mai un buon segno. E cos'ha detto il fattore al riguardo?»

«Ha detto che dovrebbe rimettersi in testa il tricorno».

Pacheco obbedisce senza protestare.

«Il tal Jacinto Padilla assicura di aver seguito le istruzioni della signora, e che lei stessa gli ha dato il denaro e i gioielli. Giura e spergiura che erano amanti da tempo».

«Sì, come no, i Fortunata e Jacinto di Badajoz».

Ora sì che Martín Gallardo sorride, espressione poco abituale per lui.

«I colleghi della caserma di Zafra sono sicuri che Padilla abbia fatto fuori la Vedova, ma sono ore che lo interrogano e lui rimane fermo sulla sua versione».

«Be', dev'essere un tipo tosto, tenente, perché di sicuro i colleghi avranno tentato di ammorbidirlo come si deve».

«Come si deve, eh?»

Il sergente Pacheco non conosce i dettagli – può essere che nessuno li conosca –, ma sa bene che il suo superiore non è molto favorevole a determinate tecniche di interrogatorio da quando è caduto nelle mani del nemico e i filippini hanno infierito per bene su di lui. Si dice che sia sopravvissuto perché aveva il corpo talmente distrutto che non è stato capace neppure di morire.

«Le chiedo scusa».

Martín Gallardo tira fuori un fiammifero, lo accende con l'unghia del pollice e lo avvicina al sigaro che quasi per magia gli è comparso tra i denti.

«In cella non se la sarà passata per niente bene, perché a quanto mi hanno riferito durante l'arresto ha opposto resistenza e uno degli agenti ne è uscito malconcio».

«E questo non gioca mai a favore» completa Pacheco.

«No, affatto».

«Quello che non riesco a capire, e spero di non fare un commento inopportuno, è perché abbiano chiamato noi».

Gallardo tira qualche boccata di seguito e trattiene il fumo nei polmoni mentre la sua memoria fa un salto indietro fino al pomeriggio precedente.

Al comando, come chiamano la stazione di polizia di Almendralejo, un ufficiale che aveva incrociato in corridoio l'aveva fermato con fare amichevole.

«Gallardo, ha saputo della faccenda della Vedova?»

La prima cosa che aveva provato era stato un forte pizzicore alle nocche, che erano ancora un po' infiammate e spellate, quindi aveva cominciato a massaggiarle mentre ascoltava il resoconto del suo collega. Dopodiché aveva subito allungato il passo per arrivare il più in fretta possibile nel suo ufficio. Una volta lì, aveva tirato fuori una chiave dalla tasca della casacca militare e aveva aperto l'ultimo cassetto della scrivania; aveva preso la copia di una denuncia, si era seduto e l'aveva letta con molta attenzione. Dopo aver valutato la situazione, era scattato in piedi come una molla ed era andato a cercare il comandante Recio.

Le ultime parole del suo superiore gli risuonavano ancora in testa: «Basta così, Gallardo. Se ne occupi pure, ma non mi faccia perdere altro tempo, per favore».

«Tenente?»

La voce di Darío Pacheco lo fa tornare alla realtà.

«Hanno chiamato noi perché eravamo disponibili, sergente. Semplicemente per questo» afferma.

Nella plaza Grande di Zafra, un gruppo di bambini inginocchiati sul freddo lastricato dei portici gioca con le biglie. Disegnata a terra con un gessetto c'è la sagoma infantile di un pesce.

«Dai, Mario, tocca a te!» sollecita uno dei piccoli.

Quello che si fa avanti non ha ancora compiuto dieci anni. Occhi castano scuro, pelle brunita e capelli cortissimi, in diversi punti rasati fino al cuoio capelluto. Si concentra e prende fiato prima di spingere la biglia con il pollice. Un tintinnio è la conferma acustica della riuscita dell'impresa.

«Sì!» grida euforico.

Una delle biglie rotola verso l'altro lato della strada, dove sanno che c'è un grosso tombino. Mario, che non è disposto a perdere il suo trofeo, corre dietro alla biglia senza pensarci due volte.

E attraversa senza guardare.

Dalla sua sinistra arrivano al galoppo due cavalli la cui traiettoria converge con quella di Mario. Il bambino cerca di reagire, ma resta paralizzato vedendo un animale di settecento chili che gli viene addosso. Arrendendosi alla propria sorte, stringe forte le palpebre e sente un nitrito acuto, disperato. Quando riapre gli occhi vede la smorfia scomposta del cavaliere che cerca di controllare la bestia. Riconoscere l'uniforme della Guardia Civile lo spaventa ancor più del cavallo, quindi non appena si riprende corre a cercare rifugio in mezzo ai suoi amici.

L'agente smonta sotto lo sguardo attento del suo accompagnatore e si dirige verso il gruppo dei bambini. Cinque schiocchi con le dita – uno per ciascun bambino – rappresentano la sequenza sonora che detta il ritmo delle sue parole.

«Ehi, voi! Non dovreste essere a scuola?»

Il più grande di tutti cerca di far valere la propria autorità: lungi dal lasciarsi intimorire, lo sfida corrugando la fronte. La guardia accetta la provocazione, gli afferra un orecchio, lo torce costringendo il bambino a girarsi di centottanta gradi e gli dà un calcio in culo.

«Ho detto di andare a scuola, cazzo!»

Vedendo sconfitto il loro capo, i bambini si disperdono scappando terrorizzati nelle vie circostanti.

Il tenente Gallardo si spazza e stira l'uniforme prima di avvicinarsi al tombino, a pochi centimetri dal quale si è arrestata la biglia capricciosa. Fa per chinarsi a raccoglierla, ma dopo aver riflettuto per qualche istante la spinge con la punta dello stivale, facendola cadere in una fenditura.

«Via il dente, via il dolore» borbotta.

Dalla ferita non ancora cicatrizzata sul sopracciglio destro sfugge una goccia di sangue, che va a cadere in una piccola pozza che si è formata tra due piedi scalzi e luridi.

Nella cella della stazione di polizia di Zafra, Jacinto Padilla, ammanettato e in mutande, è seduto immobile su un materasso tarmato e con visibili macchie di urina. Ha la canottiera sporca di sangue secco e sulle braccia si notano lividi ed escoriazioni considerevoli. Sull'avambraccio sinistro sfoggia orgogliosamente un tatuaggio della Madonna del Rocío, della quale è devoto. Il prigioniero, che respira con una certa fatica, alza lo sguardo verso la finestrella con le sbarre dalla quale penetra la luce esterna, e con la punta dell'indice si accarezza la cicatrice sul volto. Come se grazie a quel gesto avesse liberato i ricordi più pruriginosi rinchiusi nella sua memoria, Padilla si rivede mentre penetra violentemente una donna che, seduta su una balla di fieno, geme con intensità frenetica. I lineamenti stravolti dell'uomo, più simili a una smorfia di dolore che di piacere, sembrano quasi slogarsi quando raggiunge l'orgasmo, e ormai senza fiato si lascia cadere in ginocchio, accasciandosi.

Un rumore metallico lo ridesta dal suo sogno bagnato a occhi aperti, e quando solleva la testa riconosce il volto infantile dell'uomo che lo sta osservando da sotto il vistoso bendaggio che gli avvolge la testa.

Lobito, infuriato, colpisce le sbarre con un manganello.

«Ti ho detto di alzarti e di venire qua, stronzo!»

Padilla lo guarda, attende qualche secondo e poi si tira su con un sorriso forzato sulle labbra. Lo sguardo dell'agente cade sul rigonfiamento che ha in mezzo alle gambe.

«Ma porca di quella troia!» grida Lobito mentre estrae un mazzo di chiavi dalla tasca, pronto a entrare nella cella.

Glielo impedisce un uomo dai capelli bianchi, con i baffi da tricheco ingialliti dal tabacco e una pancia notevole. È Benito Yáñez, caporale della Guardia Civile nella caserma di Zafra.

«Calma, ragazzo, ha già avuto quello che si merita. Cerchiamo di non sfigurarlo prima che arrivino quelli del comando».

«Vengono da Almendralejo?» domanda Lobito, sorpreso.

«Non te l'hanno detto? Un tenente e un sergente, nientemeno. Il telegramma era molto chiaro: a partire da quando arrivano, si occuperanno loro del sospettato».

«Come se ne avessimo bisogno».

Yáñez finge di dargli un pugno.

«Tu devi solo ascoltare, guardare e tacere. Soprattutto l'ultima cosa, chiaro?»

«Chiaro».

«Coraggio, allora. Prepara il prigioniero. Sistemalo un po', che non pensino che siamo degli animali».

«Sono arrivati!» si sente urlare Román Aguado da un'altra stanza.

«Cammina, tu! E non fare sciocchezze, capito?» dice Yáñez a Padilla.

Nel cortile dell'edificio principale, il comitato di benvenuto è composto dai membri di rango più alto: il caporale Aguado e il caporale Yáñez. I due si mettono sull'attenti all'unisono quando i nuovi arrivati smontano da cavallo. Dopo le presentazioni di protocollo, Benito Yáñez decide di osare.

«Ebbene?» domanda. «In cosa possiamo aiutarvi?»

«Acqua per i cavalli e un posto dove possiamo rinfrescarci» risponde Gallardo, secco, diretto. «Dopodiché interrogherò il prigioniero».

Yáñez fa per prendere le briglie degli animali, ma il proprietario glielo impedisce subito.

«Alarico lo tocchiamo solo io e il sergente» lo informa Gallardo. «Nessun altro. Assicuratevi solo che abbiano da mangiare e da bere a sufficienza».

Gli agenti si scambiano uno sguardo.

«Agli ordini!» risponde Yáñez.

La ritirata è uno stanzino insalubre, ma Martín Gallardo è grato di potersi spogliare dalla cintola in su e di insaponare il petto dopo quasi quattro ore di viaggio passate a ingoiare polvere. Di fronte a lui, uno specchio crepato riflette un'immagine distorta del suo volto che lo costringe a riprendere la saponetta e strofinarsi la faccia con accanimento, come se in quel modo potesse ripulirsi la coscienza. Non ci riesce. E cerca di non ricordare come è cominciato tutto.

Quella mattina, come una premonizione, la luce che entrava dalla finestra gli era parsa meno intensa del solito. Essendo un uomo abitudinario, prima di affrontare i casi del giorno si era acceso un sigaro e aveva lasciato che la sua mente si svuotasse dei demoni che andavano a trovarlo ogni notte. Stava per esaminare il primo fascicolo che aveva sulla scrivania quando qualcuno aveva bussato alla porta. In genere non riceveva visite così presto, anomalia che aveva trovato riflessa sul volto del sergente Pacheco quando questi gli aveva annunciato la visita di un vecchio commilitone.

«Un vecchio commilitone?» aveva risposto stupito.

Malgrado indossasse un elegante abito nero a due pezzi e una ridicola bombetta, non aveva faticato a riconoscere quel volto dai lineamenti squadrati, con una folta barba incerata e gli occhi neri come la notte. Per qualche secondo non era riuscito a reagire, ma quando il sigaro gli era caduto di bocca e si era riscosso dal blocco emotivo che l'aveva assalito, si era alzato e aveva abbracciato stretto il suo ex compagno d'armi Sebastián Costa.

La saponetta gli scivola via dalle mani tremanti. Martín Gallardo se le stringe con forza, come se in questo modo potesse contenere la vergogna che gli circola nelle vene.

«Ma porca di quella puttana».

È consapevole che sono molte, troppe, le scene con cui dovrà convivere per il tempo che gli resta, e spesso si domanda se riuscirà a liberarsene una volta arrivato all'inferno. Perché Jacinto Padilla dà per scontato che, più prima che poi, è lì che finirà.

Di tutte quelle immagini, a tormentarlo ora è quella che risale alla notte in cui gli è toccato disfarsi del secondo cadavere: un imprenditore di Cáceres di nome Herminio Montiel. Ha ancora i muscoli delle spalle e della schiena affaticati per aver trascinato il corpo lungo il sentiero di sabbia argillosa che portava fino al pozzo; riesce a percepire l'odore che emanavano i suoi pori, di turbamento e paura; vede il fascio di luce della torcia che squarciava una notte buia di luna nuova; sente il proprio ansimare, sempre più forte, più strozzato, più angosciante. Di tutte quelle sensazioni, quella che ricorda con maggiore intensità è il sollievo che l'aveva invaso dopo il titanico sforzo per gettarlo dentro il pozzo.

Compito che gli era toccato svolgere altre volte ancora.

Ma ci sono molte altre scene delle quali non riuscirà mai a liberarsi. Come quella della mattina in cui uno dei ragazzi era andato a cercarlo con la faccia stravolta e l'aveva avvisato che stava succedendo qualcosa a Marcelino, uno dei maiali maschi, che si distingueva dagli altri esemplari per le sue dimensioni. Quando era arrivato alle porcilaie l'aveva trovato sdraiato su un fianco, con le fauci aperte, mentre emetteva rumori strani, agonizzanti, e si era reso conto che qualcosa gli impediva di respirare. Senza pensarci troppo, aveva afferrato una grossa pietra, gliel'aveva inserita in bocca perché l'animale non potesse chiuderla e ci aveva infilato dentro la mano fino alla gola. Lì aveva sentito qualcosa di duro, senza dubbio ciò che stava per causare la morte di Marcelino. Con determinazione assoluta, Padilla aveva cercato di disincastrarlo dall'esofago tirando con forza. Il maiale si era ripreso subito e si era alzato come se nulla fosse successo, fra le esclamazioni dei presenti. Quando il fattore aveva guardato l'oggetto che teneva in mano, era rimasto inorridito scoprendo che si trattava di un pezzo di mandibola umana. Un frammento che lui sapeva bene a chi appartenesse. Era stato infatti proprio Padilla a sparargli due colpi alla schiena, rubargli il denaro che aveva con sé, smembrarlo e gettarlo ai maiali prima di bruciare i suoi vestiti. Di quel povero disgraziato non era rimasta nemmeno la sua ridicola bombetta.

Molti penserebbero che sia uscito di senno per riuscire a commettere tante atrocità, ma solo Jacinto Padilla sa che è sempre stato perfettamente in sé e che, se mai ha perso la testa, è stato solo per una passione sfrenata che è diventato quello che è oggi.

Anche se forse è stato per la lussuria.

Ma ormai poco importa.

L'unica cosa che gli impedisce di mettere fine alle proprie sofferenze spaccandosi la testa contro il muro è il bisogno di assicurarsi che lei sia sana e salva.

«Forza, tu, muoviti, che sono venuti a trovarti alcuni amici tuoi» sente.

L'agente che tutti chiamano Lobito reclama nuovamente la sua attenzione. Stringendo i denti, il detenuto si alza e si avvicina alle sbarre.

«Che amici?»

«Vengono dal comando di Almendralejo e non sembra che abbiano intenzione di accontentarsi della sfilza di bugie che hai raccontato a noi. Perché, come ben sai, la Vedova non è ancora ricomparsa. Dammi le mani».

Il prigioniero obbedisce e Lobito lo riammanetta senza difficoltà.

«Ora potrei restituirti i calci, bastardo, ma la differenza tra me e te è che tu sei un criminale e io sono un uomo d'onore. L'onore è il mio distintivo» sottolinea, ripetendo il primo dogma del regolamento dettato dal duca di Ahumada, fondatore della Guardia Civile.

«Non so niente del tuo *distintivo*, ma so che l'altro giorno il tuo onore era sparso per terra» lo deride Padilla.

Un rossore nato dall'ira colora il volto dell'agente.

«Non sai che voglia ho di vederti morto, disgraziato».

Padilla sorride e fa sbucare la lingua nello spazio vuoto lasciato dall'incisivo che gli manca.

«Non più di me, ragazzo, non più di me».

Macchie di umidità e ampi pezzi scrostati dominano le quattro pareti che formano la stanzetta lunga cinque metri e larga tre che Yáñez chiama con orgoglio «la sala degli interrogatori». Sul pavimento, però, ci sono solo schizzi di sangue. Una lampadina che pende dal soffitto come un ragno di luce furibondo, un tavolo da campeggio e due sedie di legno divorate dai tarli completano la scena.

Dalla porta, senza nascondere la repulsione che gli suscita, Martín Gallardo esamina l'ambiente mentre ascolta le parole del caporale Yáñez.

«Quel maledetto stronzo ha le palle quadrate. Tanto che mi chiedevo se fosse il caso di tagliargliele per appenderle all'asta della bandiera o di conservarle sotto formalina per la scienza».

Dall'espressione imperturbata di Gallardo, il caporale comprende che la battuta non ha avuto il minimo effetto.

«Non ha aperto bocca su dove si trova la Vedova» continua Yáñez, «o il suo corpo, eppure ci siamo impegnati a fondo per farlo parlare. Immagino, vedendo lo stato delle sue nocche, che lei sappia bene di cosa parlo...»

Il tenente distoglie lo sguardo.

«Grazie, caporale. Ora so quello che mi serve. Può ritirarsi».

«Come dice?»

«Quello che ha sentito. D'ora in poi io e il sergente Pacheco ci incaricheremo dell'interrogatorio».

Benito Yáñez, battagliero perché si trovano in presenza del suo subordinato, rifiuta di farsi mettere sotto.

«È mio dovere dirle che va contro quanto previsto dalla procedura».

«Bene, l'ha detto» risponde l'altro con caustica serenità. «A proposito, mi serviranno del tabacco e una bottiglia di qualche liquore forte».

«Con tutto il rispetto, tenente, credo che non ci siamo capiti. Non ha nessun diritto di mettermi da parte. E lasci che le dica che se non fosse per me non sapremmo nulla di...»

Prevedendo la reazione del suo superiore, il sergente Pacheco sospira scuotendo la testa. Proprio come aveva immaginato, il tenente Gallardo si avvicina a Yáñez.

«L'unica cosa che lei sa è quello che lui ha deciso di dirle perché smettesse di picchiarlo, il che equivale a dire che non sa assolutamente niente» dichiara in tono più duro.

Il caporale sembra voler aggiungere qualcosa, ma poi non lo fa.

«Mi porti quello che ho chiesto. È urgente. Dopodiché, le ordino» sottolinea «di andare alla tenuta Monterroso con qualcuno dei suoi uomini, si assicuri che gli abitanti della zona non si avvicinino alle rovine».

Yáñez si mette sull'attenti. Per poco i bottoni della giacca non saltano via.

«Agli ordini, tenente!» afferma ad alta voce.

Gallardo aspetta che se ne vada prima di accendersi un sigaro.

«È un babbeo, ma potrebbe servirci» interviene Pacheco.

«È possibile, ma prima sono sceso alle celle per vedere il detenuto. È ridotto a uno straccio. Non si è neanche accorto della mia presenza».

Pacheco fa una smorfia.

«Posso parlare con franchezza?»

«Certo».

«Credo che, per quanto uno si impegni, le cose non si possano cambiare dalla sera alla mattina».

«Le cose si possono cambiare solo se uno si impegna per cambiarle».

Cammina a testa bassa, stretto nelle spalle. Ammanettato con le braccia di fronte, Jacinto Padilla avanza inciampando lungo uno stretto corridoio che conduce alle scale per il piano superiore. Dietro di lui, Lobito si diverte a spingerlo ogni pochi passi.

«Su, muoviti, che non abbiamo tutto il giorno».

«Devo pisciare».

«Pisciati addosso».

Padilla si volta a metà.

«Ti ho detto che devo pisciare».

«E io ti ho detto di...!»

Quando si rompe fa il rumore di un ramo secco.

La testa ha colpito il naso di Lobito, il quale, mezzo stordito, tenta senza successo di mantenere la posizione verticale aggrappandosi al vuoto che lo circonda. Un secondo dopo, sdraiato a terra a pancia in su, l'agente sta boccheggiando. Vedendolo alla sua mercé, il detenuto è tentato di spaccargli la faccia a calci, ma decide di accovacciarsi e prendergli – per la seconda volta – il revolver che porta nella fondina alla cintura.

Pianifica subito la fuga, che consiste nel percorrere in senso contrario l'itinerario che ha memorizzato il giorno prima.

Con gli occhi annegati nelle lacrime, Pedro Lobato lo vede sparire su per le scale. La sua prima intenzione è di alzarsi, ma riesce a malapena a tirarsi su a quattro zampe. Da quella posizione imbarazzante, come un cervo in amore, bramisce. L'intensità delle grida e la ristrettezza dell'ambiente giocano a favore del giovane agente e incentivano la propagazione del suono, il quale raggiunge le orecchie di coloro che si trovano al piano superiore. Uno di questi è Darío Pacheco, che oltre a saper maneggiare la spada con grande destrezza ha anche l'udito molto fino.

«Ha sentito?» dice a Gallardo. «Viene da sotto».

Pochi secondi dopo raggiungono la base delle scale, dove trovano Lobito ancora frastornato, con il viso coperto di sangue ma in piedi.

«Quel bastardo mi ha preso l'arma» balbetta.

Gallardo e Pacheco estraggono le loro quasi all'unisono e si lanciano all'inseguimento. Stanno per attraversare il cortile interno della caserma in direzione dell'uscita quando il tenente Gallardo sente qualcosa. Forse non ha l'udito fino come quello del suo collega, ma riconoscerebbe in qualunque circostanza il nitrito di Alarico quando qualcosa lo turba. E così si ferma di colpo, afferra Pacheco per un braccio e indica le stalle.

«È là dentro».

Non appena entrati vedono che il tenente non si è sbagliato. Sul fondo, Padilla sta cercando di sellare Alarico, ma le manette gli impediscono di muoversi normalmente.

«Maledizione» mormora il sergente Pacheco.

«Che non le venga in mente di sparare» lo avverte Gallardo a bassa voce.

L'altro annuisce.

«Jacinto Padilla!» urla Gallardo.

Sussultando, l'uomo si volta mentre lascia cadere la sella, estrae il revolver dalla tasca e spara senza pensarci in direzione delle guardie. Il proiettile si perde molto al di sopra delle loro teste, ma la formazione militare di entrambi li spinge a gettarsi immediatamente a terra e a strisciare in cerca di riparo. I cavalli reagiscono come detta la loro natura impressionabile.

«Maledizione!» ripete Pacheco.
«Non spari» ripete Gallardo.
«Se vi avvicinate sparo!» minaccia Padilla.
«Sono il tenente Gallardo. Mi mandano dal comando di Almendralejo per parlare con lei».
«Non voglio più parlare con nessuno!»
«Devo scoprire cos'è successo alla fattoria e lei è l'unico che lo sa».
«L'ho già raccontato al grassone!»
«Non è vero, gli ha detto solo quello che voleva sentire».
Silenzio.
«È una storia molto lunga! Non ha idea di cosa succede alla tenuta Monterroso! Neanche la minima idea!»
«Ho tutto il tempo del mondo».
«No, capo, no! Mi hanno già malmenato abbastanza! Mi hanno dato una manica di botte. Non ne voglio più!»
«Mi ascolti attentamente: ora getto l'arma e mi avvicino. Se getta anche la sua, le assicuro che nessuno le torcerà più un capello. Ha la mia parola».
«La sua parola non vale un cazzo!»
«Forse, ma è l'unica cosa che posso offrirle, e soprattutto è la sua unica possibilità. O si fida di me, o né io né lei vedremo il sole domattina».
«Tenente, per l'amor del cielo...» farfuglia Pacheco.
Martín Gallardo fa orecchie da mercante e lancia il revolver dove Padilla può vederlo.
«Ora mi alzo molto lentamente, d'accordo?»
Totalmente esposto, e con le mani sopra la testa, il tenente avanza verso di lui.
«La getti a terra».

Il detenuto scuote la testa, ma non riesce a evitare che il peso dell'arma vinca la resistenza del braccio.

«Non ne posso più, capo. Ho bisogno di dormire» è la prima cosa che dice.

«La lascerò dormire fino a domattina presto».

Padilla, che sembra sul punto di collassare da un momento all'altro, cerca di raddrizzare la schiena.

«Me lo giura?»

«Ha la mia parola».

Quando Padilla molla il revolver, Gallardo fa un cenno a Pacheco, il quale lo ripete agli agenti che si trovano fuori dalla stalla.

Yáñez e Aguado sono i primi a comparire.

«Lasciate che si ripulisca. Dategli abiti puliti e qualcosa da mangiare, e che dorma fino alle otto di mattina. Né lei né nessuno che non siamo io o il sergente Pacheco ha il permesso di rivolgere la parola a quell'uomo. Tantomeno di malmenarlo. Tutto chiaro?»

Yáñez annuisce prima di portare via il detenuto.

Il tenente si china a raccogliere il revolver e si avvicina ad Alarico. Lo accarezza sul muso e gli appoggia la fronte sulla mandibola.

«Abbiamo visto di peggio, vero, piccolo?»

Martín Gallardo e Darío Pacheco camminano per le strade male illuminate del centro di Zafra con i borsoni in spalla. Non si scambiano una parola, tutto quel che avevano da dire sul caso se lo sono già detti in caserma. Fra le altre cose, il tenente ha svelato l'asso che conserva nella manica per tirarlo fuori nell'interrogatorio del giorno successivo.

Portano incisi sul volto gli effetti di una giornata che entrambi non vedono l'ora di concludere. Nel caso di Gallardo, oltre alla tensione e alla stanchezza accumulate, c'è anche un bisogno fisico di cui deve occuparsi al più presto. Comincia già a sentire il sudore freddo lungo la schiena e sa cosa lo aspetta se non rimedia al più presto.

Il tintinnio degli speroni è l'unico suono che si sente qualche ora dopo che il sole – che da anni ormai tramonta eccome sull'impero – se n'è andato, e gli abitanti di Zafra sono impegnati a trovare un modo per riempirsi lo stomaco affamato. Gli spagnoli non stanno passando bei tempi. E nell'Estremadura rurale, il tempo ha semplicemente smesso di passare.

Al di là della frontiera è in corso una guerra mondiale che in soli tre anni ha già fatto milioni di vittime. All'interno, la debolezza dei governi che si sono succeduti – fiaccati dalla minaccia militare, dalla sinistra luce della Chiesa e, ammettiamolo, anche dalla propria inefficacia politica – ha provocato la sfiducia del popolo nei confronti di un sistema incapace di adattarsi alle necessità di una società sempre più sgretolata. Più incattivita. Ancor meno idilliaca è la situazione socioeconomica delle regioni latifondiste come quella estremadurana, dove poche famiglie detengono la scarsa ricchezza che si ricava dalla terra e il *caciquismo* domina la misera quotidianità di chi non può far altro che lavorarla.

«Quella dev'essere l'Esperancita di cui parlava Aguado» indica Pacheco.

La statua in questione, venerata dagli abitanti di Zafra da tempo immemore, indica la strada da seguire per raggiungere la pensione dove alloggeranno.

«Siamo fuori servizio, giusto?»

«Sì».

«Allora mi permetta di farle una domanda personale, poi deciderà lei se rispondermi o no».

«Spari pure, coraggio».

«Lei non è molto devoto, vero?»

«No, non molto».

«A volte credere in qualcosa aiuta».

Il tenente si schiarisce la voce prima di rispondere.

«A cosa diavolo aiuta, sergente?»

«Non lo so, però aiuta».

«Serve solo per tentare di trovare una spiegazione a quello che non capiamo. Ma io, che ho avuto la disgraziata sorte di vedere molte cose di cui non riesco a capacitarmi, preferisco cercare altre motivazioni».

«Per esempio?»

«Convergono tutte nella stessa: l'essere umano è feccia e si comporta come tale».

L'aspetto della facciata dell'edificio a tre piani che ospita le diciotto stanze della pensione Casa Matilde non è molto promettente, ma ai due la cosa non sembra importare più di tanto, considerati i posti in cui dormono di solito. In piedi dietro il bancone all'entrata, una donna con rughe profonde – che cerca di nascondere sotto vari strati di trucco, una rutilante parrucca bionda e un sorriso imbrattato di un bellicoso rosso carminio – fa dondolare due chiavi, una per mano.

«Benvenuti a casa mia, signori! Potete chiamarmi doña Matilde o anche solo Matilde. Román Aguado, un vero uomo di Dio, mi ha avvisata del vostro arrivo. Secondo piano, la dodici e la quattordici. Entrambe con bagno. Nella dodici la cassetta fa un rumore strano e nella quattordici le tende hanno qualche bruciatura di sigaro, perché l'ultimo che ci ha dormito, un commerciante da quattro soldi piuttosto astioso, dev'essersi divertito a spegnerli là sopra. Decidete voi».

Gallardo e Pacheco si guardano.

«Per me è uguale» dice il tenente.

«Anche per me» risponde il sergente. «Prendo quella con la cassetta rumorosa, tanto io russo più forte».

Doña Matilde scoppia in una risata istrionica del tutto sproporzionata rispetto al commento scherzoso di Pacheco.

«Buonanotte» saluta Gallardo.

«Un attimino, signori! Fino a quando avete detto che vi fermerete?»

«Non l'abbiamo detto» risponde il tenente senza fermarsi. «Stanotte di sicuro; domani vedremo».

Di fronte alla porta della stanza, Gallardo finge di cercare qualcosa in tasca in modo che Pacheco abbia il tempo di entrare nella sua e non veda che ha difficoltà ad aprire. Ormai dovrebbe essersi abituato al tremore delle mani, ma la verità è che lo irrita come il primo giorno in cui si è accorto, svariati anni fa, di avere un problema.

Un problema di dimensioni colossali.

Una volta in camera, Gallardo vede confermati i suoi sospetti. L'arredamento è composto da una branda con una coperta fatta all'uncinetto, un armadio doppio con un'anta scardinata e due comodini in legno mal dipinti di un verde molto lontano dalla speranza, che fa pendant con il rivestimento della poltrona e con le summenzionate tende. Il bagno, con sua grande sorpresa, odora di candeggina e non ha troppi difetti. Senza perdere un secondo si leva gli stivali e le ghette e si spoglia dalla cintola in su, gettando casacca e camicia a terra come se gli facessero venire l'orticaria. L'immagine che gli restituisce lo specchio è quella di una tela rammendata mille e una volta, sulla quale si notano cicatrici di varia natura. Quelle da arma bianca sono lunghe e sottili; quelle di pallottola circolari e in rilievo; le scariche di mitraglia sono spesse e amorfe. Quasi tutte sono ricordi di gloriose azioni militari o di regolamenti di conti, altre sono causate da ragioni diverse. Un miraggio del passato di cui non può né vuole disfarsi. Ma che importanza ha? In questo momento l'unica cosa di cui gli importa è ciò che conserva in un piccolo astuccio nero che ha comprato a Manila nel 1897 e che da allora porta nel suo borsone.

Sempre.

Ed è bene che sia così.

Martín Gallardo si siede sulla branda, apre l'astuccio e ne lascia cadere il contenuto sulla coperta. La pipa è lunga venti centimetri, e anche se ne preferirebbe una più grossa, la capacità del fornello è sufficiente – almeno per il momento – per contenere la dose che deve assumere. Insieme alla pipa ci sono una pallina di oppio, dei fiammiferi e due fotografie. Grugnisce di frustrazione cercando di strappare con le unghie i pezzetti di oppio che deve mescolare con il tabacco per riuscire a riposare. Sa che l'ansia è il suo peggior nemico e che raggiungerà l'obiettivo solo armandosi di pazienza, quindi respira profondamente per qualche secondo prima di fare un altro tentativo. Questa volta ci riesce, e prima di estrarre un fiammifero si sdraia a metà su un fianco. Accende il fiammifero sull'unghia del pollice e lo tiene a un centimetro dall'apertura del fornello. Preferirebbe essere sdraiato su un divano e utilizzare una lampada a olio, comodità sulle quali poteva contare nelle Filippine durante i suoi primi approcci con il fiore del sonno, ma in questo momento il tenente Gallardo non è in vena di sottigliezze. La prima boccata è la migliore, la più confortante, quella che cancella in un solo colpo l'ansia e il dolore dovuti all'astinenza. L'ha sempre paragonata al servizio offerto dalle ragazze del quartiere di Pinalagad: breve ma efficace, disagevole ma funzionale. La seconda, più lunga e profonda, la trattiene per qualche secondo nei polmoni prima di soffiare fuori il fumo, come gli hanno insegnato a fare le prostitute alle quali lasciava buona parte della paga mensile e le cui arti amatorie invitavano gli incauti a ritardare il più possibile il momento dei saluti. Prima di tirare la terza boccata allunga la mano libera per recuperare, ora con polso fermo e risoluto, le fotografie poggiate sulla coperta. Quella nelle condizioni peggiori, la più vecchia, mostra il ritratto in tonalità seppia di una donna di mezza età, con un'espressione gentile e uno sguardo misericordioso. È all'altra, però, che presta maggiore attenzione: una donna un po' più giovane, con lineamenti tipici dell'Europa dell'est, occhi chiari, labbra carnose e posa lasciva. All'improvviso, come se gli fosse venuto in mente un brutto ricordo, aggrotta la fronte e allontana l'immagine della giovane. Si avvicina alle labbra la prima fotografia, bacia sulla fronte la donna che vi è raffigurata e la sistema sotto il cuscino.

Due boccate più tardi, Martín Gallardo, tenente della Guardia Civile in servizio al comando di Almendralejo, con una carriera da militare e una dipendenza dall'oppio, lascia che le sue palpebre si chiudano prima di abbandonarsi al sonno.

Sul retro della foto si legge un nome scritto a mano: Antonia Monterroso.

Capitolo terzo

Una vita da circensi

Esterno della panetteria Espinosa
Provincia di Badajoz
Qualche anno prima

Tremava di freddo. Nascosta tra i sacchi della spazzatura, Antonia attendeva con famelica impazienza che, come a volte accadeva la sera, un venditore del negozio uscisse a gettare via il pane avanzato.

Le cose non sarebbero potute andarle peggio. Aveva bisogno di un cambio di rotta radicale. Da quando era rimasta sola e aveva dovuto cambiare identità non era riuscita a invertire la sequela infinita di disgrazie che l'aveva investita. Poco importava identificare il momento esatto in cui aveva perso il controllo. Non cambiava nulla. Forse non esisteva neppure un momento preciso. Poteva anche darsi che il destino avesse voluto metterla alla prova per vedere quanta merda riusciva a mandare giù.

Prima che tutto le si rivoltasse contro, l'unica cosa certa era che lo scoppio della guerra in Europa aveva fatto sì che la vita che lei conosceva venisse spazzata via di colpo. Una vita che in realtà era tutt'altro che ideale, ma era la sua.

La vita itinerante di Ljubica e Senka, una madre e una figlia.

Una vita da circensi.

La stagione del 1913 aveva cambiato tutto. Il loro enorme successo li aveva portati ad attraversare le frontiere per raggiungere paesi in cui nemmeno in sogno avevano immaginato di poter lavorare. A metà della primavera del 1914, il Gran Circo Russo – che non era poi così grande né così russo – arrivò nel sud della Francia dopo aver attraversato il Piemonte. Si facevano chiamare così per puro romanticismo, malgrado la maggior parte dei membri provenisse dai Balcani e da altri territori appartenenti a quell'Impero ottomano che stava vivendo i suoi ultimi giorni di gloria. Avevano previsto di cominciare da Monaco e di attraversare il sud della Francia da est a ovest fino ad arrivare al litorale atlantico, riempiendosi le tasche nel corso dei dodici spettacoli previsti. Da lì sarebbero ripartiti in direzione nord verso Parigi, per la quale avevano firmato un contratto di ben quattro mesi con tre esibizioni a settimana.

Non avrebbero mai visto la torre Eiffel.

La notizia dell'assassinio dell'arciduca Francesco Ferdinando a Sarajevo li aveva raggiunti quando stavano per piantare le tende vicino a Tolosa. Solo sei giorni dopo, il promotore aveva comunicato loro la cancellazione di tutte le date concordate per ragioni di forza maggiore, le quali, come stabilito da una delle clausole, privavano la controparte di qualsiasi tipo di indennizzo. I proprietari del circo, due fratelli moldavi, avevano deciso che la cosa migliore in quelle circostanze era rientrare al proprio paese. Conveniva soprattutto a loro, che tornarono a casa con tutto il denaro della stagione, ancora non ripartito fra i trentaquattro artisti e altri lavoratori che facevano parte dello spettacolo.

Era passato un anno da quel giorno.

Con la scomparsa del loro mezzo di sostentamento e considerando la situazione delicata in cui si trovavano, madre e figlia avevano deciso di raggiungere il Portogallo – un paese non ancora in guerra –, dove Ljubica conosceva un buon amico che avrebbe potuto aiutarle. Quel *buon amico* si rivelò essere un ex trapezista riconvertito in magnaccia, che offrì loro un tetto sulla testa in cambio di un lavoro come cameriera e donna delle pulizie in uno dei suoi tuguri di Lisbona. Arrivarono lì all'inizio di agosto con l'idea, povere illuse, di rimanervi giusto il tempo sufficiente a mettere insieme i fondi necessari per poter ritornare in Serbia. Fin dall'inizio gli attriti fra Ljubica e João Álvares, il gestore del postribolo, complicarono molto la loro vita quotidiana. Lei non poteva sopportare il trattamento riservato alle ragazze e lui non era disposto a permettere che l'ultima arrivata alzasse troppo la cresta, per quanto il suo capo l'avesse raccomandata. Un giorno di settembre, Senka stava tornando dal mercato carica di sacchetti quando incrociò un uomo insanguinato che fuggiva precipitosamente dalla casa. Le urla provenienti dal piano superiore, dove si trovavano le stanze utilizzate dalle prostitute, le indicarono il percorso da seguire. Sdraiata a terra a pancia in su, circondata da tre delle donne, c'era sua madre, agonizzante e con un coltello piantato nel fianco: poco dopo spirò fra le sue braccia. Le donne le raccontarono che il colpevole era un cliente abituale che Ljubica aveva affrontato perché aveva schiaffeggiato una delle ragazze. L'impossibilità di fargliela pagare direttamente fece sì che Senka, fuori di sé, cercasse un sostituto. Il prescelto non poteva essere che João. A quell'ora in genere si trovava nella taverna dell'edificio adiacente, che serviva da motore per gli affari. Senza dire una parola si piantò di fronte a lui e, facendo buon uso del coltello che aveva tolto la vita a sua madre, si prese quella dell'uomo.

Dodici pugnalate più una furono la causa della morte.

Evitò la conseguente condanna grazie al rapido intervento di Maria Conceição – prostituta veterana malgrado non avesse nemmeno trent'anni –, con la quale aveva instaurato un bel rapporto; fu lei a riuscire a calmarla e a convincerla che doveva andarsene immediatamente. Le fornì anche una nuova identità: un'ex collega di origine spagnola che era morta all'improvviso, una donna della sua stessa età di nome Antonia Monterroso. Quattro giorni più tardi, la nuova Antonia camminava per le vie di Badajoz in cerca di qualcosa da mettere nello stomaco.

Diversi mesi dopo aver attraversato la frontiera, pur avendo trovato lavoro come bracciante nelle aziende latifondiste della provincia, non sempre riusciva a mangiare ogni giorno. Non aveva altra scelta che cercare di arrangiarsi, e in una fredda serata d'inverno del 1914 decise di tentare di nuovo la sorte in un vicolo sul retro della panetteria Espinosa. Quando finalmente vide uscire il panettiere, la fame le giocò un brutto tiro e la spinse a correre subito anziché rimanere nascosta. Il rumore fece sì che l'uomo la scambiasse prima per un ratto e poi per un ladro, così, con la complicità del buio, si scagliò su di lei in quella che considerava legittima difesa.

Il colpo che le fece perdere i sensi le cambiò la vita.

La sua e quella della maggior parte delle persone che avrebbero avuto la sfortuna di incrociare il suo cammino.

Capitolo quarto

Una vittoria

Caserma della Guardia Civile di Zafra
Provincia di Badajoz
19 aprile 1917, ore 8.03

Le prime luci dell'alba, per quanto ostinate, non riescono a spazzare via la patina opaca che fluttua sopra i tetti e che accompagna il risveglio degli abitanti del paesino.

All'esterno della caserma, il caporale Yáñez si mette sull'attenti non appena vede il tenente Gallardo e il sergente Pacheco che svoltano l'angolo.

«Buongiorno, tenente».

Gallardo, che ha rilevato almeno tre irregolarità nella sua uniforme, getta a terra il mozzicone e lo schiaccia come se gli avesse fatto un torto.

«Buongiorno» risponde. «Novità?»

«Come ha ordinato, il detenuto è stato svegliato all'alba e ha ricevuto caffè e pane con olio per colazione. La sta già aspettando nella sala».

«Mi ha procurato quello che avevo chiesto?»

«Un pacchetto di sigarette e una bottiglia di acquavite di ghiande che fa sparire tutte le pene dal...»

«Io non bevo quella robaccia» lo interrompe, «ma fa lo stesso, tanto non è per me».

Benito Yáñez sbuffa infastidito.

«Ha messo sotto controllo l'accesso alla tenuta Monterroso?»

«Sì, ma non credo che...»

«Lei non deve credere, deve eseguire i miei ordini senza fiatare. I nostri cavalli sono a posto?»

«Ora chiedo».

«Non è necessario, vado a controllare di persona. Ci vediamo fra dieci minuti» dice poi a Pacheco.

Quando il tenente Gallardo si allontana, Pacheco dà una pacca sulla spalla a Yáñez, che ha un'espressione a metà fra l'indignato e il dispiaciuto.

«Non ci badi troppo. È fatto così. Ci si mette un po' ad abituarsi».

«Non ho nessuna intenzione di farlo; per fortuna, prima o poi voi due ve ne andrete da dove siete venuti e qui le cose torneranno alla normalità».

«Esatto, ma temo che, succeda quel che succeda, questo periodo le sembrerà molto lungo se non accetta di non essere più il gallo in questo pollaio».

Il caporale Yáñez borbotta qualcosa tra sé.

«E a proposito, per il tenente Gallardo esiste un solo essere vivente sulla faccia della Terra di cui gli importa davvero, ed è quello che ora si trova nella vostra stalla. Per il vostro bene confido che lo tratterete come se fosse un figlio primogenito, perché altrimenti farete la fine di quel mozzicone» indica.

Nella penombra, Jacinto Padilla attende su una sedia con le manette collegate a una catena che termina in un anello fissato al pavimento. Ha un aspetto migliore rispetto al giorno precedente, sebbene sul volto siano ancora visibili tumefazioni e ferite più o meno gravi. Il suo respiro è tranquillo e tiene lo sguardo fisso su un punto morto della parete di fronte, dove proietta la scena che sta riportando alla mente in questo momento, in cui una donna corpulenta lo afferra per le spalle e lo scuote.

«Non è il momento di piagnucolare, Jacinto. È il momento di prendere le decisioni che cambieranno le nostre vite. Quanto tempo pensi che ci metteranno ad arrivare a quel mercante di bestiame e a scoprire che sei stato tu a vendergli il cavallo di Pedro Berrocal?»

La sua voce, dal tono sciropposo, quasi materno, conservava tracce di un accento difficile da identificare.

«Ti ho già detto che Valentín...»

«Avresti dovuto disfarti di lui quando te l'ho detto» lo aveva rimproverato. «Ma non hai avuto il coraggio, e ora non abbiamo altra scelta che andarcene da qui».

Jacinto Padilla aveva sospirato.

«Forse hai ragione».

«Certo che ho ragione! Tieni, prendi questo». Padilla aveva afferrato il borsone da viaggio.

«Cosa c'è dentro?»

«Soldi e gioielli; ci serviranno».

«E perché non lo tieni tu?»

«Perché mi fido di te. Ci vediamo prima delle dieci di mattina alla stazione di Zafra. A quell'ora parte il treno per Badajoz, e da lì andremo a Madrid per incassare il pagamento dell'assicurazione».

«E dopo?»
«Dopo vedremo. Non ha importanza».
«Ma... Perché dobbiamo separarci?»
«Te l'ho già spiegato: perché la mia parte devo farla da sola ed è meglio che tu non sia coinvolto. Devi essere forte, Jacinto. Non puoi deludermi ora».
«Quando mai ti ho delusa, Antonia? Quando?»
«Mai. Per questo siamo fatti l'uno per l'altra e niente ci separerà».
«Ma appena darò fuoco alla casa cominceranno a cercarmi e...»
All'improvviso la sua espressione scaltra si era trasformata in quella di una iena affamata.
«Ma non hai ascoltato neanche una parola di quello che ti ho detto, Jacinto?!»
Lui, intimorito, aveva fatto un passo indietro.
«Per questo ti ho detto che devi farlo all'alba, per non dargli il tempo di reagire! Io penso e tu agisci, ricordi? Come abbiamo sempre fatto».
«Come abbiamo sempre fatto» aveva ripetuto Padilla. Era tornata di nuovo la calma.
«Esatto. Non me ne sono ancora andata e già mi manchi» gli aveva detto afferrandolo in mezzo alle gambe. «Nessuno ha mai saputo domarmi come te, Jacinto. Nessuno».
Jacinto le aveva fatto un sorriso e lei gliel'aveva restituito mostrando la sua dentatura scintillante d'oro e di porcellana.
«Vado. Domani ricominciamo da zero. Solo io e te. Io e te da soli» l'aveva salutato.
«Mi hai detto la stessa cosa il giorno in cui mi hai chiesto di ammazzare Costa».

«E domani lo faremo. Non deludermi».

Non appena Antonia se n'era andata, due dense lacrime erano scivolate lungo le guance di Jacinto. Quelle che ora cadono sul pavimento della sala degli interrogatori sono identiche, anche se forse meno amare.

«Solo io e te. Io e te da soli» ripete Padilla a voce bassa con lo sguardo fisso sulle manette.

Se Martín Gallardo non avesse già motivi più che sufficienti per farlo, anche solo il disordine che regna in questa stanza gli basterebbe per odiare il caporale Yáñez per tutta la vita. Un ritratto fotografico di Alfonso XIII, lo stemma della Benemerita e una bandiera della Spagna sono gli unici elementi ornamentali visibili. Il resto è composto da oggetti inutili che non sono al loro posto né hanno l'aria di esserlo mai stati.

«È impossibile che qualcuno riesca a lavorare in queste condizioni» sentenzia con ferocia rivolto verso l'immagine del monarca.

Darío Pacheco si leva mantello e casacca e li sistema con cura sulla spalliera di una sedia.

«Forse perché qui nessuno lavora nelle condizioni che lei considera indispensabili».

«Pacheco, non mi prenda per il culo, che non è nemmeno mezzogiorno».

«Chiedo scusa, tenente».

Il sergente si volta a metà per nascondere il sorriso che cominciava a spuntargli sotto i baffi ben curati.

«Ieri non gliel'ho chiesto, ma do per scontato di dover seguire lo stesso copione di sempre».

«Perché cambiare?» conferma il suo superiore.

«Crede che Padilla collaborerà?»

«All'inizio no, ma dovremo individuare le crepe prima di darci dentro con pala e piccone».

«E la faccenda della Vedova?»

Gallardo apre la casacca e dà qualche colpetto sul taschino interno.

«Questa carta ce la teniamo per ultima».

«Io gliela mostrerei subito per strappargli in fretta una confessione, ma è lei il capo».

«Sì, ma oggi non vogliamo una confessione, vogliamo scoprire dove si trova quella donna, sempre che sia ancora viva, ovviamente. Cominciamo».

Quando la porta della sala degli interrogatori si richiude alle sue spalle, il prigioniero, che sembrava immerso in una sorta di trance, sussulta.

«Chiedo scusa, signore, non l'avremo mica disturbata, vero?» gli domanda Pacheco in tono ironico mentre gli toglie le manette. «Che non le venga in mente di fare qualche stupidaggine come quella di ieri, perché non sono proprio in vena».

Padilla non reagisce.

Il sergente piazza sul tavolo le sigarette, la bottiglia di acquavite e un bicchiere di vetro prima di afferrare la sedia dallo schienale e sedersi di fronte a lui. Martín Gallardo rimane in piedi dietro il detenuto, immobile, con un taccuino e una matita in mano.

«Bene, bene, bene... Spero che abbia riposato bene e che ora, con lo stomaco pieno e senza la presenza del caporale Yáñez, risponda con sincerità alle mie domande. Ho una moglie e tre bellissime figlie che mi aspettano a casa, quindi non mi faccia perdere tempo».

Padilla si tocca la cicatrice che ha sul volto e, all'improvviso, gli sorride.

«Secondo i nostri appunti lei si chiama Jacinto Padilla Gámez, nato a Baena, Cordova, quarantaquattro anni, celibe e senza figli. Occupazione: operatore agricolo di alto livello con molta esperienza nella cura dei maiali. È corretto?»

«Sì».

«Da quanto tempo lavora nella tenuta Monterroso?»

«Troppo».

«Sia più specifico».

Padilla sposta lo sguardo verso sinistra. Gallardo segna qualcosa sul suo quadernetto.

«Da luglio del 1915. Ho cominciato sotto il vecchio proprietario, Domingo Palomo, che poco dopo sarebbe diventato il secondo marito di Antonia».

«Le cose andavano bene?»

«Quell'autunno abbiamo dovuto stringere la cinghia, perché c'è stato un piccolo focolaio di peste suina». Pronuncia le parole con la difficoltà imposta dalla mancanza del dente. «Ma quando Antonia ha preso le redini, è cambiato tutto».

«Quindi lei viveva nella fattoria».

«Sì».

«La paga era buona?»

«Non mi potevo lamentare».

«Allora, se non aveva grosse spese e la pagavano bene, perché l'ha derubata?»

Padilla sbuffa infastidito e colpisce il tavolo con un pugno.

«Ma cosa cazzo devo fare perché mi crediate!» urla indignato. «Io non ho rubato niente! Il borsone me l'ha dato lei!»

Lo schiaffo di Pacheco lo fa cadere dalla sedia. Il sergente guarda Gallardo, che gli fa cenno di aiutarlo ad alzarsi. Ancora stordito e con il labbro sanguinante, Padilla torna a sedere.

Pacheco fa schioccare la lingua.

«Colpa mia. Non l'avevo avvertita che qui gli unici che possono alzare la voce sono gli agenti. Per stavolta chiuderò un occhio. Le ripeto la domanda: perché ha deciso di derubarla?»

«Voi non capite. Io e la signora ce la intendevamo da diverso tempo. Ci frequentavamo e avevamo un piano».

«Che dividesse il letto con la Vedova, anche se ci sorprende, lo sapevamo già; ma il piano... A che piano si riferisce?»

Il detenuto digrigna i denti, scuote la testa e si preme i dotti lacrimali come se volesse fermare il pianto. Poi fissa lo sguardo sul pacchetto di sigarette.

«Posso?»

Pacheco ne tira fuori una, la accende e la infila tra le labbra del detenuto. Padilla fa diversi tiri di fila e dopo aver soffiato fuori il fumo si inumidisce le labbra.

«Riesco ancora a sentire gli strilli dei maiali. Povere bestie! Io non volevo farlo in quel modo, ma lei ha insistito. Poveri piccoli miei. Poveretti».

Gallardo si acciglia di fronte alla sincerità con cui l'uomo sembra esprimere il dolore che prova in questo momento. Non può essere una finta.

«Se non si spiega meglio...» lo incita il sergente Pacheco.

«Doveva sembrare un incidente» confessa il detenuto con un filo di voce e lo sguardo vitreo, «per questo non potevo liberare i maiali. Non potevo proprio. Ho fatto come mi ha detto lei, ma non avrei mai pensato che l'incendio arrivasse fino alle porcilaie».

Il tenente Gallardo fa cenno al suo collega affinché lo incoraggi a continuare a parlare. Pacheco versa un po' di acquavite nel bicchiere e glielo avvicina. Jacinto Padilla lo osserva per un paio di secondi e poi lo beve in un sorso solo.

«Aveva già funzionato in precedenza» prosegue Padilla. «Con il suo primo marito. Antonia viveva a Jerez de los Caballeros ed era sposata con un mezz'uomo che apparteneva a una famiglia piena di soldi: gli Espinosa».

«Lui come si chiamava?»

«Gregorio Espinosa, ma tutti lo chiamavano Goyito».

Gallardo prende nota.

«Continui».

«Un giorno ci fu un incendio in una delle sue attività, un negozio di dolci, mi pare, e Antonia pensava che suo marito avesse perso tutto. Quello che non sapeva era che gli Espinosa avevano coperto tutti i loro locali con un documento che si chiama assicurazione e che...»

«Sappiamo cos'è un'assicurazione. Vada avanti».

«Ecco. Lei ne ha fatta una uguale per la tenuta. Mi ha chiesto di darle fuoco, e con le quasi quarantamila pesetas che le dovevano dare quelli dell'assicurazione avremmo potuto ricominciare insieme, lontano da questa terra maledetta».

Gallardo fa un cenno al sergente e questi si sposta di lato. Senza fretta, il tenente si piazza di fronte al detenuto e gli si avvicina.

«Quindi lei sostiene che Antonia Monterroso, meglio conosciuta da queste parti come la Vedova, l'ha convinta a bruciare la sua casa per incassare dei soldi con cui rifarsi una vita insieme al suo amato fattore».

«Che ci creda o no, è la verità».

Sulle labbra di Martín Gallardo si disegna un sorriso sardonico.

«Allora come lo spiega questo?»

Il tenente tira fuori dalla tasca interna della casacca un foglio piegato, lo apre e lo sbatte di colpo sul tavolo.

«Sa leggere?»

«Un po'».

«Allora legga».

Incredulo, Padilla spalanca gli occhi e scuote la testa.

Capitolo quinto

Porci

Vie di Almendralejo
Provincia di Badajoz
Qualche giorno prima

Era abituata. Che le donne la guardassero con profondo disprezzo e gli uomini con sfacciato desiderio era un dato di fatto con cui conviveva da parecchio tempo. Con gli uomini le era capitato non appena aveva smesso di essere una bambina e le linee curve avevano cominciato a imporsi su quelle rette. Nella sua Serbia natale, aveva notato la lascivia dei suoi vicini maschi che le guardavano il seno e i fianchi pubescenti, e non erano state poche le occasioni in cui aveva ricevuto proposte oscene da parte di familiari o amici intimi di sua madre.

Porci.

Un padre non ce l'aveva: non l'aveva mai conosciuto e nessuno le aveva mai parlato di lui. Neppure sua madre, Ljubica, la quale le aveva sempre raccontato di essere rimasta incinta della magia del circo dove lavorava come acrobata e contorsionista, attività che Senka aveva ereditato più per obbligo che per vocazione. Da lei aveva imparato anche a viaggiare attraverso i milioni di storie che se ne stavano racchiuse nei libri, e durante i lunghi intervalli che separavano le esibizioni e le prove, quella bambina intrappolata in un corpo di donna si immergeva in oceani di carta per evitare di esporsi alla superficie della cruda realtà che la circondava. La grande torre di Babele che era il circo, dove convergevano decine di nazionalità diverse, le aveva fornito l'accesso a svariate lingue, che aveva imparato a orecchio, cosa che la aiutava a stringere rapporti con tutti. E tutti volevano avere rapporti con lei. Aveva tredici anni la prima volta che non riuscì a schivare le incessanti proposte di Krasimir – un bulgaro che faceva un numero con i cani molto applaudito dal pubblico –, con il quale perse la verginità. Da quel momento in poi, e grazie all'eccellente pubblicità che lui le fece tra i colleghi maschi, furono sette gli uomini con cui ebbe vari incontri sessuali, a volte consensuali, per la maggior parte forzati; finché non osò opporre resistenza a Pavel, il domatore di orsi russo che era il compagno di sua madre e che per poco non diventò la sua prima vittima.

Porci.

Ma da quei fatti erano ormai trascorse diverse vite, e anche se il corpo di Antonia Monterroso non era più né assomigliava vagamente a quello che aveva all'epoca, risvegliava ancora le stesse emozioni. Per dimostrarlo a sé stessa, quella mattina decise di fare una prova con una coppia di mezza età che stava per incrociare in mezzo alla via.

«Mi scusi, signore, non so se potrà essere tanto gentile da aiutarmi».

Dalla sua espressione iniziale, l'uomo parve disposto a dare la vita per lei, ma riuscì a correggersi subito adottando un atteggiamento più consono al santo sacramento del matrimonio che condivideva con la sua sposa.

«Certo. Mi dica».

«Devo andare al comando della Guardia Civile e credo di essermi persa» mentì.

«Al comando? Non è del tutto fuori strada».

Nel tempo che impiegò per darle le indicazioni, tre furono le volte in cui l'uomo fece scivolare lo sguardo verso la generosa scollatura di Antonia. E altrettante furono le pugnalate visive che ricevette da parte della moglie.

«La ringrazio infinitamente, signore. Buona giornata a entrambi» gli disse con un sorriso incantevole.

Qualche minuto più tardi arrivò a destinazione seguendo la strada che aveva percorso la prima volta che si era recata lì, quando era andata a denunciare il presunto tentativo di violenza da parte di Francisco Espinosa, che allora era suo cognato. In fondo alla scalinata d'accesso all'edificio coloniale a tre piani, Antonia si sistemò il vestito color carminio come se quella mossa civettuola fosse necessaria per attirare l'attenzione dei due uomini in divisa che facevano la guardia alla porta. Comprato a Mérida ma disegnato su bozzetti arrivati da Parigi – stando a quanto le aveva assicurato la commessa –, l'abito era arricciato in vita e leggermente scampanato per far risaltare il busto, e grazie al corsetto riusciva a enfatizzare le sue forme generose. Molto lentamente, con espressione severa, salì i quattro gradini senza distogliere lo sguardo da uno degli agenti della Guardia Civile, i cui lineamenti le parevano familiari.

«Signora Monterroso, cosa la porta di nuovo qui?» le domandò l'agente.

«Una faccenda gravissima. E urgente».

«Capisco».

«È venuta a parlare con...?»
«Esatto» lo interruppe.
«Dentro le daranno indicazioni».
Antonia si avvicinò al suo interlocutore.
«Come dicevo, si tratta di una faccenda urgente, quindi se potesse evitarmi le procedure burocratiche le sarei molto grata».
Gli agenti si scambiarono uno sguardo.
«Ci metto un attimo» disse la guardia al suo collega.
Proprio come le volte precedenti, il trambusto che regnava all'interno e che le dava tanto fastidio diminuì considerevolmente una volta raggiunto il secondo piano.
«Aspetti qui, per favore» le indicò l'agente.
Si accomodò con eleganza sulla panca di legno, accavallò le gambe e poggiò le mani sulle ginocchia, avvicinando le braccia tra loro per far risaltare il busto, dettaglio che senza dubbio il suo accompagnatore gradì.
«Vado ad avvisare l'attendente».
Antonia si intrattenne osservando le vite insignificanti dei passanti attraverso la finestra che aveva alle spalle, e nel frattempo ripassò il ruolo che avrebbe assunto pochi istanti dopo. Il rumore della porta era il segnale che aspettava per entrare in scena, ma attese pazientemente senza voltarsi finché non vide con la coda dell'occhio che erano rimasti soli.
«Signora Monterroso, come posso aiutarla?»
Lei si finse sorpresa, come se fosse appena tornata da un lungo viaggio mentale.
«Tenente Gallardo, finalmente!» disse gettandosi fra le sue braccia. Questi, turbato, non ebbe altra scelta che sostenerla.
«Si sente bene? Entri, prego».

Poco dopo, ormai ricomposta ma ancora turbata, Antonia cercò di sistemare il suo corpo voluminoso su una sedia di legno, che protestò con un minaccioso cigolio. L'ufficio, non molto spazioso ma ordinato e immacolato, odorava di tabacco malgrado la finestra fosse spalancata.

«La prima cosa che voglio dirle è che non so come ringraziarla per tutto quello che ha fatto per me. Se non fosse stato per lei...»

Afferrò una medaglietta d'oro di una vergine qualsiasi e la baciò con ardente fervore.

«Ho fatto solo il mio dovere».

«Sì, lo so, ma ripeto che non so cosa ne sarebbe stato di me se lei non fosse intervenuto. In un'altra vita devo essere stata una donna veramente malvagia, perché quello che mi sta succedendo non lo augurerei a nessuno».

«La ascolto».

Antonia Monterroso bevve un sorso d'acqua come se volesse purificarsi le corde vocali prima di pronunciare quel nome.

«Jacinto Padilla, credo di averle già parlato di lui in passato, vero?»

Martín Gallardo si accese un sigaro, tirò una boccata e lo lasciò in un posacenere pieno di mozziconi.

«Il suo fattore».

«Esatto. Vede, prima di tutto devo chiarire che questa volta è diverso, perché devo prendermi parte della colpa per averlo trattato in modo così affettuoso, quasi come un fratello, ed è possibile che alla lunga questo l'abbia confuso».

«Le chiedo di essere più esplicita, signora Monterroso».

«Jacinto Padilla non distingue più tra l'affetto e l'amore, ed è ossessionato da me al punto che la settimana scorsa l'ho scoperto che mi spiava mentre facevo il bagno e si stava... Be', lo può immaginare».

«Temo di no, signora Monterroso».

Lei sospirò e fissò gli occhi a terra.

«Si stava dando piacere».

«Ah. Ora capisco. Mi scusi».

«Quel giorno non ho osato denunciarlo, ma dopo quello che è successo stanotte...»

Antonia soffocò un singhiozzo.

«Prima di venire mi ero giurata di essere forte, ma deve capire che è molto dura per me».

«Certo. Si prenda il tempo che le serve».

Rendendosi conto di avere lo sguardo puntato sulla scollatura della donna, Gallardo si pizzicò forte la coscia sotto il tavolo a mo' di penitenza.

Antonia prese fiato.

«Ieri sera, appena finito di cenare, mi sono infilata a letto. Durante il giorno avevo notato che Jacinto era un po' strano. Mi guardava in modo insolito. Avevo lavorato dall'alba al tramonto e sono crollata, ma dopo un po' ho sentito un gemito che mi ha svegliata e qualcosa di caldo mi ha schizzata».

«Oh, cielo...»

«Ed eccolo lì accanto al letto, nudo dalla testa ai piedi e... Gesù benedetto! La sua espressione era...»

«Si calmi, la prego».

«Si teneva il membro con una mano! Allora ho capito che me l'aveva appena... scaricato in faccia» concluse turbata.

«Maledetto disgraziato!»

«Mi sono alzata subito, ma lui ha tirato fuori un coltello enorme e ha minacciato di aprirmi in due se l'avessi raccontato a qualcuno».

Gli occhi di Antonia si inumidirono.

«Poi mi ha detto che se avessi continuato a cercare marito e fossi riuscita a sposarmi, lui l'avrebbe sventrato, e dopo avrebbe bruciato la fattoria con me dentro».

«E crede che ne sarebbe capace?»

«Certo! È completamente pazzo! Pazzo di gelosia! E non c'è peggior pazzia di quella di un uomo geloso. In più, anche se non posso esserne sicura, credo che Jacinto abbia fatto del male a Pedro Berrocal».

«Berrocal? L'uomo scomparso, giusto?»

«Proprio lui».

«E perché pensa che Padilla c'entri qualcosa?»

«Gliel'ho detto! Perché ha perso il senno. Pedro veniva a trovarmi di frequente. Voleva... insomma, corteggiarmi, sa com'è. E Jacinto non poteva sopportarlo».

«Pensa che potrebbe averlo assassinato?»

«Sì».

Il tenente Gallardo la osservò per qualche istante e aspirò una lunga boccata dal sigaro prima di raddrizzarsi sulla sedia.

«Le dirò cosa faremo: redigerò l'opportuna denuncia contro Jacinto Padilla, lei la firmerà e le assicuro che prima ancora che arrivi a casa avrò emesso un mandato di cattura per lui. Non posso prometterglielo perché non sono un giudice, ma credo proprio che passerà un lungo periodo nel penitenziario di Plasencia».

Lei si asciugò le lacrime con un fazzoletto e si soffiò il naso con estrema eleganza.

«La ringrazio molto, tenente».

Quando Gallardo tornò nel suo ufficio dopo averla accompagnata all'uscita, la sua espressione non era più la stessa. Taciturno, prese una chiave dal taschino interno della casacca, aprì il terzo cassetto della scrivania e vi lasciò cadere dentro la denuncia. Poi prese una piccola fotografia di Antonia Monterroso, la guardò per qualche secondo e scosse la testa come se volesse liberarsi di un pensiero.

«Ma porca di quella puttana».

Capitolo sesto

La zona abissale dei senz'anima

Sala degli interrogatori
Caserma della Guardia Civile di Zafra
19 aprile 1917, ore 9.41

Crolla. Jacinto Padilla, con gli occhi annegati di lacrime, colpisce il tavolo con i pugni chiusi, scalcia e grugnisce come un animale. La vena che gli divide la fronte in due sembra sul punto di esplodere. Quando il sergente Pacheco fa per intervenire, Gallardo alza una mano e permette al detenuto di sfogarsi. Dopo qualche istante, Padilla si lascia cadere a terra in ginocchio, esausto, distrutto. Allora Martín Gallardo si avvicina piano, lo prende per le ascelle e lo aiuta a rimettersi in piedi per poi farlo sedere di nuovo sulla sedia.

«Ora sa com'è fatta quella donna» gli dice il tenente con tono severo. «La smetta di coprirla, non le conviene».

Padilla si copre il volto con le mani.

«Mi dica, Antonia Monterroso è viva?»

«Nel pozzo. Sono tutti nel pozzo».

Gallardo e Pacheco si guardano.

«In quale pozzo?»

«Nel pozzo della fattoria» mormora.

«Parli più forte».

Padilla si schiarisce la voce e ripete quello che ha detto.

«E a chi si riferisce?»

Il fattore scuote la testa.

«Quasi tutti pretendenti».

Gallardo corruga la fronte, sconcertato.

«Quanti sono?»

Padilla si limita a stringersi nelle spalle.

«Non lo so. Tanti».

Martín Gallardo si raddrizza all'istante.

«Prepari i cavalli!»

«E di lui che ne facciamo?»

«Lo ammanetti. Verrà con noi».

«Preferirei di no» supplica Padilla.

Il tenente lo guarda con disprezzo, gli punta l'indice contro e gli si avvicina.

«Lei non ha diritto di scelta».

È quasi mezzogiorno quando arrivano a El Raposo e passano sotto l'arco di mattoni su cui campeggia il nome della tenuta Monterroso in lettere maiuscole. Padilla, il cui cavallo è legato con una corda a quello del sergente Pacheco, sospira prevedendo quello che accadrà. Non ha aperto bocca da quando hanno lasciato Zafra, e la sua unica attività cerebrale è consistita nel tentare di comprendere il motivo per cui Antonia l'ha denunciato.

L'ha manipolato.

Tradito.

Da parte sua, Martín Gallardo non ha smesso di pensare a cosa succederebbe se si avverassero i suoi peggiori presagi, e anche se i tremori non sono ancora comparsi, sente già il mostro che reclama la prima dose della giornata. Come se potesse placarlo con il tabacco, il tenente accende un fiammifero e lo avvicina a quel che resta del sigaro che tiene fra le labbra.

Il caporale Aguado esce ad accoglierli accompagnato da un altro agente che, da quanto gli somiglia, potrebbe benissimo essere un suo parente stretto.

«Ai suoi ordini!» dice Aguado.

«Agente scelto Gutiérrez, tenente, ma qui tutti mi chiamano Guti» si presenta l'altro.

«Riposo. Portatemi da Yáñez».

All'ombra di una quercia dalla chioma frondosa, Benito Yáñez supervisiona da lontano e senza troppo entusiasmo i lavori di ricerca di prove a opera di tre agenti a torso nudo. Si mette sull'attenti non appena vede arrivare la comitiva.

«Nessuna novità, tenente».

«Trovi una corda, una lampada e si presenti al pozzo con due dei suoi uomini. Gli altri continuino a cercare fra i detriti. E fateli vestire, non sono braccianti».

«Agli ordini».

Subito dopo, il caporale fa una smorfia.

«Quale pozzo?»

«Vedo che ha esaminato a dovere la zona» lo rimprovera il tenente.

Yáñez non apre bocca. Gallardo si volta verso Padilla e gli fa un cenno. Quest'ultimo solleva i polsi ammanettati e indica la direzione corretta.

«È sul retro, all'inizio del sentiero che parte dalla rimessa e scende fino al ruscello».

«Vi aspettiamo lì. Fate in fretta».

Contorcendo il viso, Darío Pacheco annusa l'aria. L'odore di carne bruciata fluttua tutto intorno.

«Viene da quella parte» indica.

Un mucchio di macerie annerite fuma a circa duecento metri di distanza.

«La porcilaia?» domanda Gallardo a Padilla, che abbassa la testa e annuisce.

«Maledetto» dice il sergente Pacheco a bassa voce.

Seguendo le indicazioni del fattore, arrivano al pozzo. Tutti smontano, e mentre Pacheco si occupa del detenuto e dei cavalli, il tenente Gallardo si avvicina all'imboccatura e si piega a esaminare l'interno. Una zaffata nauseabonda lo schiaffeggia sul volto, e chiudendo gli occhi viene trasportato a Cuba e nelle Filippine. Lì, la temperatura e soprattutto l'umidità diventavano alleati perfetti per la decomposizione dei corpi senza vita di compatrioti e nemici, che dopo la battaglia giacevano sotto il sole inclemente.

«Ma porca di quella puttana...» borbotta. «Che cazzo...?»

Gli agenti della caserma di Zafra non tardano a presentarsi con il materiale richiesto dal loro superiore.

«Sembrano resistenti» commenta Pacheco dopo aver controllato la tenuta della struttura in ferro e della carrucola. «Però bisognerà scendere alla cieca, non c'è altro da fare».

Martín Gallardo fa per togliersi il mantello.

«No, tenente, no. Dovremmo mandarci questo rifiuto umano» il sergente indica Padilla, «ma ci penserò io».

Darío Pacheco si fa passare la corda sotto le ascelle e tra le gambe e la avvolge un paio di volte intorno ai fianchi, dove la annoda ben stretta. Poi si spalma del fango sulle dita, si imbratta il labbro superiore appena sotto il naso e si copre bocca e narici con un fazzoletto.

Gallardo illumina l'interno del pozzo con la lanterna.

«Faccia attenzione».

«Direi che mi conviene».

Guti, Lobito e Román Aguado aiutano Gallardo a trattenere la corda mentre Yáñez sorveglia il detenuto, che rimane ammanettato con lo sguardo assente. Molto lentamente, coordinati dal tenente, gli agenti aiutano Pacheco a calarsi nelle profondità del pozzo.

«Come va, sergente?» gli urla Gallardo.

«Mancano ancora una decina di metri, ma vedo già il fondo! E qualunque cosa troverò laggiù, puzza parecchio!»

Poco dopo la corda perde tensione, indice che ha toccato il fondo.

«Tutto bene?»

Non risponde.

Senza mollare la corda, Gallardo si affaccia all'imboccatura del pozzo.

«Sergente! Mi sente?»

Appoggiato con i palmi delle mani sulla pietra umida, Pacheco cerca di mantenersi in piedi e di trattenere il vomito. Ai suoi piedi, putrefatti e mezzi smangiati dalla calce viva, giacciono svariati corpi.

«Sergente, che diavolo succede là sotto?» sente.

«Ci sono diversi morti! Direi fra i cinque e i dieci!»

All'esterno, la notizia colpisce duramente i presenti. Il silenzio sepolcrale che si espande fra gli agenti viene interrotto da uno sghignazzo che guadagna intensità fino a trasformarsi in una risata isterica. È Jacinto Padilla, nella cui memoria si sta proiettando un ricordo *divertente* nel quale si rivede carico del corpo di un uomo che indossa gilet, farfallino e scarpe Oxford con i forellini. Quando sta per gettarlo nel pozzo, il suo fardello apre gli occhi e per puro istinto cerca di ribellarsi, ma il fattore reagisce tempestivamente e gli dà un ultimo spintone. Quando colpisce il fondo fa il rumore di un sacco.

La reazione di Padilla ne provoca un'altra nel tempo presente: Yáñez guarda Gallardo e quest'ultimo, comprendendo la sua richiesta, annuisce. Il pugno colpisce la mandibola del detenuto, che anche dopo essere caduto a terra non smette di ridere finché il caporale non gli toglie il fiato a suon di calci.

«Ehi, là sopra! Potete tirare!» si sente gridare Pacheco.

Due ore più tardi, sette cadaveri – alcuni in stato avanzato di decomposizione – circondano il pozzo. Tuttavia, è quello che stanno estraendo ora a provocare gli insulti più pesanti verso Padilla e un paio di invocazioni alla misericordia dell'Altissimo. Román Aguado, che ha una nipote della stessa età, deve allontanarsi di qualche metro perché i suoi colleghi non lo vedano vacillare.

«Guti, guarda 'sto stronzo» commenta Lobito. «Si direbbe che la ragazzina l'abbia stupito».

«Sa fingere bene. Sembra che stia per mettersi a piangere e tutto, disgraziato... Ti giuro che se non sentissi il peso della divisa gli cancellerei quella faccia addolorata».

L'ultima vittima conserva appena qualche traccia di quello che è stata un tempo, ma le scarpe e l'abbigliamento indicano che le piaceva vestire in modo elegante. Quando poco dopo torna in superficie, Darío Pacheco sembra invecchiato di dieci anni. La prima cosa che fa è strapparsi via il fazzoletto e riempirsi i polmoni di aria respirabile. Poi si guarda intorno, si strofina gli occhi e scuote la testa come se in questo modo potesse liberarsi delle immagini captate dalle sue retine dentro il pozzo. È a questo punto che si accorge che le gambe non riescono più a reggere il suo peso, cade in ginocchio e, avendo lo stomaco vuoto, espelle un liquido giallastro e si lascia andare al pianto. Il tenente Gallardo, che continua a esaminare i corpi e a prendere appunti, nota a distanza il cedimento del suo collega, ma decide di non intervenire, convinto che certe ferite sia meglio farle sanguinare prima che cicatrizzino.

Darío Pacheco, del resto, non è certo uno che si impressiona facilmente. E non è neanche la prima volta che si trova ad affrontare una scena che neppure Dante sarebbe riuscito a descrivere. Anzi, due anni prima, mentre era di stanza a Plasencia, aveva dovuto lavorare al celebre e brutale massacro di Madallas, una tenuta nei pressi della cittadina di Moraleja dove erano stati rinvenuti i cadaveri di un uomo, due donne e tre minori – uno di soli quattro anni –, tutti assassinati con decine di colpi d'ascia alla testa. Analizzare la scena l'aveva lasciato sconvolto per settimane, ma quello che ha appena vissuto nel pozzo l'ha trascinato e fatto affondare sin nei recessi più contorti della natura umana.

La zona abissale dei senz'anima.

Il sergente, che ormai è riuscito a rimettersi in piedi, si domanda come sia possibile che qualcuno riesca a commettere tali atrocità e a causare tanto dolore. Come una rivelazione, Pacheco si rende conto che il colpevole è a pochi metri da lui, e che lo sta sfidando con lo sguardo mentre respirano la stessa aria. Allora capisce: il suo dovere consiste nell'impedire che quella persona continui a respirare, e la corda con cui hanno recuperato i corpi delle sue vittime, che è ancora ai suoi piedi, gli sembra lo strumento ideale.

Darío Pacheco, del resto, non è certo uno che ci pensa due volte quando qualcosa gli è chiaro. Ecco perché afferra un capo della corda e percorre i sei metri che lo separano da Jacinto Padilla. Quest'ultimo, vedendolo arrivare, cerca di avvisare i suoi guardiani, ma ha la sensazione che non ostacoleranno il compito del sergente. Ammanettato, Padilla può fare ben poco per evitare che gli avvolga la corda intorno al collo stringendogli la trachea con estrema violenza. Stando così le cose, non gli resta altro che pagare per i suoi peccati e arrendersi, desiderando che la morte arrivi il più presto possibile. Il suo ultimo pensiero, ovviamente, lo dedica ad Antonia Monterroso. Risale al giorno in cui l'aveva vista per la prima volta nella chiesa di San Bartolomé a Jerez de los Caballeros e aveva capito immediatamente che quella donna non apparteneva all'uomo con cui stava per sposarsi.

Apparteneva a lui.

Anzi, aveva avuto la certezza che, senza esserne consapevole, era sempre stata sua.

La mancanza di ossigeno fa sì che il suo cervello si spenga appena prima che risuoni lo sparo.

Capitolo settimo

Grugniti

Casale del signor Acevedo
Territorio comunale di Alconera (Badajoz)
19 aprile 1917, ore 18.20

A sessantun anni, Ramón Acevedo non ha alcuna voglia di prestare orecchio a tutto ciò che dicono i suoi dipendenti, ma la verità è che la piaga degli afidi, proprio come gli aveva anticipato il suo giardiniere due settimane fa, rischia di sterminare l'intera piantagione di pomodori. Dentro di sé si pente di non avergli dato retta, ma le duecento pesetas che gli aveva chiesto per comprare i prodotti necessari gli erano sembrate uno sproposito, e se c'è una cosa che odia in questa vita è sperperare il denaro.

Mentre si rialza bestemmia contro tutti i santi del cielo, pratica che lo aiuta a combattere il dolore che da mesi si è insediato nella sua zona lombare; del resto non ha intenzione di sopportare le chiacchiere del medico che gli prescrive il riposo come unico rimedio. Riposerà quando sarà sottoterra. Da un po' di tempo a questa parte, e senza un motivo apparente, pensa troppo alla morte, cosa che non riesce proprio a capire, perché se c'è un periodo della sua esistenza in cui è valsa la pena vivere è proprio quello che sta attraversando ora. Ramón Acevedo viene chiamato *signore* da più di due decenni, più o meno dal momento in cui ha scoperto che il rispetto si può guadagnare con il denaro, denaro che ha cominciato a guadagnare a mucchi quando ha aperto una sua rotta commerciale lungo la quale inviare e ricevere prodotti di primissima necessità – come il tabacco di ogni tipo che arriva da Lisbona o l'alcol di contrabbando proveniente da Siviglia –, che poi distribuisce in tutta l'Estremadura e parte dell'Andalusia. Da non molto trae profitto anche dal mestiere più antico del mondo. Approfitta del fatto che nella zona ci siano molte giovani che non hanno di che riempirsi lo stomaco per soddisfare le necessità sessuali di coloro che invece qualcosa ce l'hanno, fosse anche solo la miseria.

Senza smettere di guardare verso il cielo, Ramón Acevedo si leva il cappello a tesa larga con cui si protegge dal sole e si asciuga il sudore sulla fronte con l'avambraccio. Poi inspira dal naso e, dopo qualche istante di riflessione, comincia a prendere a calci le piante di pomodoro. Ha senso: prima che quegli insetti ripugnanti distruggano ciò che è suo, preferisce farlo lui.

«Signor Acevedo, scusi se la disturbo, ma è importante» sente dire alle sue spalle. Uno dei suoi uomini, il cui nome non ricorda, lo guarda con aria intimidita.

Affaticato, si concede qualche secondo per recuperare il respiro mentre si abbottona la camicia, che è aperta fino all'ombelico.

«Parla».

Quel che gli racconta il suo dipendente lo fa accigliare. Con le mani dietro la schiena, cammina in cerchio, riflettendo.

«Dammi il tuo fucile».

L'altro, paralizzato dallo stupore, non reagisce.

«Dammi il fucile, ti ho detto».

L'uomo se lo sfila dalla spalla e, completamente confuso, glielo consegna.

Il signor Acevedo mira alle piante che hanno dato frutto e svuota i due caricatori, provocando l'effetto che desiderava. Senza voltarsi, allunga il braccio e gli restituisce l'arma.

«Portami Patricio».

Nonostante l'evidente bellezza, è una scena così ordinaria che nessuno si è accorto che il cielo si sta tingendo di toni indaco, paglierini e aranciati con l'arrivo del crepuscolo. Gli avvenimenti che hanno dovuto vivere gli uomini che ora marciano in fila per due guardando dritti davanti a sé li hanno privati delle parole. Chiude la formazione un carretto tirato da due mule – requisite dagli agenti in un allevamento della zona – sul quale hanno caricato e coperto con un telo i nove corpi estratti dal pozzo. Ad aprire la strada è il tenente Gallardo, che ripassa mentalmente le implicazioni del macabro ritrovamento, attento all'ancora leggero ma preoccupante tremore delle sue mani. È quasi impercettibile perché ha fatto ricorso a un metodo che ogni tanto utilizza malgrado il rischio che comporta. In una tasca interna della casacca porta sempre un borsello di cuoio nel quale conserva minuscole pepite di oppio che fa aderire al sigaro dopo averlo inumidito con la lingua. Con estrema discrezione, Martín Gallardo si è allontanato di qualche metro dagli altri e ha fumato un sigaro adulterato con cui combattere quella che i guerriglieri filippini del Katipunan chiamano *gutom* – «fame» – e che ha ben poco a che vedere con la necessità di cibo.

Darío Pacheco, a cavallo accanto al carretto, sprona l'animale per raggiungere il suo superiore. Si schiarisce la gola con notevole veemenza per attirare l'attenzione di Gallardo.

«Parli, coraggio» lo incita quest'ultimo.

«Volevo chiederle scusa per il mio comportamento nella tenuta. Ero fuori controllo. Se ritenesse corretto fare rapporto lo comprenderei».

Il tenente ci mette un po' a rispondere.

«Posso capire la sua reazione, ma quel comportamento folle è del tutto inammissibile, tanto più di fronte a quegli zoticoni».

«Per questo le dico che, se lo ritiene necessario, io...»

«Chiuda la bocca una buona volta. Non mi faccia pentire di non averle fatto saltare le cervella».

«Come ha detto? Mi fischiano ancora le orecchie».

«Sarà l'udito».

«Esatto, non ho udito».

L'altro scuote la testa.

«Lasci perdere».

«E mi dica, se la mia domanda non è inopportuna, cosa pensa di fare ora?»

Gallardo aspira un paio di boccate profonde prima di rispondere.

«È una cosa grossa. Troppo grossa. Domani porteremo il detenuto ad Almendralejo e deciderà il comandante Recio cosa dobbiamo farne di lui e di ciò che trasportiamo sul carretto».

Pacheco sorride sollevato.

«Saggia decisione».

«Torni da Padilla».

«Agli ordini».

«A proposito, sergente».

«La ascolto».

«Ha fatto un gran lavoro nel pozzo. I miei complimenti».

«Grazie, tenente».

Entrando a Zafra, la sinistra comitiva attira l'attenzione degli abitanti che incrocia. Questi, incuriositi, si affollano e camminano accanto al carretto al quale è ammanettato un uomo. Padilla, che intuisce di essere il bersaglio della maggior parte degli sguardi ostili, sbuffa inquieto.

«Peccato per quello sparo» dice a Pacheco, che cavalca accanto a lui. «Mi sarei risparmiato il calvario che mi aspetta».

Il sergente lo guarda con disprezzo.

«In un modo o nell'altro, alla fine la corda farà giustizia».

Padilla fa un sorriso amaro.

«Non avete la minima idea di quello che è successo. Neanche la minima idea» insiste.

«Per questo ci sei tu, bifolco, per raccontarci tutti i dettagli».

Dal suo cavallo, il tenente Gallardo si volta per fare un cenno a Yáñez. Controvoglia, questi sprona la sua cavalcatura per arrivare accanto a lui.

«La informo che domattina all'alba io e il sergente Pacheco porteremo il detenuto al comando».

«Capisco».

«E ora mi ascolti con attenzione: proibisco a lei e ai suoi uomini di parlare con qualcuno di ciò che abbiamo trovato nella tenuta Monterroso, capito?»

«Certo».

«E mi riferisco anche a sua moglie e ai suoi figli, se li ha, e a qualunque altra persona in questo mondo schifoso. La riterrò responsabile se...»

Yáñez alza una mano.

«Non è necessario che continui. So cosa trasportiamo là dietro» indica, «e se non ci sbrighiamo a raggiungere la caserma la gente del paese lo scoprirà prima ancora che canti il gallo».

Non si sente cantare nessun gallo quando finalmente arrivano nella sede della Benemerita. Il tenente Gallardo ordina di approntare uno dei magazzini del sotterraneo come camera mortuaria prima di scaricare il carretto, dopodiché gli agenti, a eccezione di Guti, cui Yáñez ha assegnato la sorveglianza del detenuto, tornano alle loro case.

Di fronte alla fila di cadaveri coperti da lenzuola, Martín Gallardo si strofina forte le mani per cercare di contenere il tremore che, ora sì, le ha invase; tuttavia, l'unica cosa che riesce a fare è ravvivare il dolore alle nocche. Il suo sguardo si sofferma sulla sagoma più minuta e si morde l'interno delle guance per evitare che gli si inumidiscano gli occhi. I suoi pensieri volano di nuovo al momento che ha identificato come l'inizio dell'incubo che gli sta toccando vivere e dal quale non sembra che si risveglierà a breve.

Seduto di fronte a lui nel suo ufficio al comando, il suo ex compagno d'armi Sebastián Costa – che non vedeva da anni – sembrava sul punto di crollare, cosa che, poiché lo considerava l'uomo più tosto con cui avesse mai avuto a che fare, l'aveva turbato parecchio.

«Ti giuro su quello che ho di più sacro che non so che cazzo mi sta succedendo».

«Tranquillo, amico mio. Tu raccontami tutto e di sicuro troveremo una soluzione. Di qualunque cosa si tratti».

«L'unica soluzione è brutta... Sempre che esista».

«Coraggio, parla».

Dopo qualche secondo di riflessione, Costa aveva sollevato lo sguardo e annuito. Aveva infilato la mano nella giacca, estratto una foto e l'aveva guardata in modo strano. Poi l'aveva poggiata sulla scrivania spingendola con un dito per mostrarla al tenente Gallardo. Riconoscendo il volto di Antonia Monterroso, il tenente non aveva saputo come reagire.

Qualcuno si schiarisce forte la voce alle sue spalle, distraendolo dai suoi pensieri. Non gli serve voltarsi per capire che si tratta di nuovo di Pacheco. Immediatamente, nasconde le mani nelle tasche.

«Con il suo permesso, vorrei andare a riposare, e se mi concede il consiglio, credo che lei dovrebbe fare altrettanto, perché questi, purtroppo, le racconteranno ben poco».

«Si sbaglia. Raccontano molte cose. Nessuno di loro ha ferite esterne dovute a pallottole, coltellate o colpi. Ci stanno raccontando come hanno perso la vita».

«Può darsi, ma è meglio che domani ce lo confessi il bastardo che teniamo chiuso qua sotto».

Gallardo si gira.

«Questo mi è chiaro, sergente, ma temo che siamo più lontani di quel che crede».

«Dallo scoprire dove si trova la Vedova? Secondo me è già da un po' che concima le margherite».

«Sì, è possibilissimo, ma intendevo che siamo ben lontani dallo scoprire cos'è accaduto davvero. Ed è questo, proprio questo, il nostro compito: scoprire la verità».

«E quindi?»

«Quindi, come ben diceva prima, è ora di andare a dormire. Un'altra cosa: uno di questi potrebbe essere Pedro Berrocal, l'uomo scomparso da febbraio. Bisogna rintracciare qualche suo familiare perché venga a vedere i corpi».

«Ci penso io».

«Buonanotte, sergente».

Non appena Pacheco se ne va, Gallardo tira fuori un sigaro, se lo infila sopra l'orecchio e cerca il borsello di cuoio nella tasca interna della casacca. Le dita gli tremano tanto che riesce a malapena a estrarre un paio di pepite di oppio.

«Ma porca di quella puttana» mormora.

Due logore scarpe nere camminano leggere per le strade di Zafra. La luce smorta di una lampada a gas riesce a stento a illuminare il lastricato del vicolo. Prima di arrivare all'angolo si fermano.

Appoggiato al muro, un uomo dall'espressione ieratica, con lineamenti granitici e una barba di carta vetrata, resta in attesa mentre spegne un sigaro.

«Buonasera, Patricio» lo saluta il nuovo arrivato.

L'altro soffia fuori il fumo.

«Cosa si sa?»

«Partono domattina all'alba per Almendralejo».

«Vanno al comando della Guardia Civile, certo. Quanti sono?»

Voce profonda, marcato accento estremadurano.

«Due».

Patricio Carvajal sputa a terra e, pensieroso, lascia planare lo sguardo al di sopra della testa dell'informatore.

«Tu digli di passare per il sentiero dei Noci».

«Non sarà facile convincerli a consegnarci il prigioniero».

«Il signor Acevedo mi ha ordinato solo di portargli vivo quell'assassino figlio di una cagna, non ha detto niente degli altri».

L'uomo sta per dire qualcosa, ma ammutolisce quando Patricio tira fuori dalla tasca un certo numero di banconote ripiegate e gliele consegna.

«Neanche una parola».

Nel sotterraneo risuona una specie di melodia prodotta da due soli strumenti: il vento che esce dalla gola di Guti mentre russa, con ritmo lentissimo e cadenzato; e in sottofondo una sorta di percussione vivace, rapida e vibrante, prodotta dalla fronte di Jacinto Padilla che colpisce la parete della cella.

Quelli che sente dentro la sua testa, invece, sono grugniti.

Grugniti di maiali.

Grugniti di maiali esagitati.

E quello che vede va molto al di là della cella in cui è rinchiuso. Vede le proprie mani inguantate che affilano lentamente la lama di un'ascia; vede il corpo di un uomo in abito scuro steso in una pozza di sangue; vede una bombetta che brucia in un gran secchio di metallo insieme al resto dei vestiti; vede la propria tuta da lavoro insanguinata dopo averlo squartato; vede i maiali che divorano ogni parte del corpo che getta verso di loro.

Ecco cosa vede Jacinto Padilla con gli occhi chiusi.

Quando li riapre, in ginocchio e quasi incosciente, vede il disegno creato dalle gocce di sangue che, sfuggendo dal taglio che si è procurato sulla fronte e scivolandogli lungo il naso, sono cadute a terra.

Formano la sagoma di un volto.

Il volto di Antonia Monterroso.

Il tenente Gallardo saluta la proprietaria della pensione senza nemmeno guardarla. Cammina come se avesse in spalla uno zaino pesante, e in un certo senso è proprio così. Afferrando il mancorrente, si prepara a salire le scale, ma prima di poggiare il piede sul primo gradino si ferma e torna sui suoi passi.

«Posso aiutarla, tenente?»

«Vorrei un po' di compagnia».

Doña Matilde fa una smorfia maliziosa mostrando le molteplici lacune della sua dentatura.

«Non sarò certo io a fare un torto a un'autorità. Qualche preferenza?»

«Che sia discreta» chiede.

Una banconota viene poggiata sul bancone. Matilde, che fra le sue molte virtù orientate al guadagno possiede quella dell'attenzione al dettaglio, si accorge che gli tremano le mani.

«Certo. Può darsi che ci metta un pochino, però».

«Non ho fretta».

Seduto sul letto dopo essersi rinfrescato, a torso nudo, Martín Gallardo sta preparando la pipa da oppio che non vede l'ora di fumare, quando bussano alla porta. Contrariato, la nasconde sotto il cuscino insieme alle due fotografie e va ad aprire.

Un bel viso dai tratti gitani e dalla pelle scura gli sorride timidamente. I suoi occhi verde oliva sono invece audaci, temerari.

Martín Gallardo aggrotta la fronte e fa un passo indietro, sorpreso.

«Ha chiesto compagnia?» domanda lei, timorosa. «Mi chiamo Rosario».

Voci provenienti dal fondo del corridoio fanno sì che Gallardo mormori qualcosa e poi la afferri per un braccio e la tiri dentro senza la minima delicatezza. Subito dopo richiude la porta cercando di non fare rumore e tira il chiavistello.

Rosario lo guarda spaventata. Troppe cicatrici per essere un tipo affidabile.

«Ma quanti anni hai, piccola?»

«Abbastanza».

«E quanti sarebbero?»

«Ventidue».

«Una bambina. E secca come un palo. Ma porca di quella puttana...»

Gallardo apre la porta della stanza e dà un'occhiata fuori per assicurarsi che non ci sia nessuno nel corridoio.

«Vai».

Rosario scuote la testa e si lascia cadere in ginocchio.

«Per favore, signore, la scongiuro: mi lasci rimanere un po'! Non le farò pagare niente, lo giuro su Dio e sulla Vergine, ma se pensano che non faccia bene il mio lavoro mi tolgono mio figlio!»

Gallardo esita. Rosario gli si aggrappa alle caviglie.

«È l'unica cosa che mi resta!»

«Alzati».

Lei obbedisce asciugandosi le lacrime con il dorso della mano. È minuta, ma le forme del suo corpo non lasciano indifferente Gallardo.

«Cerca di calmarti, bambina».

Senza protestare, Rosario si siede sulla poltrona. Gallardo prende la brocca dell'acqua, va al lavabo, la riempie e gliene versa un bicchiere. La ragazza, ancora tremante, lo accetta. L'agente la osserva e gli sembra di scorgere in lei qualcosa di mellifluo che risveglia la sua curiosità.

«Su, ora raccontami chi diavolo vuole prendersi tuo figlio e perché».

«Non posso, mi caccerei nei guai».

«Raccontamelo e basta».

Quando lo vede, sulle labbra di Ramón Acevedo si allarga un sorriso punteggiato di resti di cibo.

«Entra, cazzo, entra, non startene lì».

L'odore dello stufato che fuma in tavola ricorda a Patricio che non ha mangiato niente dopo il brodo di gallina con i crostini consumato la sera prima. Con l'acquolina in bocca, si leva il cappello prima di entrare.

«Con permesso, padrone».

«Ti ascolto» dice Acevedo a bocca piena.

Patricio gli comunica le informazioni che ha ottenuto mentre l'altro ripulisce una costina di maiale senza smettere di annuire.

«Non mi interessa chi fate fuori, ma quello stronzo me lo dovete portare» conclude.

«Sarà fatto, padrone».

«Quant'è il guadagno di oggi?»

«Ce l'ho qui» dice Patricio infilandosi la mano nella tasca dei pantaloni: «otto duros e tre pesetas».

Il signor Acevedo lancia la forchetta, irritato.

«Ogni giorno di meno!»

«Le cose non vanno bene per le puttane, padrone. I salari non salgono e riempire la dispensa costa sempre di più».

«Cosa credi, che non lo sappia? Sai quanto mi hanno chiesto stamattina per tre lepri? Quattro pesetas! Ci credi?»

Patricio Carvajal sta per rispondere che l'ultima volta che ha mangiato lepre è stato al matrimonio di suo nipote, ma si limita a stritolare il berretto che tiene con entrambe le mani dietro la schiena.

«Tienili e dividili come preferisci tra gli uomini che verranno domani. Quando me lo porterai riceverai altri cinque duros per te».

«Grazie, padrone».

L'attenzione di Patricio viene attirata dal piatto con il cibo per un solo istante, ma è sufficiente perché il suo padrone se ne accorga. Allora si toglie di bocca l'ultima costina, la sputa nel piatto dove sono rimaste anche delle patate, si pulisce le dita sui pantaloni e, non senza sforzo, si alza da tavola. Vedendo che il suo dipendente non reagisce, scoppia in una sonora risata.

«Finiscilo pure, cazzo, che non si dica che i miei uomini fanno la fame».

Seduta sulla poltrona, ancora agitata, Rosario sostiene il bicchiere d'acqua con entrambe le mani. Allo stesso modo sostiene lo sguardo di quell'uomo che, per qualche strana ragione, le trasmette fiducia malgrado riesca a vedere la tensione sul suo volto. Ciò che lei non sa è che l'origine del suo nervosismo ha a che vedere con la necessità di placare la fame che lo divora. Martín Gallardo, che è ormai giunto alla conclusione che quella faccenda si prolungherà più di quanto riuscirà a sopportare, fa ricorso alle ultime pepite di oppio che gli rimangono nel borsello per farsi un sigaro più carico del solito.

«Ecco... A sette anni sono rimasta orfana e mia zia si è presa cura di me. A scuola non ci sono andata molto, però so leggere e scrivere, che non è poco. Il problema è che lavorare nei campi non fa per me e qui non ci sono molte altre scelte».

Il tenente si limita ad ascoltarla mentre fuma.

«Qualche anno fa ho conosciuto un uomo che, oltre a essere bello, era un seduttore, e pochi mesi dopo sono rimasta incinta. Ci siamo sposati, e per avere un tetto sopra la testa ha chiesto dei soldi a un tizio che chiamano signor Acevedo, però...»

Rosario beve un sorso e scuote la testa.

«Però...?»

«Quello che non sapevo era che il mio Jose giocava spesso ai dadi, e a quanto pare ha avuto un brutto periodo e non è riuscito a ripagarlo. Una notte l'hanno trovato buttato come un cane in un vicolo con la gola tagliata».

Il tenente rimane impassibile.

«Ora quel debito devo pagarlo io, altrimenti il signor Acevedo mi prenderà Lope per venderlo a una famiglia di ricchi della capitale. Io qui ho solo mia zia, e nemmeno lei ha i soldi per...»

Rosario crolla e si inginocchia fra le sue gambe.

«Mio figlio è l'unica cosa che mi resta! Farò qualunque cosa per proteggerlo!»

«Ma porca di quella puttana» mormora Gallardo fra i denti.

«Qualunque cosa» insiste Rosario.

Alzando lo sguardo si accorge del rigonfiamento che è cresciuto di fronte ai suoi occhi, ma non osa fare il primo passo. È allora che Martín Gallardo le facilita il lavoro afferrandole la mano e portandosela in mezzo alle gambe. Un po' timorosa, Rosario comincia ad accarezzarlo dall'esterno dei pantaloni. Il tenente finisce il sigaro, e tenendolo all'angolo delle labbra si sbottona e si lascia cadere di schiena sul letto. È tanto tempo che non fa sesso con una donna, e sentendo i primi stimoli capisce che non riuscirà a resistere molto a lungo. Non che ce ne sia bisogno. Non appena nota che l'orgasmo sta per arrivare, infila la mano sotto il cuscino in cerca della foto di Antonia Monterroso. È alla sua bocca che pensa mentre scarica il veleno che ha dentro.

Quando la sequenza di colpi lo sveglia è già l'alba. Ha i pantaloni e le mutande abbassati fino alle caviglie e un deserto gli tappezza il palato. Qualche secondo più tardi cominciano a crearsi alcune connessioni neuronali e la prima ad attivarsi è la memoria a breve termine. Secondo quanto dettato dalla natura, sono le ultime immagini archiviate a venire recuperate per prime. Si alza di scatto dal letto e, dopo essersi accertato che è da solo nella stanza, il portafoglio è ancora al suo posto e tutto – tranne lui – è in ordine, prova sollievo e vergogna in parti uguali.

Di nuovo la sequenza di colpi.

«Tenente, è lì?» domanda la voce di Darío Pacheco.

«Un quarto d'ora» risponde.

«Agli ordini!»

Dopo essersi ripulito per bene, il tenente Gallardo si veste e ricava diverse pepite di oppio dal pezzo più grosso, pensando alla giornata che lo attende. Poi salda il conto con la proprietaria della pensione ed esce in strada, dove il sergente lo sta già aspettando.

«Buongiorno» lo saluta Pacheco, «ha passato bene la notte?»

«È passata».

«Io non ho chiuso occhio. Ogni volta che mi assopivo mi ritrovavo in quel maledetto pozzo».

«Tornare dalla sua famiglia la aiuterà a dimenticare».

«Lo spero, anche se con la piccola dormire sarà comunque un'impresa».

«Cerchiamo un posto dove mangiare qualcosa».

Nella locanda, l'odore di aglio, cipolla e peperoncino si confonde con il sudore dei molti braccianti che a quest'ora si affollano già ai tavoli. Vengono serviti zuppa di pomodoro fredda, pasticcio di cervella fritte, salumi e formaggio. Per le tasche più danarose c'è lo spezzatino di pollo con patate e carote. Un piatto con quattro pezzi di formaggio di capra e altrettanti di *morcón* accompagnato da una pagnotta appena sfornata e un fiasco di vino della casa rappresentano il menu scelto dai due agenti. Gallardo ha appena chiamato il ragazzo per pagare quando compare Benito Yáñez, che li saluta con formalità.

«Buongiorno, tenente. Mi sono preso la libertà di pagarvi il conto a mo' di saluto».

«Non c'era bisogno» risponde Gallardo, «ma la ringrazio».

«Se l'avessi saputo vi avrei consigliato un altro posto, la Floridita. Ma sarà per un'altra volta».

«Un'altra volta» ripete Pacheco.

Poi Yáñez tira fuori dalla tasca della casacca un foglietto ripiegato e glielo consegna.

«All'alba abbiamo ricevuto questo telegramma indirizzato a lei dal comando di Almendralejo. A quanto pare un certo Valentín Sarmiento, di Los Santos de Maimona, ha confermato che...»

Martín Gallardo solleva una mano per interromperlo.

«E mi dica, se era indirizzato a me, perché l'ha letto?»

Yáñez deglutisce.

«Mi dispiace, non ho pensato che...»

«Esatto: non ha pensato. Continui».

«Sarmiento si dedica alla compravendita di bestiame, e dice che non molto tempo fa Jacinto Padilla gli ha venduto un cavallo di una razza molto particolare. Ecco, è venuto fuori che l'animale apparteneva a Pedro Berrocal, un uomo che, a quanto assicura il fratello, frequentava la Vedova, e che è scomparso all'inizio di febbraio» lo informa. «Nello specifico la denuncia è stata depositata alla caserma di Almonte il giorno 4 del mese. O mi sbaglio di grosso, o quel poveretto è finito nel pozzo coperto di calce viva».

«Lo scopriremo presto».

«Ne sono certo. Se mi permette...» dice afferrando lo schienale di una delle sedie libere.

Gallardo e Pacheco si scambiano uno sguardo.

«Prego» acconsente il primo. «Beva un bicchiere, se vuole».

«Molto gentile. So che io e lei non abbiamo... ingranato bene, per così dire; e ora che ve ne andate mi dispiace non essere stato all'altezza. Vi auguro buona fortuna e confido che riuscirete a far impiccare quel maledetto bastardo» aggiunge versandosi un bicchiere di vino e sollevandolo.

Gallardo inspira dal naso prima di accettare il brindisi. Darío Pacheco si unisce per pura formalità e i bicchieri tintinnano.

«Un'ultima cosa» continua Yáñez dopo aver scolato il vino. «Uscendo dal paese, a una decina di minuti a cavallo, sulla destra troverete un sentiero che segue il corso del fiume Bodión e passa per un bosco di noci. Oltre a essere più breve, gli alberi rendono più piacevole il cammino. E il panorama» aggiunge in tono gioviale.

«Seguiremo il consiglio» conferma Gallardo. «Grazie».

«Non c'è di che. Vi accompagno in caserma e vi aiuto a preparare tutto».

Il sole picchia forte quando Gallardo e Pacheco, completati i saluti formali, lasciano la struttura insieme al prigioniero, ammanettato su un cavallo legato a quello del sergente.

«Cos'è?» domanda il tenente riferendosi alla brutta ferita che Padilla ha sulla fronte.

«Non guardi me. Pare che se la sia fatta da solo».

«È la verità?» domanda al fattore.

L'altro non risponde.

«Il mio dovere è portarla ad Almendralejo sano e salvo, ma se prova a farci qualche scherzetto non esiterò ad anticipare la giustizia. Decida lei».

«Si risparmi le minacce, tanto sono già morto».

«Le piacerebbe, sì...»

Con Patricio Carvajal ci sono altri tre uomini. Hanno tutti il fucile da caccia e possono contare su una lunga esperienza come bracconieri, la cui ideologia consiste nell'abbattere la preda, recuperarla e sparire. Lo stesso ordine che hanno ricevuto oggi, anche se stavolta la preda ha due gambe anziché quattro zampe.

«Dovrebbero arrivare tra poco» dice Patricio sistemandosi il fazzoletto nero che gli copre la faccia. «Sapete quello che dovete fare. Tenete il becco chiuso e...»

All'improvviso si acciglia e senza pensarci due volte molla un ceffone sonoro al più giovane.

«Ma porca troia! Non vi ho appena detto di non fumare?»

Poi si rivolge a un altro, che ha la barba folta e un'espressione da carcerato.

«E a te non avevo detto di non riportarmi più questo imbecille?»

«È il figlio di Lola, e sai che...»

«Non me ne frega un cazzo se vuoi fare un favore a Lola per scopartela! Se fa qualche stronzata, paghi tu. Capito, coglione di merda?»

L'altro annuisce.

«Branco di idioti... Ognuno al suo posto, e aspettate che dia il segnale!»

Qualche minuto più tardi, gli agenti della Guardia Civile e il prigioniero arrivano alla curva del sentiero dei Noci dove si sono appostati Patricio e i suoi uomini. Darío Pacheco beve da una borraccia mentre cerca di sentire cosa sta sussurrando il suo superiore ad Alarico. Qualche metro più indietro, Jacinto Padilla cavalca con lo sguardo erratico, perso nell'orizzonte nero che ha di fronte.

«Non sai quanto ti invidio, Alarico. Perlomeno con te ci parla...»

Il tenente sorride a quel commento.

«Mio nonno Segismundo, militare come lo sarebbero diventati anche suo figlio e il suo disgraziato nipote, diceva che quando non c'è molto da dire c'è molto da tacere».

«Questa me la segno, tenente».

A una quindicina di metri, gli occhi scuri e profondi di un fucile a canne mozze seguono l'avanzare di Gallardo. Pacheco nota qualcosa che si muove in mezzo ai noci e d'istinto tira bruscamente le redini. Per solidarietà equina, Alarico si impenna e nitrisce.

«Ehi, che succede, bello?» cerca di calmarlo Gallardo mentre si guarda intorno per capire cosa l'abbia alterato.

Non ne ha il tempo.

Decine di uccelli si alzano in volo quando risuona lo sparo.

Capitolo ottavo

Angelo custode

Panetteria Espinosa
Jerez de los Caballeros (Badajoz)
Qualche anno prima

La nuvoletta di vapore svanì quasi in contemporanea con lo sbadiglio che l'aveva provocata. Faceva freddo in quell'alba d'inverno del 1914 e il panettiere, appena uscito dalla porta di servizio per disfarsi degli avanzi della giornata, non vedeva l'ora che terminasse il turno di notte, anche se in realtà era appena cominciato.

Un suono metallico in fondo al vicolo lo spinse a voltarsi di scatto e ad aguzzare la vista, come se in quel modo potesse migliorare la sua capacità di vedere al buio.

«Maledette bestiacce schifose» farfugliò Rafael ricordando i danni che avevano fatto la settimana precedente due roditori che si erano infilati nella dispensa.

Una sbarra di ferro gli sarebbe servita da derattizzatore.

Stava avanzando con cautela brandendo l'attrezzo improvvisato e calpestando spazzatura quando percepì qualcosa che si muoveva alla sua destra. Dalle dimensioni dedusse che, più che un ratto, doveva essere un ladro, specie analoga contro la quale era solito applicare un metodo molto simile. Immerso nella penombra non ebbe altra scelta che muoversi alla cieca, e scaricò un colpo che produsse un suono sordo all'impatto con la testa. Il ladro svenne all'istante e Rafael si chinò per guardarlo in faccia.

«Accidenti...!»

Poco dopo, inginocchiato sul pavimento del locale, un uomo di taglia minuta e dall'aspetto modesto inumidì nuovamente lo straccio nel secchio d'acqua e ripulì la vittima del sangue ormai secco che le aderiva al collo come una seconda pelle. Accanto a lui, pentito e a testa bassa, Rafael non sapeva che dire.

«Certo che bisogna essere un animale» commentò il proprietario del negozio.

«Mi dispiace tanto, signor Espinosa. Mi è venuta addosso e ho reagito per puro istinto...»

«Questo l'hai già detto. Non ti sei accorto che era una donna?»

«Non ne ho avuto il tempo».

«Avresti potuto ammazzarla sul colpo. Su, vai a controllare la prima infornata, che non bruci».

«Subito, capo».

Non appena se ne fu andato, Gregorio Espinosa le spostò con delicatezza qualche ciocca di capelli ondulati dal viso e la osservò con profonda tenerezza. In lei c'era qualcosa che lo ipnotizzava. I suoi tratti esotici non assomigliavano minimamente a quelli di nessuna donna che avesse mai visto, e la sua corporatura notevole e formosa gli risvegliava istinti che a quarantatré anni non sapeva albergassero ancora dentro di lui. Neppure i vestiti stracciati o l'evidente mancanza di igiene intimidirono i suoi corpi cavernosi, impegnati a guadagnare spazio dentro i suoi pantaloni. Fu il suo fervore cattolico a spingerlo a concludere l'erotico viaggio visivo lungo il corpo della sconosciuta, ma quando tornò al viso incontrò un paio di occhi azzurri dallo sguardo elettrico che lo fecero battere in ritirata.

«Si sente meglio?» domandò mortificato.

Lei fece per alzarsi, ma una violenta fitta alla tempia la costrinse a desistere.

«Dove sono?»

«Nel mio negozio. Sono Gregorio Espinosa. Un mio dipendente l'ha aggredita per errore. Ultimamente abbiamo avuto dei furti e ha pensato che... Insomma, le chiedo scusa da parte sua, ma... Si può sapere cosa ci faceva là dietro?»

Imbarazzata, lei esitò prima di rispondere.

«Cercavo del cibo. Ho fame, e so che buttate quello che non avete venduto».

Gregorio notò che aveva le mani ricoperte di piaghe per il duro lavoro nei campi e alzò lo sguardo al soffitto.

«Santo Dio!»

«Con questo freddo raccogliamo pochissime olive» proseguì lei, «e certe volte il compenso giornaliero non mi basta neanche per pagare il magazzino dove dormiamo».

Si esprimeva con chiarezza, ma nel suo accento c'era qualcosa che gli ricordava i paesi dell'altro lato dell'Europa.

«Venga, la aiuto».

A Gregorio sarebbe servito un aiuto divino per non stirarsi la zona lombare.

Seduta sulla sedia più comoda a disposizione e dopo aver bevuto un bicchiere di vino, sembrava che la donna si sentisse meglio.

«E mi dica, come si chiama?»
«Antonia».
«Antonia, mi permetta di farle una proposta. Un buon amico della mia famiglia lavora come affittacamere qui in paese. Gli chiederò di lasciarle una stanza a pensione completa per una settimana perché possa riprendersi. Anche due se è necessario, che ne dice?»
«Ma io non posso pagare nemmeno un giorno...»
«No, no, per l'amor di Dio! Me ne occuperò io. Lei deve preoccuparsi solo di rimettersi in forze».
«Davvero?»
«Ma certo!»
Antonia sentì gli occhi inumidirsi prima di abbracciare Gregorio, le cui braccia non riuscivano neppure a circondarla del tutto. La sua espressione di iniziale sorpresa si trasformò a poco a poco arrivando a sfiorare l'estasi. Il volto della donna, invece, era quello di una bambina che è riuscita a passarla liscia.
Lampi iridati in un luogo buio.

Due settimane più tardi, Gregorio Espinosa si recava nella pensione dove era ancora alloggiata. Cercava di vederla tutti i giorni, e quando il carico di lavoro non glielo permetteva gli si inacidiva l'umore. Onnipresente nei suoi pensieri, si era trasformata in una tentazione più che pericolosa. E sebbene ne fosse molto consapevole e sospettasse che non ne sarebbe venuto niente di buono, la verità era che sperava in una minima opportunità di dare un morso a quella mela. Anzi, se fosse dipeso da lui avrebbe piantato l'albero proibito direttamente accanto al suo letto, ma il divario sociale che li separava e le sue convinzioni religiose impedivano che qualunque seme potesse mettere radici in un terreno così arido.

Ma il più giovane degli Espinosa non si arrendeva facilmente, e proprio con l'intenzione di fare un passo avanti Gregorio si fermò davanti alla reception e si schiarì la voce.

«Buonasera, c'è la signora Monterroso?»

«Buona sera, signor Gregorio. Oggi non è ancora uscita dalla sua stanza. Vuole che mandi qualcuno ad avvisarla del suo arrivo?»

«No, salgo io. Molto gentile».

Di fronte allo specchio a figura intera appeso accanto alle scale, Gregorio Espinosa si sistemò l'abito e la cravatta. Con il fazzoletto si asciugò le gocce di sudore che gli imperlavano la fronte, gesto con il quale si accorse di essere ancora più nervoso del giorno in cui gli era toccato recitare alcuni salmi al matrimonio della figlia del governatore, in presenza di tutte le famiglie più influenti della regione.

Prima di bussare alla porta ripeté il rito dei vestiti e inspirò dal naso come se il coraggio si trovasse nell'aria che lo circondava. Nei secondi – eterni – che Antonia impiegò per aprirgli, Gregorio poté constatare che intorno a lui non fluttuava nemmeno una goccia di serenità.

«Oh, è lei! Che piacevole sorpresa» disse la donna aggiustandosi l'asciugamano con cui tentava di coprire il suo corpo voluttuoso.

A bocca aperta, Gregorio non reagì.

«Ma non se ne stia lì. Prego, entri, entri».

«Io... Non volevo disturbarla, sono venuto solo per dirle che...»

Le parole che voleva pronunciare rimasero fuori dalla stanza quando lei lo afferrò per il braccio e lo tirò dentro.

«Se mi avesse avvisata della sua visita, mi sarei... Be', capisce. Ero nella vasca. Non ne avevo mai avuta una, e siccome mi resta un solo giorno qui» sottolineò con una smorfia «ho pensato di approfittarne».

«Ero venuto a parlarle proprio di questo» balbettò lui.

«Si metta comodo mentre mi vesto».

Gregorio cercò un posto dove sedersi, ma il suo sguardo sfuggì verso la porta socchiusa del bagno per finire sullo specchio, dove era riflessa la schiena nuda di Antonia.

«A proposito, non ho ancora avuto occasione di ringraziarla per il denaro che mi ha fatto avere per comprarmi qualche vestito. Mi è stato molto utile. Glielo restituirò non appena potrò tornare a lavorare» sentì che gli diceva.

«Non è necessario, ci mancherebbe».

La donna uscì dal bagno in camicia da notte e le trasparenze provocarono una risposta immediata sotto la cintura di Gregorio Espinosa. Fra le gambe gli emerse un vulcano che lui, imbarazzato, cercò senza successo di nascondere.

«Bene, dunque, cos'è che voleva dirmi?» gli domandò.

Il tono della sua voce, caldo e insinuante, mozzò il respiro a Gregorio.

«C'è un posto vacante in panetteria. Bisogna svegliarsi molto presto, ma avrebbe il pomeriggio libero per... Per quello che preferisce. La paga è dignitosa e le ore di straordinario vengono pagate a parte».

Antonia si portò le mani alla bocca, sorpresa, e gli si gettò fra le braccia. Per via della differenza di altezza, la faccia di Gregorio si ritrovò intrappolata fra i suoi seni.

«Lei è un angelo! Il mio angelo custode! Non so davvero come ringraziarla di tutto quello che sta facendo per me!»

L'allarme di erezione in corso costrinse Gregorio ad abbozzare un piano di fuga che mise in pratica, impacciato, fingendo di consultare l'orologio da polso.

«Uh! Sono in ritardo. Mi perdoni, ma devo andare o mi perderò il primo atto».

Antonia dovette contenere il riso quando lo vide inciampare nel tappeto mentre guadagnava l'uscita.

«Aspetti solo un secondo!» lo pregò.

Lui si voltò tirandosi giù la giacca per cercare di occultare le prove della sua eccitazione.

«E la stanza? Domani devo lasciarla e non so che fare con le mie cose».

«Non si preoccupi! Vado subito a sistemare tutto. Ci vediamo domani alle cinque in punto».

«Lo dicevo, io: il mio angelo custode!»

Mentre percorreva il corridoio, Gregorio Espinosa sentiva i battiti frenetici del proprio cuore. Quello che invece non riuscì a sentire fu la conversazione di Antonia con l'uomo nudo che era appena uscito dal bagno.

«E quello chi diavolo era?» le domandò.

Lei gli afferrò il membro.

«Il mio futuro marito».

Meno di un mese dopo che la nuova commessa si era impadronita del bancone, la clientela della panetteria era ringiovanita e si era trasformata drasticamente. Da donne sposate ultraquarantenni era passata a uomini celibi nemmeno trentenni. Giovani in età da matrimonio ai quali non dispiaceva affatto attendere tutto il tempo necessario per essere serviti dalla donna che chiamavano «la russa» per via del suo accento straniero. E lei lo faceva in modo disinvolto e solerte, sempre attenta e sorridente di fronte ai complimenti che le arrivavano fin dalle primissime ore del mattino. Doveva però sopportare la scortesia, le espressioni sprezzanti e i commenti sempre più crudeli che le donne dedicavano alla nuova arrivata, la quale veniva accusata di provocare e di mancare di decoro. Una vera sgualdrina. Le malelingue dicevano addirittura che avesse stregato il più giovane degli Espinosa, per ovvi scopi, e che quest'ultimo se la portasse a letto ogni volta che ne aveva voglia.

Nulla di più lontano dalla realtà. Gli sarebbe piaciuto, però.

Con Gregorio, Antonia impiegava una strategia basata sul ricatto intermittente, comportandosi come una fervente devota della castità tranne che in rarissime occasioni, durante le quali lo trascinava sulla strada della lussuria. Un giorno in cui la chiamò nella sua bottega gli consentì persino di mettersi dietro di lei e accarezzarle la spalla mentre le sbirciava nella scollatura. Quel che Antonia stava preparando nella sua testa doveva cuocere a fuoco lento.

Ma le cose non vanno sempre come programmato. E ciò che le accadde un sabato di gennaio non l'aveva previsto. Come tutti i giorni, Antonia si era alzata alle quattro e mezza per arrivare in tempo alla panetteria. Odiava alzarsi all'alba, ma pochi sapevano meglio di lei che niente di davvero buono si otteneva senza sacrificio, quindi si era abituata a distillare il suo malumore nell'elisir di felicità che doveva mostrare. Con questo spirito si stava affrettando per la strada. Non le restava molto tempo, e a Gregorio, che arrivava sempre per primo, non piacevano i ritardatari. Per questo decise di tagliare per un vicolo in cui più di una volta aveva dormito quando era appena arrivata a Jerez de los Caballeros e che, siccome non era illuminato, gli abitanti della zona percorrevano di rado. Lo stava attraversando quando udì alle sue spalle dei passi che si sincronizzavano con i suoi. Mancavano meno di dieci metri allo sbocco sulla via principale, dunque preferì non voltarsi e allungare il passo, ma un'altra sagoma che comparve all'improvviso di fronte a lei la costrinse a fermarsi.

«Dove vai tutta sola soletta a quest'ora, piccola russa?» le domandò lo sconosciuto con un tono gioviale per nulla amichevole. Non aveva bisogno di sentire altro per capire le sue intenzioni, quindi, senza contemplare nessun'altra opzione, si avvicinò all'uomo e gli diede un calcio nelle parti basse come se volesse fargliele uscire dalla bocca. E non andò molto lontano dal suo obiettivo, a giudicare dalla reazione del suo avversario, il quale si limitò a girare indietro gli occhi e a spalancare la bocca come se intendesse facilitare l'uscita dei suoi testicoli, prima di cadere in ginocchio.

«Grandissima figlia di troia!» sentì che urlava l'altro individuo.

Un vaso di fiori che decorava il davanzale di una finestra fu l'oggetto che scelse per colpirlo alla testa, e mentre gli sferrava svariati calci alle costole continuò a ripetergli: «Cos'hai detto di mia madre? Cos'hai detto di mia madre?»

Il primo uomo, che non era ancora riuscito a rialzarsi in piedi, sollevò le braccia in segno di resa quando Antonia gli si avvicinò ansimando come un bufalo. Si chinò, lo afferrò per i capelli e gli sbatté furiosamente la faccia contro il lastricato finché non udì un brutto scricchiolio che la fece fermare. Con le mani sui fianchi, rifletté sulle conseguenze di quanto aveva appena fatto, poiché era uscita indenne da un'aggressione che in realtà non c'era stata.

Non aveva alternative.

«Grazie mille, dottore. Remigia, lo accompagni alla porta e gli paghi il dovuto» ordinò Gregorio Espinosa.

La donna, che sembrava aver compiuto cent'anni già da un secolo, annuì.

«Prenda le medicine e niente sforzi per tre giorni. Verrò a visitarla domani, signora Monterroso» salutò il medico.

Antonia, sdraiata sul letto con un vistoso bendaggio che le copriva la testa, emise un gemito penoso. Gregorio attese che fossero usciti prima di prenderle la mano con delicatezza.

«Bastardi... Può stare certa che non mi fermerò finché quei due non verranno puniti come meritano, non appena saranno fuori dall'ospedale. Pare che siano due reclute della caserma di fanteria di Badajoz. Le loro fidanzate sono della zona e vengono qui abbastanza spesso, per questo la conoscevano».

«Non ricordo quasi niente» balbettò lei. «Mi hanno colta di sorpresa e volevano strapparmi i vestiti, ma mi sono difesa come ho potuto...»

«E l'ha fatto per bene. Il dottor Jiménez mi ha detto che uno è in gravi condizioni».

«Credo di aver perso il controllo».

«In una situazione simile, in cui è in gioco la propria incolumità, è normale. Il fatto è che non tutte le donne hanno la fortuna di avere questo corpo che Dio le ha donato. Non le venga neanche in mente di farsi scrupoli di coscienza per quei due furfanti».

Lei abbassò lo sguardo e sospirò.

«Mi aiuti ad alzarmi, per favore».

«Certo, subito».

Gregorio non sapeva da dove afferrarla, ma si decise a prenderla sotto le ascelle, entrando così in contatto accidentale con un seno più che generoso.

E di nuovo iniziò la rivolta dentro i suoi pantaloni, che naturalmente Antonia, sempre attenta, notò.

«Ascolti, signor Espinosa, vorrei dirle una cosa in confidenza...»

Imbarazzato, lui tornò a sedersi per cercare di nascondere il rigonfiamento, ma ormai era troppo tardi.

«Parli pure».

«È un po' che ho notato che, quando siamo io e lei da soli... Mi riesce molto difficile domandarglielo, ma... Lei prova qualcosa per me?»

Gregorio impallidì, ma una voce dentro di lui gli sussurrò che era l'occasione che attendeva da quando l'aveva conosciuta.

«Ecco, io... Sì. Devo ammettere di sì».

«Lo sapevo! Buon Dio, lo sapevo! Anch'io provo qualcosa. Qui dentro!»

Gli afferrò una mano e se la portò al petto.

«Lo sente? Ho il cuore che sta per esplodere».

Ma per Gregorio l'unica esplosione che stava per avvenire era localizzata in un'altra parte ben precisa. Antonia non volle lasciarsi sfuggire l'occasione e allungò la mano per avvicinarsi alla sua preda. Udì un gemito dal suono ridicolo ma che lei interpretò nella maniera corretta, e tre secondi dopo aveva già liberato e afferrato il membro del suo protettore. Non furono le sue dimensioni a stupirla, bensì la temperatura e la durezza, segni inequivocabili dello stato di eccitazione in cui si trovava l'uomo. Gregorio strinse forte le palpebre per non incrociare lo sguardo inquisitore del Cristo che presidiava la stanza da sopra la testiera del letto, ma la verità era che non aveva bisogno di vedere nulla per guidare la mano sotto le lenzuola alla ricerca disperata delle cosce di lei.

Stando così le cose, nulla faceva presagire a Gregorio la disgrazia che stava per accadere, perché all'improvviso, contro ogni pronostico, Antonia gli afferrò la mano impedendogli di arrivare in zone più umide.

«Oh, mi scusi! Mi sono lasciata trasportare. Le chiedo perdono!» urlò lei.

«No, no... Veramente io... Continui, la prego».

Antonia si coprì la testa con le lenzuola e rimase così per tutto il tempo che Gregorio, sconvolto, impiegò per nascondere le sue vergogne ancora molto ingombranti.

«Il fatto è, signor Espinosa, che anche se magari non sembra io sono una donna molto tradizionalista e non sono mai arrivata fino in fondo senza un impegno da parte dell'altra persona».

Lui si strofinò il viso con entrambe le mani.

«Un impegno? Cosa intende?»

«Ecco... Un impegno per il futuro».

Gregorio scosse la testa.

«Si riferisce al matrimonio?»

Antonia abbassò le coperte, inspirò e sbatté le palpebre varie volte prima di rispondere.

«È la cosa che mi farebbe più felice al mondo».

Capitolo nono

Uno sciocco pieno di soldi

Sentiero dei Noci
7 chilometri da Zafra
20 aprile 1917, ore 11.40

Steso a terra in una posizione scomoda, il tenente Gallardo cerca di ricostruire i fatti a partire dall'ultima sequenza che gli è rimasta impressa sulle retine. L'azione comincia quando il sergente Pacheco vede qualcosa che gli fa tirare le redini del cavallo e Alarico, spaventato, nitrisce sollevandosi sulle zampe posteriori. Subito dopo risuona uno sparo e lui cade a terra.

Fine del filmato.

I secondi successivi li impiega per controllare il proprio stato: sente un dolore intenso alla nuca. Deduce all'istante che non può essere stato provocato da una pallottola, e proprio in quel momento vede Alarico sdraiato su un fianco.

«No...» balbetta cercando di rimettersi in piedi.

«Non si alzi!» lo avverte il sergente Pacheco, il quale, con il revolver in mano, tiene Padilla per il collo.

Gallardo lo sente ma non lo ascolta, e se non si alza è solo perché il suo sistema vestibolare non è in grado di ritrovare l'equilibrio. Aiutandosi con gli avambracci e le gambe striscia fino a dove è steso il suo cavallo. Dopo averlo raggiunto nota che il respiro di Alarico è accelerato e che una delle zampe anteriori è inzuppata di sangue.

«Gettate le armi o siete morti!» urla una voce lontana.

Ma lui continua a non ascoltare. Il Winchester nella fondina della sella è l'unica cosa che gli interessa.

«Ma porca di quella puttana...»

«Ho contato almeno tre uomini armati, tenente!» lo informa Pacheco, che si è appena avvicinato a lui.

«Non abbiamo niente contro di voi, vogliamo solo il prigioniero!» sentono gridare.

Ma Gallardo continua a non dargli retta.

Con un movimento rapido afferra il fucile e rotola fino a un mucchio di rocce su un lato del sentiero. Al riparo della più voluminosa, carica e mira contro una sagoma che vede accanto a un tronco, ma uno sparo che colpisce il terreno a meno di un metro da lui lo costringe a nascondere la testa.

«Ultima occasione! Gettate le armi!»

Gallardo cerca il suo collega e lo trova inginocchiato che tiene sotto controllo Padilla, entrambi troppo esposti in mezzo al sentiero. Lo consulta con lo sguardo e il sergente scuote la testa. Sul suo viso è disegnata la paura. Dopo aver valutato le opzioni, il tenente stringe i denti e solleva l'arma con una mano. Poi si alza in piedi con difficoltà, getta il fucile a terra e lancia un paio di maledizioni per alleggerire la frustrazione. Pacheco, sollevato, fa lo stesso con il suo revolver, e qualche secondo dopo fra gli alberi compaiono quattro uomini.

È Patricio a condurli, camminando con serenità senza smettere di puntare il fucile a canne mozze che tiene contro un fianco. Si ferma a circa tre metri da loro, si schiarisce la voce e sputa a terra.

«La spada» indica.

Il tenente Gallardo alza lo sguardo al cielo mentre si slaccia la cinta e la lascia cadere.

«Questa storia non vi riguarda. Ci manda il signor Acevedo, che a quanto pare ha un conto in sospeso con questo assassino».

Patricio ha parlato con tono duro ma conciliante. Martín Gallardo, che ha riconosciuto il cognome Acevedo grazie a quello che gli ha raccontato la prostituta con cui è stato alla pensione, deduce che questo non sarà il loro ultimo scontro.

«L'unico conto in sospeso che ha quest'uomo è con la giustizia» dice.

«Forse, ma fatto sta che qui la giustizia la amministra il mio padrone. Noi obbediamo solo agli ordini. È molto semplice: io lo porto via, voi ve ne tornate ad Almendralejo o dove cazzo vi pare, e saremo tutti felici e contenti. Chiaro?»

«E si può sapere chi diavolo è il signor Acevedo per portarsi via il mio prigioniero?»

«Gliel'ho appena detto: è l'uomo che decide come e quando vanno fatte le cose, e noialtri le facciamo senza protestare».

Questa non è affatto la prima volta che va a fargli visita. Lo fa sempre di propria spontanea volontà, ci mancherebbe, ma mai con piacere. Perché se c'è qualcosa che dà fastidio a Francisco Espinosa è che un magnaccia come Ramón Acevedo, il cui padre non era altro che un bracciante qualsiasi che lavorava la terra di altri dall'alba al tramonto, lo tratti da pari a pari. Solo il fatto di doversi recare al suo casale gli dà sui nervi, ma non contempla neppure la possibilità di incontrarlo dove possano vederlo coloro che approfitterebbero di qualunque occasione pur di macchiare il buon nome della sua famiglia.

E non sono pochi.

Come se non bastasse, il solo pensiero della faccenda che stamattina lo porta qui gli fa rivoltare lo stomaco. Il suo stato di nervi si riflette nella tensione del suo viso, cosa che non passa inosservata agli occhi dei due uomini armati che l'hanno accolto all'entrata e che lo accompagnano senza dire una parola fino all'edificio principale della tenuta.

Francisco Espinosa è un uomo attento ai dettagli, e il fatto che le pareti dell'edificio principale siano state appena imbiancate a calce e che sul tetto non manchi neppure una tegola gli fa capire quanto vadano bene le cose al proprietario di questo latifondo dedicato, almeno in apparenza, all'allevamento di bestiame. Un'altra cosa che dà fastidio a don Francisco – e non è cosa da poco – è non essere mai stato ricevuto all'interno, come se lui, che vanta uno dei patrimoni più ingenti di tutta la provincia, non fosse degno di mettere piede in quella casa.

Suo padre lo diceva sempre: «Non c'è peggior sciocco di uno sciocco pieno di soldi».

Passando accanto al vecchio olivo che presidia maestoso il cortile del casale, Francisco Espinosa si ferma a esaminarlo. Dopo averne verificato la robustezza per qualche secondo, coglie un'oliva, la strofina tra le dita e se le porta al naso.

«Dicono che abbia più di trecento anni» lo informa uno dei suoi accompagnatori.

Come ha fatto con l'albero, Francisco Espinosa osserva l'uomo da capo a piedi e riprende il cammino senza dire una parola.

Protetto dal sole sotto il porticato, il signor Acevedo fuma un cubano mentre fa roteare un brandy nel bicchiere che tiene in mano, perché non ammetterlo, con naturale eleganza. La camicia, sbottonata fino all'ombelico, non sembra essere stata lavata di recente, e sia i pantaloni che le scarpe non sono all'altezza di quel che ci si potrebbe aspettare da un uomo con la sua posizione economica.

'Ma con la sua posizione sociale sì' pensa don Francisco.

In netto contrasto con Acevedo, il capofamiglia degli Espinosa indossa un abito a tre pezzi chiaro sopra una camicia bianca di lino e scarpe nere eleganti.

«Che Dio ci mandi una bella giornata» lo saluta il padrone di casa. «Si sieda pure, per favore».

A distanza di sicurezza, i due uomini armati prendono posto sotto il portico.

«Vedremo se sarà bella o brutta» risponde il visitatore lasciandosi cadere sulla sedia di vimini che, con sua sorpresa, trova piuttosto comoda.

«Abbia fiducia, don Francisco, abbia fiducia».

Espinosa si volta e indica l'olivo.

«Quanti anni ha?»

«Più di trecento, ma dentro, nel cortile interno, ne ho un altro che supera i cinquecento».

«Non ci credo».

Il signor Acevedo, anziché offendersi, ride.

«Mi sembra molto teso, don Francisco».

L'altro distoglie lo sguardo.

«È troppo tempo che sto dietro a quella figlia di Satana perché ora mi sfugga come se niente fosse».

«Sembra che sia più morta che sfuggita».

Pensieroso, Francisco Espinosa gioca con l'anello d'oro con sigillo che porta all'anulare della mano destra.

«Finché non vedrò il suo cadavere per me sarà viva. Non posso credere che quella iena con i denti d'oro abbia tirato le cuoia».

«Accidenti, ce l'ha proprio a morte con quella donna, eh...»

Francisco Espinosa si alza di scatto dalla sedia.

«Non è una donna qualsiasi! È la reincarnazione del male sulla Terra. Lurida figlia di una cagna!»

Acevedo aspira due boccate dal sigaro e con lo sguardo comunica a uno dei suoi uomini di lasciarli soli. Poi solleva il bicchiere vuoto per richiamare l'attenzione della donna di servizio.

«Mi porti un altro brandy e a don Francisco quello che preferisce».

«Non voglio niente» dice questi, e torna a sedersi, agitato. «Be', sì, quello che voglio è che mi consegni quel povero diavolo, perché ho intenzione di scuoiarlo vivo finché non mi dirà dove si nasconde quella sgualdrina».

«Continuo a non capire perché è così sicuro che sia ancora viva».

«Perché gli scarafaggi non si lasciano ammazzare tanto facilmente. Ecco perché».

Il signor Acevedo fa una smorfia divertita.

«Come mai la odia così tanto?»

Francisco Espinosa, indignato, corruga il naso e la fronte come se improvvisamente avesse sentito un cattivo odore.

«È necessario che le ricordi che ha ucciso mio fratello?»

«Se non sbaglio, il dottor Jiménez ha detto che Goyito è morto per un attacco di cuore».

L'altro si contorce sulla sedia.

«Quel vecchio ubriacone può dire ciò che vuole!»

«Ormai può dire ben poco, credo».

«Ed è meglio che sia morto. Io ho vissuto gli ultimi giorni di Gregorio e non si reggeva quasi in piedi. Quella figlia del demonio l'ha avvelenato a poco a poco fino ad ammazzarlo».

«E come fa a esserne così sicuro?»

«Perché ho speso una bella cifra per far arrivare un tizio da Barcellona che indagasse su di lei».

Il padrone di casa appare sorpreso.

«Uno di quei detective privati?»

«Sì, uno di quelli. E ha scoperto che quella puttana aveva stipulato un'assicurazione sulla vita per ricevere una fortuna alla morte di mio fratello».

«Non mi dica!»

«Sì che glielo dico. Quello che non sapevamo è che Gregorio si era lasciato convincere a nominarla come unica erede di tutti i suoi beni».

«Che arpia...»

«Bisogna essere scemi. Ma come si fa a diventare così ciechi?!» grida alzando le braccia.

Con estrema serietà, il signor Acevedo si allunga all'indietro sulla sedia e si afferra i genitali.

«Perché questo qui non c'è bisogno di bendarlo per renderlo cieco, don Francisco».

Accaldato e ancora dolorante per la caduta, il tenente Gallardo si sbottona la casacca mentre si guarda attorno. Veterano di mille battaglie, si è trovato svariate volte coinvolto in situazioni sfavorevoli e non ha bisogno di esaminare quella attuale per sapere che la cosa più importante, per il momento, è rimanere in vita.

E finire di sbottonarsi la casacca.

Di fronte a lui, Patricio Carvajal è distratto dal fucile che ha raccolto da terra. Alle sue spalle ci sono tre uomini armati di fucili da caccia, e hanno l'aria di saperli usare molto meglio di una penna; alla sua destra Jacinto Padilla, terrorizzato, cerca inutilmente di nascondersi dietro il corpo del sergente Pacheco, anche lui disarmato.

«Questo è il famoso Winchester?» domanda Patricio, interessato.

«Esatto. Costruito nella fabbrica d'armi di Oviedo, per la precisione».

«Molto bello» commenta prima di sputare a terra. «Tu, con me» dice a Padilla.

«Prima di consegnartelo ho bisogno di sapere cosa ne farai del mio prigioniero».

«Non lo so e non mi interessa. E nemmeno a voi» aggiunge Patricio spavaldo per chiudere il discorso.

«Capisco, sì» risponde il tenente della Benemerita avvicinandosi a lui. «Tuttavia...»

Con un movimento rapido e agile, Gallardo estrae la daga che porta all'interno della casacca, la punta al collo di Patricio Carvajal e, senza dargli il tempo di reagire, gli si piazza alle spalle per farsi scudo con il suo corpo. Poi gli strappa il Winchester e lo lancia a Pacheco. Il sergente lo agguanta abilmente con entrambe le mani e, puntando un ginocchio a terra, mira ai suoi rivali, che si guardano tra loro sconcertati.

«Fermi tutti, se non volete che gli apra la gola!» urla Gallardo tirando indietro Patricio per guadagnare qualche metro rispetto ai nemici. Carvajal stringe i denti sentendo la lama sul collo.

«Digli di gettare i fucili!»

Patricio non reagisce, quindi Gallardo sposta la daga di un centimetro, facendolo sanguinare.

«Fate quello che dice!» ordina.

«Coraggio, stronzi, gettateli subito a terra!» li incita Pacheco.

Marcial, il più anziano, è il primo a obbedire. Anche Faustino, alla sua destra, lascia andare l'arma, ma il terzo, un giovane dall'aspetto rachitico che si è trovato in una situazione più grande di lui, appoggia il fucile alla spalla e mira al tenente Gallardo.

È il figlio di Lola, e trema visibilmente.

«Buttalo via subito, idiota!» gli urla Patricio. «Ci farai ammazzare tutti!»

«Su, ragazzo, fai quello che ti dicono e tornerai a casa tutto intero» gli dice Gallardo modulando la voce.

Il giovane, la cui pelle ha perso ogni colore, è incapace di prendere una decisione cosciente o coerente, ma il suo indice comincia meccanicamente a esercitare pressione sul grilletto. Patricio Carvajal, conoscendo i danni che provoca uno sparo da quella distanza, stringe le palpebre e, sebbene non sia particolarmente cattolico, si raccomanda all'Esperancita, per la quale prova una sincera devozione. Ma stavolta è un intervento umano e non divino a salvargli la pelle. Nello specifico quello di Salvador del Campo, uno dei suoi uomini. Sono mesi che Salvador, conosciuto da tutti come lo Strappamutande, tenta di sedurre Lola, e anche se ultimamente stava facendo grandi progressi, posto di fronte al rischio di finire in pasto ai vermi, in soli due secondi ha deciso di abbandonare qualsiasi speranza di portarsela a letto. Ecco perché lo Strappamutande previene qualsiasi cosa possa succedere e scarica il fucile nello stomaco del ragazzo. A due metri e mezzo di distanza, solo nove dei duecentoventotto pallettoni espulsi dalla cartuccia calibro 12 non colpiscono il corpo del giovane; cosa che si traduce, in termini anatomici, in uno squarcio di undici centimetri di diametro nella zona addominale, spazio aperto dal quale si affaccia l'intestino tenue non appena il corpo entra in contatto con il suolo.

Il figlio di Lola, che si chiama Antonio – anche se non interessa a nessuno –, ci mette ancora un po' a morire sotto lo sguardo attento dei presenti, che senza bisogno di scambiarsi una parola hanno messo il punto finale alle ostilità.

«Per oggi basta sangue» delibera Patricio, sentenza che sigilla sputando a terra. «Domani è un altro giorno».

«Domani è un altro giorno» concorda Gallardo.

«Sta tornando Patricio, signor Acevedo!» lo avvisa uno dei suoi uomini.

Sentendolo, Francisco Espinosa si alza e strizza gli occhi. Sono mesi che non ci vede più bene da lontano, ma si rifiuta di mettere un paio di quei ridicoli occhiali che lo fanno sembrare più vecchio di quanto non sia. Questo però non gli impedisce di distinguere perfettamente una massa inerte sul secondo cavallo che passa sotto l'arco d'entrata del casale.

«L'hanno portato morto, maledetti! Avevo detto chiaramente che lo volevo vivo!» protesta Espinosa con Ramón Acevedo.

Quest'ultimo impreca mentre si sforza di alzarsi dalla sedia per controllare che il suo ospite abbia ragione.

Ma non è esattamente così.

«Porca puttana!»

Quando Patricio li raggiunge e smonta da cavallo, il suo viso è tutto un programma. Tira via il fazzoletto nero che gli copre la testa e la abbassa remissivo.

«Mi dispiace molto, padrone, ma le cose non sono andate come previsto».

«Parla».

Non appena Patricio finisce di raccontare quanto è accaduto, Francisco Espinosa tira un sospiro di sollievo. Il signor Acevedo si porta il cubano all'angolo della bocca e lo sposta da un lato all'altro, pensieroso.

«Dovrei ordinare di scuoiarti vivo, maledetto idiota» borbotta.

«Non so cosa dire, signor Acevedo. Quel tenente ha reagito all'improvviso e io non mi aspettavo che...»

«Ha reagito all'improvviso, eh?» ripete ancora e ancora mentre si avvicina a uno dei suoi uomini, gli prende il revolver dai pantaloni e appoggia la canna sulla fronte del suo dipendente. «Chiudi il becco! Non dire un'altra parola o ti faccio saltare le cervella!»

Patricio stringe di nuovo forte le palpebre. Stavolta non si raccomanda a nessuna divinità perché sa che, se il suo padrone volesse farlo fuori in questo istante, né Dio né la Vergine né tutti i santi che lo proteggono potrebbero fare niente per impedirglielo.

«Ora risolverai questo pasticcio. Vai a parlare col Cinghiale e digli che è successo un terribile incidente di caccia. Poi vai da Lola, le consegni il corpo di quel disgraziato, le dai cento pesetas per pagare il funerale, altre cento perché se ne stia bella tranquilla e chiudiamo la questione».

Senza smettere di puntargli la pistola alla testa, il signor Acevedo si avvicina a Patricio, lo annusa e arriccia il naso mostrando la fila superiore dei denti ingialliti dal tabacco.

«E datti una lavata, coglione, che puzzi come un maiale. Sparisci dalla mia vista, idiota».

Qualche minuto più tardi, rimasto solo con il padrone di casa, Francisco Espinosa ha accettato un bicchiere di brandy e cammina avanti e indietro, nervoso. Il signor Acevedo, stravaccato sulla sedia, sta terminando il cubano con lo sguardo perso su un orizzonte privo di nuvole, come se stesse comunicando telepaticamente con qualche abitante del cielo.

«Avrebbe dovuto incaricare suo nipote» commenta l'ospite. «Non diceva che non ne sbaglia una?»

«Aurelio ha per le mani un'altra faccenda, ma tornerà a breve» spiega l'altro. «Glielo chiedo di nuovo, don Francisco: lei è convinto che la Vedova sia viva e vegeta, giusto?»

«Sì, esatto».

«Allora quello che dobbiamo fare è dimenticarci di quel poveraccio di Padilla e cercare direttamente lei, non crede?»

«E da dove diavolo cominciamo? No, no. Sono sicuro che lui sappia benissimo dove si è cacciata quella cagna maledetta».

Acevedo fa schioccare le dita.

«Ancora più facile, allora! Lasciamo che gli agenti facciano il loro lavoro, e quando scopriranno dove si trova dovremo solo prenderla prima di loro!»

«E come pensa di riuscirci? Con quell'ubriacone lardoso di Yáñez?»

«Il Cinghiale può esserci utile, ma temo che dovremo fare ricorso a sfere più alte».

«Non avrà mica qualche contatto al comando della Guardia Civile di Almendralejo?»

«Non ancora» ammette con aria di superiorità. «Ma se servisse non sarebbe un problema».

«No?»

«No, perché i problemi di soldi si risolvono sempre nello stesso modo».

«Ah sì? E come, se si può sapere?»

Il signor Acevedo sorride e tira un paio di boccate dal sigaro prima di schiacciarlo in un posacenere.

«Con altri soldi».

Il suo ospite sorride e poi annuisce, malgrado il commento non gli abbia fatto piacere né lo trovi d'accordo.

«Con altri soldi, eh? Detto così sembra semplice, basta che non siano i miei, perché da me non ne avrà più di quelli che le ho già dato».

«Non avevo intenzione di chiederglieli, don Francisco. Vada tranquillo, presto avrà mie notizie».

«Vado, sì, ma tranquillo non lo sono per niente. Buona giornata».

Il padrone di casa gli tende la mano e Francisco Espinosa, impeccabile ed esigente per natura, esita un paio di secondi. Alla fine sorride controvoglia e gliela stringe, malgrado non abbia potuto fare a meno di notare la sporcizia che ha sotto le unghie.

Non appena Espinosa si allontana di qualche metro, Acevedo rivolge lo sguardo a una delle finestre del secondo piano.

«Non serve andarsi a cercare i problemi quando i problemi ti trovano sempre» riflette tra sé.

Come si aspettava, la tenda si muove.

Sorride.

Nudo dalla cintura in su, Martín Gallardo sta terminando di improvvisare un bendaggio compressivo con la sua camicia per fermare il sanguinamento della ferita di Alarico. Per fortuna dell'animale, il fucile a canne mozze di Patricio ha sparato da molto lontano, sicché sono meno di una decina i pallettoni che hanno raggiunto la zampa anteriore, e ancor meno quelli che gli hanno perforato la pelle coriacea color nocciola.

I raggi del sole scendono verticali e colpiscono la nuca del tenente quasi volessero ricordargli che anche lui ha una ferita considerevole da curare. Al suo fianco, il sergente Pacheco non ha mai smesso di osservare l'orizzonte da quando Patricio e i suoi se ne sono andati da dove erano venuti, con un vivo in meno e un morto in più. Il detenuto, seduto a terra con le gambe incrociate, fissa le manette con occhi vitrei, pensieroso, come se si fosse appena reso conto della gravità delle sue azioni e, soprattutto, di quanto siano irreversibili le loro conseguenze.

«Non sembra grave» commenta il sergente.

«È vero, non sembra, ma siccome nessuno dei due è un esperto, lei partirà immediatamente per Zafra e cercherà un veterinario e un carro per trasportarlo».

«Mi riferivo alla sua ferita alla testa».

«È solo una botta» stabilisce Gallardo portandosi una mano alla nuca.

«Una botta che, se mi permette, e non si offenda, potrebbe averle offuscato il giudizio, tenente. Non crede che quei maledetti potrebbero tornare da un momento all'altro?»

«Potrebbero, ma non credo che lo faranno. Inoltre Alarico non può muoversi e non ho intenzione di lasciarlo alla sua sorte perché lo divorino i vermi».

Il sergente, sapendo di non avere la minima possibilità di fargli cambiare idea, sospira prima di restituirgli il Winchester.

«Dovremo fare rapporto su quello che è successo qui» suggerisce Pacheco.

«Sì, ma ogni cosa a suo tempo».

«È lei che comanda. A proposito, non sapevo che si portasse dietro quella lama».

«Ci sono molte cose che non sa di me, sergente. Il fatto che mi porti dietro una bella daga è la conseguenza degli anni che ho passato nel reggimento di cavalleria combattendo contro *mambises* e *tagalos*. Lottando corpo a corpo nella giungla i nostri fucili e le nostre sciabole non servivano a niente contro i loro machete, mi creda. Questa invece sì» aggiunge dandosi una pacca all'altezza del petto.

«È veramente pieno di sorprese».

«Pieno di sorprese ma a corto di tabacco».

L'altro infila la mano nella tasca dei pantaloni.

«Prenda quel che resta del mio».

«Grazie, sergente. Faccia più in fretta che può».

«Ci conti».

Darío Pacheco si avvicina a Jacinto Padilla, lo chiama e gli dà un paio di colpetti con il piede per attirare la sua attenzione.

«E lei faccia molta attenzione a quello che fa, perché oggi ha già avuto tutta la fortuna che poteva avere, mi segue?»

Senza smettere di occuparsi di Alarico, Gallardo alza la voce e indurisce il tono.

«E farà bene a tornare sul nostro pianeta, perché ora io e lei ci faremo una bella chiacchierata».

La nube di polvere nasconde la cavalcata frenetica di Pacheco che corre in cerca di aiuto – e di tabacco – mentre Martín Gallardo si alza con la chiave in mano, toglie le manette a Jacinto Padilla e gli offre un sorso dalla sua borraccia. Il detenuto rifiuta scuotendo la testa.

«Come preferisce».

Il tenente della Guardia Civile torna accanto al suo cavallo, si siede a terra, estrae il revolver e, molto piano, arma il cane. Lo scatto del tamburo fa spalancare gli occhi ad Alarico, come se sapesse cosa comporta.

«Le regole sono molto semplici» espone il tenente: «io domando e lei mi risponde. Se rifiuta di rispondere, le sparo. Se sospetto che stia mentendo, le sparo. Se intuisco che mi stia nascondendo qualcosa, le sparo».

Padilla sorride nervoso.

«Mi basterà dire che sono stati quei tizi e lasciare che gli avvoltoi facciano il loro lavoro. Il sergente Pacheco confermerà la mia versione».

«Non è necessario minacciarmi, perché in questo momento per me vivere non ha alcun senso».

«Lo dicono tutti finché non si ritrovano seduti sulla garrota e il boia gli infila il cappuccio in testa. A quel punto chiunque, senza eccezioni, supplica di avere salva la vita o si raccomanda al suo dio».

Il fattore abbassa la testa.

«Bene. La prima domanda è fondamentale perché da questa dipende tutto: sa dove si trova in questo momento Antonia Monterroso?»

«No».

«Le ha mai nominato qualche luogo in particolare dove le sarebbe piaciuto andare?»

«No».

Gallardo fa schioccare le dita.

«Mi ero dimenticato di menzionare un'altra regola: se mi risponde più di due volte di fila con un monosillabo, le sparo».

Agitato, Padilla si massaggia compulsivamente i polsi e si morde il labbro inferiore per non crollare.

«Antonia mi aveva promesso che saremmo ripartiti da zero io e lei da soli in un altro posto, ma non ha detto quale. Qualche volta ha parlato di Lisbona come di una città che le piaceva, ci aveva vissuto per un po' di tempo. A me bastava stare con lei».

«Quando l'ha vista per l'ultima volta?»

«Il giorno prima del mio arresto. Aveva delle cose da fare, non mi ha detto cosa, e io dovevo rimanere nella fattoria, aspettare che si facesse buio e dare fuoco alla casa».

«Può essere che le sia successo qualcosa e per questo non è venuta al vostro appuntamento».

Il fattore si stringe nelle spalle.

«Può essere».

«Aveva molti nemici?»

«Non molti, ma pericolosi. Francisco Espinosa e qualche altro creditore, che io sappia».

Gallardo tira fuori un sigaro, lo accende e lo offre a Padilla, che accetta.

«Molto bene. Ora voglio che mi racconti tutto ciò che sa su quella donna. Dopo una convivenza così lunga, Antonia si sarà confidata con lei più di una volta».

Padilla tira due boccate di seguito, soffia fuori il fumo e inspira dal naso come se stesse risucchiando dei ricordi che fluttuano nell'aria.

«Sì. Ad Antonia piaceva raccontare come era riuscita ad arrivare dov'era arrivata».

Gallardo dà un paio di pacche sul collo di Alarico e gli accarezza la criniera.

«Sono tutt'orecchi».

Capitolo decimo

Di ponteggi e matrimoni

Chiesa di San Bartolomé
Jerez de los Caballeros (Badajoz)
Due anni prima

Nella chiesa non sarebbe più potuto entrare nemmeno uno spillo. I vicini meno benestanti e i curiosi non avevano avuto altra scelta che rimanere fuori ad aspettare l'uscita della coppia che ormai era sulla bocca di tutti.

Appollaiati in cima a un ponteggio che ricopriva una parete della navata laterale, Jesús Padilla – imbianchino – e suo nipote – che non faceva quel lavoro ma aveva accettato di dargli una mano per cinque duros alla settimana – approfittavano del fatto che la famiglia Espinosa non fosse riuscita a far smantellare in tempo quell'orrenda struttura metallica per assistere all'evento dell'anno da una posizione privilegiata.

«Lui è il minore dei quattro fratelli Espinosa» disse Jesús indicando l'altare. «In paese non si muove una foglia senza che loro lo sappiano. Hanno non so quante attività e sono molto amici del sindaco. E lo sai come si fa a stringere questo tipo di amicizie».

«Con centinaia di pesetas».

«O migliaia, per quel che vale. Tanto quelli ne hanno da buttar via».

«Be', se proprio non sanno cosa farsene, io ne prendo volentieri un po'».

«Sì, prova ad andarli a chiedere a Francisco Espinosa, che è quello che comanda dopo la morte del padre. Guarda, eccolo lì: è quello rigido come un palo in prima fila».

«Cazzo, ha più la faccia da funerale che da matrimonio» scherzò Jacinto.

«È sempre così. Anche se ha tutto, è un musone. E può anche darsi che si senta in difetto, perché sono anni che è sposato con quella tizia di fianco a lui e non riesce a metterla incinta».

«Be', se serve, per un modico prezzo, io...»

Jesús soffocò la risata per non rivelare la loro presenza.

«E la sposa chi è?»

«Questo è il bello. Tutti la conoscono ma nessuno sa niente di lei. Da queste parti la chiamano 'la russa'. A quanto dicono ha cominciato a lavorare nella panetteria degli Espinosa e Goyito le ha messo gli occhi addosso. E come dargli torto. Vedrai che bellezza!»

Cominciavano a risuonare le prime note dell'organo per annunciare l'arrivo della sposa.

«Tutti hanno provato a portarsela a letto, ma nessuno ha ottenuto niente di niente. Anzi, a due ha pure spaccato la testa quando hanno cercato di approfittarsi di lei. Ma alla fine, si sa, *poderoso caballero es don Dinero*».

Non appena la sposa entrò in chiesa calò il silenzio, mutismo che si trasformò in un bisbiglio costante quando il velo venne sollevato malgrado quanto dettava la tradizione: mai prima che il celebrante ratificasse l'unione nel santo matrimonio. Sorda al dibattito, Antonia camminava ben dritta, lentamente, gustandosi il momento. Il suo momento. La sua corpulenza, per nulla comune nella zona, lasciava senza parole chi la osservava passare con pudica dignità. Dall'alto, completamente rapito, il nipote di Jesús la osservava dalla testa ai piedi immaginandosela nuda.

«Non dici niente?»

«Gli ha spaccato la testa, eh? Io le chiederei di spaccarmi qualcos'altro».

«Stai fresco! Quel pasticcino ormai è andato, lo sanno fino in Russia. 'Il miele non è fatto per la bocca dell'asino'».

«Dipende dall'asino. Alcuni valgono più di mille cavalli».

«Quindi pensi che un signor nessuno come te, senza arte né parte e neanche gli occhi per piangere, potrebbe corteggiare quella donna?»

Stavolta Jacinto non poté fare nulla per evitare di scoppiare in una sonora risata che richiamò l'attenzione di alcuni invitati e persino quella della sposa, che, incuriosita, sollevò lo sguardo verso l'espressione evidentemente estasiata di quell'affascinante operaio. Ben lungi dal sentirsi offesa, Antonia Monterroso, futura signora Espinosa, gli regalò una smorfia cordiale venata di malizia che lui interpretò come una porta che si apriva, una porta dalla quale sarebbero entrate tutte le disgrazie che stavano per capitargli.

Fu a partire da quel preciso e prezioso istante che, errore dopo errore, Jacinto Padilla cominciò a scavarsi la fossa con le sue stesse mani.

Il primo lo commise non appena si concluse la cerimonia, quando rifiutò l'invito a pranzo di suo zio allo scopo di essere presente all'uscita degli sposi. Una volta fuori, approfittando della folla di persone che volevano congratularsi con la coppia, si avvicinò furtivamente e allungò la mano al passaggio di Antonia per toccarle il didietro in modo discreto ma deciso, apparentemente accidentale, ma solo apparentemente. E Antonia lo interpretò nel modo corretto. Volendo capire chi fosse quello sfacciato che aveva rischiato ben più della faccia, non tardò a individuarlo in mezzo alla gente, che la guardava come un cane in amore. E se c'era qualcosa che la eccitava davvero era correre dei rischi. Così, senza pensarci due volte, gli strizzò l'occhio in modo fugace per fargli sapere che aveva colto il messaggio.

E l'aveva colto eccome.

Ossessionato dall'idea di possederla corpo e anima, da quel giorno in poi Jacinto Padilla perse sempre più il senno fino ad arrivare a commettere le atrocità per le quali, quasi certamente, avrebbe pagato con la vita.

Capitolo undicesimo

Odiare di cuore

Sentiero dei Noci
7 chilometri da Zafra (Badajoz)
20 aprile 1917, ore 13.55

«In quella maledetta chiesa per me è cambiato tutto. Tutto» ripete il detenuto.

Durante gli ultimi minuti di interrogatorio, Gallardo è riuscito a far sbottonare Jacinto Padilla. Hanno già ripassato la sua infanzia e la sua adolescenza, che differiscono ben poco da quelle di chiunque altro abbia dovuto aguzzare l'ingegno per poter mangiare. Per ora il tenente non ha l'impressione che Padilla sia una di quelle persone nate già storte con le quali tante volte gli è toccato scontrarsi, bensì che si sia storto durante il cammino.

O che si sia lasciato storcere.

Con il Winchester in grembo e senza mai smettere di accarezzare Alarico, di tanto in tanto Martín Gallardo lancia uno sguardo all'orizzonte per vedere se gli uomini di Acevedo hanno intenzione di tornare.

«Fino a quel giorno» prosegue Padilla senza sollevare gli occhi da terra «l'unica cosa che mi preoccupava era guadagnare la grana sufficiente per sfamarmi in qualche modo e pagarmi un tetto sopra la testa, ma da quando ho conosciuto Antonia non ho più pensato ad altro che a vederla».

«Qual è la sua professione?»

Padilla si stringe nelle spalle.

«Mi sono dedicato a molte cose e a niente di particolare, non so se mi spiego. Sono bravo a prendermi cura degli animali, soprattutto dei maiali, e quando ho iniziato a lavorare nella tenuta Monterroso mi sono occupato di questo».

«Capisco».

«Anche se, ora che ci penso, la cosa che mi è sempre riuscita meglio nella vita è stata il rapporto con le donne. Non dovevo neanche cercarle, e quando mi stancavo di una, avanti un'altra. Una volta ero un uomo che tutte si giravano a guardare, ma da quel giorno...»

Il fattore scuote la testa.

«Da quel giorno hanno iniziato a cadermi i capelli e ho perso peso fino a diventare così, pelle e ossa, consumato».

«Mi parli di Antonia. Cosa sa del suo passato?»

«Ne parlava solo quando il vino le scioglieva la lingua. Quello che so è che fin da bambina ha percorso l'Europa con sua madre, che lavorava in un circo».

«Un circo? Che circo?»

«Se mi ha mai detto il nome, non me lo ricordo. C'entrava la Russia, ma senza russi».

Martín Gallardo soppesa la sua risposta.

«Dov'è nata?»

«Diceva sempre di essere di ovunque e di nessun posto, ma sono quasi sicuro che non sia nata in Spagna».

«Allora può darsi che non si chiami neppure Antonia».

Padilla finisce il sigaro, si bagna l'indice e il pollice con la lingua per spegnerlo e lancia il mozzicone diversi metri più in là.

«Può darsi. Non mi cambia niente, in realtà».

«A me sì».

«Quando è cresciuta ha imparato a fare l'acrobata e...»

«Acrobata?»

«O comunque si chiamino quelli che saltano, si contorcono, camminano su una fune senza cadere, balzano qua e là eccetera» conclude. «Doveva essere molto brava. Il corpo ce l'aveva. E la forza pure. Più della maggior parte degli uomini, gliel'assicuro. Una volta, quando aveva iniziato da poco a lavorare nella panetteria, due reclute l'hanno assalita all'alba e per poco non li ha ammazzati».

«E come mai l'ha fatta franca?»

«Io non la conoscevo ancora, ma a quanto pare avevano cercato di abusare di lei e si è difesa. Davvero, le dico che quella donna ha la forza di una mula. E vederla nuda era impressionante» ricorda.

«Se lo dice lei. Quando è arrivata a Jerez de los Caballeros?»

«Questo lo so. Nell'autunno del 1914. Quando è scoppiata la guerra stava attraversando la Francia, e siccome si sono visti annullare tutti gli spettacoli lei e la madre sono andate in Portogallo, che allora era territorio neutrale. Ma lì non è andata bene e ha dovuto cominciare a fare la vita; e poi, be'...»

«Cosa?»

«Una volta, dopo aver bevuto troppo, mi ha raccontato che aveva dovuto darsela a gambe per sfuggire alla giustizia. E anche se non mi ha mai confessato cosa le fosse successo, so che aveva a che fare con la morte di sua madre».

Gallardo corruga la fronte.

«Com'è morta sua madre?»

«Era un argomento proibito. Parlava di lei solo quando era molto ubriaca, ma di sicuro non è morta vecchia. Doveva essere una donna bellissima ma sfortunata con gli uomini. E lei l'ha ereditato».

«La sfortuna?»

«No, capo, no. Mi riferisco all'odio per gli uomini».

«Antonia odia gli uomini?»

«Con tutto il cuore».

«Capisco. Riassumendo, Antonia Monterroso arriva a Jerez de los Caballeros nell'autunno del 1914 e comincia a vagabondare nella zona finché non incontra Gregorio Espinosa, che le dà un lavoro nella sua panetteria e qualche mese dopo se la sposa. È stato in quel momento che lei l'ha vista per la prima volta e ne è rimasto ossessionato, giusto?»

«Sì».

«E quando è riuscito a entrare in intimità con lei?»

«Non è stato per niente facile, mi creda. Antonia sa bene come far trottare gli uomini; 'avanti', 'fermo', capisce? Non importa chi sia la controparte, le redini le tiene sempre lei. E con me non ha certo fatto eccezione».

«E perché avrebbe dovuto farla?»

Jacinto Padilla si rabbuia.

«Per nessun motivo particolare, ma alla fine, di tutti quelli che le correvano dietro, mariti compresi, quello che se l'è goduta di più sono stato io. Ne tenga conto».

«Lo farò. Prosegua».

«Mi dà un altro sigaro?»

«No».

L'altro mette il broncio.

«Andavo a trovarla tutti i giorni in panetteria. Certi giorni persino due volte, ma cercavo di andarci sul tardi, appena prima che chiudesse. Capitava che mi dedicasse solo un paio di minuti, oppure di più. Non si poteva mai sapere. Dipendeva da lei. Un pomeriggio in cui non c'era nessuno mi chiese di seguirla nel retro per aiutarla a spostare dei sacchi di farina e, una volta lì, chiuse la porta e mi disse di abbassarmi i pantaloni. Quella stronza voleva vedere le dimensioni del... Be', ha capito».

«Sì, sì, ho capito».

«Comunque deve esserle piaciuto, perché poco dopo mi ha montato come un animale. Quella prima volta non si è nemmeno lasciata toccare. Ogni volta che provavo a metterle una mano addosso mi mollava un ceffone. Sono uscito da lì con la faccia livida e il labbro sanguinante, ma ricordo che mi sentivo l'uomo più felice del mondo. Le assicuro che non esiste un'altra donna come lei. No, non esiste...»

In questo momento il tenente prova qualcosa di simile alla commiserazione nei confronti di quell'uomo, che tutto sembra indicare sia stato vilmente manipolato da Antonia Monterroso. Tuttavia, una pulsione che nasce dalla parte più profonda del suo stomaco gli ricorda che è meglio non pisciare controvento. Sta per riprendere l'interrogatorio quando nota una colonna di polvere che si innalza dalla parte di Zafra, cosa che lo fa saltare subito in piedi e aguzzare la vista.

«Sono di nuovo loro?» domanda Padilla nervoso.

I cinque secondi che Gallardo impiega a rispondere diventano cinque eternità.

«No. È il sergente Pacheco con il veterinario e altri due tizi a cavallo».

«È sicuro?»

Il tenente non risponde.

«In ogni caso, bisogna essere stupidi per scegliere questa strada. Non è nemmeno la più breve per arrivare ad Almendralejo ed è l'unica in cui potevano tenderci un'imboscata in diversi punti. Conosco bene la zona, so quello che dico» commenta Padilla.

Martín Gallardo lo guarda con interesse, tira fuori un sigaro e lo accende.

«Proprio per questo torneremo a Zafra».

L'uomo impallidisce.

«No! Ma non si rende conto che lì vogliono ammazzarmi?»

«Anche ad Almendralejo, ma seduto e con un cappuccio in testa».

Padilla sbuffa.

«Lei si preoccupi solo di continuare a rispondere a tutte le mie domande» continua Gallardo mentre torna a mettergli le manette. «Alla sua sopravvivenza ci pensiamo noi».

Qualche minuto dopo Darío Pacheco smonta da cavallo con eleganza ed espressione seria. Lo seguono Lobito, Román Aguado e un carretto guidato da un uomo che indossa un camice bianco e ha l'aria di non aver ancora compiuto trent'anni, malgrado la barba che si è fatto crescere lasciandole il libero arbitrio allo scopo di sembrare più maturo di quello che è.

«È il veterinario?» domanda Gallardo a Pacheco.

«Un momento solo, con permesso» dice il sergente prima di levarsi il tricorno e asciugarsi il sudore dalla fronte. «Sì, si chiama Ángel Santamarta. È l'unico di Zafra e non è stato facile convincerlo».

«Che si metta all'opera».

Pacheco gli fa un cenno con la testa.

«Un'altra cosa» aggiunge il sergente abbassando la voce: «il caporale Yáñez non è stato molto felice quando l'ho informato di quello che è successo qui. Quei due sono venuti di loro spontanea volontà».

Pensieroso, Martín Gallardo si liscia i baffi a manubrio.

«C'è un cambio di programma. Torniamo a Zafra».

Pacheco si acciglia e incrocia le braccia sul petto.

«Non sarò certo io a mettere in discussione un ordine, ma... non avevamo detto che si tratta di una faccenda più grande di noi?»

«Ho la certezza che qui siano successe e stiano succedendo molte cose che ancora non sappiamo».

«Questo è evidente, ma che tocchi a noi scoprirle è una questione molto diversa, no?»

«Tocca a noi».

Pacheco guarda verso il cielo e gonfia le guance. Poi allarga le braccia e le lascia ricadere lungo i fianchi.

«Be', se tocca a noi, tocca a noi!»

«Non mi sono spiegato. Noi tre» dice indicando Padilla e il veterinario «torneremo a Zafra; lei andrà ad Almendralejo. Ho bisogno che parli con il comandante Recio, che lo aggiorni e che gli chieda di assegnarci dei rinforzi. Così ne approfitterà per passare la notte con la sua famiglia e all'alba sarà di ritorno con una squadra fidata».

«Be', posso solo ringraziarla. Mi dica i nomi, tenente».

«Sánchez, Bernal e Linares bastano e avanzano».

«Tutti con esperienza militare, ovviamente».

«Nel caso in cui le cose si mettano male. Dica da parte mia al comandante che qui abbiamo molto da fare, e che parli con il giudice Díaz perché ci mandi uno specialista di morti».

«Quelli che li aprono e...?»

Gallardo gli dà una pacca sulla spalla.

«Proprio quelli. Coraggio: prima si avvia, prima potrà abbracciare la sua famiglia».

Pacheco monta a cavallo, infila la mano in una delle bisacce e gli consegna due pacchetti di tabacco trinciato.

«Quello che c'era».

«Grazie, sergente».

«Stia attento».

Il veterinario gli si avvicina con evidente cautela.

«È stato molto fortunato. La ferita non è grave, ma richiede un intervento chirurgico per estrarre diversi pallettoni e qui non ho il materiale necessario».

«Lo porteremo a Zafra».

«Bisognerà sedarlo».

«Non sarà necessario, io salirò sul carro con lui».

«Non glielo consiglio, potrebbe innervosirsi da un momento all'altro e...»

«Le ho detto che non sarà necessario. Ho visto molti animali non risvegliarsi più da quel sonno».

L'altro inarca un sopracciglio.

«È lei che comanda».

«Esattamente».

Una patina di polvere avvolge la lampadina che penzola dal soffitto, la cui luce, per quanto languida e macilenta, riesce a spazzare via la penombra imperante. Un uomo d'età avanzata, taccuino alla mano, controlla una pila di casse e prende gli appunti corrispondenti. Alle sue spalle, Ramón Acevedo si rigira tra le dita uno dei cubani che il suo intendente gli ha appena consegnato, come se gli interessasse davvero verificare la qualità della merce per approvarla. Poi se lo avvicina alle narici e lo annusa.

«Non è male, ma non è neanche la miglior partita che ci sia mai arrivata».

«Io di questo ne so ben poco, padrone».

«Fa lo stesso. Tanto gli idioti pieni di soldi che li fumeranno non saprebbero distinguere il tabacco dalla paglia. A proposito, gli incassi delle ragazze di ieri erano molto scarsi».

«Può essere, sì. Due di loro non hanno portato il dovuto».

«Quali due?»

«María, quella di Cadice, e Rosario».

«Chi è questa Rosario?»

«Quella che si è sposata con il figlio di Pepe Carrasco. Jose, si chiamava».

«Ah, quella».

«Avevamo prestato dei soldi al ragazzo e lui se li è giocati a carte».

«Quanto?»

L'altro si prende il suo tempo per controllare sul taccuino.

«Ci doveva 680 pesetas».

«Alla faccia. E immagino che sia sparito nel nulla, giusto?»

«No, non è sparito, ma quando Patricio è andato ad avvisarlo gli è scappata la mano e la cosa è finita male».

L'altro fa schioccare la lingua.

«Ora ricordo» dice passandosi il pollice sulla gola.

«Esatto».

«Allora non ci resta altro che torchiare ben bene quella zoccola».

«Sarà fatto, padrone».

Acevedo accende un fiammifero e lo avvicina al sigaro.

«E dove hai detto che erano queste casse?»

«A Cordova e dintorni».

«Sono per il Tano?»

«Sì».

«Le avrà pagate, immagino».

«Immagina bene».

«Ed è tutto a posto con quell'imbecille del Cinghiale, vero?»

«Come sempre. Anzi, la sta aspettando fuori da un bel po'».

Ramón Acevedo aspira un paio di boccate e gonfia le guance per trattenere il fumo nella bocca prima di soffiarlo fuori.

«Allora che aspetti».

Quando alla fine esce, l'eccesso di luce lo costringe a ripararsi gli occhi con la mano e ad abbassare lo sguardo. A terra si allunga l'ombra di un uomo con il tricorno.

«Perdonami per l'attesa, Yáñez» si scusa senza pensarlo davvero.

«Non deve scusarsi, so che è un uomo molto impegnato. Cosa posso fare per lei?»

Il signor Acevedo comincia a camminare con le mani dietro la schiena e l'altro lo segue a distanza di sicurezza.

«Suppongo che tu sia già al corrente dell'incidente di stamattina fra alcuni dei miei uomini e...»

«Sì» lo interrompe. «Avevo dato io stesso a Patricio le informazioni per intercettarli. Se i suoi uomini non sono riusciti... capisce, non è colpa mia».

Acevedo si sforza di sorridere.

«No, certo che no. Ma alla fine la sorte è stata dalla nostra. Mi hanno informato che quel tenente non va più ad Almendralejo».

«No?»

«No. Stanno tornando a Zafra».

«Non lo sapevo».

«E le dirò di più: stasera lo voglio qui, a casa mia».

Il caporale Yáñez ci mette un po' a reagire.

«Impossibile».

Ramón Acevedo si ferma.

«Impossibile? Questo lo vedremo. E la cosa migliore è che tu dovrai solo sbronzarti come sempre alla fine del tuo turno. Certo, prima dovrai svuotare la caserma dalle guardie e lasciarmi aperta la porta che dà sul viale».

Yáñez sbuffa nervoso.

«Vediamo, vediamo... Direi che posso mandare la squadra dell'ultimo turno alla tenuta Monterroso con la scusa di cercare prove fra le rovine».

«Vedi che quando vuoi...? Ci penserà Patricio a portare a termine il lavoro. Se tutto va bene, in giornata te lo restituiamo vivo e vegeto».

«E se non va bene?»

Il signor Acevedo si stringe nelle spalle.

«Allora non dovrai preoccuparti, perché quel disgraziato non sarà più un problema tuo. Né di nessun altro».

«Non so, signor Acevedo, io credo che...»

L'altro si pianta di fronte a lui e gli dà una manata sul petto.

«Tu non credi proprio niente! Tu fai quello che ti ordino e muto! Muto! Ci siamo capiti?!»

«Sì» conferma il caporale della Guardia Civile, intimidito.

«Bene, adesso muovi il culo e sparisci da casa mia».

Conosce perfettamente il significato della parola *avversità*. Se così non fosse, con tutto quello che le è toccato vivere nei suoi sessantasette anni, Menchu ormai sarebbe già rovinata da parecchio tempo. Orfana da quando ne aveva undici, scampò all'epidemia di colera che si portò via i suoi genitori e due dei suoi tre fratelli grazie a un intervento divino, ossia andò a finire in un'istituzione religiosa, ma questo non riuscì a convincerla di quanto le sarebbe convenuto prendere i voti. A sedici anni, ormai fuori dalle mura del convento, dovette guadagnarsi da vivere di paese in paese, percorrendo i campi di un'Estremadura dove soffrire la fame era la normalità per la maggior parte della popolazione, mentre pochi eletti vivevano come imperatori romani nei loro latifondi. Menchu non aveva ancora compiuto diciassette anni quando cominciò a lavorare come bracciante a Don Benito ed ebbe la sfortuna di incontrare tre damerini di Mérida che avevano bevuto più del dovuto e ai quali non parve una cattiva idea abusare di lei. I danni fisici derivati da quella violenza le resero impossibile avere dei figli e in più macchiarono la sua reputazione fra i ragazzi della zona. La giustizia, come ci si può aspettare, le voltò le spalle, e lei dovette rifarsi una vita in un luogo dove nessuno la conosceva. Così, dopo numerosi tentativi di stabilirsi in diversi paesini dove una bocca forestiera in più non era la benvenuta, finì in un allevamento di bestiame vicino a Zafra, il cui proprietario vide in lei una buona disposizione al lavoro dall'alba al tramonto. Lì conobbe Rogelio, un altro paria senza casa come lei, ma di buon cuore, che diventò suo marito, pur consapevole che la sua sposa non gli avrebbe mai dato una discendenza. Ma in fondo lui non ne aveva bisogno. Quelli furono anni tranquilli, in cui la sfortuna non si interessò troppo della coppia, finché Rogelio non perse il lavoro, vedendosi costretto ad arruolarsi nell'esercito liberale per soffocare le insurrezioni carliste nella regione. Tre mesi dopo, a Menchu venne restituito il corpo senza vita del marito, caduto in un'imboscata vicino a Coria. Vedova a ventiquattro anni, anziché scoraggiarsi decise che non aveva altra scelta che tirare avanti come le mule che curava con tanta perizia. Il secondo marito, Juan, le durò quasi un decennio. Non aveva un cuore buono come quello del suo predecessore, ma poteva contare su una casa ereditata che lasciò a Menchu in usufrutto a vita quando morì di cirrosi epatica per via della sua affezione quotidiana al buon vino.

E anche a quello cattivo.

Le andò peggio con Augustín, il suo terzo e ultimo marito, che malgrado gestisse una taverna non era tanto amico del vino quanto del risolvere i problemi quotidiani grazie al suo straordinario talento con i pugni, virtù incontestabile che gli tornò comoda finché, una certa domenica di maggio, due fratelli di passaggio a Zafra, che tutti conoscevano come «quelli di Guarromán», gli timbrarono il passaporto a coltellate. Terza sepoltura. Menchu decise di portare avanti l'attività del marito fino a quando non compì cinquantacinque anni e le toccò andare fino a Cáceres per occuparsi di una bambina di sette anni, figlia della sua unica sorella, Isidora – vedova come lei e morta come i suoi tre mariti –, che si era lasciata vincere da una polmonite mal curata. Al suo ritorno a Zafra vendette la taverna per quasi duemila pesetas, pensando che quel denaro le sarebbe bastato anche per pagarsi il funerale, ma la povera Menchu non aveva tenuto conto di due dettagli: che i ceci sarebbero costati ogni anno di più e che la piccola Rosario ne avrebbe mangiati parecchi.

Sono passati dodici anni da quel momento, e malgrado stia bene di salute, continua a essere indigente, e fa sempre più fatica ad alzarsi dal letto. Ma non sono questi due aspetti a preoccuparla. Per niente. Ciò che le toglie davvero il sonno è il futuro che attende Rosario, che considera come una figlia sua e che due anni fa ha dato alla luce una creatura che, ovviamente, non si può dire che sia nata con la camicia. Anzi, è nata pure senza padre, perché è morto, casualità della vita – la dura vita– come il suo terzo marito. E così Rosario, che malgrado la gravidanza ha ancora un corpo bellissimo ma troppo gracile per il lavoro nei campi, da un po' di tempo a questa parte lavora di sera, prendendosi cura dei figli dei ricchi. Fra quel che resta a Menchu dei suoi risparmi e il poco che Rosario porta a casa, hanno appena quanto basta per comprare il latte ogni giorno e ogni tanto un po' di carne – quella di vitello costa quasi due pesetas al chilo, ossia il salario giornaliero medio di un operaio –, quindi ha dovuto dimezzare il consumo di olio, uova e frutta. Non soffrono la fame, perché riescono ancora a permettersi pane, patate e legumi. In tutto questo, Menchu, che ha vissuto abbastanza da conoscere perfettamente il significato della parola *avversità*, da diverse settimane ha una brutta sensazione della quale non riesce a liberarsi, nemmeno ora, mentre guarda Rosario che fa ridere Lope.

«Stanotte ti ho sentita tornare più presto rispetto al solito» commenta Menchu.

Rosario ci mette un po' a rispondere.

«Sì, può essere. La signora è tornata prima del previsto e mi ha lasciata andare».

«Ma ti ha pagata?»

Rosario pensa a quanto le sarebbe stato utile un po' del denaro che non ha osato prendere dal portafoglio di quell'uomo così strano e allo stesso tempo così magnetico che ha incontrato a Casa Matilde.

«No, mi ha detto che al momento non aveva spicci e che mi avrebbe pagata un altro giorno».

«Un altro giorno?» domanda lei, sospettosa.

«Sì, zia, sì. Un altro giorno».

«Un altro giorno sarebbe oggi».

«Sì, oggi».

«Ah, va bene. Perché ti dico che questa settimana non ne ho abbastanza neanche per dare le rape al mulo. E questo bambino deve mangiare».

«Lo so!» risponde Rosario irritata.

«Guarda un po' se alla fine non mi toccherà battere per strada alla mia età...»

Rosario spalanca gli occhi, ma, sapendo che sua zia le legge dentro, abbassa subito la testa e deglutisce.

La zia Menchu fa due più due.

«Ah, santa Vergine!» sospira fatalista prima di farsi il segno della croce. «Che Dio nostro Signore ci aiuti».

Coperto dal mantello del suo padrone, Alarico viene tenuto sotto controllo dal veterinario nella parte posteriore del carro guidato da Gallardo. Il tenente stringe con forza le redini, ma non perché gli sia necessario a causa delle numerose buche sulla strada, bensì per nascondere il tremore, ancora lieve, che si sta già impossessando delle sue mani. Mentre Jacinto Padilla continua a rispondere alle domande che gli pone, lui non smette di pensare all'istante in cui finalmente potrà assumere la dose di oppio che il suo organismo reclama. Una trentina di metri davanti a loro, per evitare altre sorprese sgradevoli, il caporale Aguado apre la strada, chiusa poi da Lobito, altero fuori quanto terrorizzato dentro.

«Sta sudando troppo» dice Santamarta. «Può essere che la ferita si stia infettando».

Gallardo si volta.

«Allora la pulisca».

«Non servirebbe a nulla, se, come credo, l'infezione fosse passata nel sangue. Dovrei iniettargli un farmaco che in questo momento, per come stanno le cose, non riuscirò a trovare facilmente. E in più è carissimo».

«Faccia quello che deve fare, alle spese ci penso io».

«Le converrebbe spararagli e farlo smettere di soffrire» commenta Padilla.

Il tenente lo trapassa con lo sguardo.

«No, non se ne parla. Mi caverei il sangue io stesso, se servisse. O lo caverei a lei, se fosse necessario».

«Anch'io volevo molto bene ai miei maiali, e guardi alla fine cos'ho fatto a quei poveretti. Non me lo perdonerò mai».

«Ormai non può più farci nulla, quindi la smetta di lamentarsi. E ora continui a raccontarmi come è diventato il compagno e il complice di quella donna».

Padilla tira su con il naso e si inclina leggermente di lato per sputare, guadagnandosi una smorfia schifata di Gallardo.

«A volte passavano diverse settimane senza che Antonia mi prestasse attenzione, ma io continuavo ad andare in panetteria ogni giorno all'ora di chiusura per vedere se mi ordinava di andare sul retro. Vivevo solo pensando a quella possibilità, quindi alla fine mio zio Jesús si è stancato di me e sono rimasto senza lavoro».

«E come si manteneva?»

«Avevo dei risparmi che bastavano per pagarmi una pensionaccia da due soldi e per mettere qualcosa nello stomaco. E per bere. All'epoca bevevo fino a perdere i sensi».

«In altre parole, è diventato la sua marionetta».

«Il suo schiavo, per meglio dire. Una volta me l'ha detto: 'Jacinto, tesoro, ormai dovresti saperlo che l'unica cosa che mi piace di te è la dimensione di quello che hai sotto l'ombelico'. E mi ha tenuto sulle spine fino all'incendio».

«Di quale incendio parla?»

«Quello che ho raccontato al suo collega durante l'interrogatorio. Al negozio di dolci».

«Sì, ora ricordo».

«La faccenda dell'assicurazione le ha dato un'idea. Prima di tutto ha convinto, o meglio, obbligato, Goyito a intestarle la panetteria, visto che era lei a mandarla avanti.

Anche se in realtà l'unica cosa che faceva per la maggior parte della giornata era leggere tutti i giornali, le riviste e i romanzi che le passavano per le mani».

«A che scopo?»

«Antonia ha bisogno di staccare, ed è vero che sa parlare diverse lingue, ma nessuna alla perfezione. Era convinta che leggere, leggere e leggere fosse l'unico modo di imparare una lingua in profondità. E aveva ragione, perché nel giro di pochissimo sembrava più spagnola di me».

«Capisco. Quindi suo marito l'ha nominata proprietaria del negozio e...»

«E la cosa più bella è che l'ha convinto pure a renderla comproprietaria delle altre attività di famiglia cui Goyito partecipava, in quanto sua legittima sposa. Lo teneva proprio per le palle...»

A Padilla sfugge una risata nervosa.

«Quando Francisco Espinosa si è accorto di quel colpo da maestro è andato su tutte le furie ed è corso a casa di Antonia per dirgliene quattro, però...»

Capitolo dodicesimo

Agrodolce fragranza protettrice

Casa di Gregorio Espinosa
Jerez de los Caballeros (Badajoz)
Due anni prima

Quel pomeriggio non la smetteva più di piovere, cosa che per gli abitanti del luogo – secchi come il terreno che abitavano – era sempre motivo di allegria.

Non per lei.

Ad Antonia la pioggia ricordava ogni volta i giorni della sua infanzia, quando, con il circo accampato sotto le intemperie, il cielo si spaccava e ruggiva furioso, e lei doveva cercare riparo insieme a sua madre sotto i tendoni che non erano già occupati. A Ljubica non piaceva condividere lo spazio con altri. Con gli uomini. Ma lì le donne si contavano sulle dita di una mano e lei era, senza dubbio, l'oggetto del desiderio più ricercato. Diceva sempre che nel suo nome – associato al concetto più fisico dell'amore – affondava le radici la maledizione con cui avrebbe dovuto fare i conti per tutta la vita. Per questo aveva chiamato la sua unica figlia Senka – «ombra» –, allo scopo di liberarla dal male rappresentato dagli uomini. Considerando gli avvenimenti che sarebbero capitati in seguito, possiamo dire che quella trovata non funzionò a dovere.

Rapita da quella tela trasparente che era la finestra della cucina, Antonia contemplava ormai da parecchi minuti le pennellate delle gocce che dapprima si schiantavano contro il vetro e poi scivolavano giù furibonde fino a scomparire. Seppur immersa in quello stato ipnotico, percepiva l'odore che emanava la pelle di sua madre quando lei la abbracciava cercando rifugio nel calore del suo corpo. Sudore e gelsomino, agrodolce fragranza protettrice. Le sembrava strano poter recuperare quel tipo di emozioni ma non riuscire a ricordare il momento esatto in cui aveva smesso di chiamarsi Senka per trasformarsi in quello che era oggi: un'ombra.

Solo un'ombra.

Una serie di colpi provenienti dalla porta d'ingresso la riportò al presente. Stupita, si tolse il grembiule e percorse lo stretto corridoio che attraversava il pianterreno domandandosi chi diavolo potesse esserci alla porta, consapevole che a quell'ora il marito stava sicuramente ancora lavorando in una delle sue attività. Di nuovo risuonarono i colpi, sempre più forti.

«Arrivo! Arrivo!»

Ci mise un po' a riconoscere il volto che si trovò di fronte, per via della tensione che deformava i lineamenti di Francisco Espinosa. Non fu necessario invitarlo a entrare.

«Gregorio non c'è» lo avvertì Antonia.

Francisco si levò il cappello e anche il cappotto, che scosse più volte prima di guardare sua cognata con profondo disprezzo.

«Lo so che non c'è, per quello sono venuto a quest'ora».

Lei, sorpresa, fece un passo indietro.

«Mio fratello è debole e non vede al di là del suo naso, ma me non mi inganni. Ti ho già inquadrata fin da quel maledetto giorno in cui sei comparsa nella nostra vita».

«Se sei venuto a casa mia per mancarmi di rispetto, è meglio che tu te ne vada».

«A casa tua?! Questa è la casa dei miei nonni! In questa casa è nato mio padre e ora la occupa Gregorio con quella sgualdrina di sua moglie, ma non pensare neanche per un attimo che questa sia casa tua!»

Antonia si sforzò di fare una smorfia divertita.

«So che intenzioni hai. Conosco bene le puttane avide come te! Vuoi portare via alla mia famiglia tutto quello che riesci, ma ti assicuro che non te lo permetterò. Domani stesso parlerò con i nostri avvocati per annullare il documento che hai fatto firmare a quel tonto di mio fratello per diventare comproprietaria della panetteria. Se necessario lo farò dichiarare incapace di intendere e di volere, ma tu non vedrai neanche un soldo. Hai capito?»

Francisco Espinosa sollevò il dito indice e glielo avvicinò a pochi centimetri dalla faccia.

«Neanche un soldo!»

Senza reagire, Antonia girò i tacchi, fece qualche passo fino a piazzarsi di fronte a un paesaggio marino appeso al muro e inspirò molto lentamente dal naso. Mentre cominciava a espirare, colpì il quadro con la testa due volte di seguito, poi ripeté l'operazione altrettante volte contro la parete, fino a verificare con la mano di aver raggiunto il suo sanguinoso obiettivo. Non era la prima volta che si autolesionava – con le due reclute che aveva mandato all'ospedale aveva sperimentato l'efficacia del metodo –, ma stavolta le piacque. Leggermente stordita, si voltò verso Espinosa e accorciò la distanza che li separava mentre si strappava il vestito.

Rimasto a bocca aperta, Francisco non seppe come reagire.

«Ascoltami attentamente: per minacciare una come me dovresti essere molto più uomo di quello che sei. Cosa penseranno di te quando scopriranno che hai approfittato del fatto che fossi sola in casa per cercare di violentare la moglie di tuo fratello?»

Antonia lo fece arretrare contro la porta, si bagnò le dita nel sangue che le fuoriusciva dal sopracciglio e gli dipinse due ditate sulla guancia. Non contenta, gli piantò le unghie nel collo tracciando quattro solchi discendenti.

«Così vedranno che mi sono difesa».

Suo cognato riusciva solo a balbettare monosillabi inintelligibili.

«Non ti dirò cosa dovrai fare, ma ora ti dico cosa non farai. Non parlerai con l'avvocato; non ti intrometterai nel mio rapporto con mio marito e non ti presenterai mai più a casa mia senza invito. Casa mia» sottolineò spingendolo con entrambe le mani verso l'uscita.

Francisco non riusciva ad afferrare il pomello della porta, quindi alla fine ci pensò lei ad aprirla, per poi richiuderla sbattendola non appena lo vide scomparire sotto la pioggia. Trionfante, Antonia sorrise, ma quando vide la propria immagine riflessa nello specchio dell'ingresso, la linea concava disegnata dalle sue labbra si fece convessa. Si accorse che le tremavano le gambe, e si lasciò scivolare a terra con la schiena contro la parete come le gocce di pioggia che arrivavano a morire sul vetro della finestra.

Sul pavimento, si accucciò come faceva contro il corpo di sua madre e, in totale silenzio, scoppiò a piangere.

Erano passati tre giorni dall'incidente con suo cognato quando Gregorio le propose di passare la domenica in riva al fiume Bodión. Lei – che aveva ben chiaro come approfittare del taglio che esibiva ancora sul sopracciglio e degli altri ematomi – gli aveva raccontato di essere andata a sbattere contro la parete e poi a terra dopo essere inciampata in un modo difficile da comprendere, considerata la coordinazione che si supponeva avesse in quanto ex acrobata.

Soffiava una leggera brezza da levante, impregnata degli aromi floreali di una primavera che stava per incontrare la stagione successiva. Seduto sotto una quercia frondosa, Gregorio si affannava a tagliare del formaggio mentre Antonia, sdraiata a pancia in su, seguiva il movimento delle nuvole.

«È così difficile essere felici?»

Gregorio si mostrò sorpreso.

«Non dico per noi. Mi riferisco al fatto che ci sono persone che non saranno mai felici».

«Di chi parli?»

Antonia si rialzò lentamente e lasciò vagare lo sguardo sull'immaginario fulgore di un orizzonte inesistente.

«Bah, lascia stare. L'altro giorno hai detto che ci sono punti in cui uno non riesce mai a grattarsi per quanto gli prudano, e credo che tu abbia ragione».

«Se ti succede una cosa del genere, devi chiedermi aiuto» disse lui nel tentativo di fare lo spiritoso, allungando la mano verso il suo petto.

Il tentativo fu stroncato di netto.

«Sono seria».

«Ah, scusami» disse lui massaggiandosi il polso dolorante. «Quando ti metti a parlare per enigmi è impossibile capirti».

«Perché non mi presti abbastanza attenzione! Sto parlando di tuo fratello Francisco».

Gregorio si irrigidì all'istante.

«Cosa c'entra lui?»

«Lascia perdere, quello è un punto talmente irraggiungibile che non riuscirò mai a grattarlo».

«Ma io magari sì. Cosa diavolo è successo con mio fratello?» insisté in tono severo.

Antonia non volle girarsi verso di lui. Doveva guadagnare tempo affinché le si inumidissero gli occhi.

Prima ancora che finisse di raccontare il falso tentativo di violenza da parte di Francisco, Gregorio Espinosa stava già prendendo a calci il tronco dell'albero. Antonia, con le mani raccolte all'altezza del petto come ad assumersi parte della responsabilità di quell'oltraggio, decise di non asciugarsi le lacrime che le scendevano sulle guance.

«Maledetto! Mille volte maledetto!» urlava Gregorio camminando in circolo. «Quindi non ti sei ferita inciampando, vero?»

Antonia scosse la testa.

«È successo quando ho cercato di difendermi. Mi dispiace molto di averti mentito, ma io...»

«Non capisco! Perché non me l'hai raccontato subito?»

«Avevo paura che lui facesse qualcosa per separarci, che è quello che vuole fin dal giorno in cui ci siamo conosciuti. Mi ha sempre guardato in modo strano. Sempre!»

Gregorio strinse forte i pugni.

«Lo ammazzo! Appena lo vedo gli spacco la testa in due, a quel...»

Lei gli si avvicinò e lo abbracciò stretto.

«No! Non è questo il modo! Quello che gli dà veramente fastidio è che io faccia parte di questa famiglia, e non sopporta che tu abbia messo anche il mio nome nell'azienda. Quello di una donna».

«Ah sì? È questo a dargli fastidio? Allora può andare a farsi fottere, perché ho intenzione di fare lo stesso con il negozio di dolci e con la carbonaia. E che cazzo! Pure con la casa!»

Antonia contenne l'euforia.

«Sai cosa mi piacerebbe davvero che facessi, per potermi sentire come le mogli dei tuoi fratelli?»

Gregorio estrasse un fazzoletto dalla tasca della casacca e le asciugò dolcemente le guance.

«Dimmi».

«Che mi lasciassi decidere come impiegare il mio tempo. Per esempio vorrei leggere, è da tanto che non riesco a farlo. E per questo dovrei smettere di lavorare in panetteria. Le altre si dedicano alla casa e ai figli. Come faccio a rimanere incinta se passo tutta la giornata a lavorare come una mula?»

Lui schioccò le dita.

«Allora è deciso! A partire da domani non dovrai più andare al lavoro se non lo desideri, ma l'attività resterà comunque a tuo nome».

Stavolta Antonia applaudì emozionata.

«Dimostrerò alla mia famiglia che so prendere delle decisioni. E se a Francisco viene in mente di dirmi una sola parola ti giuro su san Bartolomeo, testimone delle nostre nozze, che gli spacco la testa a metà».

«Lo sapevo che eri un uomo! Un vero uomo!»

Gli afferrò il viso con entrambe le mani e gli diede un bacio sulle labbra.

«E sai cosa? C'è un modo più semplice per sbrigare le scartoffie senza passare da quel notaio, che non è altro che un ladro ben vestito» gli disse.

«Quale modo?»

«Te lo dico subito, ma prima le cose importanti».

Antonia tornò a baciarlo appassionatamente. Poi prese fiato e si inginocchiò per abbassargli i pantaloni fino alle caviglie.

«Ora vedrai cosa sa fare tua moglie quando è felice».

In un batter d'occhio, l'espressione di Gregorio passò dalla sorpresa all'estasi.

Capitolo tredicesimo

Cose da ricchi sfondati

Caserma della Guardia Civile di Zafra
Provincia di Badajoz
20 aprile 1917, ore 18.10

Non si è mosso dal suo fianco da quando sono arrivati in caserma. Con la mano sul dorso di Alarico, il tenente Gallardo tenta di controllare la respirazione accelerata ma ritmica del cavallo, che, sdraiato su un letto di paglia e con gli occhi spalancati, non sembra fidarsi di quel leggero ma costante tremore che il suo padrone gli trasmette attraverso il suo manto. Essendone consapevole, Martín Gallardo si alza irritato e cerca con lo sguardo il posto ideale dove porre immediatamente rimedio alla situazione. Sul fondo, nella zona dell'abbeveratoio, ci sono più ombre che luci, e a prima vista gli pare che non ci siano troppe mosche che potrebbero disturbarlo. La sua più che prolungata esperienza nell'arrotolare sigarette nelle peggiori condizioni possibili – persino sotto il fuoco nemico – ha alimentato la sua destrezza fino a limiti insospettabili, e dopo meno di un minuto da quando ha estratto le pepite di oppio dalla tasca interna della casacca sta già aspirando la prima boccata di tabacco e oppio. È la migliore. Quella che gli alleva di più il dolore e gli toglie la fame. Quella che lo aiuta a vedere le cose sotto un'altra prospettiva e riesce a restituirgli la lucidità mentale che la dipendenza fisica gli sottrae.

Così, immerso in questo ansioso abbandono, permette al suo cervello di elaborare un primo bilancio delle circostanze particolarmente difficili in cui si trova. Una situazione delicata, conseguenza delle decisioni sbagliate che ha preso da quando la sua strada ha incrociato quella di Antonia Monterroso. Troppi errori; dal giorno in cui lei è comparsa al comando per denunciare Francisco Espinosa non esiste più vittoria abbastanza grande per rimediare a quella disfatta. È evidente – oltre che imbarazzante – che si sia lasciato trasportare dalle emozioni. Persino il caso di Jacinto Padilla gli risulta più comprensibile, considerando che ha vissuto con lei per anni, un tempo sufficiente a perdere completamente il senno. Quanto al suo ex compagno d'armi Sebastián Costa, altra sua vittima, tutto sembra indicare che abbia avuto diversi incontri carnali con Antonia, e che malgrado sia caduto nella stessa ossessione avesse in realtà uno scopo. Un fine. Un obiettivo che, per quanto folle, potrebbe giustificare le sue azioni. Non sapere più nulla di lui gli fa temere il peggio; tuttavia, dopo aver esaminato i corpi rinvenuti nel pozzo, è convinto che nessuno corrisponda a quello del suo vecchio commilitone. Il suo amico. Per questo ha bisogno di ricostruire i fatti, anche se dover dipendere unicamente dalle informazioni che gli fornisce l'uomo che si trova nelle celle della caserma lo infastidisce alquanto.

Lo rende molto nervoso.

Ma nonostante tutto, a fargli veramente perdere il senno è il suo stesso comportamento. Il suo modo di agire e le conseguenze che potrebbero derivarne se non riesce a prendere le redini del caso e a incanalarlo a dovere. Non sarà un compito facile, ma perlomeno ha guadagnato tempo tornando a Zafra prima di affrontare il verdetto del comandante Recio. Considera il suo superiore poco competente e niente affatto adeguato al ruolo che ricopre, ma sa bene che, in quanto vecchio segugio, possiede un ottimo olfatto. A questo bisogna aggiungere che Gallardo non è esattamente il suo prediletto. Di conseguenza, se non gli presenta un rapporto che comprenda la risoluzione definitiva del caso, senza lasciare spazio al minimo dubbio, potrebbe finire nei guai. Grossi guai.

Vada come vada, intuisce che non avrà altra scelta che assumersi la sua parte di colpa in quanto coinvolto nei fatti, e l'incertezza che questo gli provoca non solo lo infastidisce, lo rende molto nervoso, gli fa perdere il senno, ma, perché non ammetterlo, lo spaventa anche. Così, a mo' di assurda penitenza, si tira con forza i peli dei baffi mentre sbuffa fuori il fumo con evidente repulsione, come se si fosse appena reso conto di quanto sia nocivo per la sua salute.

«È lì dentro, tenente?»

Riconoscendo la voce del caporale Aguado, getta a terra il mozzicone, lo schiaccia con la suola degli stivali e afferra uno dei secchi di metallo impilati accanto al lavatoio.

«Qua dietro!» urla.

Gli va incontro portando il secchio traboccante, con l'espressione ancora inacidita.

«Volevo solo informarla che il veterinario è andato a prendere non so cosa per curare il suo cavallo».

«Bene. Grazie, caporale».

«Vuole una mano?»

«Ho finito, grazie. Vada pure a riposare, domani ci aspetta una giornata complicata».

«Ecco... Venivo a dirle proprio questo. Ha ordinato qualcosa di particolare agli agenti?»

Martín Gallardo aggrotta la fronte.

«No, niente».

«È che ho trovato strano non incrociare nessun collega quando sono tornato su dalle celle».

«Nessuno?»

«Neanche un'anima. Lobito l'ho mandato a casa io poco fa, e a quest'ora Yáñez sarà già con le gambe sotto il tavolo alla Floridita; ma non vedere nessun altro... Non so, mi sembra strano».

Il tenente fa una smorfia e, pensieroso, porta la mano al calcio del revolver.

«Venga con me!»

A passo marziale attraversano il cortile e si dirigono verso l'edificio principale, dove in effetti non incontrano nessuno.

Gallardo borbotta rabbioso.

Aguado sospira inquieto.

«Da qualche parte mi è sembrato di vedere una piantina dettagliata della zona» commenta il tenente.

«Sì, nel corridoio di sopra che porta alle latrine» conferma il caporale.

Salgono i gradini a due a due e si piazzano spalla contro spalla di fronte a quel rettangolo di carta attaccato malamente alla parete.

«Zafra» indica Gallardo con il dito.

Ben presto localizza il sentiero dei Noci, il cui tracciato è evidentemente più lungo e sinuoso rispetto all'altra strada che porta ad Almendralejo.

«Padilla aveva ragione» conclude Gallardo fra i denti. «Ma porca di quella puttana...»

«Tenente?» domanda l'altro, sconcertato.

«Scenda nelle celle e non si muova di lì finché non torno! Le do il permesso di sparare a chiunque entri dalla porta senza uniforme».

«Ai suoi ordini, però... Per favore, non si trattenga troppo».

«Lei pensi a fare quello che le ho detto».

«Posso chiederle dove va, tenente? Solo per sapere».

«A verificare un sospetto».

Le unghie luride stringono un pezzo di pane che trascina con sé gli ultimi avanzi del pasto. Non rimane più nulla delle uova in camicia con patate e piselli che riempivano il piatto fino a pochi minuti prima. Mezzo litro di vino sopravvive ancora nel fiasco che, a quanto assicura Rocío Flores, proprietaria della taverna della Floridita, «tiene quasi due litri, anche se non sembra».

Benito Yáñez non è solito trattarsi così bene, ma sa che se tutto va come spera riceverà dei soldi in più, una somma che ha già deciso di spendere per sistemare il tetto di casa sua e per altre faccende più effimere.

Riguardanti soprattutto le sue parti basse.

Il brusio è costante a quest'ora, in cui la giornata nei campi è terminata e i braccianti cercano rifugio qui o nell'altra taverna di Zafra, più grande ma molto più cara rispetto a questa, gestita dalla donna che ora, in piedi su un tavolo, sta battendo col tacco il ritmo di una canzonetta. A cinquantacinque anni compiuti, alla Floridita piace ancora farsi notare a casa sua, soprattutto quando i tavoli sono tutti occupati ed è molto consapevole del fatto che ogni minuto in più che i fedeli passano nel suo convento gioca a favore della madre superiora. Senza smettere di cantare né di battere le mani, pianta lo sguardo sul tenente della Guardia Civile che è appena entrato dalla porta, ma non perché sia più alto e largo di spalle rispetto alla media. Lo nota perché nella sua espressione enigmatica non trova il minimo segnale che sia venuto a spendere un solo centesimo nel suo locale. E questo non le va affatto bene. Ma non perché sperasse di incassare qualche moneta in più, no: non le piace perché la sua lunga esperienza le dice che, se quell'uomo non è venuto a spendere, allora è venuto a riscuotere.

E la Floridita non si sbaglia.

Il tenente si ferma accanto alla porta e, come un predatore in cerca della sua preda, si concede un po' di tempo per esaminare l'ambiente senza quasi muovere la testa. Non appena lo vede prende fiato e, senza accelerare minimamente, si incammina con passo fermo per raggiungerlo tracciando una linea retta. Quando gli mancano pochi metri alla meta, la Floridita capisce: quel grosso felino è qui per dare la caccia al Cinghiale.

Il caporale Yáñez ci mette qualche secondo ad accorgersi di quella presenza che, con le mani dietro la schiena, lo osserva in totale silenzio.

«Ai suoi ordini, tenente!» esclama prima di alzarsi per mettersi sull'attenti.

«Riposo».

Yáñez si siede e si ripulisce le dita appiccicose con il tovagliolo. Poi finisce il bicchiere di vino e si schiarisce la voce. Gallardo, che non può evitare di guardarlo con un certo disgusto, ammorbidisce la propria espressione e indica la sedia.

«Posso?»

«Certo» risponde l'altro sollevando il fiasco. «Ne vuole?»

«Sono in servizio, no, grazie».

Un retrogusto acidulo invade il palato del caporale.

«La stavo cercando per capire se può risolvermi un dubbio».

«Prego».

«Mi dica, quando succederà?»

Yáñez si gratta la pappagorgia, sconcertato.

«Come dice?»

Gallardo prende fiato, piazza le braccia sul tavolo, intreccia le dita e sorride.

«Le sto domandando quando cercheranno di tirar fuori il detenuto dalla sua cella» dice abbassando la voce. «Sarà stasera, vero?»

L'altro scuote la testa confuso.

«Non so di cosa stia parlando».

Non lo vede arrivare.

Il movimento è stato talmente rapido che neppure la Floridita riesce a capire perché il Cinghiale si sia afferrato il naso con entrambe le mani, ma quello che sa bene è che non ha intenzione di intervenire. Non si è nemmeno accorta che il tenente ha tirato fuori il revolver e da sotto il tavolo sta mirando ai testicoli di Yáñez. Solo i due clienti che occupano il tavolo accanto si sono resi conto di quanto è successo e, senza bisogno che Gallardo dica nulla, entrambi si alzano all'unisono e cambiano posto.

La tovaglia è adornata da schizzi di sangue di diversi diametri.

«Mi ascolti attentamente, Yáñez: le giuro su quanto c'è di più sacro che se mi fa perdere tempo premo il grilletto».

E malgrado il caporale sia impegnato a fermare l'emorragia con lo stesso tovagliolo con cui si è pulito le dita e non riesca ad articolare parola, qualcosa gli dice che non sta scherzando.

«Lei ci ha suggerito la via più rapida per Almendralejo. Ed è venuto fuori che non è affatto la più breve, ma è la più indicata per tendere un'imboscata. Oltre a questo, sono appena stato in caserma e non c'è una sola guardia a parte il caporale Aguado».

«Li ho mandati a raccogliere prove alla tenuta Monterroso come mi ha detto lei, per evitare che...»

Gallardo sbatte la mano sul tavolo.

«Non ci provi nemmeno! Non me ne frega un cazzo di dove sono i suoi uomini. Ho capito perfettamente che si è venduto a quell'Acevedo, ma ora l'unica cosa che voglio sapere è quando verranno a prendersi il detenuto. Sarà stasera?»

Dopo qualche secondo, Yáñez annuisce imbarazzato.

Gallardo mette subito via l'arma, si alza e si china per sussurrargli all'orecchio.

«Se prova a giocarmi un altro tiro, le giuro su quanto c'è di più sacro che le faccio saltare le cervella».

«Volevo solo evitare che qualcuno rimanesse ferito!» sente gridare il Cinghiale prima di uscire dalla taverna.

«Mi sembra nervoso» osserva Jacinto Padilla da dentro la sua cella. «E con tutto quel camminare avanti e indietro sta contagiando anche me».

Aguado si avvicina alle sbarre.

«Taci una buona volta, o entro là dentro e ti trituro le ossa a forza di botte» lo minaccia.

«Non starà mica pensando che quei furfanti avranno il coraggio di assaltare la caserma per prendermi, vero?»

Nello sguardo dell'agente, la risposta.

«No, no, no» ripete incessantemente il reo. «Ma cosa diavolo gli ho fatto io, a quell'Acevedo?»

«Ti ho detto di chiudere il becco! Sei tu che mi rendi nervoso!»

Il rumore di una porta e di passi che scendono con cautela le scale fa sì che il caporale Aguado estragga la sua arma regolamentare e, ginocchio a terra, adotti una posizione comoda per sparare. Padilla, da parte sua, fa del suo meglio per aderire alla parete più lontana.

«Sono il tenente Gallardo!» avvisa prima di affacciarsi.

Il caporale Aguado espira dalla bocca mentre abbassa la pistola.

«Faccia uscire subito il prigioniero e gli metta le manette. Verrà con me».

«Dove?»

«È meglio che lei non lo sappia. Vada a casa fino a domani».

Aguado, sebbene non lo mostri, è molto felice di udire quell'ordine.

«Qualcuno mi può spiegare che cazzo sta succedendo?» domanda Padilla.

«Succede che se non tace e non fa quello che le dico, domani non si sveglierà. C'è un'altra uscita a parte l'ingresso principale?» chiede Gallardo ad Aguado.

«C'è una porta accanto alla carbonaia che dà sul vicolo sul retro».

«La seguiamo. Veloci!»

Quando sbucano all'esterno tutto sembra tranquillo.

«Noi proseguiamo da quella parte» indica il tenente.

«Faccia attenzione».

«Anche lei».

Padilla, la cui pelle ha perso il poco colore che aveva, non osa aprire bocca. Gallardo si leva la casacca per coprire le mani del prigioniero.

«Cammineremo uno accanto all'altro, in fretta ma senza attirare l'attenzione. Non serve che le dica che...»

«No, non serve».

Senza discussioni né sorprese, dopo una ventina di minuti arrivano alla destinazione stabilita da Martín Gallardo: la pensione Casa Matilde. Non appena entrano nella minuscola reception, Matilde sorride maliziosa dietro il bancone.

«Guarda, guarda... Non mi aspettavo di rivederla qui, tenente».

«Mi serve la stessa stanza di ieri» le dice senza troppi complimenti.

Matilde esamina il suo accompagnatore. Padilla, ancora dolorante, si massaggia i polsi, cosa che non sfugge agli occhi inquisitori della padrona di casa.

«Certo che lei ha proprio ottimi gusti».

«Mi dia la chiave e basta».

Matilde si volta a prenderla quando una biglia che rotola sul pavimento precede la comparsa di un bambino cencioso il cui volto risulta familiare a Gallardo. A giudicare dalla reazione del bambino, il riconoscimento è reciproco.

«Lui è mio nipote Mario, un buono a nulla; dopo la scuola sua madre me lo spedisce qui e va a farsi i fatti suoi, che chissà poi quali sono».

«Per poco non mi ha schiacciato con il cavallo» lo accusa Mario indicandolo.

«È vero?»

«Sì, è vero» conferma Gallardo afferrando la chiave. «Discrezione totale, per favore».

Un sorriso lupesco si allarga sul viso di Matilde.

«Certamente».

Non appena sente la porta che si richiude, la padrona di casa tira fuori un pezzo di carta e scrive qualcosa.

«Mario, vieni subito qui!»

Il bambino, che non è per niente tonto, obbedisce immediatamente.

«Portalo a chi sai tu».

Il piccolo allunga il braccio, apre la mano e scuote le dita luride.

«Maledetto strozzino... Manco fossi ebreo, ragazzo!»

Una moneta compare sul piccolo palmo di Mario e subito sparisce nella tasca dei suoi pantaloni.

«Corri!»

Cammina con passo deciso e gli occhi ancora arrossati dalle lacrime che ha versato quando non ha potuto far altro che confessare e spiegare a sua zia perché si sta prostituendo.

Abituata alla dolcezza che caratterizza la zia Menchu, la sua reazione l'ha sorpresa molto. All'inizio, esterrefatta, si è limitata ad ascoltare la sua voce titubante con la bocca spalancata e i pugni stretti. Poi, quando le ha confessato che lavora per Ramón Acevedo, l'ha assalita un attacco di rabbia che si è concluso con diversi piatti e bicchieri in frantumi sparsi sul pavimento della cucina. Mentre Rosario li raccoglieva, Menchu è scoppiata a piangere, per il dolore, la frustrazione e lo sconforto, sapendo di poter fare poco o nulla per cambiare le cose senza mettere a repentaglio l'integrità di sua nipote e, ancora peggio, senza che le portino via Lope. Dopo aver recuperato la calma, Menchu le ha raccontato che conosce bene Ramón Acevedo e sa di cosa è capace, e che quello che le spezza il cuore è trovarsi con le mani legate. Ha persino valutato la possibilità di vendere Pancho – il mulo che ogni tanto affitta ai braccianti per due pesetas al giorno, la sua unica fonte di guadagno – ma sa che contrattare con quel bastardo non servirebbe proprio a niente.

Una volta concluso il dramma, si sono salutate con un forte abbraccio e Rosario è uscita, decisa a riscuotere quanto le deve quello strano tipo della pensione prima di passare da casa di Patricio perché sua moglie le dica dove deve lavorare stasera. Spera che non le tocchi un vecchio – per fortuna di solito preferiscono altre donne più in carne e con più esperienza di lei – e che sia rapido, come le è successo con l'unico uomo – sempre che fosse maggiorenne – con cui è riuscita ad andare a letto senza essere costretta a trattenere i conati di vomito.

Sta per svoltare l'angolo per infilare la strada della pensione quando si scontra con un bambino che cade a terra.

«Dio santo, Mario!» esclama riconoscendolo. «Stai bene?»

Rosario lo aiuta ad alzarsi, ma il bambino, un po' scosso, non risponde.

«Ma, piccolo, dove andavi così di fretta?»

Mario si gratta la testa.

«La nonna mi ha dato questo foglietto e mi ha detto di portarlo a Patricio».

«A Patricio?»

All'improvviso il bambino si rende conto di non averlo più in mano.

«Oh! Dov'è il foglietto?»

Rosario lo trova ai suoi piedi, lo raccoglie e non può evitare di aprirlo.

«'L'uomo che cerchi è qui. Stanza dodici'» legge a voce alta. «Quale uomo?»

«Non ne ho idea. Non so neanche leggere».

Senza preavviso, Mario le strappa di mano il foglietto e si rimette a correre senza che Rosario possa impedirglielo. Lei, sorpresa, resta pensierosa e poi si colpisce la fronte con il palmo della mano.

«Stanza dodici!» ricorda. «Vecchia strega...»

Rosario entra nella pensione con il suo sorriso migliore, ancheggiando, diretta verso le scale. Matilde, vedendola, inclina la testa e si acciglia.

«E tu che ci fai qui, bambina? Che io sappia, nessuno...»

«Esatto, che tu sappia» la interrompe.

«Di nuovo con quell'agente?»

«Va bene che ho talento, però no. Oggi non sono con lui».

«Be', meglio così, perché avresti trovato una sorpresa spiacevole...»

Rosario si mostra stupita.

«Cosa? È con un'altra?!»

«Con un altro, direi, ma tu non ti preoccupare, non credo che ti faccia concorrenza».

«Bene, io salgo».

«Ma, bambina, non mi dici da chi?»

Rosario fa una smorfia complice e raggiunge le scale. Matilde la segue con lo sguardo.

Rosario si ferma sul secondo gradino, si volta e si tira su il reggipetto.

«Non sei stata tu, una volta, a dirmi che una deve essere discreta anche quando sventola le tette? Ecco, allora vado».

Ancora agitato, Martín Gallardo scosta la tenda della finestra per controllare l'esterno e strofina i palmi delle mani contro le cosce, come se in questo modo potesse liberarsi del viscido tremore che le pervade. Ha con sé la pallina di oppio con cui potrebbe risolvere subito il problema, ma con Padilla presente non è un'opzione che possa considerare.

«Si sieda lì» ordina al fattore.

Questi, che non è ancora riuscito a scuotersi via lo spavento dal corpo, fa un passo avanti.

«Vuole dirmi una buona volta che diavolo sta succedendo?»

«Succede che lei ha nemici molto potenti che vogliono vederla morto. Cos'ha quell'Acevedo contro di lei?»

«Non ne ho idea! Glielo giuro su qualsiasi cosa, capo!»

Gallardo si avvicina a lui e lo afferra per il collo trascinandolo accanto a una tubatura che scende lungo la parete come un boa ossidato. Senza la minima delicatezza ammanetta Padilla al falso rettile, e lui, rassegnato, si siede a terra.

«Sicuramente ci sarà un motivo per cui Acevedo rischia così tanto» insiste, «quindi farà meglio a raccontarmi il resto della storia!»

«E cosa vuole che le racconti?»

«Tutto! Voglio che mi racconti tutto!» gli urla.

«Vuole sapere cos'ha fatto Antonia per accaparrarsi tutta la fortuna di Goyito?»

Il tenente resta in attesa mentre assiste alla metamorfosi che si produce sul volto di Padilla. Gli sembra di intravedere tracce di tristezza.

«Be', nell'unico modo in cui poteva farlo: ammazzandolo».

«Quindi ammette che vi siete liberati di quel povero disgraziato?!»

«No, no, no! Non ho detto questo! Io non c'entro, non ho fatto niente».

«Qualcosa deve aver fatto, visto che un commerciante di bestiame ha confermato che lei gli ha venduto un cavallo molto particolare, appartenente a un uomo che frequentava assiduamente la Vedova e che è scomparso a febbraio. Non appena il fratello lo identificherà, lei diventerà il principale sospettato di tutti gli omicidi».

Anziché lasciarsi intimorire, Padilla assume un'espressione di superiorità.

«Non vorrei offenderla, capo, ma questo è quasi il finale della storia. Se non me la lascia raccontare in ordine di tempo, non ci capirà un bel niente».

Gallardo soppesa la situazione e con un cenno della mano lo invita a continuare a parlare.

«Le stavo dicendo che il giorno che Goyito ha tirato le cuoia io lavoravo da più di cinque mesi in un allevamento di maiali vicino a El Raposo, che, guarda caso, poco dopo è diventato la tenuta Monterroso».

«Continui».

«Diciamo che ho cominciato a rendermi conto che mi stava usando. Per lei ero solo l'ennesimo tirapiedi che le piaceva scoparsi di tanto in tanto. Niente di più. Così un giorno mi sono stancato e me ne sono andato».

Padilla rivolge lo sguardo a terra, pensieroso. Ha la fronte inzuppata di sudore e mostra evidenti segni di stanchezza.

«Le ho già raccontato che Antonia era riuscita ad approfittare dell'incidente con Francisco Espinosa per convincere suo marito a intestarle tutte le altre attività, e anche a permetterle di non lavorare più in panetteria, giusto?»

«Continui».

«Ecco, non le è bastato, perché l'ha anche persuaso a lasciare tutto a lei nel suo testamento».

«Una tipa sveglia».

«No, no. Non ha ancora sentito niente. Il meglio deve ancora venire. Questo le piacerà. Dopo essere diventata la sua unica erede, siccome non aveva intenzione di dargli un figlio, Antonia ha fatto un viaggio a Siviglia per...»

Tre colpi alla porta interrompono la narrazione. Il tenente Gallardo sfodera subito il revolver e si nasconde dietro la parete.

Altri tre colpi.

«Chi è?»

«Sono Rosario, la ragazza di ieri! Devo parlarle».

Sorpreso, apre la porta con estrema cautela e, come la volta precedente, la afferra per un braccio e la tira dentro.

«Che diavolo vuole?»

«Per volere, voglio i miei soldi, ma sono venuta ad avvisarla che siete in pericolo».

Non si può dire che Patricio Carvajal sia di quelli che riflettono troppo. Anzi, ha sempre ritenuto che la vita sia molto più semplice se gli altri si dedicano a pensare e lui ad agire. Pensare è una cosa da ricchi, e lui, che è il sesto dei nove figli con cui Dio ha voluto benedire i suoi genitori, ricco non lo è mai stato. Quindi non ha avuto altra scelta che schierarsi con quelli a cui tocca agire, ma la realtà è che da un po' di tempo a questa parte sta pensando più del dovuto.

Anche prima che lo Strappamutande aprisse un foro nello stomaco di quell'idiota del figlio di Lola, aveva già cominciato a farsi domande che non gli erano mai venute in mente prima. Nemmeno all'epoca in cui faceva parte dell'esercito carlista senza sapere bene – né male, del resto – che cosa stessero difendendo, né per quale motivo lottassero contro quelli che a volte chiamavano liberali e altre volte isabellini. Poco importava allora, quando l'unica cosa che poteva e doveva fare per riuscire a mangiare era obbedire agli ordini di altri, come poco importa adesso che l'unica cosa che può e deve fare è obbedire agli ordini del suo padrone, il signor Acevedo. Questo però non toglie che sappia distinguere tra il bene e il male, e se c'è qualcosa che a Patricio nessuno deve spiegare è che lui è nato per servire il male: anche servire il bene è una cosa da ricchi.

Da ricchi sfondati.

Il fatto è che Patricio, fermo davanti alla caserma della Guardia Civile in cui ha appena fatto irruzione senza trovarci anima viva, non può evitare di pensare che ha veramente poco senso il fatto che il suo padrone l'abbia incaricato di portargli vivo un uomo che vuole vedere morto, considerando quanto sarebbe facile per lui fargli saltare quel passaggio intermedio. Non sono fatti suoi, ma secondo lui le cose hanno cominciato ad andare per il verso sbagliato da quando Acevedo ha iniziato a trattare con Francisco Espinosa. Il mondo che Patricio conosce deve essere cambiato parecchio perché un delinquente del calibro di Ramón Acevedo abbia potuto relazionarsi con un damerino come don Francisco, che fa parte di quelli che non hanno bisogno di rubare perché altri l'hanno fatto al posto suo in precedenza. E poi lo preoccupa dover affrontare un tipo come quel tenente di Almendralejo. Di norma, la sola presenza di Patricio basta e avanza per intimorire chiunque, ma quell'uomo non è chiunque. Gliel'ha letto negli occhi quando se l'è trovato di fronte sul sentiero dei Noci. Ormai sa che ha le palle quadrate, ma quello che lo inquieta è che sappia anche usare il cervello, come dimostra il fatto che l'abbia anticipato lasciando la caserma, dove non avrebbe avuto via di scampo.

Se c'è una cosa che Patricio ha ben chiara è che la prossima volta che gli si presenterà un'occasione non mirerà al cavallo.

«Questo uccellino ti sta cercando in tutto il paese per consegnarti un messaggio» gli dice Marcial, il quale, senza che lui se ne sia reso conto, gli sta parlando da qualche minuto.

Pensare distrae.

Non bisogna pensare.

Bisogna agire.

«Quale messaggio?»

Il bambino gli mostra il foglietto.

«Me l'ha dato mia nonna Matilde, quella della...»

«So benissimo chi diavolo è tua nonna. Dammi qua».

Patricio sa leggere perché si è impegnato a imparare non appena si è reso conto di quanto fosse importante per differenziarsi da altri più forti di lui.

«Chiama gli altri» dice a Marcial.

Quando sta per avviarsi sente che qualcuno lo afferra per il braccio. È Mario.

«Senta, mia nonna mi ha detto che lei mi avrebbe premiato come merito».

«Ti ha detto così, eh?»

«Sì».

E, facendo leva sulla sfacciataggine che ha in abbondanza, ripete il trucco grazie al quale una moneta compare sul suo piccolo palmo e poi scompare nella tasca dei pantaloni.

«Sciò».

I suoi uomini lo circondano.

«Sono da Matilde. Sbrigatevi, cazzo!»

Ginés García lancia il detrito più lontano che può e si asciuga con un fazzoletto il sudore che gli scorre lungo le tempie. Anche se non ha protestato, non capisce perché il caporale Yáñez li abbia mandati di nuovo alla tenuta. Sono ore che spostano macerie, ma siccome nessuno dei tre sa che diavolo stanno cercando, si limitano a estrarre i mobili e altre suppellettili che non sono stati divorati dal fuoco. Dal piano principale sono riusciti a salvare soltanto alcuni oggetti, nulla di valore a parte un paio di candelabri, un vassoio e diverse posate che potrebbero essere d'argento.

Un paio di ore fa sono scesi in quella che doveva essere la cantina, dove potrebbe aver avuto origine l'incendio, stando a quanto assicura il suo collega Cristóbal Sánchez, che prima di indossare il tricorno era artificiere nel corpo dei pompieri di Granada. Ginés calcola che avranno ancora poco più di mezz'ora di luce, cosa di cui è profondamente grato, non solo perché la stanchezza ha fatto breccia nelle sue capacità fisiche ed è stufo di spellarsi le mani, ma anche perché ha una gran voglia di mettere sotto i denti lo stufato che la sua signora stava cucinando quando è uscito di casa stamattina alle sette. L'ultima cosa che ha mangiato, e sono passate già più di otto ore, è stata un'unica fetta di sanguinaccio che sembrava un'isola vulcanica in mezzo a un oceano di pane duro.

«Salgo a prendere un po' d'acqua» annuncia Ginés.

«Porta giù il piccone, quando torni, che questo coso non c'è modo di spostarlo» gli chiede Remigio López.

«Va bene».

«Gesù Cristo!» sente esclamare subito dopo dall'interno di quella che doveva essere la legnaia. «Venite qui!»

«Che succede?» domanda Cristóbal.

«Venite, cazzo!» insiste Remigio.

«Porca puttana...» mormora Ginés.

Di spalle, Remigio indica qualcosa di nero che sbuca da sotto un cumulo di cenere.

«Che possa morire ora se quello non è un piede» dice. «O era».

Cristóbal, facendo leva sulla sua esperienza, gli passa davanti.

«Non appoggiatevi a quella trave, potrebbe venire giù tutto» avverte. «Passatemi la pala e qualcuno vada a prendere la lampada a gas».

«Ci penso io» si offre Remigio.

Dal punto in cui si trova, Ginés non riesce a vedere cosa stia facendo Cristóbal, ma intuisce che stasera non potrà godersi lo stufato di sua moglie. Quando il suo collega torna e la luce illumina l'interno della legnaia, due gambe annerite confermano il suo sospetto.

«Non statevene lì impalati come due stoccafissi. Entrate ad aiutarmi, coraggio».

Ginés e Remigio si guardano rassegnati.

«La legna sul fondo è ancora umida. Doveva essere completamente zuppa quando l'hanno ammucchiata qui, per questo ha resistito» commenta Cristóbal. «Il busto e la testa non sono del tutto carbonizzati, guardate».

Ginés commette l'errore di dargli retta, e quello che registrano le sue retine è una testa con la bocca aperta in cui il tessuto sembra essersi parzialmente sciolto, accumulandosi sulla parte inferiore come in una candela. Non ha bisogno di vedere altro. Senza dire una parola, arretra fino a che, una volta fuori, si inginocchia e rigetta il contenuto del suo stomaco.

«Hai visto?» sente dire da Remigio. «Lì, dentro la bocca».

«Non toccarla, cazzo!» gli urla Cristóbal.

«È quello che penso io?!»

«È quello che stavamo cercando. Io l'ho vista di persona il giorno in cui l'abbiamo chiamata a deporre per la morte del secondo marito, e vi assicuro che quell'orrore lì» indica «è ciò che rimane della Vedova».

Seconda parte

Camminavamo senza cercarci pur sapendo che camminavamo per incontrarci.

JULIO CORTÁZAR, *Rayuela*

Capitolo quattordicesimo

El Gallo contro la Meraviglia di Triana

Strade del quartiere di Triana
Siviglia
Due anni prima

Nessuno avrebbe detto che quella era la prima volta che Antonia Monterroso si trovava a Siviglia. Indossava un abito lungo di taffetà color malva, con il corpetto armato di stecche di balena e la vita stretta da una cintura; la sua sagoma era un sinuoso meandro nel quale molti avrebbero voluto navigare. Quel sabato sfoggiava anche un paio di scarpe nuove, stivaletti marroni col tacco basso, ma quello che teneva davvero a sfoggiare era la nuova vita che si stava costruendo, la cui prima pietra era l'assegno al portatore del valore di 8346 pesetas che teneva in borsa. L'aveva appena ritirato da La Previsión Andaluza, l'istituto di credito e compagnia assicurativa con cui lavoravano gli Espinosa per coprire possibili sinistri nei loro locali commerciali. I danni prodotti dall'incendio avvenuto due mesi prima nel negozio di dolci di proprietà di suo marito erano stati stimati in quell'entità, e Antonia era andata fino a Siviglia per recuperare l'assegno. In un primo momento aveva dovuto faticare abbastanza per convincere

Gregorio che sarebbe stato meglio per lui rimanere a Jerez de los Caballeros per rimettersi da quel malessere generale che nelle ultime settimane non gli permetteva di lavorare né di fare qualsiasi altra cosa. Tuttavia, quello non era l'unico motivo che l'aveva condotta a Siviglia.

Una volta portato a termine il suo primo obiettivo, e sapendo di avere tempo in abbondanza prima dell'orario fissato per l'appuntamento successivo, decise di fare una passeggiata per rimettere ordine nelle idee che le ribollivano in testa. Ore prima, invece, aveva dovuto rimettersi in ordine il corsetto dopo il fortuito incontro sessuale che aveva avuto sul treno con uno sconosciuto.

Un animale.

Il solo ricordo la faceva bagnare fino alla sottoveste.

L'aveva incrociato poco dopo la partenza da Badajoz, mentre cercava di attraversare lo stretto corridoio che collegava gli scompartimenti della carrozza di prima classe. Poiché l'uomo, con il volto dai lineamenti squadrati, una folta barba incerata e occhi neri come la notte, aveva una corporatura simile alla sua, non c'era lo spazio fisico perché entrambi potessero proseguire normalmente il cammino, quindi lui, galante, aveva incollato la schiena contro il finestrino e con un cenno privo di qualsiasi pomposità le aveva ceduto il passo. Antonia, sempre attenta, aveva sorriso prima di sfregargli la sua generosa scollatura contro il petto come forma di ringraziamento. Dopo aver scambiato qualche parola con quell'uomo che diceva di essere un giramondo, aveva percepito che la penetrava con lo sguardo mentre la salutava, per poi farlo fisicamente qualche minuto dopo approfittando della calma notturna e del fatto che il vagone merci fosse incustodito. Non erano nemmeno arrivati a baciarsi. Una sveltina in piena regola, che pur non essendo del tutto soddisfacente – Antonia non aveva raggiunto l'orgasmo – l'aveva intrattenuta per quasi mezz'ora, mentre lui la sbatteva da dietro con vigore e con una certa rudezza, come se stesse alimentando il locomotore. Lui sì che era venuto, e parecchio. Antonia lo sapeva bene, visto che aveva fatto in modo che le finisse in bocca, come tante volte le aveva consigliato Maria Conceição, la prostituta che aveva conosciuto nel postribolo di Lisbona. Non l'aveva mai provato prima, e non per mancanza di opportunità – il povero Jacinto gliel'aveva proposto non poche volte –, ma vedendo come era riuscita a far rabbrividire quell'orso, ora provava il desiderio di ripetere l'esperienza. Non con suo marito, giammai, con lui si limitava alla posizione del missionario una volta alla settimana e finiva lì. Ci mancava solo quello, con il disgusto che le provocava andare a letto con quel mezz'uomo che aveva sposato; e poi si doveva pure irrigare con la soluzione di bicarbonato e aceto usando la peretta vaginale ogni volta che lui le eiaculava dentro. Era stata sempre Maria Conceição a insegnarle a preparare quel miscuglio e a utilizzarlo per evitare a tutti i costi di rimanere incinta.

Paradossi della vita.

Di fronte alla chiesa di San Jacinto, Antonia si fermò a pochi metri da due uomini ben vestiti che chiacchieravano amichevolmente tra loro.

«Scusate, signori, potete dirmi se la Compagnia assicurativa sivigliana è da queste parti?»

Quello che portava i capelli pettinati all'indietro fece un passo verso di lei, spense il sigaro con eleganza impostata e, serissimo, si raddrizzò come un pavone reale in amore.

«Non saprei, signora, ma se servisse io mi offrirei di farle attraversare il fiume in braccio».

Intervenne l'altro, meno diretto.

«Per caso è quella con l'ufficio in calle Betis?»

«Esatto».

«Credo che sia proprio accanto alla fruttivendola Paquita la Zoppa».

«Ah, certo» riprese il suo compagno. «Allora arrivarci è facilissimo: deve continuare dritto e, prima del ponte, quella che sale sulla destra è calle Betis. È proprio all'inizio della via; sul marciapiede destro vedrà la targa su un portone di legno scuro, quasi nero».

«Molto gentile».

«C'è qualche altra cosa in cui possiamo aiutarla?» domandò il pavone reale con un'inflessione seducente.

Stavolta fu Antonia ad avvicinarsi a lui.

«Quando dovrò attraversare il fiume la verrò a cercare, gentiluomo».

«Conti su di me. Claudio Millán» si presentò. «E il mio amico qui è Manolo San José, *banderillero*».

«Sto ancora studiando» chiarì l'altro.

«Oggi pomeriggio fanno la corrida alla Maestranza» indicò Millán sollevando un braccio in direzione del Guadalquivir. «Joselito e Juan Belmonte faccia a faccia. Tori di Miura. Mica roba da poco».

«Non ho mai visto una corrida» ammise Antonia. «Non so se...»

«Ma cosa mi dice mai!» la interruppe l'uomo. «Se potessi procurarle un biglietto le illustrerei l'arte io stesso.

Ma è tutto esaurito da settimane. Nessuno vuole perdersela, è logico».

«Be', sarà per un'altra volta. Buona giornata, signori» salutò Antonia porgendo la mano.

Il pavone reale, ovviamente, fu il primo a prenderla. Il futuro *banderillero* fece quel che doveva senza tante cerimonie, in modo più naturale, atteggiamento che Antonia volle premiare con un sorriso malizioso.

Con lo sguardo di entrambi fisso sul suo posteriore, Antonia riprese il cammino con totale disinvoltura e senza guardarsi indietro. Sapeva già perfettamente come arrivare a destinazione perché aveva chiesto indicazioni alla stazione, ma voleva verificare la portata del suo fascino quella mattina. Di fronte al portone di legno scuro, quasi nero, sul quale splendeva imponente la targa della Compagnia assicurativa sivigliana, Antonia estrasse dalla pochette un minuscolo flaconcino di profumo e, con discrezione, se lo spruzzò sul collo e sulla scollatura prima di afferrare la maniglia.

«Buongiorno» udì.

Nascosto da una densa cortina di fumo, il portiere dell'edificio l'aveva fermata da dietro un bancone di legno e cristallo. L'uomo, dalla carnagione cinerea e con profondi solchi di aratro sulla fronte, le andò incontro molto lentamente, quasi con accelerazione negativa, si sarebbe detto.

«Dove è diretta?» la interrogò con un marcato accento del posto.

«Alla Compagnia...»

«Scala a destra, secondo piano, porta sulla sinistra» la anticipò.

Con estrema calma, Antonia tirò fuori il borsellino e gli offrì una moneta.

«Non è necessario, signora».

«Sì, invece» affermò lei. «Lo è sempre».

«Molto gentile, allora. Le auguro una buona giornata, signora».

Senza tenersi al corrimano, Antonia salì la prima rampa di scale con aristocratica eleganza, atteggiamento che abbandonò non appena affrontò quella successiva, fuori dal campo visivo del portiere. Prima di bussare alla porta si concesse qualche secondo per recuperare il fiato, mentre si aggiustava il corsetto con l'intenzione di trasformare il busto in un punto focale se possibile ancora più vistoso.

Il sorriso della donna che la accolse si spense sul nascere non appena il suo sguardo scivolò lungo il collo di Antonia andando a impantanarsi nell'interminabile linea verticale che suddivideva in due la montagna di carne che fuoriusciva dal vestito.

«Buongiorno, bellezza, sono la signora Espinosa. Ho un appuntamento con Sixto Simón».

«In questo momento il signor Simón è al telefono con Buenos Aires. Aspetti gentilmente qui per qualche minuto, per favore».

«Non c'è problema, ma... Potrebbe portarmi qualcosa da bere? Con questo caldo la gola si secca».

«L'acqua va bene?»

«Preferirei un moscatello bello fresco».

La segretaria esitò.

«Certo, signora Espinosa».

Tre bicchieri di vino dolce più tardi, la segretaria finalmente la accompagnò con circospezione nell'ufficio del signor Simón. Il titolare dell'agenzia, seduto dietro una lucida scrivania di legno massiccio, indossava un panciotto marrone sopra una camicia bianca e un farfallino ocra in twill di seta. I capelli, ben pettinati, si schiarivano alla radice vicino alle tempie, cosa che, anziché invecchiarlo, gli dava un'aria da uomo maturo e rispettabile. Sixto Simón la osservò per qualche istante senza dire nulla, poi si alzò molto lentamente per accoglierla con onori da capo di Stato. Antonia, che si limitò a tendere il braccio, avrebbe preferito una reazione meno cerimoniosa, più spontanea.

«Ebbene? In cosa possiamo aiutarla, signora Espinosa?» le domandò lui invitandola a sedersi su una comoda poltrona di velluto granata.

«Ecco, signor Simón, mi ha mandata da lei Juan Pantoja, direttore generale della Previsión Andaluza, istituto di credito e compagnia assicurativa. Di recente abbiamo ricevuto la somma di 8346 pesetas come risarcimento per la polizza assicurativa contro gli incendi che mio marito aveva firmato con i suoi concorrenti. Tuttavia, signor Simón, quello che vorrei stipulare io è un altro tipo di assicurazione, che loro non trattano e lei sì».

«Lo so. Devo confessare che mi ha sorpreso molto la telefonata del nostro concorrente. Il signor Pantoja mi ha assicurato che suo marito è un cliente più che rispettabile».

«È vero. E lo sono anch'io».

«Non lo metto in dubbio. Il suo accento... Posso chiederle di dov'è?»

«Appartengo al mondo in generale, ma nello specifico vengo da Jerez de los Caballeros».

«Ha fatto un lungo viaggio».

«È stato senza dubbio un viaggio molto frenetico».

«Posso immaginare. Spero che ne sarà valsa la pena».

Antonia si morse il labbro inferiore.

«Certo che sì».

Sixto Simón appoggiò i gomiti sulla scrivania e intrecciò le dita delle mani.

«Ha tutta la mia attenzione, signora Espinosa».

Quando Antonia ebbe terminato la sua esposizione, l'avvocato si massaggiò la cartilagine del naso, pensieroso, e strizzò gli occhi.

«Riassumendo, lei è interessata a sottoscrivere una polizza sulla vita di suo marito».

Lei si posò una mano sulla pancia e piegò la testa di lato.

«Esatto. Se gli fosse successo qualcosa in quell'incendio, avrebbe messo in pericolo il mio futuro e quello di nostro figlio».

«È in dolce attesa?»

«Non ancora, ma lo sarò presto. Lei ha figli?»

«Solo uno, Javier, ma da due anni gestisce la succursale che abbiamo aperto a Buenos Aires».

«Però, non sapevo che la sua compagnia avesse una portata così...»

«Molto presto saremo la compagnia assicurativa più importante del nostro paese, cara signora» completa lui.

«Allora sono in buone mani».

«Su questo non c'è dubbio».

Si scambiarono un sorriso carico di condiscendenza. Subito dopo, Sixto Simón aprì un cassetto, estrasse varie cartelle e le piazzò con cura sopra il tavolo.

«È il momento di parlare di numeri».

Quando ebbe finito di fare domande ad Antonia, Simón tracciò una linea retta sul foglio del preventivo.

«Eccoci qua».

L'aspettativa crebbe sul volto di Antonia.

«Se dovesse succedere quello che nessuno desidera accada, l'importo che dovremo versarle in qualità di unica beneficiaria ammonterebbe a... 24.348 pesetas».

Lei cercò di contenere l'euforia. Non avrebbe mai potuto immaginare che una vita potesse avere tanto valore.

«Mi interessa».

«Sono lieto che sia così determinata, ma ci sono alcune formalità da sbrigare. La prima, indispensabile, è che ci fornisca un certificato medico che testimoni il buono stato di salute del signor Espinosa. La seconda, come può immaginare, è la firma dell'assicurato».

L'espressione di Antonia cambiò.

«C'è qualche problema?»

«No, nessuno. Assolutamente».

Sixto Simón mostrò la perfezione dei suoi denti prima di richiudere di colpo la cartelletta.

«Perfetto, allora. Dunque... Mi resta solo una cosa da verificare».

«Dica».

«A che ora parte il suo treno del ritorno?»

«Questa sera. In effetti ho un biglietto per una cuccetta nel vagone letto. Cosa aveva in mente?»

«Prima di tutto invitarla a pranzo in un posto speciale che c'è qui a Triana, sempre se mi concede questo onore, ovviamente. E dopo... Il dopo è una sorpresa».

L'orologio sulla balconata della Puerta del Príncipe indicava che mancavano quindici minuti all'inizio della corrida. Attraversando l'ingresso principale, mentre sfilava tra le due imponenti colonne in stile toscano, Antonia sentì per la prima volta in vita sua che chi la guardava lo faceva con interesse, non con odio o con desiderio. Sottobraccio al suo accompagnatore, sorrideva a destra e sinistra e scambiava saluti a profusione con tutti i gentiluomini che incrociavano il loro cammino verso i posti sulla gradinata all'ombra. Una volta all'interno della Real Maestranza, l'entusiasmo del pubblico la contagiò, anche grazie all'enorme aspettativa alimentata dalla stampa sull'ennesimo confronto fra le due grandi figure dell'epoca d'oro della corrida: Joselito el Gallo e Juan Belmonte.

«È difficilissimo trovare i biglietti per eventi come quello di oggi» commentò Sixto Simón. «E non mi riferisco solo ai quattrini».

«Devo ammettere di essere rimasta colpita».

E ne aveva davvero motivo. Le quasi dodicimila gole che riempivano l'arena sivigliana si misero a incitare i propri idoli non appena cominciarono a risuonare le prime note del paso doble che dettava l'atmosfera della sfida. Il figlio minore dei Gallo, in completo color perla e oro, dedicò un primo sguardo di sfida al pubblico mentre procedeva carismatico verso il centro dell'arena. Un *traje de luces* viola con i bordi dorati era invece la divisa scelta da Belmonte, la Meraviglia di Triana, che, con gli occhi fissi sulla schiena dell'*alguacilillo* che lo precedeva, sembrava sul punto di entrare in trance. Seduta al suo posto, Antonia cercò di schierarsi dalla parte di uno dei due, ma riconoscendosi profana in materia preferì raccogliere prima le informazioni necessarie.

«E mi dica, lei per chi tifa, signor Simón?»

«È molto difficile. Belmonte è l'espressività con la cappa, la sfida costante al toro, l'aggressività contenuta. Ma Joselito, con il drappo rosso... Come dire, è ineguagliabile. Che carattere, che arte».

«Quindi?»

«Per me è come scegliere tra papà e mamma: impossibile. Anche se qui la maggior parte di questi poveri sempliciotti si considera gallista o belmontista... Bah! Io ero presente la prima volta che si sono scontrati questi due colossi. È stato a La Malagueta, e le giuro che mi bruciavano i palmi da quanto li ho applauditi entrambi».

«Sicuramente esagera».

«Avevo persino le lacrime agli occhi, mi creda. Forse non sembra, ma sono un uomo molto sensibile».

Antonia sollevò le sopracciglia, sorpresa, ma qualcosa le diceva che non stava mentendo.

«Guardi, vede quell'uomo laggiù? Quello con il cappello a cilindro. Sui palchi coperti» indicò fugacemente.

«Sì, lo vedo».

«Sa chi è?»

«Dovrei?»

«Dovrebbe, sì, perché diventerà nientemeno che il prossimo presidente del consiglio dei ministri e del governo. Per sfortuna di molti» aggiunse.

«E come si chiama?»

«Álvaro Figueroa y Torres, conte di Romanones, leader del Partito liberale malgrado abbia ottenuto un titolo nobiliare; corrotto, opportunista e despota come nessun altro. Ora vuole farci entrare in guerra perché gli è sempre piaciuto fare il francofilo, il rigenerazionista... Si immagini! Proprio lui, che è uno dei maggiori proprietari terrieri della nostra cara Spagna e che proviene da una delle famiglie che hanno inventato il *caciquismo*! Cosa ci tocca sentire, Dio santo».

«Intuisco che quindi lei sia dello schieramento opposto» dedusse Antonia.

«Faccio parte di quelli che sostengono che la stabilità sia l'unica via per la crescita. Che sia meglio mantenerci neutrali per evitare che i nostri figli muoiano sul campo di battaglia per chissà quali motivazioni. Sto con quelli che intendono prendersi cura dell'economia e generare ricchezza per il paese. Questo è il mio schieramento. Ma ora basta con queste chiacchiere politiche, siamo qui per goderci lo spettacolo di due maestri, e stanno per cominciare».

Joselito accolse il primo toro – un morlacco fulvo e dalle corna molto separate tra loro – con quattro *verónicas* che suscitarono le acclamazioni dei presenti, completamente immersi nella sfida. Sereno con il drappo, per consuetudine con *pase natural*, il matador concluse un buon movimento che non seppe portare a termine con la spada, trovandosi costretto a usare due volte il *descabello*. Applausi. Nel turno di Belmonte, la Meraviglia di Triana diede il suo meglio con la cappa, rischiò con un paio di *banderillas*, conquistandosi una sonora ovazione, e con il drappo sfidò il suo primo toro mettendosi più volte in ginocchio, facendo balzare in piedi il pubblico della Maestranza. Grazie a una stoccata fatale si guadagnò il primo orecchio del pomeriggio, al quale ne aggiunse un altro con il sesto toro. Joselito ne ottenne uno, e la maggior parte dei suoi accoliti lo giustificò commentando che il suo gruppo di tori era infinitamente peggiore di quello del rivale.

Alla fine della festa, su consiglio del suo accompagnatore, Antonia attese seduta al suo posto che l'arena si svuotasse. Mentre osservava le gradinate, notò un movimento strano in un settore più in basso: un uomo che agitava le braccia come pale di mulino. Sforzando la vista riconobbe Claudio Millán e, un po' sorpresa, gli restituì il saluto in maniera discreta, ma non abbastanza perché il sempre attento Sixto Simón non se ne accorgesse.

«Mi dica, ha per caso un ammiratore?»

«Uh, solo uno?» ne approfittò lei. «Questa arena non è abbastanza grande per contenerli tutti».

«Non mi sorprenderebbe, signora Espinosa, lei è una donna senza eguali».

Pronunciate da un'altra persona, quelle parole adulatrici non avrebbero fatto presa su Antonia, ma arrivando da Sixto Simón, avvocato e imprenditore di grande successo, provocarono un effetto rivoluzionario sulla sua autostima: era davvero una donna speciale. Antonia continuò a pensarci mentre passeggiavano per il quartiere di Triana per ingannare il tempo in attesa della partenza del suo treno per Badajoz.

A distanza di sicurezza li seguiva un uomo che indossava un'elegante redingote nera e che proteggeva la propria identità sotto una bombetta calata fin sulle sopracciglia.

All'improvviso, Sixto Simón si fermò.

«Guardi un po' che casualità. Vede quell'edificio laggiù?»

«Sì».

«Ecco, quello è il mio più grande fallimento imprenditoriale, perlomeno in quanto alla realizzazione di un sogno. Un vero peccato».

«Quale sogno?»

«Quello di diventare milionario, signora Espinosa».

Simón cercò l'orologio nel taschino sinistro del panciotto e controllò l'ora.

«Abbiamo tempo in abbondanza. Venga con me, prego».

La facciata, in stile coloniale, aveva bisogno di diversi restauri e di qualche mano di pittura, ma conservava lo stesso l'aria di aver vissuto un passato grandioso.

«Da questa parte. Ho ancora la chiave di questa porta laterale, e si figuri quanto ci sono rimasto male se me la porto ancora dietro. Un giorno o l'altro mi passerà».

«Ma... Possiamo entrare?»

«Non si preoccupi. Il proprietario, Emiliano Posadas, è uno dei miei migliori clienti. L'ho conosciuto quasi per caso e oggi assicuro la maggior parte delle sue proprietà immobiliari».

Dopo un breve ma piacevole giro nell'edificio a tre piani che avrebbe voluto trasformare in un hotel, Sixto Simón la condusse in un luminoso patio andaluso dominato da una suggestiva fontana esagonale. Là sospirò come un innamorato alle prime armi e allargò le braccia.

«Ora se lo immagini con dei cespugli di rose che salgono fino al secondo piano e con il gorgoglio dell'acqua. Una meraviglia, vero?»

Antonia, rapita, annuì.

«A me piacciono molto di più le orchidee» commentò. «Soprattutto quelle nere. Erano le preferite di mia madre. Simboleggiano il potere occulto che si nasconde dietro la bellezza».

«Allora orchidee nere siano, perché no!» esclamò lui. «Lì ci sarebbe la reception, e queste sono le scale che salgono fino alle stanze. Tutte esterne, ovviamente, con vista sul Guadalquivir. In totale sono quaranta. Quaranta! A minimo due pesetas per notte. Faccia lei il conto».

Antonia distolse lo sguardo.

«Sono quasi trentamila pesetas all'anno» chiarì lui.

«Due pesetas per notte?»

«È il costo di una camera da queste parti. Non è caro perché l'intenzione è di averle sempre tutte occupate».

«Ma... Con la fame che sta soffrendo la gente... Chi può spendere due pesetas per dormire?»

«La fame la soffrono i poveri, ma in questo paese, e ancor più a Siviglia, i ricchi sono sempre più ricchi».

«E quanto ha detto che avrebbe dovuto metterci, lei?»

«È proprio questo il bello. Posadas ci avrebbe venduto l'immobile per quarantamila, e io ero disposto a metterne la metà. Avevo persino già trovato un nome per l'hotel: La Porta di Triana».

«Capisco. Ma il suo socio l'ha abbandonata».

Simón scosse la testa e strinse i pugni.

«Credevo di conoscerlo bene, ma dalla sera alla mattina quel disgraziato è scomparso e non se ne è saputo più niente. Dicono che sia fuggito in Brasile a tentare la sorte. Maledetto lui e la sua stirpe! Le chiedo scusa per il linguaggio, ma... Comunque, non sono riuscito a convincere nessun altro a investire, e il proprietario, logicamente, ha trovato un altro acquirente, così è andato tutto in fumo».

«Che peccato, davvero!» esclamò Antonia con sincerità.

Un rumore di passi accompagnati da un bastone li lasciò entrambi senza parole per i secondi che Emiliano Posadas, con una cartellina sotto il braccio, ci mise a scendere le scale. A settant'anni compiuti, camminava ingobbito e aveva la fronte corrugata più per stupore che per rabbia.

«Mi era sembrato di sentire la sua voce!» disse.

«Ma don Emiliano, che cosa ci fa qui?»

«Forse questa domanda dovrei fargliela io, non crede, signor Simón?»

«Senza dubbio. Le porgo le mie scuse più sincere. Mi permetta di presentarle una mia buona cliente, la signora Espinosa. Signora Espinosa, questo è Emiliano Posadas, il proprietario dell'edificio. O meglio, l'ex proprietario».

L'altro fece una smorfia.

«Ancora no, temo, anche se oggi sono qui proprio perché sto aspettando due fratelli di Málaga che hanno già altri hotel sulla costa e sono molto interessati. Anzi, mi consegneranno le quindicimila pesetas di caparra proprio questo pomeriggio».

«E cos'è successo all'altro acquirente?»

Il volto di don Emiliano si indurì.

«È in carcere, quel miserabile».

«Ma non mi dica!»

«Proprio così. A quanto mi hanno raccontato, si dedicava a truffare i proprietari di immobili con operazioni fraudolente molto ben costruite».

«L'ha scampata bella».

«Sì, alla mia età questo colpo basso mi avrebbe portato alla tomba. È che non si sa mai con chi si ha a che fare. Com'è successo a lei con quello che doveva essere il suo socio. Un peccato, perché mi sarebbe piaciuto molto lasciare questo gioiello nelle mani di un uomo dalla reputazione pulita come la sua».

Simón diventò rosso.

«Be', ora riderà di me: pensi che tengo ancora nel portafoglio l'assegno da 7500 pesetas a suo nome, ma immagino che non sia sufficiente...»

Sixto Simón glielo mostrò, ma l'anziano, nonostante gli sorridesse gentilmente, fece schioccare la lingua prima di dargli qualche pacca sulla spalla.

«Lei ha un'ottima reputazione, mio caro amico, ma non basta a coprire le 7500 pesetas che mancano».

L'altro sospirò.

«Dovevo provarci. Sarà per un'altra volta».

Antonia sollevò il dito indice.

«O forse no».

Alla stazione di San Bernardo, il costante andirivieni di viaggiatori rendeva l'atrio un alveare umano. C'era chi camminava carico, chi leggero, chi era solo, chi in coppia o in gruppo, ma un'unica donna aveva l'aspetto fisico adatto a un'ape regina.

La caldaia del Mastodonte 4006 incaricato di trainare il convoglio sbuffava vapore a ritmo intermittente e con energia tale che se fosse stato un essere vivente si sarebbe potuto dire che soffiasse con intenzioni intimidatorie. Tre fischi acuti confermarono che era giunto il momento di accelerare i saluti e salire sul treno.

«Lei è una vera imprenditrice, signora Espinosa» le disse Sixto Simón prendendole le mani. «E mi permetta di ringraziarla di cuore, perché senza di lei non sarei riuscito a realizzare il mio sogno».

«Il nostro sogno».

«Il nostro sogno. Le prometto che quel patio verrà ricordato negli annali per la quantità di orchidee nere che profumeranno il nostro hotel».

Antonia inspirò dal naso come se potesse cogliere quell'aroma nell'atmosfera rarefatta della stazione.

«L'unica cosa che ancora non mi ha detto è come lo spiegherà a suo marito».

Lei sorrise con una certa malizia.

«Questi sono affari miei».

«Certo».

«Devo salire, o il controllore mi richiamerà».

«Le auguro buon viaggio. Le scriverò per tenerla al corrente delle novità, e la prego, tenga presente che prima che terminino i lavori, fra sei mesi, dovremo aver già versato le altre 12.500 pesetas a testa che mancano».

Antonia si aggrappò alla maniglia per salire i gradini d'accesso al vagone.

«Lo so bene».

«Ah, e non dimentichi il certificato di buona salute di suo marito!» le gridò lui.

In coda per salire sul treno, l'uomo con la folta barba incerata e gli occhi neri come la notte assistette ai saluti. Pensieroso, quando arrivò il suo turno girò sui tacchi, si aggiustò la bombetta e, con lo sguardo piantato sulla nuca di Sixto Simón, cominciò a seguirlo.

Erano le otto e dieci di mattina quando i freni del treno stridettero all'arrivo nella stazione di Badajoz. Malgrado lo stato di eccitazione in cui era immersa, Antonia era riuscita a dormire qualche ora e adesso tornava a casa con rinnovato vigore dopo aver preso una decisione imprenditoriale che, a quanto le aveva assicurato il suo nuovo socio, l'avrebbe trasformata in una donna ricca in meno di cinque anni. Per questo gli aveva consegnato 7500 pesetas, saldando così la caparra dell'immobile di Emiliano Posadas.

Non avrebbe potuto essere più orgogliosa di sé stessa.

Quando uscì vide la carrozza a una trentina di metri, distanza che percorse rapidamente per fingere di essere ansiosa di rivedere il marito, del quale non si poteva dire che avesse un bell'aspetto. La sua carnagione bianchiccia contrastava con le macchie scure che gli si allargavano sotto gli occhi come se gli si stesse annuvolando il volto. La perdita di peso era più che evidente, e si aveva l'impressione che potesse cadere a pezzi da un momento all'altro. Nonostante questo, Gregorio fece uno sforzo colossale per sorridere prima di scendere dalla carrozza e abbandonarsi fra le braccia di sua moglie. Il cavallo nitrì come a festeggiare la riunificazione della coppia.

«Avevo tanta voglia di arrivare!»

«E io di vederti, cara. Tutto a posto a Siviglia?»

«Ho qui i soldi» mentì Antonia stringendo la borsetta.

«Dammi, li tengo io».

Antonia reagì immediatamente.

«Li ho portati fin qui da Siviglia. Credi che permetterei a qualcuno di strapparmeli via adesso? E poi, se anche qualcuno ci provasse, avremmo più possibilità di evitarlo se li tenessi io, non pensi? Ti vedo proprio debilitato. Stai bene?»

«Sono solo un po' stanco».

«Domani stesso mi occuperò io di depositarli in banca e poi andrò a trovare il dottor Jiménez perché ti prescriva quelle pastiglie».

«Quelle non servono a niente».

«Lo dici tu. Qualcosa faranno. Non parliamone più» concluse salendo in carrozza con un'agilità che contrastava con la goffaggine del marito. «Un giorno o l'altro avremo una di quelle automobili che ho visto a Siviglia» commentò.

Lui, accondiscendente, sorrise.

«Costano una fortuna. Mio fratello Francisco ha speso più di undicimila pesetas per comprarne una e non sa neppure guidarla. A me sembra uno spreco di soldi».

«Quando ne hai tanti, puoi buttarli come vuoi. Ma tu non preoccuparti di questo, a partire da ora ci penserò io».

«A che cosa?»

«Come a che cosa? Al nostro denaro».

A quella notizia, Gregorio spalancò gli occhi e scosse la testa. Lei, senza smettere di guardare dritto davanti a sé, gli diede qualche leggera pacca sulla coscia.

«Su, andiamo, che altrimenti facciamo tardi e non voglio perdere tutta la mattina!»

E suo marito, o quel che restava di lui, non ebbe altra scelta che obbedire.

Capitolo quindicesimo

Un ballo lento

Stanza 12. Pensione Casa Matilde
Zafra (provincia di Badajoz)
20 aprile 1917, ore 20.55

L'anta dell'armadio protesta spaccandosi con un unico scricchiolio secco.

«Ma porca di quella puttana!» borbotta il tenente Gallardo dopo il calcio frontale con cui ha reagito quando Rosario gli ha raccontato il suo scontro con Mario. «Ma in questo cazzo di paese lavorano tutti per Acevedo?»

«Alcuni per devozione, la maggior parte per costrizione» risponde lei.

«Dobbiamo andarcene subito».

Rosario lo afferra per il braccio.

«So io da dove uscire per non farci vedere da quella vecchia spiona».

Dopo aver liberato Padilla, i tre escono nel corridoio con estrema precauzione. Il fattore, che quasi trascina i piedi e il cui volto ha acquisito un colorito cereo, non se la sta passando molto bene.

«Per di qua» indica Rosario abbassando la voce. «Quella finestra dà sul vicolo di dietro. Sulla facciata c'è una grossa tubatura dalla quale si può scendere senza problemi».

Gallardo corruga la fronte e si affaccia per verificare.

«È una storia lunga, ma vi posso assicurare che regge» spiega lei.

«Non è molto alto. Saranno otto metri, direi».

Padilla solleva le braccia per mostrare le manette.

«Se prova a fare scherzi giuro che se ne pentirà» lo avverte Gallardo.

«Tranquillo, capo, so in quali mani preferisco mettermi».

Rosario, decisa e con la sicurezza data dal fatto che non è la prima volta che scende di lì, prende l'iniziativa.

«Vi aspetto all'angolo».

In effetti, la tubatura lungo la quale ora si sta calando Padilla è piuttosto grossa, tuttavia, proprio come l'anta dell'armadio, disapprova con uno scricchiolio l'uso illegittimo che ne stanno facendo.

«Ci sono. Tocca a lei, capo» lo avvisa Padilla quando i suoi piedi toccano terra.

Occupato a evitare qualsiasi contrattempo che possa farlo cadere, Martín Gallardo non si accorge che, nascosto dalle tenebre, il suo prigioniero sta trafficando con un chiodo ossidato che spunta dal muro. Dopo qualche tentativo riesce a liberarlo dalla sua prigione di mattoni e a nasconderselo nella tasca posteriore dei pantaloni.

Non appena il tenente della Benemerita raggiunge il suo obiettivo, afferra Padilla per la spalla e lo guida fino all'angolo, dove li aspetta Rosario, che spalanca gli occhi e si porta l'indice alle labbra.

«Sono dentro».

Gallardo estrae il revolver e arma il cane.

«Quanti sono?»

«Quattro o cinque».

Il tenente sbuffa.

«Troppi. E in caserma non possiamo tornare».

«Io non abito lontano. È una casa piccolina, ma possiamo sistemarci per passare la notte».

Gallardo ci pensa su per qualche secondo e poi annuisce. L'itinerario li porta a percorrere in silenzio strade deserte e male illuminate. Malgrado la temperatura sia scesa di qualche grado, la tensione del momento li rende immuni al freddo.

«Ci siamo quasi» li avvisa Rosario. «È quella laggiù».

Umile – per non usare altri vocaboli – è la parola che meglio descrive l'edificio a due piani che, pur non essendo di proprietà della zia Menchu, Rosario considera casa sua. Non per niente è il luogo in cui è cresciuta da quando la zia è andata a prenderla a Cáceres per occuparsi di lei. Sorpresa – per non usare altri vocaboli – è la parola che meglio descrive l'espressione di Menchu quando apre la porta e si trova di fronte quel trio.

«Ma... che...?» riesce a dire.

«Poi ti spiego» taglia corto Rosario mentre invita i suoi accompagnatori a entrare. «Lope dorme?»

«Certo» risponde la zia Menchu, infastidita. «Non svegliarlo».

«Torno subito».

«Acqua, per favore, signora» le chiede Jacinto Padilla con la fronte inzuppata di sudore.

Con una certa reticenza, la donna li conduce in cucina e gli versa un bicchiere dalla brocca che ha riempito quella mattina stessa alla fontana in piazza. Poi ne offre un altro all'uomo con i baffi a manubrio e lo sguardo torvo, ma lui scuote la testa e, con aria diffidente, si affaccia con discrezione alla finestra.

«Si può sapere chi siete e cosa ci fate a casa mia a quest'ora?»

«Tenente Gallardo, del comando della Guardia Civile di Almendralejo. Lui è mio prigioniero» indica. «Non appena la situazione ce lo permetterà, ce ne andremo».

La zia Menchu sta per protestare quando torna sua nipote, che con ferma dolcezza la guida verso un angolo.

«Hanno bisogno di passare la notte qui» riassume a bassa voce.

«Ma tu che diavolo c'entri in questa storia?»

«Niente, o forse molto» esita. «Non ha importanza, ma non possiamo permettere che gli uomini del signor Acevedo gli diano la caccia come conigli».

La zia Menchu si fa il segno della croce diverse volte.

«Gli uomini del signor Acevedo?! Ma non hai ancora capito di cosa è capace quello? Ha fatto ammazzare tuo marito per quattro soldi e...»

«Sì, lo so, proprio per questo: o faccio qualcosa o dovrò lavorare tutta la vita per lui, e ormai sai cosa mi fa fare. È questo che vuoi per me?»

La donna distoglie lo sguardo.

«No. E tu pensi che quest'uomo ti possa aiutare?»

Rosario esita.

«Ho un buon presentimento».

«Un buon presentimento, dice... Madre di Dio onnipotente».

Dalla finestra non si vede altro che un buio discreto, e forse per questo lo stomaco di Martín Gallardo ne approfitta per inviare un segnale al suo cervello, che quest'ultimo decodifica con un'unica immagine: quella del suo astuccio nero, che riposa sul comodino dove l'ha dimenticato. Subito controlla quante pepite gli restano e, per sua sfortuna, il cattivo presagio che gli ha percorso il corpo corrisponde a verità. Non ne ha quasi abbastanza nemmeno per una sigaretta.

«Ma porca di quella puttana» mormora.

Sembra che nella stanza sia passata un'orda di barbari: nulla è più al suo posto. Ma né in questa né nelle altre camere che hanno perquisito c'è traccia di Jacinto Padilla o di quel maledetto tenente della Guardia Civile che lo protegge.

Alla reception, Matilde maledice il momento in cui le è venuto in mente di avvisare Patricio, il quale, visibilmente alterato, ora cammina avanti e indietro fra gli ospiti che hanno tirato giù dal letto. Solo uno straniero che a breve tornerà in Portogallo ha osato protestare, ragione per cui ora ha una palpebra gonfia e gli sanguina il labbro. Gli altri, che sono del posto o della zona circostante, sanno perfettamente come funzionano le cose e si sono limitati a obbedire agli ordini con gli occhi spalancati e la bocca ben chiusa.

«Sicura di non averli visti uscire?» insiste Patricio.

«Ti ho detto di no» risponde Matilde. «Il mio udito non sarà dei migliori, ma ci vedo meglio di santa Lucia».

Cieco di rabbia, Patricio sbatte la mano sul bancone e sputa a terra.

«Allora spiegami cos'è successo, così capiamo: li hai visti entrare più o meno verso le sette e mezza di sera, giusto?»

«Sì».

«Molto bene. Ma quando siamo arrivati noi non c'erano già più, e mi dici che in tutto l'edificio non c'è un'altra uscita. E da qui non sono passati, lo sa pure quella cazzo di santa Lucia».

«Santa Lucia lo sa» ripete lei nervosa.

«E se non sono qua dentro, ma non sono neanche usciti, mi spieghi dove cazzo si sono ficcati? Sono svaniti nel nulla, o magari sono diventati invisibili?»

All'improvviso, Matilde si dà una manata sulla fronte e aggira rapidamente il bancone.

«Quella zoccola presuntuosa... Dove cazzo è?»

«Di chi parli?» domanda Patricio.

«Di una delle vostre puttane. Rosario, si chiama. Non c'è, quella figlia di Satana».

«E quindi?»

«È arrivata poco dopo quei due. Se non è qua sotto vuol dire che se n'è andata con loro. Forse quella stronza conosce il modo di uscire senza farsi vedere da nessuno, in modo che io non possa controllarla».

«Rosario, eh? È quella a cui hanno ammazzato il marito?»

Matilde evita di esprimere i suoi pensieri, ma le pare notevole che Patricio finga di non sapere che tutta Zafra è a conoscenza del fatto che sia stato lui a tagliargli la gola.

«Proprio lei».

«So benissimo dove trovarla...»

Da quando ha memoria, il fuoco gli ha sempre suscitato un interesse speciale. Lo rilassa. Non per il suo crepitio né per il calore che emana, ma per il sensuale movimento delle lingue di diversi colori che danzano al ritmo di un'enigmatica e muta coreografia. Un ballo lento che dura finché c'è legna alla quale aggrapparsi. Francisco, sapendo perfettamente che stanotte non chiuderà occhio, aggiunge due ciocchi di quercia allo scopo di prolungare lo spettacolo il più possibile.

«Ti consumerai come la legna» sente dire.

Spaventato, Francisco si porta le mani al petto.

«Maledizione, Teresa, un giorno o l'altro mi ammazzerai!»

Con i suoi lineamenti spigolosi, il naso lungo e una folta chioma nera, Teresa, sua moglie da ormai ventidue anni, anziché offendersi si siede sul bracciolo del divano e gli massaggia la nuca.

«Paco, devi superarlo. Tanto più ora che l'hanno trovata morta».

Pensieroso, non risponde.

Quella notizia, che è corsa come il vento in paese, non è ancora riuscito a digerirla. Con tutte le volte che ha desiderato che arrivasse questo momento – quasi fin dal giorno in cui l'ha conosciuta –, ora che hanno ritrovato il suo corpo dovrebbe riuscire a provare un minimo di felicità, e invece gli sembra che sia morto di nuovo suo fratello.

«Non finché non vedrò con i miei occhi il suo cadavere putrefatto» afferma.

«Quella donna ha tolto la vita a Gregorio, non permettere che si prenda anche la tua».

«Non avrei mai dovuto permettere che entrasse nelle nostre vite. Mai!»

«Sapevamo tutti che non era la moglie ideale per Goyito, ma non avremmo mai pensato che potesse... Be', fare quello che ha fatto. Non puoi fartene una colpa».

«Il giorno prima che morisse ero andato a trovarlo in panetteria e sembrava un cadavere ambulante. Avrei dovuto costringerlo a farsi vedere da un medico, ma lui non voleva. E il mattino dopo, quando l'ho visto lì steso a terra, a bocca aperta come un pesce...»

«Quella donna era un'arpia. Tu hai fatto tutto quello che hai potuto».

«Evidentemente non è stato abbastanza» ammette lui con malinconia.

Francisco Espinosa distoglie lo sguardo da lei e si rifugia nel fuoco.

«Ti porto qualcosa da bere» gli dice Teresa.

È vero che ha lottato con tutte le sue forze e i suoi mezzi affinché Antonia non l'avesse vinta, ma è altrettanto vero che non è servito a nulla. Qualche giorno dopo che il notaio l'aveva informato delle modifiche richieste da suo fratello, a Francisco non era venuto in mente altro che presentarsi a casa sua con l'idea di mettere le cose in chiaro con Antonia. Dopo quell'incontro, dal quale era uscito completamente sconfitto, gli era successa una cosa che l'aveva portato a decidere di cercare l'aiuto di un professionista. Stava tornando a casa dopo una lunga e fastidiosa riunione con i suoi avvocati per via della denuncia che sua cognata aveva sporto contro di lui per tentato stupro e aggressione. Desideroso di arrivare a casa, sfinito, non si era accorto che un uomo lo stava aspettando nei pressi del suo casale. Lo sconosciuto l'aveva minacciato di fargli saltare le cervella se avesse provato di nuovo a mettere le mani addosso ad Antonia, cosa che l'aveva sconvolto nel profondo. Mai nella sua vita si era lasciato intimorire da qualcuno, tantomeno di persona, e quegli istanti in cui aveva pensato che la sua vita fosse davvero in pericolo avevano cambiato tutto.

Perché la paura, per chi non è abituato a masticarla, fa venire i conati e agita lo stomaco anche agli uomini più duri.

In quel momento aveva deciso di dover agire al di fuori della giustizia, e qualcuno di sua fiducia gli aveva parlato di un'agenzia di Barcellona molto particolare dove avrebbero potuto aiutarlo. Si chiamava La Protectora e si occupava di investigazioni private. Lì si era presentato dopo diciotto lunghe ore in treno, con la speranza che quei professionisti – che si vantavano di essere pionieri in Spagna, nonché una delle migliori agenzie investigative d'Europa – potessero risolvergli il problema. I loro uffici, in effetti, erano stati all'altezza delle aspettative, così come l'eccellente trattamento da parte della signorina che l'aveva accolto. Due uomini che si facevano chiamare Esteve e Giró, soci fondatori dell'agenzia, si erano incaricati del suo caso. Erano vestiti in modo identico: redingote nera sopra una camicia bianca in tinta con la cravatta e le scarpe, e nel loro discorso di presentazione si erano espressi in modo conciso e diretto, senza giri di parole o altri artifici retorici.

Così, dopo che Francisco Espinosa aveva esposto il suo caso senza essere interrotto più di un paio di volte per alcuni chiarimenti, Giró si era schiarito la voce e si era aggiustato il nodo della cravatta.

«Prima di tutto voglio ringraziarla per essersi preso il disturbo di venirci a conoscere di persona. Per quanto riguarda i servizi che richiede, signor Espinosa, si tratta di un lavoro niente affatto semplice, e, mi permetta di aggiungerlo, per nulla abituale. Per questo, se vogliamo ottenere i risultati che cerchiamo dovremo assegnarle una risorsa a tempo pieno».

«Una risorsa esperta e che conosca bene la zona d'azione» aveva aggiunto Esteve. «In effetti, stiamo parlando di uno dei nostri uomini migliori».

I due si erano scambiati uno sguardo, Giró aveva annuito ed Esteve si era alzato molto lentamente incamminandosi verso un archivio dal quale, dopo una breve ricerca, aveva estratto una cartelletta. Era tornato tenendo la testa molto alta, come se qualcuno l'avesse appena offeso gravemente.

«Stiamo parlando del signor Costa» aveva svelato prima di aprire la cartelletta per mostrargli la sua scheda.

Nella foto, un volto dai lineamenti squadrati, con una folta barba incerata e occhi neri come la notte.

«Prendi questo. Ti aiuterà a rilassarti» interviene di nuovo sua moglie per riportarlo al presente.

Francisco Espinosa la guarda, prende il bicchiere e si bagna le labbra.

«Teresa, siediti un momento».

Non è rimasta una sola goccia di whisky quando finisce di raccontarle cos'era andato a fare a Barcellona in quel finto viaggio d'affari.

«Non capisco perché me l'hai tenuto nascosto, Paco. Sarei stata d'accordo».

«Se non te l'ho detto è stato per tenertene fuori. Ora sono convinto che quei due maledetti abbiano ucciso anche il signor Costa. E tutto per colpa mia...»

Cauta, Teresa inspira dal naso e si prende il suo tempo.

«Promettimi che se viene confermata la morte di quella donna ti dimenticherai per sempre di tutta questa follia».

Lui sospira e annuisce.

«Te lo prometto».

La sigaretta adulterata con le poche pepite di oppio che gli rimanevano non è servita ad alleviare la fame del tenente Gallardo. Il tremore delle mani diventa più incontrollabile ogni minuto che passa e sente già quella fastidiosa patina di sudore freddo che comincia a ricoprirgli la schiena.

«Non ha una bella cera, capo» osserva Jacinto Padilla.

Nemmeno lui, ora ammanettato alla gamba di una pesante credenza della cucina, appare molto in salute.

«E io mi sento uno straccio» prosegue. «Non pensa che dovremmo riposare? Prometto che domattina le racconterò tutto quello che vuole sapere su Antonia».

«No, non penso» lo interrompe tassativo. «Continui. Vuole farmi credere che suo marito non si fosse accorto di cosa era successo a quelle ottomila pesetas?»

«Goyito... Povero disgraziato. Era il suo animaletto ammaestrato. E in più, dopo che lui le ha intestato le aziende e ha modificato il testamento, lei ha iniziato a comandare a bacchetta anche il direttore del Monte di pietà e della Cassa di risparmio di Badajoz, dove la famiglia Espinosa teneva la sua fortuna».

Non riuscendo a stare fermo, il tenente Gallardo si sposta da un lato all'altro della cucina.

«Antonia gestiva il denaro, e la cosa migliore è che Goyito era d'accordo».

«Prima di proseguire ho bisogno di chiarire una cosa: lei sa se Antonia Monterroso aveva denunciato la presunta violenza di Francisco Espinosa?»

Il tenente Gallardo non ha formulato quella domanda allo scopo di scoprire la risposta – dal momento che lui stesso si è occupato di accogliere la denuncia –, ma per valutare di quante informazioni è a conoscenza Jacinto Padilla.

«Sì, ma con gli Espinosa si poteva fare poco o nulla...»

Non ha tutti i torti, e il poco che si poteva fare non aveva nulla a che vedere con il normale corso della giustizia, soprattutto quando si trattava di persone appartenenti a classi sociali e condizioni differenti. Per questo, commosso dalla testimonianza di quella donna che tanto gli ricordava sua madre – non per l'aspetto fisico, ma per i danni psicologici causati dai maltrattamenti che aveva dovuto subire in silenzio per tutta la sua vita disgraziata –, Martín Gallardo, senza divisa ma comunque armato, era andato fino a Jerez de los Caballeros, si era appostato per ore nei pressi del casale in attesa dell'arrivo di Francisco Espinosa, e poi l'aveva assalito e minacciato di morte, con la speranza che gli servisse di lezione.

Non aveva funzionato.

«Bene» riprende il tenente. «Quindi Antonia ha lasciato perdere Francisco, si è assicurata di controllare il denaro di suo marito e a quel punto le mancava solo di ottenere il certificato medico per sottoscrivere la polizza, giusto?»

Padilla vorrebbe ridere, ma non ha più forze e annuisce.

«Si sapeva che il dottor Jiménez, il medico della famiglia Espinosa, era un ubriacone di prima categoria e aveva vizi costosi. Antonia pensava che sarebbe stato molto semplice trasformarlo in un'altra delle sue marionette, ma...»

«Ma cosa?»

«Ma invece no».

Un capogiro, repentino e traditore, assale il tenente Gallardo, costringendolo ad allungare un braccio per afferrare lo schienale di una sedia per riuscire a mantenersi in piedi.

«Cavoli, capo, è messo peggio di me».

«Mi serve solo un po' d'aria» si scusa. «Torno subito».

Esce dalla cucina e avanza a fatica lungo il corridoio, vacillando. Centinaia di chiodi si agitano nel suo stomaco. Mille lo pungono. Un milione lo attraversano. Il dolore lo obbliga a stringere i denti e ad accovacciarsi, come se rimpicciolendosi potesse farlo scomparire.

Grugnisce.

«Si sente bene?»

Alzando lo sguardo incontra gli occhi di Rosario, colmi di timorosa diffidenza. Come un pupazzo a molla, Martín Gallardo si raddrizza e scuote la testa.

«Mi accompagni fuori, per favore».

Nel cortile sul retro, all'aria aperta, l'ossigeno che gli entra nei polmoni sembra dargli sollievo. Sotto lo sguardo attento del mulo legato a un palo, Gallardo appoggia la schiena al tronco di un melo, stringe le palpebre e allarga le braccia a croce per facilitare quel processo di falsa rigenerazione interna.

«Sta sudando molto» osserva lei. «Ha la febbre?»

Rosario gli poggia una mano sulla fronte e Gallardo la lascia fare.

«No, più che altro mi sembra freddo».

«Tranquilla, mi riprendo subito».

Lo sa bene. Non è la prima volta che sopporta i sintomi della sindrome da astinenza. La sequenza si ripete sempre uguale: ai tremori alle estremità seguono nausea, spasmi e forti crampi allo stomaco, che poi spariscono prima che tutto peggiori.

Peggiori parecchio.

I mesi che aveva passato rinchiuso in quel buco infetto nelle Filippine dopo essere stato fatto prigioniero si erano trasformati in un autentico calvario per tutti quelli che, come lui, erano dipendenti dall'oppio. Facevano qualsiasi cosa pur di ottenerlo. Dal cavarsi i denti d'oro – o strapparli a chi li aveva – per venderli ai carcerieri fino ad avere rapporti sessuali con loro in cambio di qualcosa da fumare. Ogni giorno era una lotta. Ogni giorno era una sconfitta. Ogni giorno era più vicino all'autodistruzione definitiva.

Qualche minuto più tardi, sentendosi un po' meglio, il tenente Gallardo si azzarda ad aprire gli occhi. E, malgrado non sia per nulla religioso, il viso preoccupato di Rosario gli sembra quanto mai simile a un'immagine divina.

«Dimmi, bambina, perché fai di tutto per aiutarmi?» gli viene da chiedere.

Sorpresa per quel livello di confidenza, lei sorride.

«Non lo so. Voglio pensare che tu sia una brava persona».

«No, non lo sono. Sono solo dalla parte in cui mi tocca stare. Ma ti ringrazio. Quando tutto questo sarà finito saprò ricompensarti».

«Non voglio i tuoi soldi».

«E cosa vuoi?»

«Che mi aiuti a uscire da questo maledetto inferno».

«Non è facile quello che mi chiedi. Per riuscirci dovrei eliminare i demoni che ti trattengono qui».

«È proprio quello di cui ho bisogno».

«Capisco...»

Martín Gallardo allunga un braccio e infila le dita tremanti nella chioma folta e setosa di Rosario. Lei non protesta. La differenza di altezza fa sì che le labbra del tenente si posino sulla fronte della giovane.

«Lo farò. Ma non ti illudere: non sono un angelo. Non lo sono mai stato».

Il gruppo, a parte i due uomini che sono rimasti a sorvegliare la pensione, passa in totale silenzio di fronte al palazzo dei duchi di Feria. Davanti, ovviamente, c'è Patricio, che cammina con la testa dritta e la fronte corrugata. Sono tutti armati e non si preoccupano di nascondere i fucili da caccia, consapevoli che nessuno dei 6644 abitanti di Zafra oserà affrontarli. In realtà, a Patricio interessa un'unica persona, che non è originaria del luogo, indossa una divisa e che spera di trovare due strade più in là.

«È quella» indica. «All'angolo».

Si ricorda perfettamente la casa dal periodo in cui controllava le entrate e le uscite di Jose Carrasco, un pover'uomo che gli era toccato far fuori per ordine diretto del padrone. E lui, quando gli tocca obbedire, obbedisce. Come oggi. A renderlo inquieto è la consapevolezza che togliere di mezzo un buono a nulla non ha niente a che vedere con l'affrontare un tenente della Guardia Civile che gli ha già dimostrato di avere due coglioni così.

Maledizione.

«Voi due, dietro. Se qualcuno salta giù dal balconcino, catturatelo».

Gli uomini annuiscono prima di allungare il passo.

«Tu, con me».

Attraversa la strada con passo determinato e il fucile carico, mirando dall'altezza della cintura come gli hanno insegnato a fare quando doveva assaltare una posizione nemica: «La fretta di arrivare non ci faccia sbagliare» gli ripeteva sempre il suo sergente istruttore. Davanti alla tenda di tela che protegge la porta dalle mosche, fa un cenno al suo compagno perché si sposti di lato, prima di scostarla con la canna del fucile e incollare l'orecchio all'entrata. Si sentono voci e un acciottolio di posate. Dopo aver fatto un altro cenno affermativo, bussa alla porta con il calcio dell'arma. I tre colpi seguenti sono più violenti, e quando sta per ripetere l'operazione sente la voce di una donna di età avanzata che protesta adirata.

«Ma chi diavolo bussa a quest...?!»

Il colpo alla bocca dato con il calcio del fucile le impedisce di terminare la frase e quasi sicuramente di masticare alimenti solidi per un bel pezzo.

«Andiamo!» dice Patricio all'altro prima di superare l'anziana ferita che, inginocchiata a terra, sputa i denti che ha rischiato di ingoiare.

All'interno, le due stanze collegate dal corridoio sono vuote. Come una falena guidata dalla luce, Patricio avanza fino in fondo, dove un uomo di una settantina d'anni seduto a tavola lo guarda intimorito e corrucciato.

«C'è qualcuno di sopra?» gli chiede Patricio.

«Qua viviamo solo io e mia moglie» tentenna lui.

«Rosario non vive più qui?»

«Non so chi sia questa Rosario, noi abitiamo qui da sei mesi».

Patricio abbassa l'arma e scuote la testa prima di sputare a terra.

«Allora mi sa che ci siamo sbagliati, signore, ci scusi. Prenda, per il disturbo».

Una banconota da venticinque pesetas con l'effigie di Quevedo plana fino ad atterrare su un piatto con degli avanzi di cibo.

«E qui non è successo niente».

Quando il tenente Gallardo, ripresosi un poco, torna in cucina, si ritrova a dover svegliare il detenuto prendendolo a schiaffi. Padilla, che dormicchiava con la testa appoggiata sul lato della credenza alla quale è ammanettato, sembra essere invecchiato di dieci anni nei dieci minuti di assenza del tenente. Dopo qualche istante, lo guarda come se fosse la prima volta che lo vede in vita sua.

«Mi lasci riposare, la prego, capo».

Gallardo si alliscia i baffi prima di sedersi di fronte a lui.

«Non finché lo dirò io. Mi stava parlando del dottor Jiménez».

Jacinto Padilla sbuffa irritato.

«Antonia è una donna molto forte. In tutti questi anni non l'ho mai vista prendere neanche un semplice raffreddore, anche se a volte si lamenta dello stomaco. Le fa molto male, a volte smette persino di mangiare per qualche giorno finché non migliora. Comunque alla fine è andata dal dottor Jiménez con la scusa di un'orticaria nei pressi delle sue parti intime, può immaginare il motivo».

«Per cercare di sedurlo, ovviamente».

«Esatto. Ma è venuto fuori che il buon dottore non si lasciava incantare dalle donne, soltanto dal denaro. Il suo punto debole era giocare a carte, e Antonia ha saputo approfittarne per offrirgli una somma, non ricordo quanto, perché le scrivesse il certificato medico che le aveva chiesto Sixto Simón».

«Le carte e, a quanto mi diceva prima, anche l'alcol, e ho sentito dire che sia morto per questo, no?»

«Così dicono».

«Vorrebbe forse insinuare che...?»

Padilla si stringe nelle spalle e sorride.

«Io non insinuo niente. Ma si dà il caso che, con la scusa di non far perdere tempo a suo marito, Antonia gli abbia chiesto anche di prescrivergli un paio di boccette delle famose pilloline del dottor Jiménez».

«Famose?»

«Si è riempito le tasche vendendo quella porcheria che in teoria doveva essere in grado di risuscitare un morto, ma in realtà non serviva proprio a niente. Dentro c'erano zenzero, cardamomo, zafferano, cannella, radice di rabarbaro e cose del genere. Erbe e altra roba da streghe, ma è stato grazie a quello che le nostre strade si sono incrociate di nuovo».

«Si spieghi».

«Le ho già detto che all'epoca io lavoravo in un allevamento di maiali vicino a El Raposo, no?»

«Me l'ha detto, sì».

«Un giorno sono andato in un magazzino per comprare il mangime per i maiali ed eccola lì. Mi sembrava strano che si fosse allontanata così tanto da Jerez de los Caballeros per fare acquisti. Quali acquisti? Non ho osato dirle nulla, ma quando se n'è andata mi sono avvicinato al ragazzo che l'aveva servita e gliel'ho chiesto».

Un silenzio prolungato, frutto dello sfinimento, irrita Gallardo, impaziente di conoscere il resto della storia.

«Forza, continui».

Padilla sorride con gli occhi chiusi. Poi contrae i muscoli facciali in una smorfia di dolore.

«Non mi sento bene, capo».

Il tenente fa schioccare la lingua.

«Non mi costringa a...» comincia.

«Sali di stricnina! Quella figlia del demonio era andata fino lì per comprare una libbra di sali di stricnina con la scusa di sterminare un'invasione di afidi che le stava ammazzando non so quali piante...»

«Gli ha dato la stricnina al posto delle pillole».

L'altro annuisce.

«Era la mia occasione».

Martín Gallardo assume un'espressione interrogativa.

«La sua occasione per cosa?»

«Per tornare con lei. In condizioni diverse, ovviamente. Ora che sapevo cosa stava facendo al suo maritino, avevo il coltello dalla parte del manico... Ma quello che né io né Antonia sapevamo era che Francisco Espinosa aveva assunto un detective di Barcellona, nientemeno, per indagare su di lei».

«Capisco».

Padilla cerca di prendere fiato per continuare a parlare, ma dopo aver sbattuto le palpebre un paio di volte la testa gli cade di lato appoggiandosi alla spalla.

«Ma che cazzo vuole capire» è l'ultima cosa che dice prima di sprofondare nel sonno.

«Più di quello che credi tu, pezzo di merda» borbotta Gallardo fra sé.

In quel momento lo assale l'immagine del giorno in cui ha conosciuto Antonia, quando era andata al comando a denunciare Francisco Espinosa e, dopo averla accompagnata all'uscita, lui aveva fatto una cosa di cui si vergogna solo al ricordo. Tuttavia, non era stata l'ultima volta. Non riuscire a controllare i suoi impulsi lo irritava, ma allo stesso tempo era attratto dalla possibilità di provare di nuovo qualcosa di così puro e selvaggio. Mesi dopo, quando il suo ex commilitone Sebastián Costa era comparso nel suo ufficio con una foto della donna, aveva lasciato che la sua parte irrazionale prendesse il controllo delle sue azioni.

«Ma porca di quella puttana» mormora ora stringendo i pugni.

Di nuovo i chiodi.

Di nuovo quella fame.

Deve fumare. Gli è necessario come respirare, e l'unico modo per riuscirci è andare alla pensione a prendere quello che gli serve. Lì l'ha lasciato e lì deve essere ancora. Non esiste alternativa. Nella caserma di Almendralejo ha nascosto altre palline di oppio, ma non farebbe mai in tempo ad andare e tornare. I suoi adulterati processi cerebrali minimizzano i rischi che, confrontati con i benefici, trasformano l'assurda idea di tornare a Casa Matilde in un'opzione perfetta per smettere di soffrire.

Così, prima di sparire furtivamente, Martín Gallardo dedica un'ultima occhiata al suo prigioniero, che, abbattuto dalla stanchezza accumulata, sembra dormire come se avesse la coscienza pulita.

Ma sta solo fingendo.

Non appena si accorge di essere rimasto solo, apre le palpebre e si contorce per raggiungere con la mano libera la tasca dei pantaloni dove conserva la sua chiave per la libertà.

«Chi è ora il pezzo di merda?» dice euforico al chiodo ossidato che tiene tra le dita.

Capitolo sedicesimo

Un giramondo

Stazione ferroviaria di Badajoz
Quartiere di San Fernando
Due anni prima

La stazione, dalla pianta rettangolare e dall'architettura austera, era stata inaugurata nel 1881 allo scopo di collegare Badajoz con Lisbona e ravvivare gli scambi commerciali fra i due paesi. E proprio da lì, dalla capitale portoghese, arrivava Sebastián Costa dopo aver chiuso la faccenda che l'aveva costretto a fermarsi nella città della luce per due lunghi mesi.

Le informazioni che gli avevano fornito Esteve e Giró riguardo al nuovo caso che l'avrebbe riportato in quello che era il suo luogo adottivo erano state, come sempre, scarne. Il committente, Francisco Espinosa y Leal, un proprietario terriero di buona famiglia di Jerez de los Caballeros, aveva chiesto di indagare sulla sua nuova cognata. Si trattava di una donna di origini sconosciute che rispondeva al nome di Antonia Monterroso; si sospettava che stesse manipolando il fratello del cliente con l'obiettivo di impossessarsi dei suoi beni e, possibilmente, anche di quelli della famiglia.

Niente di nuovo sotto il sole.

La foto della suddetta, che apriva il dossier insieme alle sue informazioni personali, era di scarsa qualità, ma si intravedevano comunque lineamenti dal taglio slavo e altre caratteristiche morfologiche fuori dal comune, come l'altezza e il peso: un metro e ottantasette centimetri per ottantanove chili. Un donnone in piena regola.

Il calore che si accumulava sotto la tettoia lo invitava a levarsi la redingote e la bombetta, cosa che avrebbe senza dubbio già fatto se non avesse ricevuto istruzioni per incontrare il cliente nella sala ristoro della stazione. Sebastián Costa cercava sempre di evitare quel tipo di incontri, in cui, stando alla sua esperienza, non succedeva mai nulla di buono. In genere, la controparte mancava di conoscenza ed equivocava la natura e la portata dei servizi che aveva richiesto. Questa volta, Espinosa aveva insistito molto per conoscere di persona l'incaricato delle indagini, e siccome la somma che aveva dovuto anticipare non era di poco conto, i suoi capi non avevano avuto altra scelta che organizzare il colloquio.

Il treno era arrivato con quasi un'ora di ritardo, quindi Sebastián Costa dedusse che il cliente lo stesse già aspettando. Non sbagliava. Doveva per forza essere quell'uomo magro che, angosciato, continuava a guardare verso la porta. Abiti eleganti, scarpe costose, comportamento altezzoso. Si trattava senza dubbio di lui. Costa si avvicinò senza nessuna fretta portando la sua pesante valigia, che nascondeva le sue due armi preferite: la macchina fotografica Ur-Leica e il revolver Webley, mezzi di cui si serviva, rispettivamente, per immortalare e per dare la morte.

«Il signor Espinosa, giusto?»

Questi consultò l'orologio.
«È in ritardo di più di un'ora».
«Il treno non è arrivato in orario, ma le chiedo perdono per l'attesa».
Espinosa accettò le scuse inclinando la testa da un lato. Poi sollevò il braccio per attirare l'attenzione del ragazzo che serviva ai tavoli.
«Si sieda».
Dopo mezz'ora di conversazione, l'unica cosa che Sebastián Costa aveva ben chiara era che il suo cliente odiava con tutte le sue forze la donna su cui avrebbe dovuto indagare, e che quell'avversione andava molto oltre il presunto danno che stava arrecando al fratello.
«Grazie, signor Espinosa. Ora credo di avere tutte le informazioni necessarie».
«No, c'è qualcos'altro. Deve sapere che una delle donne che lavorano in casa di mio fratello è, diciamo così, la mia informatrice».
«Diciamo così».
«Comunque, qualche giorno fa mi ha detto di aver sentito dire a quell'arpia che doveva andare a Siviglia per incassare il denaro che le doveva una compagnia assicurativa. E io ho la sensazione che stia tramando ben altro».
«Perché lo pensa?»
«Perché ha insistito per andarci da sola. Per questo e perché è veramente figlia del diavolo, mi creda».
«Capisco. E quale giorno dovrebbe partire?»
«Da Badajoz c'è solo un treno alla settimana che va a Siviglia. Parte il venerdì alle dieci di sera e arriva alle otto di mattina».
«Segnato».

«Andrà anche lei, dunque?»

«Devo pensarci».

«Mi piacerebbe che me lo facesse sapere».

«Lo farò, all'occorrenza».

L'altro raddrizzò la schiena e sbatté due volte le palpebre.

«Come dice?»

«Lo farò se penserò di doverla informare di qualcosa che sia di suo interesse».

«Tutto è di mio interesse, la pago per questo».

«No, signor Espinosa, è la mia agenzia a pagarmi, e lei paga l'agenzia. Se la veda con loro. Io ora dispongo di tutte le informazioni che mi servono per fare il mio lavoro. È molto probabile che io e lei non ci rivedremo più».

Francisco Espinosa, che avrebbe voluto dire qualcosa al riguardo, si limitò a mantenere le sopracciglia sollevate.

«Le auguro una buona giornata» lo salutò Costa.

L'incessante sferragliare, ma soprattutto il fastidioso cigolio delle ruote quando affrontavano una curva, non gli facevano chiudere occhio. Ma del resto succedeva spesso che Sebastián Costa non riuscisse a conciliare il sonno, e ora a maggior ragione in quel lettuccio che gli avevano assegnato, indegno del biglietto di prima classe che aveva pagato. Erano troppe le immagini perturbanti che lo assalivano ogni volta che scendeva la sera. Immagini del passato, ma con un retrogusto di ricordo recente. Immagini troppo presenti. Così pensò che forse gli avrebbe fatto bene sfuggire allo spazio onirico e percorrere quello che si allungava al di fuori del suo scompartimento. Quello occupato dal suo obiettivo era nella carrozza accanto, quindi si infilò gli stivaletti e uscì nel corridoio. Mentre camminava tirò fuori la bustina di tabacco trinciato tenendo lo sguardo fisso sul mondo esterno, dove l'oscurità sembrava aver inghiottito ogni cosa. Si distinguevano a malapena alcuni solitari punti luminosi, lucciole solitarie in un paesaggio notturno che scomparivano non appena il treno divorava il legno e l'acciaio dei binari nella sua avanzata lenta ma ostinata.

Dopo il suo incontro con Francisco Espinosa nella stazione di Badajoz, Sebastián Costa si era sistemato a Jerez de los Caballeros, dove aveva affittato una stanza piuttosto decente nella prima locanda in cui gli avevano servito un pasto degno di questo nome. Le prime giornate di indagini in genere le dedicava alla scoperta della quotidianità del suo obiettivo, e con Antonia Espinosa non aveva voluto fare un'eccezione. Ma era successo qualcosa. Fin dall'inizio si era accorto che quella non era una donna qualsiasi. E non solo dal punto di vista fisico, ma più che altro per il magnetismo che emanava. Un potere che generava attrazione e repulsione in parti uguali. Aveva il fascino di un animale selvatico, di una fiera alla quale si sarebbe avvicinato volentieri, nonostante avesse la certezza che sarebbe riuscita a eliminare chiunque con un'unica zampata. E poi c'era il suo modo di comportarsi: sempre provocante fino a sfiorare l'arroganza, piena di una disinvoltura del tutto disdicevole, secondo le donne che la trattavano con invidia e sdegno. Era senza dubbio l'oggetto di tutti i pettegolezzi di Jerez de los Caballeros. Non aveva nemmeno dovuto chiedere di quella che chiamavano «la russa» perché i vicini gli parlassero di lei come facevano con tutti i forestieri che entravano in paese, come se fosse diventata una sorta di monumento che tutti dovevano conoscere. La cosa curiosa – o pericolosa – era che non si era reso conto di quanto fosse rimasto soggiogato dal suo fascino finché un gruppo di donne non l'aveva insultata vedendola passare nella piazza del mercato e lui era stato tentato di rispondere con una durezza che, senza dubbio, non gli apparteneva. Doveva tornare neutrale per poter essere all'altezza del rigore che il suo lavoro esigeva.

Con quell'idea era salito sul treno per Siviglia, pronto a scoprire se i sospetti di Francisco Espinosa avessero qualche fondamento oppure no, se la donna che tanto odiava volesse davvero impadronirsi della fortuna della famiglia a tutti i costi, anche se significava dover togliere la vita a suo marito, che, come aveva già appurato, non sembrava per niente in salute. Immerso nei suoi pensieri, Sebastián Costa non si era accorto che qualcuno gli stava chiedendo di passare.

«Mi scusi, signore, permette?»

Girando la testa si scontrò con gli occhi selvatici di Antonia. E con la sua generosa scollatura.

«Come no, mi scusi lei» disse schiacciandosi contro il finestrino.

Il contatto fisico, fugace ma decisivo, fece sì che una corrente elettrica gli percorresse il midollo spinale in senso discendente per terminare in un'esplosione all'altezza del pube. Quell'errore, grossolano e stupido, da principiante, lo costrinse a mantenersi fermo nella sua posizione, anche se, considerato ciò che stava per succedere, la cosa migliore sarebbe stata battere in ritirata.

«Questi spazi non sono pensati per persone come noi» commentò lei con fierezza.

«No, è vero».

Antonia si fermò e, con estrema eleganza, si voltò.

«Lei non è di queste parti, vero?» gli domandò.

«Sono un po' di tutti i posti in cui ho vissuto».

«Un giramondo, eh?»

«Esatto: un giramondo».

Sul volto di Antonia comparve un'espressione interrogativa.

«Un giramondo è simile a un fuorilegge?»

«No, direi di no».

«Ah, ma che peccato, mi sembrava più interessante un fuorilegge. Soprattutto per combattere la noia dei viaggi notturni in treno» aggiunse.

Sebastián Costa seppe leggere il messaggio implicito in quella frase, e la sua parte più selvaggia si riflesse nel suo sguardo.

«A presto, spero, signor giramondo».

Sapeva che non avrebbe dovuto farlo, ma lo fece. Si lasciò trasportare. Non ricordava quanto tempo fosse passato da quando aveva fatto sesso con quella donna asiatica a Barcellona – che alla fine era risultata una professionista – ma era del tutto sicuro di non essere mai andato a letto con una donna come quella che ora seguiva in totale silenzio fino al vagone merci.

E quello che accadde là dentro, sebbene lui non potesse prevederlo, avrebbe segnato fatalmente il suo destino.

Qualche giorno dopo, Sebastián Costa decise di andare a trovare un ex commilitone dell'esercito che gli dispiaceva aver perso di vista. Mentre aspettava che lo ricevesse nel comando della Guardia Civile di Almendralejo, dove lavorava, Costa si intrattenne immergendosi nei ricordi, malgrado nel suo caso non valesse il detto «Il tempo passato è sempre migliore».

L'ultima volta che aveva visto Martín Gallardo era stata al porto di Barcellona, quando i loro cammini stavano per separarsi. Era il mese di maggio del 1902 ed entrambi erano appena usciti da un autentico inferno, quasi tre anni passati a cercare di sopravvivere nel campo di prigionia di Angat, il buco putrescente dove li avevano rinchiusi. Più di novemila compatrioti erano stati fatti prigionieri dai *tagalos* quando le relazioni diplomatiche fra Spagna e Stati Uniti si erano interrotte e i ribelli filippini avevano puntato le armi contro i militari spagnoli. L'incompetenza del capitano generale Basilio Augustín y Dávila al momento di radunare le truppe spagnole aveva fatto sì che reggimenti interi cadessero nelle mani dei rivoltosi guidati da Emilio Aguinaldo. Ed era proprio quel che era accaduto a 156 uomini della V Compagnia di Cavalleria, cui appartenevano il vice caporale Sebastián Costa e il sottotenente Martín Gallardo, i quali, insieme ad altri seicento soldati e ufficiali di diverso livello, erano stati spogliati dei loro averi e costretti a percorrere a piedi centinaia di chilometri fino ad arrivare nella provincia di Bulacan. Un viaggio infernale attraverso la selva con appena una razione di riso al giorno come unica fonte di sostentamento. Ben presto i primi uomini avevano cominciato a soccombere, per la maggior parte vittime della dissenteria, malattia che non veniva mai curata dai medici *tagalos*, dato che avevano ricevuto l'ordine esplicito di ridurre il numero dei prigionieri. Poi erano arrivati i primi casi di beriberi, che, considerate le condizioni di sovraffollamento, si era diffuso come un incendio, provocando decine di morti al giorno. Anche la morte per fatica causata dalla denutrizione si era portata via un certo numero di uomini, ma non tanti come quelli che cadevano sotto i machete nelle risaie, vittime del rancore di chi fino a pochi mesi prima era stato sotto il loro comando. Altri, la minoranza, si toglievano la vita nei modi più svariati: l'impiccagione era il più diffuso, seguito da vicino dalla fuga, poiché chi tentava di scappare in piena luce del giorno sapeva perfettamente che fine avrebbe fatto. In meno di un anno, dei quasi ottocento uomini che erano stati reclusi ad Angat, ne restavano meno di trecento, dei quali più della metà erano dipendenti dall'oppio. Malgrado l'avesse provato diverse volte, Sebastián Costa era riuscito a eludere il potere del papavero, e tuttavia gli toccava lottare come tutti gli altri tossici per ottenere la dose quotidiana di cui aveva bisogno il suo compagno Martín. C'era troppa domanda e poca offerta. C'erano giorni brutti e giorni peggiori, ma piano piano erano passati tutti, e quando il governo spagnolo si era ricordato di aver lasciato indietro qualche migliaia di compatrioti e aveva negoziato il loro rimpatrio con l'allora presidente Aguinaldo, Sebastián Costa e Martín Gallardo erano tornati a casa, lasciando l'anima in quell'angolo infetto delle Filippine. Nella darsena del porto di Barcellona dove aveva attraccato la loro nave proveniente da Manila, si erano salutati con un abbraccio vuoto, carico di silenzio, e si erano augurati la fortuna che per così tanto tempo li aveva abbandonati.

Tredici anni sono molti.

O forse non così tanti. I primi cinque Sebastián Costa li aveva passati a girare per le strade del Raval senza neppure pensare alla possibilità di tornarsene a Villamalea, il suo paese natale, non lontano da Albacete. Non aveva neppure intenzione di andare a Badajoz, la città in cui aveva passato l'adolescenza finché non si era arruolato nell'esercito. Di conseguenza, aveva cominciato a entrare e uscire di prigione con tanta frequenza che uno dei membri del Corpo di Vigilanza e Sicurezza, ex militare come lui, gli aveva lanciato una fune a cui era riuscito ad aggrapparsi prima di finire morto in chissà quale angolo. Qualche mese dopo quel poliziotto, di nome Giró, aveva deciso di appendere la divisa al chiodo per avviare, insieme al suo buon amico Esteve, una redditizia attività di cui aveva sentito parlare in uno dei suoi viaggi a Parigi. E lì Sebastián Costa aveva trovato il suo spazio, impegnandosi con tenacia e costanza in ogni caso che gli affidavano fino a soddisfare le necessità del cliente. Così si era trasformato nella risorsa – come a Giró piaceva chiamare i suoi uomini – più importante di La Protectora, la prima agenzia investigativa privata della Spagna.

Solo dopo aver messo la testa a posto si era interessato della sorte di quello che aveva considerato il suo unico amico e, facendo leva sui suoi contatti e sul portafoglio, era riuscito ad accedere alla lista delle onorificenze conferite per la zona dell'oceano Pacifico, dove confidava che avrebbe trovato il cognome che cercava. E così era stato. Su altre faccende – come gli aiuti economici agli ex combattenti – l'esercito faceva orecchie da mercante, ma al momento di distribuire riconoscimenti non si tirava indietro. Lui stesso era stato decorato con una medaglia al valore per la sua partecipazione alla campagna nelle Filippine, cosa che gli aveva fatto dedurre, a ragione, che anche il sottotenente Gallardo avesse ricevuto lo stesso onore, ed era stato così che aveva scoperto che il suo ultimo indirizzo conosciuto era ad Almendralejo. Nell'inverno del 1912 si era recato lì e, naturalmente, aveva scoperto subito che faceva parte della Guardia Civile. Era stato tentato di incontrarlo, ma all'ultimo momento non aveva osato, per non risvegliare i demoni del passato che tanto gli era costato placare.

«Venga pure con me» gli disse un uomo in divisa riportandolo di colpo al presente.

Sebastián Costa si alzò con calma, si aggiustò la bombetta, diede una sistemata alla redingote e si schiarì la voce.

«La seguo».

Mentre percorreva gli ultimi metri di quel corridoio si domandò se fosse stata una buona idea andare a trovarlo, se il suo ex commilitone fosse cambiato molto e, soprattutto, se fosse riuscito a lasciarsi alle spalle la sua dipendenza dall'oppio. Non appena lo vide capì che la risposta alle ultime due domande era «no», ma il legame fraterno era ancora abbastanza forte perché, dopo la sorpresa iniziale, si stringessero in un abbraccio sincero.

Si aggiornarono rapidamente, e quando il tenente Gallardo intuì che dietro a quella riunione doveva esserci un motivo importante, Sebastián Costa abbassò la testa e si strofinò la barba mostrando i primi segni di debolezza.

«Ti giuro su quello che ho di più sacro che non so che cazzo mi sta succedendo».

«Tranquillo, amico mio. Tu raccontami tutto e di sicuro troveremo una soluzione. Di qualunque cosa si tratti».

«L'unica soluzione è brutta... Sempre che esista».

«Coraggio, parla».

Gli aveva appena mostrato la foto di Antonia Monterroso quando un sergente fece irruzione nell'ufficio per informare Gallardo che il comandante richiedeva immediatamente la sua presenza; dopo aver ricevuto la promessa di un rapido ritorno, Sebastián Costa ebbe il tempo sufficiente per ripensare alla situazione: cosa diavolo stava facendo? Con che diritto si azzardava a coinvolgere un vecchio amico in una brutta faccenda in cui si era infilato da solo con tutte le scarpe?

Doveva uscire da lì al più presto.

E così fece.

Una volta fuori dal comando, camminando rapidamente e senza guardarsi indietro, decise che arrivato a quel punto gli restavano solo due alternative: quella dettata dalla ragione e l'altra. Non ebbe bisogno di rimuginarci troppo per capire che la ragione non può nulla quando il cuore comanda.

Capitolo diciassettesimo

Un principe azzurro

Esterno della pensione Casa Matilde
Zafra (provincia di Badajoz)
20 aprile 1917, ore 23.40

La gravità non lo aiuta. Le sue condizioni fisiche, pietose, nemmeno. Tuttavia, la perseveranza – o meglio, la testardaggine – di Martín Gallardo lo costringe a cercare per la quarta volta di entrare nella pensione dalla stessa apertura che ha usato per uscirne. Ma salire non è la stessa cosa di scendere, tantomeno con le nocche ancora doloranti, e nel suo tentativo migliore riesce a percorrere poco più di due degli otto metri della tubatura.

«Ma porca di quella puttana...»

Non gli resta altra scelta che cercare un'altra via, perché la possibilità di arrendersi non la considera neppure. Ha bisogno del suo astuccio. E ne ha bisogno subito. Con questa intenzione avanza fino all'angolo e si affaccia per scoprire che, proprio come sospettava, c'è un uomo armato che fa la guardia all'entrata principale. Tutto intorno a lui, la spazzatura è la specie dominante in questo desolante habitat che spesso regna nei vicoli male illuminati. Una coperta logora e una bottiglia vuota sono gli oggetti che seleziona per superare la missione. Spinto dalla necessità fisica, si copre la testa e il busto prima di avvicinarsi al suo obiettivo camminando a zigzag e canticchiando fra sé mentre finge di bere.

«Sparisci, maledetto ubriac...»

Faustino de la Torre, conosciuto come Tino, non ha il tempo di terminare. La bottiglia si spacca in mille pezzi contro il suo cranio provocando lo spegnimento immediato delle sue funzioni motorie e sensoriali. Non appena Tino crolla a terra come un sacco, il tenente si incammina verso la porta, deciso a entrare, risoluto quanto l'altro uomo lasciato lì da Patricio, ma con intenzioni opposte. L'obiettivo di Marcial – così si chiama – non è impedirgli l'accesso, bensì neutralizzarlo, e per questo afferra il fucile con l'idea di colpirlo al mento con il calcio dell'arma. Martín Gallardo, pur con le sue facoltà ridotte, percepisce la minaccia, solleva il braccio riuscendo a minimizzare il danno e completa il movimento afferrando l'arma per la canna e tirando con forza. Marcial, che non si aspettava quella risposta, reagisce troppo tardi per schivare il primo diretto, che lo colpisce alla mandibola. Stordito, non riesce a impedire che gli arrivino altri quattro pugni, ben distribuiti su tutto il volto – quasi in maniera salomonica –, come se il tenente della Benemerita si fosse impegnato a ripartire le contusioni in modo equilibrato. Mentre cade di spalle, già privo di sensi, Marcial non si accorge nemmeno della botta che prende contro la massicciata.

Senza tante cerimonie né cortesie, il tenente corre su per le scale fino alla sua stanza. Come c'era da aspettarsi, dopo il passaggio degli uomini di Patricio è completamente sottosopra; circostanza che, sommata al suo stato di ansietà, fa sì che ci metta diversi minuti a ritrovare quel maledetto astuccio. Quando finalmente ce l'ha tra le mani tremanti, sull'orlo delle convulsioni, si siede sul letto per poter ritrovare la calma richiesta dal compito che deve affrontare: strappare dalla pallina più grossa la quantità di oppio sufficiente e mescolarla con il tabacco per poi infilare il tutto nella pipa. In condizioni normali ci metterebbe pochi secondi, ma il suo stato ha ben poco di normale, e la momentanea discinesia che lo pervade gli rende difficile anche un'operazione semplice come tenere la pallina fra le dita. Dopo diversi tentativi fallimentari, mosso dall'imperiosa necessità di placare la sua fame, Martín Gallardo traccia fra il narcotico e la sua dipendenza una linea retta che va a terminare nella sua cavità anale. Ha già sperimentato questo metodo in altre occasioni, ma da quando è tornato dall'inferno delle Filippine non aveva mai dovuto farvi ricorso. Tenendo la pallina tra le mani, la massaggia con veemenza finché il calore dovuto alla frizione non gli rende più semplice staccarne una porzione che, secondo la sua esperienza, è la dose che il suo organismo sta supplicando di ricevere. La manipola alla bell'e meglio perché assuma la forma di una supposta e, quasi con violenza, si abbassa i pantaloni e le mutande prima di coricarsi sul letto in posizione fetale. La sorte gli sorride e riesce a infilarla al primo tentativo, cosa che gli provoca una risata disperata, consapevole che l'assorbimento per via anale è quasi immediato. Sapere che la fine delle sue sofferenze è vicina lo rende felice.

Del tutto beato.

I primi effetti lenitivi non tardano ad arrivare, e solo a questo punto, con il polso più fermo, Martín Gallardo estrae dal portafoglio la foto in toni seppia di sua madre. Dopo averla contemplata, chiude gli occhi per lasciarsi trasportare da quella melliflua sensazione di piacere il cui scopo è eliminare qualsiasi traccia di dolore. Poco dopo, il suo corpo è un recipiente vuoto, e il suo cervello un congegno disconnesso. Per questo motivo, quando Tino irrompe nella stanza desideroso di sparare un colpo nello stomaco di quello stronzo che gli ha spaccato la testa con una bottiglia, gli risulta difficile credere che il tenente che sta complicando così tanto l'esistenza di tutta la sua squadra sia lì davanti ai suoi occhi a dormire come un neonato.

«Ora sì che sei fottuto, frocio di merda» lo avverte prima di armare il cane del suo fucile sovrapposto con doppio grilletto, che tempo fa ha battezzato Melibea, chissà se in onore del classico di Fernando de Rojas o per altri motivi.

«Ora sì che sei fottuto!» ripete.

Proprio nel momento in cui stava per perdere la speranza ha udito lo scatto, e il gancio dentellato è uscito dal meccanismo di chiusura della manetta che porta al polso sinistro. Ci ha provato in mille modi diversi, ma solo quando ha cominciato a muovere il chiodo a caso dentro la serratura ci è riuscito. Si sente male. Peggio che male. Debole fino all'estremo. Suda, è sfinito come se avesse spaccato pietre per tutto il giorno, e in bocca ha un sapore di carne putrida. Ma le sue pene stanno per finire.

Lo sanno pure i russi in Russia, come diceva sempre suo zio Jesús.

Nella sua testa, Jacinto Padilla si vede già lontano. Gli serve un posto qualsiasi dove nessuno lo conosca e possa ricominciare da zero. Come destinazione pensa alla Francia, dove dicono che il lavoro non manchi, ma in realtà non gli importa dove andrà, a patto che ci sia una grossa distanza fra lui e Antonia. La ama, ma non vuole più vederla. Non deve. Lei è l'origine di tutti i suoi mali, e anche se venderebbe l'anima al diavolo per poterla possedere ancora una volta, è perfettamente consapevole del fatto che la sua unica opportunità di redenzione sia allontanarsi da lei il più possibile. La odia per averlo tradito, ma da quando l'hanno arrestato non ha mai smesso di chiedersi dove sarà, e soprattutto con chi. Sa con chi non è. Con quel detective venuto da Barcellona che lei diceva fosse l'unico uomo in grado di farla sentire una vera donna: con lui di sicuro no. Due colpi di fucile, un rivale in meno. Alle spalle, è vero, ma comunque conclusivi, malgrado la vigliaccheria del gesto. I suoi maiali avevano fatto il resto.

Ora deve solo andarsene da lì. E anche se gli mancano le forze, saranno guai se quando il tenente Gallardo deciderà di tornare lui non avrà lasciato la regione in groppa al mulo che – non ha altra scelta – pensa di rubare all'anziana. Di soppiatto, raggiunge il cortile e senza far rumore apre il cancello. Sempre attento a cosa accade intorno a lui, Pancho raglia nervoso, quasi protestasse perché viene costretto a essere complice forzato della fuga.

«Shhh, calma, bello, calma» cerca di tranquillizzarlo Padilla accarezzandogli la mandibola.

Pancho la vede arrivare.

Jacinto no.

La pentola di rame colpisce solo una volta, ma con forza sufficiente per provocargli una severa commozione che lo fa cadere a terra come una marionetta a cui hanno appena tagliato i fili.

Come la marionetta che è diventato fin dalla prima volta che ha visto Antonia Monterroso.

Si vede camminare in un interminabile campo di papaveri che tappezza le pendici di una montagna che si estende a perdita d'occhio. Nella mano destra tiene la zappa che gli ha regalato suo nonno quando ha compiuto dieci anni. Il sole segue i suoi passi errabondi come se uno dei due stesse guidando l'altro verso il tramonto. All'improvviso, un uccello dai colori accesi volteggia intorno a lui fino a posarglisi sulla spalla. Con il becco gli accarezza il collo, provocandogli un brivido simile a un orgasmo.

«Dove vai, Martín?» gli domanda l'uccello.

«Non posso dirtelo, mamma».

La sua voce suona come quella di un bambino che sta per diventare uomo, anche se lo trattano come tale, con suo grande dispiacere, fin dal giorno in cui è riuscito a reggersi in piedi da solo.

«Non farlo, non ne vale la pena».

«Se non lo ammazzo io, finirà per ammazzare te, mamma, e poi me. Devo farlo».

«Nostro signore Gesù Cristo ci proteggerà. Ma se lo ammazzi le porte del cielo si chiuderanno per te, e sarai condannato per sempre a vagare all'inferno».

«L'inferno è quello che ci fa vivere lui tutti i giorni. Non ne posso più e devo approfittarne ora che sta dormendo».

«No, ti sbagli, figlio mio. Quello che dorme sei tu».

Martín si ferma. Nota che il manico di legno di rovere si è trasformato in qualcosa di morbido, in cui affondano le sue dita piccole ma forti. Qualcosa di morbido e molto vivo, che si contorce per avvinghiarsi al suo braccio. Il serpente, che ha le fattezze dell'uomo che vuole uccidere, lo osserva con freddezza e, malgrado non abbia labbra, sembra quasi che gli sorrida mentre fa guizzare di fronte a lui la lingua nera e biforcuta. Una macchia scura si è allargata in mezzo alle sue gambe senza che Martín se ne rendesse conto, e, completamente paralizzato, il ragazzino non può evitare che il serpente inghiotta l'uccello con un rapido movimento.

La storia, che non è la prima volta che gli tocca vivere in sogno, termina quando il serpente, ingigantito e antropomorfo, si avvolge intorno al suo corpo e lo stringe fino a privarlo dell'aria. Stavolta, però, è l'acqua che qualcuno gli getta in faccia a mettere fine al suo viaggio onirico per scrivere il primo paragrafo della pericolosa realtà che lo aspetta, con Patricio come protagonista. Quando cerca di alzarsi, gli occhi neri di Melibea lo guardano da così vicino che, come succedeva nell'incubo, rimane paralizzato. Subito dopo, Marcial – il cui volto è visibilmente danneggiato – e lo Strappamutande si siedono accanto a lui sul bordo del letto e gli afferrano una spalla ciascuno.

«Quando mi hanno detto che ti avevano visto tornare qui ho pensato che fossi lo stronzo più cazzuto del mondo, ma vedendoti qui sdraiato, addormentato, ho concluso che sei lo stronzo più imbecille del mondo. Poi, quando ho scoperto questo» prosegue Patricio Carvajal mostrandogli la sua pipa da oppio, «ho capito che non sei né imbecille né così tanto cazzuto. Quello che hai è un problema bello grosso».

Più imbarazzato che stordito, il tenente Gallardo resta in attesa. Ha bisogno di guadagnare tempo. Gli piacerebbe, tanto per cominciare, riuscire a ricordare com'è arrivato lì.

Patricio gli mostra la foto della donna sconosciuta.

«Chi è?»

Il tenente cerca di metterla a fuoco. Qualche secondo più tardi si inumidisce le labbra con la lingua.

«È mia madre».

La risata che fuoriesce dalle corde vocali di Tino, ancora malmesso, fa girare bruscamente Patricio, che solleva il dito indice. Come se quel gesto riuscisse ad assorbire qualunque rumore molesto, un rispettoso silenzio si impadronisce della camera.

«Tua madre, eh? Benissimo. Ti farò solo un'altra domanda: dove hai nascosto quell'assassino?»

«Non ti dirò niente, quindi fai pure subito quello che pensavi di fare».

L'altro fa una smorfia disgustata e sputa a terra.

«Ero sicuro che avresti detto qualcosa di simile. Sarà una notte molto lunga. Slegatelo» ordina ai suoi uomini.

Marcial e lo Strappamutande obbediscono e liberano Gallardo, che rimane seduto sul bordo del letto con la testa alta e uno sguardo di sfida.

Patricio gli restituisce la foto, si avvicina alla finestra e la apre per respirare aria fresca.

«Ascolta, io non ho niente contro di te, né contro quel Padilla, ma capiscimi, ho degli ordini da rispettare».

«Anch'io».

«Già. Peccato che non siano gli stessi, vero? La situazione non promette bene».

«No, per niente» concorda il tenente della Benemerita.
Con calma, Patricio si gira e infila la mano nel taschino della camicia dove conserva un paio di sigarette rollate da lui stesso. Ne accende una e la offre a Gallardo, che la accetta. Poi accende la sua e fa un paio di lunghi tiri.

«Ho bisogno di capire perché ti giochi la pelle per quel rifiuto umano. Quel disgraziato è un assassino, o sbaglio?»

«È molto probabile che lo sia. Ma né tu né il tuo capo siete responsabili di amministrare la giustizia».

«E tu sì?»

«No, nemmeno io. Ci pensano quelli che portano la toga. Il mio dovere è capire in che modo tutte quelle persone sono finite in un pozzo».

«Te lo dico io: lo stronzo che stai proteggendo li ha ammazzati per derubarli e poi li ha buttati là dentro».

«Può essere, ma se te lo consegno non lo scoprirò mai. Gli unici che conoscono la verità sono Jacinto Padilla e Antonia Monterroso».

«Be', a quanto pare quell'uccellina potrà cantare ben poco, ormai...»

Martín Gallardo corruga la fronte, smarrito.

«Ah, non lo sai?»

«Che cosa dovrei sapere?»

«In paese non si parla d'altro, ma tu eri troppo impegnato a nascondere Padilla. Il tuo collega, il caporale Yáñez, si è impegnato per farlo sapere a tutti. La Vedova è stata trovata morta nel tardo pomeriggio in quello che era lo scantinato della sua casa».

«Morta e bella carbonizzata in mezzo alle macerie» aggiunge Tino.

Patricio si volta e lo trapassa con lo sguardo prima di mollargli un ceffone che suona come un ramo secco. Tino, anziché reagire all'umiliazione, abbassa la testa mentre digerisce la calda pulsazione che gli è comparsa sulla guancia.

«E se è carbonizzata come fanno a sapere che è lei?» indaga Gallardo.

«Be', una donna con quel corpo lì... si capisce. E in più aveva in bocca la sua famosa dentiera. È lei, di sicuro».

«Ma porca di quella puttana» mormora Gallardo. «E si sa com'è morta?»

«Io non ne ho idea, ma se mi lasci cinque minuti con Padilla te lo saprò dire».

«Non credo che sia stato lui, ma se è vero che la Vedova è morta, a maggior ragione non posso consegnartelo. Ora è l'unico che conosce la verità».

«Lo dicevo io: sarà una notte molto lunga».

L'unico rumore è l'armonioso respiro di sua moglie. Immobile, con lo sguardo rivolto al soffitto a cassettoni della camera matrimoniale, da ore ormai Francisco Espinosa ha rinunciato a dormire, malgrado sappia che sarebbe la cosa migliore che potrebbe fare al momento.

Ma non sempre la cosa migliore che si può fare è la migliore in assoluto.

Gli piacerebbe capirsi un po' meglio. In teoria, il ritrovamento del cadavere dell'assassina di suo fratello dovrebbe rappresentare l'epilogo di una parte della sua vita che farebbe bene a lasciarsi alle spalle quanto prima. Anche perché l'ha promesso a Teresa. E da quando ha memoria gli hanno inculcato che un uomo che non tiene fede alla parola data non è un uomo. Tuttavia, Francisco Espinosa non è uno di quelli che riescono a voltare pagina e basta, che preferiscono voltare le spalle ai problemi scomodi, che tagliano la corda di fronte alle avversità. No. Non era così suo padre, e nemmeno il padre di suo padre, che si era trovato a dover affrontare altre famiglie della zona fino a imporre la forza del proprio cognome su quello degli altri. Tutto quello che possiede oggi, patrimonio e rispetto, l'ha ereditato, è frutto dello sforzo dei suoi predecessori, e non può permettersi il lusso di non essere all'altezza del suo lignaggio. Accontentarsi di non perdere significa accettare una sconfitta con dignità, ma nella sua mente non esiste dignità alcuna nel non vincere. Pensa che per uscirne davvero vittorioso dovrebbe riuscire a far confessare a Padilla, in quanto complice di quella puttana, che suo fratello è stato assassinato, e di conseguenza farsi restituire da un giudice le proprietà che sono state sottratte alla sua famiglia in maniera illecita.

Rinunciarvi significherebbe tradire la memoria dei suoi predecessori.

«Paco, domani avremo una giornata difficile. Devi rilassarti» gli suggerisce sua moglie.

«Ci sto provando. Dio sa che ci sto provando».

«Per dormire devi smettere di pensare».

«Come se fosse facile...»

Teresa allunga il braccio per spegnere la lampada al cherosene che illumina la stanza con delicata discrezione.

«Non ho detto che è facile, ho detto di farlo».

Attraverso la finestra, Patricio contempla con aria nostalgica la luna che si sforza di sbucare tra le nuvole come se volesse a tutti i costi brillare in mezzo al nero del firmamento, oggi privo di stelle.

«Mia madre, che possa riposare in pace, diceva che la luna è sempre lì, anche se non la vediamo. Brutta stronza. La luna, intendo» chiarisce voltandosi per incrociare lo sguardo fermo e tranquillo del tenente Gallardo. «Ma anche mia madre, che mi ha buttato in mezzo alla strada a otto anni».

Patricio Carvajal si passa una mano sul volto come se volesse assicurarsi di avere ancora la pelle ruvida come carta vetrata.

«Di dove sei?» chiede al tenente.

«Sono nato a El Burgo de Osma».

«E dove si trova?»

«Provincia di Soria».

«Ah, un castigliano purissimo. Sei stato nell'esercito, immagino».

Martín Gallardo si inumidisce le labbra.

«Cavalleria, come mio padre e mio nonno».

«Hai combattuto?»

«A Cuba e nelle Filippine, dove sono rimasto più di tre anni rinchiuso in un buco. È stato lì che sono diventato dipendente dai papaveri».

«Allora sai per esperienza cosa significa mangiare merda».

«Lo so bene».

Patricio raccoglie rumorosamente uno scaracchio in gola, gira la testa e sputa a terra.

«Io sono stato a Lácar nel '75. Avevo sedici anni, ma mio padre, i miei zii e tre dei miei fratelli combattevano già con i carlisti e io... io non capivo un cazzo di niente».

«L'avete fatta passare brutta agli isabellini».

Patricio solleva le folte sopracciglia.

«Bruttissima. Per poco non ci siamo portati via Alfonsito. Un peccato. Poi ne abbiamo prese tante a Carasa, Cavero e Ugarte, e chi di noi è riuscito a liberarsi ha dovuto fuggire a gambe levate. Dopodiché ho cercato di cavarmela in qualche modo finché non sono finito da queste parti».

«La vita è così».

«Così per la maggioranza, per pochi altri è migliore».

Martín Gallardo condivide l'opinione di Patricio Carvajal, ma si sente ancora troppo stordito per aprire un dibattito sulla breccia che separa le due Spagne.

«Te l'ho raccontato per farti capire che io non so fare altro che obbedire agli ordini; te lo giuro su Dio santo benedetto, se c'è qualcosa che mi riesce bene nella vita è obbedire».

«Ti credo».

«E su Dio santo benedetto ti giuro che incastrerò quello stronzo e lo porterò al mio padrone, anche se non dovesse succedere stanotte».

Patricio si alza, e senza bisogno di aprire bocca fa capire ai suoi uomini che devono andarsene. Non appena sono usciti, inspira dal naso, si gira e arma il fucile a canne mozze.

«Mio padre era un disgraziato, ma mi ha insegnato che uno non capisce davvero che la violenza è la soluzione finché non gli si posa una vespa sui coglioni».

«Me lo segno».

«E fai bene, perché tu sei quella vespa e in questo momento sei posato sui miei coglioni».

È allora che Martín Gallardo riconosce nel suo sguardo le stesse ombre che oscuravano gli occhi stretti dei guardiani *tagalos* appena prima di ammazzare un prigioniero. E, come se in quel modo potesse morire con maggiore dignità, si raddrizza, tira indietro le spalle e gonfia il petto per ricevere la scarica.

«Ma da lui ho imparato anche che, per quanto uno possa essere povero, i debiti vanno pagati. Mi ero ripromesso che la prossima volta che ti avessi visto ti avrei mandato all'altro mondo, ma stanotte ti lascerò andare proprio come me ne sono andato io su quel sentiero perché tu hai voluto lasciarmi fuggire».

Martín Gallardo rilascia il fiato, sollevato.

«Siamo pari, ma domani è un altro giorno».

Patricio indica la pipa da oppio.

«E occhio con quella roba, perché se non ti ammazzo prima io finirà per farlo il papavero. E ti assicuro che non c'è peggior morte di una morte lenta».

Legato per i polsi a una testiera di ferro battuto, Jacinto Padilla fa una smorfia di dolore. Delira. E se non fosse perché i suoi globi oculari si muovono sotto le palpebre chiuse si direbbe che i suoi lineamenti, lucidati da una sottile patina di sudore e dalla tonalità giallastra, siano in realtà una maschera mortuaria.

La zia Menchu, che sostiene una lampada con polso fermo, gli esamina la parte posteriore della testa.

«Per poco non l'hai ammazzato» giudica.

Con in mano una corda, Rosario si affretta a legargli i piedi alle gambe del letto.

«Aiutami, dai, e smettila di dire scemenze».

«Ma quali scemenze, gli hai dato una botta tale che gli si vede quasi il cervello».

«Esagerata».

In ginocchio, Rosario finisce di stringere il nodo. All'improvviso, qualcosa la fa alzare di scatto.

«Allontanati dalla finestra, che non vedano la luce da fuori!» rimprovera sua zia.

«A quest'ora?»

«Ma non hai ancora capito che ci stanno cercando?!»

La zia Menchu esagera la sua reazione afferrandosi la camicia da notte all'altezza del petto.

«Noi due? No, no. Staranno cercando questo miserabile, e quello che non capisco è perché ci siamo immischiate in questo pasticcio infernale».

Rosario sospira e porta lo sguardo al pavimento.

«Nemmeno io lo capisco» ammette abbassando la voce, «ma il mio cuore mi dice che quel tenente è un brav'uomo e che mi aiuterà. Sì, ci credo».

La zia Menchu scoppia in una risata nervosa.

«Ma cosa credi? Se non sai neanche dove si sia cacciato».

Rosario fa per dire qualcosa, ma non sa cosa, quindi si limita a deglutire.

«Senti, bambina... Quel che è fatto è fatto, ma ti chiedo di pensare con la testa. Pensa a te stessa e a quella creatura che dorme nella stanza qui a fianco».

Rosario annuisce. Poi afferra una sedia per lo schienale, si siede accanto al letto e posa la mano sulla fronte di Jacinto Padilla.

«Brucia».

«Vergine santa».

«D'accordo, zia, ascoltami: se stanotte non torna, andrò io stessa in caserma, dirò che abbiamo qui questo tipo e finisce lì».

La zia Menchu le accarezza la guancia e gira sui tacchi. La sua risata risuona nel corridoio.

«Tu e i tuoi maledetti principi azzurri...»

Gli riesce sempre più difficile digerire i pasti, soprattutto quando Petra, la sua cuoca, si impegna a preparargli un bello stufato succulento per cena. Non lo aiuta neanche il fatto di trovare disgustosa la persona seduta di fronte a lui, che lo guarda con profondo sdegno. Il disprezzo è reciproco, ma per come stanno le cose non hanno altra scelta che andare d'accordo.

Ramón Acevedo non si aspettava quello che gli è appena stato chiesto. È stupito, ma fino a un certo punto gli pare ragionevole.

«Non sarà gratis, come puoi immaginare».

«Lo considero fatto».

«Sono due cose diverse».

«Lo so».

«Bene. Domani in caserma ci sarà un bel macello. In tutta la zona si è sparsa la voce del ritrovamento dei cadaveri nel pozzo, e da quando è comparsa quella maledetta influenza c'è un sacco di gente che cerca i propri familiari scomparsi, che saranno sepolti alla bell'e meglio chissà dove».

«Nessuno di quelli che stanno in caserma è morto di influenza».

«Sì, ma la gente non lo sa».

«Molti corpi richiederanno un po' di tempo per essere identificati».

«Quello della Vedova no. Quella pazza la riconosceranno subito» assicura il signor Acevedo.

«Sì, immagino di sì. Non appena lo faranno porterò il contratto al signor giudice, e anche se quella figlia del demonio mi ha tolto la casa e la fattoria con i maiali, i terreni valgono ancora molto di più di quel che li ho pagati».

«Te l'avevo detto».

Senza smettere di fissarlo, il signor Acevedo tira fuori un cubano dal taschino della camicia, che porta aperta fino all'ombelico, accende un cerino e, con molta calma, lo avvicina al sigaro per scaldare la sottofascia.

«Duecento duros per i due lavori» dice. «La metà subito».

La persona che ha di fronte conta cinque banconote da cento da una mazzetta e li lascia cadere sul tavolo. Poi si alza in piedi e si volta.

«Non deludermi stavolta, Ramón».

Quest'ultimo aspira due boccate dal sigaro per accenderlo e altre due per cominciare ad assaporarlo.

«Farò il possibile».

Paralizzato dalla vergogna che prova nei confronti di sé stesso, il tenente Gallardo non è riuscito a muovere un solo muscolo – a parte le palpebre e quelli relativi ad altre funzioni vitali involontarie – da quando Patricio e i suoi uomini se ne sono andati.

Seduto sul letto con le mani appoggiate sulle ginocchia, sembra attendere che succeda qualcosa, proprio come quando, da bambino, doveva aspettare dietro la porta della camera che sua madre finisse di *giocare* con l'estraneo di turno che si presentava di notte a casa loro. A volte doveva rimanere lì in silenzio per molto tempo, altre volte meno; ma sapeva che, non appena udiva il grugnito di quei disgraziati che tanto odiava, l'attesa era quasi terminata. Detestava l'espressione amara che rimaneva scolpita sul volto di sua madre finché non terminava di ripulirsi, come faceva sempre dopo ogni sessione di gioco. Ma quello che aborriva di più era l'odore che regnava tra quelle quattro pareti senza finestre. Un misto di sudore acido e altre tracce la cui provenienza identificò solo diversi anni più tardi, quando perse la verginità. Il piccolo Martín non scoprì che lavoro faceva sua madre finché alcuni ragazzini più grandi con cui giocava per strada non glielo dissero, e anche se non capiva alla perfezione cosa significasse «succhiare cazzi per due pesetas», sapeva comunque che era qualcosa che non veniva ben visto, e che le altre madri non lo facevano. Si era sfogato su uno dei ragazzini, quello che rideva di più, colpendolo con un mattone sulla bocca lurida e facendogli perdere i sensi, ma nemmeno così era riuscito a liberarsi della rabbia e della vergogna che aveva provato in quel momento.

Le stesse che prova ora.

Tuttavia, una fiamma che ancora brilla in qualche luogo oscuro dentro di lui accende la miccia che fa esplodere i ricordi del passato e distrugge il presente. È l'unico modo che conosce per costruire un qualsiasi futuro. Gli serve solo una piccola dose di oppio per attivarsi. Così strappa varie pepite dalla palla principale, inumidisce il sigaro con la lingua e le appiccica all'esterno prima di accenderlo. Tre boccate dopo, e prima che compaia l'effetto soporifero del narcotico, si mette in marcia con l'intenzione di tornare dal suo prigioniero. Trasformato in un surrogato di sé stesso, Martín Gallardo, sfinito, percorre le strade di Zafra come un'ombra nella notte, cercando di non svenire. Avendo un'acuità visiva molto ridotta, gli viene difficile trovare la strada del ritorno a casa della zia Menchu, e solo la fortuna, che gli è accanto, gli permette di arrivare a destinazione quasi mezz'ora più tardi. Fa il giro dell'edificio per assicurarsi che non ci sia nessuna presenza allarmante, poi entra dalla porta sul retro. La sensazione di sollievo che lo invade quando entra all'interno scompare non appena mette piede in cucina e non vede Jacinto Padilla.

«Ma porca di quella puttana» riesce a verbalizzare proprio nel momento in cui le sue ginocchia cedono, gli manca l'aria e si ritrova ad aggrapparsi alla prima cosa che trova a portata di mano.

Quella cosa è Rosario.

«Tranquillo, il prigioniero è... Ma stai bene?»

Il tenente Gallardo fatica a riconoscerla, ed è proprio questo l'ultimo pensiero che il suo cervello fabbrica prima di spegnersi. Lei accompagna il suo svenimento fino a terra, scena cui la zia Menchu assiste dalla porta.

«Bel principe azzurro dei miei stivali! Sembra più il bell'addormentato».

All'esterno, con la schiena appoggiata al muro dell'abitazione di fronte, qualcuno che tiene in mano un fucile a canne mozze sputa a terra e, anche se non ha molti motivi per essere felice, sorride come non sorrideva da tanto tempo.

Capitolo diciottesimo

Ariete

Panetteria Espinosa
Jerez de los Caballeros (Badajoz)
Due anni prima

Erano giorni, forse settimane, che Paca, la donna che da anni faceva le pulizie negli esercizi commerciali della famiglia Espinosa, glielo ripeteva ogni volta che lo incrociava: «Sembra un cadavere ambulante, don Gregorio». Era vero che aveva un aspetto piuttosto malandato e che si sentiva mancare le forze, ma non avrebbe mai potuto sospettare quanto fosse vicino a diventarlo, un cadavere.

Pochi minuti, per la precisione.

Quella mattina, come d'abitudine, si era alzato prima che cominciassero a cantare i galli. Da quando si erano manifestati i primi dolori allo stomaco, Gregorio aveva smesso di fare colazione, e non era raro che in tutta la giornata mangiasse solo frutta, verdura e un pezzo di pane. Aveva perso dodici chili in tre mesi, e si notava così tanto che la sera prima Antonia gli aveva detto che quel fine settimana dovevano assolutamente andare a fare compere in paese, perché un uomo d'affari come lui non poteva andare in giro vestito come uno spaventapasseri. A lui importava ben poco del proprio aspetto fisico, quando doveva raccomandarsi alla Vergine Maria e a tutti i santi al momento di andare in bagno a svuotare l'intestino. A volte le fitte al ventre erano tanto insopportabili che finiva per vomitare dal dolore, e gli era persino capitato di perdere i sensi. Per questo Gregorio preferiva mangiare giusto lo stretto necessario, per ritardare il più possibile quell'agonico processo. Le pillole che gli aveva prescritto il dottor Jiménez non gli facevano nessun effetto – in realtà lo facevano, ma non era nulla di benefico – e se avesse avuto un po' di tempo a disposizione si sarebbe già recato a Badajoz in cerca di una seconda opinione sul suo stato di salute. Nonostante tutto, non aveva mancato ai suoi impegni neppure un giorno, e quest'oggi, malgrado stesse peggio delle altre volte, non sarebbe andata diversamente.

Oppure sì.

Dopo mezzogiorno si preparava a riordinare, come ogni venerdì, i documenti della settimana, e mentre allungava il braccio per aprire l'archivio sentì un certo fastidio al lato sinistro del petto che gli fece contrarre i muscoli facciali. La sensazione successiva fu una pressione crescente al braccio, che si estese fino al collo e alla mandibola. A quel punto sì che Gregorio prese coscienza che qualcosa non stava andando per il verso giusto; stringendo i denti, riuscì a mantenersi in piedi per uscire dal retro del negozio e chiedere aiuto. A quell'ora si contavano quasi una decina di clienti, ma fu Maruja, una cuoca con la fama di avere un pessimo carattere, a dare l'allarme vedendolo comparire in uno stato così pietoso. Diverse persone si erano già raggruppate intorno a lui con l'intenzione di soccorrerlo quando, vinto dal dolore e dalla mancanza di aria, si lasciò cadere a terra e si rannicchiò in posizione fetale per accogliere la morte.

Qualche giorno dopo, coloro che l'avevano accompagnato in quegli istanti finali testimoniarono che le ultime parole che Goyito aveva pronunciato erano rivolte alla sua amata sposa, Antonia, della quale aveva detto che era stata la cosa migliore che gli fosse successa nella vita.

Nella morte, chissà.

Il dottor Jiménez identificò la causa del decesso in un attacco di cuore fulminante, e sebbene la famiglia Espinosa non fosse assolutamente d'accordo con la diagnosi – sospettavano di un possibile intervento della sconsolata e ora danarosa vedova – le autorità la archiviarono come una morte naturale e il funerale venne celebrato tre giorni dopo nella chiesa di San Bartolomé, la stessa in cui il defunto aveva contratto matrimonio soltanto sette mesi prima. Si mostrarono i rappresentanti delle famiglie più ricche della zona per rendere omaggio agli Espinosa, e ovviamente ad Antonia. Erano presenti anche i curiosi abitanti di Jerez de los Caballeros, qualche amico – pochi – del deceduto, conoscenti, sconosciuti e persino qualcuno che aveva l'insana intenzione di candidarsi per porre fine alla condizione di vedova della Monterroso.

Da buon predatore qual era, Jacinto Padilla seppe attendere il suo momento al termine della cerimonia, quando la sua preda aveva ormai abbassato la guardia e non si aspettava affatto di trovarselo di fronte.

«Condoglianze per la sua perdita» le disse. «So che l'hai ammazzato tu» le sussurrò.

Antonia spalancò gli occhi e fece un passo indietro.

«Non sai quello che dici» borbottò nervosa.

«Mesi fa ti ho vista comprare la stricnina in un negozio sulla strada che va a El Raposo. Se vuoi posso parlarne a Francisco, mi sembra piuttosto triste, pover'uomo».

Antonia si guardò attorno e vide, imbarazzata, che alcuni dei presenti li osservavano stupiti.

«Cosa vuoi?» gli urlò a bassa voce.

«Lo sai cosa voglio. Ma ora deciderò io quando e dove. Stanotte verrò a farti una visita».

«Stanotte no, domani».

Padilla scosse la testa.

«No, cara, no; sarà quando dico io. Stanotte».

Con i pantaloni abbassati fino alle caviglie, Jacinto Padilla si affannava in quella cucina estranea come se avesse bisogno di espellere dai testicoli fino all'ultima goccia del veleno che aveva accumulato durante i mesi che aveva passato separato da Antonia. Lei, ancora vestita a lutto, si lasciava penetrare senza mostrare alcuna emozione. Quando arrivò il suo momento, Padilla cominciò a grugnire e a mettere più forza in ogni spinta.

«Vieni fuori o ti ammazzo» lo minacciò lei.

Lui eiaculò in diversi fiotti, che accompagnò con grida che sembravano più di rabbia che di piacere.

«Taci, idiota, ti sentiranno» lo rimproverò Antonia colpendolo sulla spalla con disprezzo.

Jacinto Padilla, ancora con il membro in mano, sorrise trionfante mentre lo scuoteva orgoglioso.

«Non sai quanto mi mancava tutto questo».

Lei, stizzita, si rimise a posto i vestiti e sollevò il braccio per indicargli la strada verso la porta sul retro della casa.

«Non farti vedere da nessuno quando esci».

L'altro, che non aveva nessuna intenzione di andarsene, si riallacciò la cintura e si versò un bicchiere di vino da una bottiglia appoggiata sul tavolo.

«Non avere così tanta fretta. Raccontami cosa farai ora che tutto questo ti appartiene».

«E a te cosa diavolo importa?»

«Mi importa. Certo che mi importa. Diciamo che una parte è anche mia, e il mio silenzio non lo pagherai solo con quello che hai in mezzo alle gambe».

Indignata, Antonia aprì un cassetto e tirò fuori il coltello più grande che trovò. Padilla, che sapeva bene quanto potesse diventare pericolosa, arretrò di un passo e si fece scudo con le mani aperte.

«Se continui così sai che fine farai!» gridò lei.

«Calmati, donna! Stavo solo scherzando. Voglio proporti un affare. Un buon affare» sottolineò modulando la voce.

Antonia lo osservò con limitato interesse e attese qualche secondo prima di abbassare il coltello.

«L'allevamento in cui lavoro è sull'orlo della rovina. Il proprietario della tenuta ha un debito che non riesce a pagare con quello che produce, quindi prima o poi sarà costretto a vendere. Vendere quasi a qualsiasi prezzo».

«E perché cazzo dovrei volere un allevamento di maiali?»

«Non capisci! Mi riferisco a tutta la tenuta. Ci sono più di duecento maiali. Ha almeno cinque o sei *fanegas* di terreno coltivato» spiega, nervoso «e altrettante di querce da sughero. La casa non è un granché, ma è una casa. Con quattro modifiche posso trasformarla in un palazzo».

Antonia sollevò il mento e annuì diverse volte. Poi prese due sedie afferrandole per lo schienale, le mise una di fronte all'altra e si sedette. Padilla fece lo stesso.

«Continua» gli intimò lei.

«Io mi occuperei di tutto quello che ha a che fare con l'allevamento, e come fattore della tenuta ti assicuro che saprei farla fruttare una bella cifra».

«E quale sarebbe quel *quasi qualsiasi prezzo* di cui parlavi?»

«Sono sicuro che Domingo Palomo accetterebbe di buon grado trentamila pesetas».

Antonia scoppiò a ridere.

«Si chiama proprio così».

«Non ridevo del nome. Non me ne frega un cazzo di come si chiama. Rido perché non so da dove diavolo pensi che possa tirar fuori trentamila pesetas!»

«Semplicissimo! Vendi agli Espinosa questa casa e le attività che hai appena ereditato. Sono convinto che ti compreranno tutto a un buon prezzo, anche solo per non vederti mai più. Là potremo ricominciare da zero, e l'unica cosa che ti chiedo io è...»

Visibilmente commosso, Jacinto Padilla non riusciva a tirar fuori le parole in modo chiaro.

«Su, dillo una buona volta!»

«Che tu mi permetta di starti accanto».

Non era trascorso neppure un mese quando Antonia riuscì a ottenere un accordo verbale con i suoi ex familiari acquisiti per vendere loro la casa del suo defunto marito e le sue partecipazioni alle diverse attività degli Espinosa.

Non arrivò alle trentamila pesetas che Jacinto Padilla sperava ottenesse, ma ci andò vicino.

In quella limpida e soleggiata mattina di ottobre doveva andare a concludere le trattative nel casale di Francisco. Aveva selezionato uno dei suoi abiti più costosi – il lutto l'aveva tenuto per dieci giorni – e, ovviamente, più audaci: era lungo fino alle ginocchia, di satin turchese con pizzi dorati sulle spalle e sulla colonna vertebrale. Altrettanto audaci erano la scollatura e il boccolo di capelli che le copriva parte del viso, come quello che portavano le donne più affascinanti di Berlino, le aveva assicurato la parrucchiera da cui era andata il giorno precedente a Mérida. Ma ancor più lungo del vestito era il muso del suo ex cognato, che la ricevette abbigliato strettamente di nero, molto funerario, luttuoso. Sul volto di sua moglie Teresa, invece, non riusciva a distinguere se l'espressione fosse di odio abissale o di profondo sollievo. Alla loro sinistra, un uomo con l'aria da avvocato che portava un'elegante borsa da viaggio fece un paio di passi avanti e la lasciò cadere a terra.

«Qui c'è la metà di quanto abbiamo concordato» disse Francisco Espinosa. «Domani avrai l'altra metà, quando firmerai la vendita dal notaio. C'è tutto, ma se vuoi puoi contarlo».

Antonia si chinò più del necessario perché lui potesse contemplare meglio il sontuoso paesaggio che aveva di fronte. Francisco tentò di distogliere lo sguardo, ma non riuscì ad andare oltre il mero tentativo. Con questo, Antonia si considerò soddisfatta.

«Bene, allora, se non c'è altro, signori, stamattina ci salutiamo».

«Il nostro autista la porterà fino in centro a Jerez. La accompagno alla porta» si offrì il padrone di casa.

«Oh, ma che gentile. A presto, signora» disse rivolgendosi a Teresa, che non aveva modificato di una virgola la sua espressione indecifrabile.

Una volta fuori, mentre stava per regalargli un ultimo cenno impudico, si accorse che Francisco voleva dirle qualcosa.

«Non era necessario che mandasse uno scagnozzo per spaventarmi».

«Uno scagnozzo? Uh, non so di cosa parla, don Francisco. Se qualcuno fosse entrato in casa mia per minacciarmi non gli manderei mai uno scagnozzo da quattro soldi. Ricorrerei sicuramente a un certo gentiluomo tutore della legge, che, diciamo così, sta del tutto dalla mia parte».

Cercando di digerire quella rivelazione, don Francisco la guardò allontanarsi, ipnotizzato dal movimento oscillatorio dei fianchi di quella donna che non avrebbe mai più rivisto.

O così credeva.

Tre giorni più tardi, con il denaro in un posto sicuro, Antonia tornò ad aprire la porta di casa a un imbaldanzito Jacinto Padilla, convinto di tenere ancora dalla parte del manico un coltello con cui in realtà sarebbe riuscito a combinare poco o niente. Quello che non lo deludeva mai, invece, era l'altro suo attrezzo, che ad Antonia interessava parecchio, poiché il suo appetito sessuale continuava a non essere facile da saziare, malgrado tra loro ci fosse un accordo non scritto.

Nuda sul letto, Antonia osservava Jacinto che si rimetteva i pantaloni, disposto, come ogni notte, a tornare all'allevamento di maiali di El Raposo, dove, in quanto fattore, gli avevano predisposto una stanzetta in cui dormire.

«Ho una novità».

Padilla, che la conosceva bene, sapeva che quando pronunciava una frase del genere bisognava prestare molta attenzione.

«Ho raggiunto un accordo con gli Espinosa».

«Ah, non sapevo che foste in contatto».

«Ci sono molte cose che non sai e che non c'è motivo che tu sappia. Ti dirò solo che mi sono divertita molto vedendo soffrire quello snob di Francisco. E avevi ragione, sono riuscita a strappargli una buona cifra per tutto quanto, e mi hanno dato persino un mese di tempo per lasciare la casa».

«E quindi? Hai parlato con Domingo Palomo per comprare la sua tenuta?»

Antonia si sollevò per appoggiare la schiena contro la testiera mentre scoppiava in una risata sciocca, quasi infantile.

«Con quei soldi? No, niente affatto. Quelli li ho già investiti in un affare migliore».

Padilla riuscì a trattenersi.

«In che cosa, se si può sapere?»

«Ti ho mai parlato di Sixto Simón?»

«No. Me ne ricorderei».

Quando Antonia finì di raccontargli dell'attività che aveva intenzione di avviare con l'imprenditore sivigliano, il volto di Jacinto Padilla rifletteva un'irritazione che era sul punto di esplodere, anche se lui, sibillino, continuava a esibire un sorriso.

«Un hotel nientemeno che a Siviglia» riassunse.

«E da ieri, quando gli ho consegnato la somma che mi mancava, sono comproprietaria a tutti gli effetti. Sixto mi ha detto che ci vorrà ancora qualche mese per finire i lavori, ma che non dubita che sia l'affare migliore che abbia concluso in tutta la sua vita».

Un fastidioso silenzio cominciò a guadagnare spazio nella stanza.

«Ho approfittato del viaggio a Siviglia anche per un'altra cosa che volevo fare da tempo» proseguì lei. «Finalmente ho trovato qualcuno che mi sistemi la bocca».

«La bocca» ripeté lui.

«Si chiama piorrea. È una malattia che debilita le gengive e che con il tempo fa cadere i denti. Guarda, vedi?»

Antonia si sollevò il labbro superiore per mostrargli il buco dove avrebbe dovuto avere il secondo premolare.

«E quest'altro» indicò «sta per cadere. Non c'è una cura, ma la buona notizia è che il dottor Henríquez, anche se è ebreo, è un noto chirurgo protesico. Non so bene cosa significhi, ma la cosa importante è che a quanto pare è il miglior maestro artigiano della Spagna nella fabbricazione di dentature posticce d'oro e porcellana. E ha lo studio a Siviglia! Fra tre settimane ho la prima prova per farmi prendere il calco».

«Bah, uno spreco di soldi» commentò Jacinto.

«E cosa importa, quando uno ne ha a sufficienza?»

«A sufficienza, eh? Per caso te ne avanzano per comprare la tenuta di Domingo?»

Lei emise una risata che non gli parve strana malgrado fosse impostata e innaturale.

«Il fatto è che non ho intenzione di comprarla, mio caro, ma questo non vuol dire che non diventerà mia. Riesci a indovinare come?»

Jacinto Padilla, che stava finendo di allacciarsi una scarpa, si fermò per trapassarla con lo sguardo.

«No...»

«Sì, certo che sì».

«Ma che gran figlia di puttana...»

Ora sì che la risata di Antonia fu spontanea e verace.

«Dai, non fare il geloso! Sei stato proprio tu a presentarmi il mio futuro secondo marito! Lui cerca una moglie che gli scaldi il letto e io un marito con un po' di soldi, dov'è il problema?»

Padilla, con gli occhi arrossati e lucidi, abbassò lo sguardo sul pavimento.

«Mi conviene molto di più. E poi ci penserà lui a pagare il matrimonio. Ovviamente, in quanto nuovo fattore di tutta la tenuta, non solo dell'allevamento di maiali, tu sarai invitato».

Padilla si prese la testa con entrambe le mani, come se volesse impedire che gli scoppiasse.

«Gran figlia di puttana» ripeté con un filo di voce.

Lei lo prese come un complimento.

«E poi ammazzerai anche lui?» domandò Padilla.

«Non ce n'è motivo, ma non si sa mai. L'unica cosa che non mi convince è che ha una figlia dal precedente matrimonio. Clara, si chiama la creatura. Sai cosa mi ha chiesto, quel povero illuso?»

Jacinto Padilla, che non vedeva l'ora di andarsene da lì, non la guardò neppure.

«Se sono disposta ad avere figli con lui. Figli! Quant'è idiota... Figurati se può pensare che aprirò le gambe e mi lascerò mettere incinta come una delle sue scrofe!»

Fu allora che Padilla esplose e, completamente fuori di sé, si scagliò su di lei allungando entrambe le braccia con l'evidente intenzione di afferrarla per il collo. Colta di sorpresa dall'attacco, lei soffrì per la mancanza d'ossigeno finché non riuscì a far valere la propria superiorità fisica per liberarsi prima e contrattaccare poi. Due secondi più tardi Antonia teneva la testa del suo amante con entrambe le mani e la sbatteva più e più volte contro il pavimento. Non appena si fu assicurata che non rappresentava più un pericolo, si diresse svelta in cucina, prese un coltello di buone dimensioni e tornò in camera.

«La prossima volta che ti viene in mente di assalirmi, ricordati di questo!» gli urlò prima di inginocchiarsi accanto a lui, ancora stordito.

Poi gli disegnò un solco rosso, sottile ma profondo, dall'orecchio fino all'angolo delle labbra.

Diverse settimane dopo che Padilla ebbe imparato che non gli conveniva affrontare Antonia, quest'ultima tornò a Siviglia per incassare finalmente il succulento assegno che le spettava come unica erede legale dello sfortunato Gregorio. Aveva sottoscritto la polizza con la Compagnia assicurativa sivigliana dopo aver corrotto il dottor Jiménez affinché le scrivesse un certificato medico di buona salute e aver falsificato la firma di suo marito, documenti che aveva presentato tre mesi prima della sua morte. In più, approfittò del viaggio per andare di nuovo dal dottor Henríquez e sottoporsi a una revisione completa della bocca, prima fase di quella che in un futuro prossimo sarebbe stata la sua sontuosa protesi dentale.

«Si scordi l'ottone. Lei non si preoccupi della quantità di oro che dovrà utilizzare per... com'è che aveva detto? Ah, sì, per consolidare la struttura» lo salutò Antonia dalla porta dello studio dentistico, situato in un edificio di calle Sierpes.

«Con l'anticipo che mi ha dato non avrò problemi, ma l'importante ora è che prosegua il trattamento che le ho indicato per ritardare la caduta dei denti più deboli, signora Monterroso. Ricordi quanto costa sostituire ogni dente con uno di porcellana».

«Me lo ricordo. Lo farò. Ci vediamo fra un mese, dottore».

«Mi chiami Abraham» le disse lui stringendo la mano alla sua nuova cliente.

Antonia stava per scendere le scale quando si voltò all'improvviso.

«Mi dica, da qui è molto lontano il quartiere di Triana?»

Ventisette minuti più tardi, dopo aver attraversato il Guadalquivir sul ponte Isabel II, che i sivigliani avevano ribattezzato con il nome di ponte di Triana, Antonia Monterroso si accigliò di fronte al portone di legno scuro, quasi nero, dove si trovava l'ufficio di Sixto Simón, il suo nuovo socio. La ragione del suo disappunto non era altro che lo spazio vuoto che prima era occupato dalla targa della Compagnia assicurativa sivigliana. Il cuore, tuttavia, non cominciò a batterle più rapidamente del normale finché, dopo aver salito le scale che portavano al secondo piano, non vide che mancava anche il contrassegno dell'agenzia sulla porta dell'ufficio. Con l'indice attaccato al campanello, udì una voce che, come proveniente dalla sua stessa coscienza, si incaricò di confermare i suoi sospetti.

«Se ne sono andati, signora».

Il portiere, dalla carnagione cinerea e con la fronte rugosa, finì il sigaro con un'espressione di circostanza, lo spense con due dita e si infilò il mozzicone in tasca.

«Come dice?»

«Una quindicina di giorni fa, più o meno, hanno smontato tutto durante la notte e se ne sono andati senza salutare. Il proprietario dell'ufficio è passato di qui ieri e mi ha raccontato che il signor Simón gli doveva tre mesi di affitto».

«È possibile che sia andato a trovare suo figlio a Buenos Aires?» balbettò lei.

«Ne dubito fortemente, perché, che io sappia, il signor Simón non ha figli».

Antonia si vide costretta ad allungare un braccio per appoggiarsi alla parete.

«Mi dispiace molto dirle che il signor Simón era un po' losco. Anzi, a dirla tutta era un furfante di prima categoria. Spero che non...»

Non riusciva ad articolare una sola parola. A testa alta, passò accanto al portiere, e con le dita tremanti si aggrappò al corrimano prima di scendere le scale. Anche se cercò in tutti i modi di evitarlo, i suoi occhi cominciarono a luccicare e inumidirsi, e le prime lacrime, frutto della rabbia e dell'impotenza, le scesero lungo le guance quando arrivò al pianerottolo del primo piano. Dopodiché cominciò a emettere strani suoni che avevano origine nella parte più profonda del suo stomaco e le uscivano di bocca sotto forma di grugniti ancestrali. La sua parte più atavica dominava ormai totalmente la sua volontà quando, fuori di sé, cercò senza successo di girare il pomello del portone per uscire. Un urlo rimbombò fra le lussuose pareti rivestite di legno e decorate con gusto squisito. Il portiere, attento e sollecito per deformazione professionale, accorse in aiuto di quella donna derelitta.

«Signora, si sente bene?»

«Ho bisogno di prendere aria».

«Mi permetta».

Non appena uscì dall'edificio, inclinò la testa all'indietro per facilitare l'entrata dell'ossigeno attraverso le vie aeree. Dopo aver fatto qualche passo errabondo, trovandosi persa nel paesaggio urbano che la circondava, Antonia decise di sedersi sul bordo del marciapiede e lasciarsi andare allo sconforto. Era talmente avulsa da tutto ciò che la circondava che ci mise qualche minuto ad accorgersi che proprio davanti a lei si era fermato un uomo che aveva già incontrato un'altra volta. Per la precisione, su un treno diretto a Siviglia. Quando il suo istinto le fece sollevare lo sguardo e riconobbe quel volto dai lineamenti squadrati, con la folta barba incerata e gli occhi neri come la notte, balbettò: «Ma... che diavolo ci fai tu qui, giramondo?»

Sebastián Costa le tese la mano.

«Venga con me, per favore, e le spiegherò tutto».

Con lo sguardo fisso sulla facciata di quello che non sarebbe mai diventato il suo hotel, Antonia cercava di assimilare tutte le informazioni che le aveva appena fornito quell'uomo che diceva di chiamarsi Sebastián Costa e che lavorava per un'agenzia investigativa di Barcellona i cui servizi erano stati richiesti dal suo ex cognato allo scopo di indagare su di lei.

«Sono diversi anni che è abbandonato. In realtà gli resta ben poco da vivere, perché hanno già deciso che lo butteranno giù».

«Ma... il proprietario cosa ne pensa? Emiliano Posadas, si chiamava».

«L'edificio è di proprietà della città di Siviglia. Quell'uomo recitava solo il suo ruolo come complice. Sono truffatori professionisti».

Per non lasciarsi trascinare dalla corrente di ira che le circolava nelle vene, Antonia si voltò, si portò il pugno alla bocca e strinse i denti con tanta forza da farsi sanguinare l'indice.

«Da quel che ho potuto scoprire, a Siviglia hanno imbrogliato altre tre persone, sempre di fuori città, ovviamente, ma la stessa cosa l'avevano già fatta a Cordova e a Granada. Come le ho detto, si dedicano proprio a questo».

«Ma se me li aveva consigliati La Previsión Andaluza!» protestò lei con gli occhi annegati dalle lacrime.

«Ho parlato anche con loro. Affermano di essersi limitati a fornire il nome di un'altra compagnia che si occupasse di assicurazioni sulla vita, e che non sapevano né vogliono sapere nulla delle sue possibili attività illecite. Posso chiederle quanto denaro le hanno sottratto?»

Antonia guardò a terra, imbarazzata.

«7500, più 12.500, in tutto 20.000 pesetas. A questo devo aggiungere che non mi hanno ancora pagato le 24.348 pesetas dell'assicurazione sulla vita del mio defunto marito, che era il motivo per cui ero venuta da loro oggi».

«E non gliele pagheranno mai, temo. La Compagnia assicurativa sivigliana non dispone di alcun capitale per coprire queste somme, signora».

Completamente sopraffatta, Antonia cominciò a calciare l'aria indicando la facciata.

«Stronzo maledetto! Ti giuro sulla memoria di mia madre che quando ti troverò ti strapperò gli occhi!»

Alcuni passanti si allontanarono a distanza di sicurezza da quell'energumena che lanciava minacce contro un edificio. Costa la prese con estrema delicatezza per la vita e, senza troppi sforzi, la condusse verso la stessa porta laterale dalla quale era entrata insieme a Sixto Simón.

«Quel mascalzone mi ha fatto credere di avere le chiavi dell'edificio» mormorò. «Non riesco ancora a credere di essere stata così ingenua...»

«Sono professionisti, sanno benissimo come ingannare le persone».

«Persone oneste come me» si azzardò a dire lei.

Sebastián Costa evitò di verbalizzare i pensieri che gli passavano per la testa. I piedi di Antonia la condussero automaticamente verso il patio andaluso dominato dalla fontana esagonale dove Sixto Simón aveva concluso il suo inganno.

«Mi aveva promesso che avrebbe riempito tutto questo spazio di orchidee nere» ricordò con aria nostalgica. «Erano i fiori preferiti di mia madre».

«Orchidee nere» ripeté lui per incidersela nella memoria.

«Mi ha tolto tutto. Quel maledetto truffatore mi ha portato via tutto» gemette. «Sono di nuovo un'ombra. Niente di più. Solo un'ombra».

All'improvviso, Antonia spalancò gli occhi come se avesse ricevuto una scarica elettrica e si voltò verso Sebastián Costa.

«Mi dica che sa dove si trova quel furfante!»

L'uomo si strinse nelle spalle.

«Non ne ho idea. Mi dispiace molto».

Antonia lo afferrò per il bavero della redingote e lo scosse violentemente mentre sbraitava in una lingua sconosciuta.

«Cerchi di calmarsi, la prego» si divincolò lui.

Antonia cominciò a sbuffare mentre camminava in cerchio senza smettere di parlare nella sua lingua madre.

«E lei? Cos'ha fatto lei?! Non poteva evitarlo?!»

«Ho scoperto tutto solo dopo che lei è venuta a consegnargli la seconda parte del pagamento. Non ho avuto occasione di avvisarla, mi dispiace».

«Le dispiace, le dispiace... E mi dica, per cosa diavolo le dispiace?»

Sebastián Costa inspirò come se avesse bisogno di ossigenare le parole che sapeva di non avere il coraggio di pronunciare. Poi affondò le dita nella sua barba folta e si inumidì le labbra con la lingua.

«E adesso si può sapere cosa le succede?»

«Ecco, io...»

Antonia capì tutto. Quell'uomo subdolo, apparentemente inscalfibile, aveva un punto debole. Una minuscola crepa nella sua corazza attraverso la quale era possibile penetrare, sempre che lei non l'avesse già fatto, fino alla parte più profonda del suo cuore. E se c'era qualcosa di cui lei aveva veramente bisogno in quel momento, se voleva recuperare ciò che le apparteneva, era un alleato come Sebastián Costa. Così, senza pensarci due volte – e senza permettere a lui di pensare –, lo afferrò di nuovo per il bavero e lo attirò a sé, stavolta con altre intenzioni. E com'era successo in quel vagone merci, gli istinti più primordiali di Sebastián Costa presero il sopravvento durante i secondi che impiegò per svestirla quanto bastava per poterla penetrare sopra la fontana. Proprio quando stava per farlo, Antonia glielo impedì stringendo con forza i muscoli.

«Se mi porti il suo cuore, non solo conquisterai il mio. Avrai tutto».

Spiazzato, Sebastián Costa scosse la testa.

«Come dici?»

Antonia afferrò la mano di Costa e se la portò in mezzo alle gambe.

«Ho detto che se trovi e ammazzi Sixto Simón, tutto questo sarà solo tuo».

Capitolo diciannovesimo

Morti anonimi

Casa della zia Menchu
Zafra (provincia di Badajoz)
21 aprile 1917, ore 7.10

Sparso sul pavimento dell'entrata, il mazzo di orchidee nere non pare una gran cosa. Ma ad Antonia piacciono tanto, sono le sue preferite, quindi gira attorno alla lava scura e vischiosa che si allarga sotto il corpo e si prende il suo tempo per raccoglierle a una a una. Con la cautela che userebbe per mettere giù un neonato, Jacinto Padilla le posa sul davanzale della finestra e poi dedica un'ultima occhiata all'uomo con la bombetta, al quale ha appena scaricato nella schiena due cartucce di pallettoni.

Visto così, morto stecchito, nemmeno lui pare una gran cosa.

Di certo non sembra il dio del sesso che tante e tante volte Antonia gli ha descritto per alimentare la sua gelosia. E non ha nemmeno l'aria di essere un ottimo detective privato, coraggioso e sagace, come lo definiva Antonia. Anzi. Con quegli squarci sulla giacca potrebbe essere un pupazzo di stracci abbandonato da un bambino capriccioso che si è stancato di lui. Poveretto. Non è che gli faccia pena, per niente, ma gli risulta difficile credere che solo qualche minuto prima quell'uomo fosse il suo grande rivale nella battaglia per la conquista di Antonia. All'improvviso si rende conto di avere bisogno di guardarlo in faccia, ma purtroppo quel disgraziato è caduto a faccia in giù e gli si vede appena un terzo del viso. Non gli importa: quando lo porterà nella stanza di sezionamento della fattoria, potrà memorizzare ogni suo lineamento.

Siccome nella tenuta non c'è nessuno – ha dato il pomeriggio libero a tutti i lavoratori –, lo trasporta in carriola con totale impunità e indossa la tuta da lavoro per affrontare quello che lo aspetta. Dopo averlo spogliato e aver bruciato i suoi vestiti, separare gli arti non è così complicato. In fin dei conti, con una buona ascia come quella usata da Jacinto Padilla ci vuole solo un po' di precisione, proprio come quando deve tagliare la legna per affrontare l'inverno. Spalla, gomito, polso; spalla, gomito, polso; anca, ginocchio, caviglia; anca, ginocchio, caviglia. Il resto del corpo però è un'altra storia. Ha ben chiaro cosa fare con la testa, ma non del tutto con il torace, e anche se forse i suoi maiali – ai quali non ha dato da mangiare per tutto il giorno – lo divorerebbero in ogni caso, preferisce facilitarne l'ingestione. Così, dopo averlo decapitato, decide che la cosa migliore è dividere il tronco in quattro parti. Mentre sta per abbattere il primo colpo d'ascia sullo sterno, qualcosa che si è mosso nel suo campo visivo periferico lo distrae. Nota quindi che la testa di Sebastián Costa, a causa della pendenza che termina nello scarico, è rotolata fino a lì. Due cose richiamano la sua attenzione: il fatto che abbia ancora un'espressione molto naturale, quasi serena, direbbe, e la netta impressione che lo stia guardando.

«Sei proprio un imbecille, Jacinto» gli dice la testa.

Padilla, senza scomporsi, poggia l'ascia sul tavolo e si avvicina al suo strano interlocutore.

«Senti chi parla. Io perlomeno ho ancora la testa attaccata al collo».

«Per quel che ti servirà... La cosa più probabile è che finirai appeso a una corda per tutto quello che hai fatto; per avermi ammazzato, ad esempio. A proposito, spararmi alle spalle... molto coraggioso da parte tua!»

«Non volevo correre rischi, tutto qui. Avrei anche potuto aspettare che ti girassi e farti saltare quella faccia maledetta».

«Sì, avresti potuto, ma non l'hai fatto. Hai preferito nasconderti come un ratto per non farti vedere e non darmi la minima chance».

«Be', ovvio. Lo vedi che non sono poi tanto imbecille?»

«Sì che lo sei, perché credi che togliendo di mezzo me riuscirai a conquistare il cuore della tua amata Antonia. Quella donna è l'incarnazione stessa del male sulla Terra, e prima o poi ti porterà alla tomba».

Jacinto Padilla si stringe nelle spalle.

«So che Antonia è un demonio, idiota che non sei altro, ma è il mio demonio» afferma prima di dare un calcio alla testa e scoppiare a ridere. «Il mio demonio» ripete alzando la voce e scandendo bene le sillabe.

«E ora cosa sta dicendo?» domanda la zia Menchu.

«Non lo so. Qualcosa sul demonio» risponde Rosario. «È tutta la notte che delira».

«Fammi vedere».

L'anziana si avvicina al letto e gli tocca la fronte appurando che, proprio come si aspettava, brucia. Con le mani legate alla testiera, Padilla balbetta parole inintelligibili. Suda copiosamente e gira la testa da un lato all'altro come se il suo spirito volesse scappare da quel corpo malato. Dopo avergli esaminato la nuca, dove ha ricevuto il colpo, la zia Menchu sospira.

«Bisogna che lo veda un medico».

«È messo così male?»

«Per questo dico che deve vederlo un medico, perché io non lo so, ma non ha un bell'aspetto».

«Conosco qualcuno che ci può aiutare».

Entrambe si girano contemporaneamente verso la porta. Martín Gallardo, che si è appena svegliato e sembra tornato dal mondo dei morti, è lì che barcolla.

«È meglio se nel frattempo vede anche lei, perché ha una faccia...»

Ha dormito solo poche ore, ma non è la mancanza di sonno a causare l'espressione turbata con cui Patricio Carvajal smonta, lega il cavallo all'abbeveratoio e, a testa bassa, comincia a camminare. Seduto in veranda lo aspetta Ramón Acevedo, che l'ha mandato a chiamare ancor prima che spuntasse l'alba. Brutto segno. Pessimo. Non capita spesso che il suo capo lo reclami così presto, e sa che uno qualsiasi dei tizi che lo circondano non esiterebbe un istante a fargli saltare le cervella, basterebbe un cenno del padrone. Nel caso il signor Acevedo abbia in serbo qualche sorpresa sgradevole, Patricio ha nascosto sotto la camicia un vecchio revolver che conserva dai tempi dell'esercito, anche se spera di non doverlo utilizzare.

A un paio di metri di distanza, Patricio si ferma e si scopre il capo.

«Buongiorno, padrone».

Questi allunga il braccio, apre una scatola poggiata sul tavolo e gli offre un cubano. Patricio esita, ma alla fine lo prende.

«Con il suo permesso, lo tengo per un giorno in cui avrò qualcosa da festeggiare».

L'altro sorride.

«Il mio buon Patricio... Sempre così riservato. Quali novità mi porti?»

«Ben poche, purtroppo. Quel tenente ha fatto uscire Padilla dalla cella prima che arrivassimo noi. Ho scoperto che si nascondevano a Casa Matilde, ma quando ci siamo presentati lì se n'erano già andati. Li stiamo cercando in tutto il paese, ma per il momento... nulla» mente.

Patricio non gli racconta che sa dove si nascondono perché la sua esperienza gli dice che più è complicato acchiappare il pollo, più saporito sarà il brodo.

«Capisco. È appena andata via quella Matilde. Ha avuto il coraggio di venire a casa mia all'alba per... per infastidirmi» spiega. «Ho dovuto darle quaranta pesetas per la soffiata. Quaranta pesetas che detrarrò dalla tua paga, se non hai nulla in contrario, ovviamente».

«Certo, padrone».

Il signor Acevedo tira diverse boccate di sigaro, facendo scomparire per qualche istante il proprio volto dietro una densa cortina di fumo.

«Dicono che quella cagna è morta nell'incendio» riprende Acevedo.

«Così dicono».

«Bruciata come le streghe...»

«Ognuno riceve quello che si merita» improvvisa Patricio.

Ramón Acevedo inspira e raccoglie le forze per alzarsi. «Vieni, andiamo a fare due passi».

L'ombra dell'incertezza si libra su Patricio, che facendo finta di niente si porta le mani dietro la schiena per toccare il calcio del revolver. Se gli hanno teso una trappola, non ha intenzione di andarsene all'altro mondo da solo.

Dopo qualche secondo di imbarazzante silenzio, il signor Acevedo si schiarisce la gola.

«La morte della Vedova cambia tutto. Adesso ti racconterò una cosa che non sai e che non deve mai arrivare all'orecchio di nessuno».

Patricio si gira per sputare e nel frattempo controlla di sottecchi i due guardaspalle del signor Acevedo, che li seguono a pochi metri di distanza. Uno è suo nipote Aurelio, un vero marcantonio di quasi cento chili che ha l'aria di aver saltato qualche anello della catena evolutiva della sua specie. Di lui si narra che con il suo coltello toledano dalla lama lunga un palmo e mezzo abbia provocato più di dieci funerali, e che altrettanti uomini li abbia fatti fuori a mani nude. Anche se fosse vera solo la metà della metà di quelle storie, è un tipo a cui stare molto attenti.

«Non molto tempo fa avevo stretto un accordo con la Vedova. Quella stronza mi aveva raccontato che il suo fattore aveva perso la testa, che aveva paura di lui e quindi aveva deciso di cominciare una nuova vita lontano da qui. E per non farlo con le pezze al culo si è offerta di vendermi la tenuta, compresa la fattoria con i maiali; a un buon prezzo, ovviamente...»

«Capisco».

«Alla fine gliel'ho comprata per molto meno. L'ho pagata ed è sparita nel nulla. Quando ho scoperto che quello stronzo aveva dato fuoco alla mia proprietà... Ti giuro che mi ribolliva il sangue. Allora ho cominciato a cercarla ovunque per recuperare i miei soldi, che non sono molti, ma sono miei. Mi segui?»

«La seguo, padrone».

Il signor Acevedo si ferma, aspira qualche boccata di sigaro e lo getta via facendo scattare il dito. Poi solleva lo sguardo verso l'orizzonte, come se vi fossero scritte le parole che sta per pronunciare.

«Poco dopo si è presentato qui Francisco Espinosa e mi ha offerto una certa somma perché la trovassi. Cascava a fagiolo, no? Be', ora l'abbiamo trovata».

«Un pensiero in meno» si azzarda a commentare Patricio.

«Un pensiero in meno» ripete Acevedo. «Peccato però che non abbia potuto recuperare tutto quello che ho pagato a quella troia maledetta, quindi ora ti chiederò di fare due cose per il tuo padrone. Sai com'è: oggi tu aiuti me e domani... Domani è un altro giorno» termina scoppiando a ridere.

Ramón Acevedo alza due dita e le agita a pochi centimetri dal naso del suo interlocutore.

«Uno: voglio che trovi e ammazzi quello stronzo del fattore per aver bruciato quello che è mio. E due: voglio che recuperi la dentiera d'oro di quella figlia di Satana e me la porti».

«La dentiera?»

«È quello che ho detto».

Incredulo, Patricio sbatte le palpebre.

«L'altra sera è venuto il Cinghiale a raccontarmi che l'avevano trovata e che per poco non se l'è tenuta perché, a quanto dicono, vale una fortuna».

Assorto nella contemplazione di alcuni uccelli che attraversano il cielo in formazione, il signor Acevedo si dà qualche colpetto sulla testa con l'indice e poi fa lo stesso su quella di Patricio.

«Capito tutto?»

«Capito, padrone».

«Allora muoviti».

Teresa ha quella cifra marchiata a fuoco nella memoria: 11.570 pesetas, più altre 640 pagate per farsela portare da Barcellona.

Odia quella macchina.

Odia quello che rappresenta.

«Mi hanno assicurato che questo è l'unico modello che hanno venduto in tutta la provincia di Badajoz» si vantava suo marito quando l'aveva ordinata, orgoglioso come se l'avesse partorita lui stesso. Come se fosse sangue del suo sangue.

Agli occhi di Francisco, la Hispano-Suiza T45 rappresenta il consolidamento del suo lignaggio e lo differenzia dal resto della massa, non solo dal punto di vista sociale, ma anche morale.

Il suo desiderio ossessivo di possedere un veicolo a motore risaliva al mese di giugno del 1903, quando durante una domenica soleggiata aveva letto nella sezione mondana della «Crónica de Badajoz» che un certo Laureano

Fernández aveva acquistato una De Dion-Bouton modello The Century, diventando così il primo estremadurano a immatricolare un'automobile. Non sapere chi diavolo fosse né a quale famiglia appartenesse lo faceva rodere dentro.

«È molto probabile che arrivi prima a me che ad Alfonso XIII in persona» scherzava il marito di Teresa di fronte ai loro amici.

Alla fine, siccome aveva richiesto un assetto speciale con i sedili posteriori al posto del baule, quella maledetta auto ci aveva messo più di un anno ad arrivare, e gli ultimi mesi erano diventati un autentico inferno per chiunque facesse parte della cerchia più stretta di Francisco Espinosa. Ogni venerdì si recava all'ufficio del telegrafo di Badajoz per comunicare con la fabbrica – a trentaquattro pesetas a messaggio, più il biglietto del treno – in attesa di buone notizie che non arrivavano. Tornava di umore insopportabile, scontrosità che riversava sul personale di servizio e a volte, pur raramente, su di lei. Quando finalmente gli avevano comunicato la data di consegna di quella maledetta Hispano-Suiza, a Francisco era venuta la bella idea di organizzare una festa alla quale aveva invitato importanti imprenditori, proprietari terrieri, politici e altri rappresentanti delle famiglie bene della zona. Un dispendio senza limiti che comprendeva, ovviamente, un banchetto pantagruelico costato più di mille pesetas, spesa che alla fine non era servita a nulla a causa di un ritardo di due giorni provocato da un'avaria al treno merci che la trasportava. Francisco aveva perso le staffe. Aveva cominciato a inveire come Teresa non l'aveva mai visto fare in più di due decenni di matrimonio, e quando alla fine l'auto era arrivata, aveva aspettato più di una settimana prima di toglierle la copertura protettiva. Oltre a questo pessimo inizio, Francisco non aveva mai pensato di imparare a guidare, quindi aveva dovuto assumere Mateo, un autista a tempo pieno che, per fortuna di Teresa, faceva anche i lavori di giardinaggio nel cortile quando non doveva indossare il berretto da chauffeur.

Ha quindi molte ragioni per odiare quel maledetto trabiccolo su cui sta per salire, ma se c'è qualcosa o qualcuno che aborrisce ancor di più, quella è Antonia Monterroso; senza dubbio l'essere umano più nocivo e rovinoso che abbia mai conosciuto nella sua vita. È stata lei il motivo per cui la sua famiglia per poco non si è sfasciata, suo marito è uscito di senno e lei ha dovuto superare certi limiti che fino a poco fa considerava inviolabili. Ma alla fine tutto è finito bene – con Antonia morta stecchita – e Teresa si è svegliata con la ferma speranza di poter voltare pagina e riprendere la sua vita esattamente com'era prima che quella donna venuta dall'inferno incrociasse il suo cammino.

«Buongiorno, signora» la saluta Mateo aprendole la portiera della Hispano-Suiza.

«Buongiorno».

Suo marito, che la aspetta all'interno con un'espressione granitica e per nulla benaugurante, indossa rigorosi vestiti neri.

«Andiamo a Zafra, alla caserma» indica all'autista.

«Va bene, signor Espinosa».

Senza muovere un muscolo del volto, Francisco allunga un braccio per trovare la mano di Teresa, che, sempre sollecita, la stringe con forza e si sporge a baciarlo sulla guancia.

«Oggi è il gran giorno, Francisco».

Silenzio.

«Oggi è il gran giorno» ripete lui.

In effetti, è il giorno in cui decine di persone di tutta la zona e delle province limitrofe, attratte dalla notizia del rinvenimento di diversi corpi non identificati, si sono riversate a Zafra a partire dal pomeriggio precedente. Cercano i propri cari, scomparsi da mesi: familiari e amici con cui hanno perso i contatti dalla sera alla mattina senza più ricevere comunicazioni da nessuno, né in via ufficiale né ufficiosa. Il motivo altro non è che il protocollo stabilito dalle autorità nel caso si presentino indizi di morte causata da quella che è stata definita «influenza del pollo», nonostante si ritenga che i responsabili della trasmissione del virus siano gli uccelli migratori. Diversi anni più tardi si scoprirà che in realtà gli uccelli non c'entrano nulla, ma che si tratta di un primo focolaio di una delle tante mutazioni del virus influenzale di tipo A, in particolare del sottotipo H1N1, che nel giro di meno di un anno si trasformerà in quella che il mondo conosce come «influenza spagnola». Qualcuno la battezzerà così in maniera errata, dato che non ha avuto origine in Spagna, anche se in effetti questa sarà la prima nazione in cui la stampa parlerà senza mezzi termini della sua nefasta virulenza. Un focolaio trasformato in pandemia le cui tre ondate infetteranno il venticinque percento della popolazione mondiale e stermineranno più di cinquanta milioni di persone in soli due anni.

Ma prima che succeda tutto questo, e malgrado l'indice di mortalità sia ancora molto lontano da quello che raggiungerà in futuro, la legge stabilisce l'obbligo di isolare immediatamente chi viene contagiato dall'influenza. In Estremadura e Andalusia il problema sta nel fatto che per la maggior parte si tratta di lavoratori dei campi, braccianti nomadi che si spostano da un appezzamento all'altro in cerca di un salario quotidiano. Persone qualsiasi che, senza esserne consapevoli – hanno già abbastanza da fare per trovare qualcosa da mettere sotto i denti –, sono diventate le vere vittime e i diffusori di una malattia che si ciba dei più sfortunati, che hanno l'alimentazione peggiore e un minor accesso alle misure igieniche più elementari. Uomini e donne che non hanno altra scelta che dormire stipati dentro magazzini, capannoni, granai o sotto un tetto qualsiasi pur di non rimanere esposti alle intemperie. Morti anonimi che nessuno si disturba a registrare perché non sono altro che questo: morti anonimi.

Questa è la Spagna del 1917. Quella della grande frattura sociale, quella di chi ha tutto e di chi non ha niente, quella del bianco oppure nero, quando in realtà non c'è nulla di diverso dal grigio. Una Spagna in cui oggi stanno soffrendo, per non andare tanto lontano, le persone ammassate sulla porta della caserma della Guardia Civile di Zafra, che desiderano disperatamente ritrovare i loro cari e guadagnarsi il sollievo a cui anelano. Persone che, dall'atterrito punto di vista di Teresa e dall'indignata prospettiva di suo marito, formano una folla pericolosa che conviene evitare.

Per questo don Francisco ordina a Mateo di fermarsi a una distanza più che prudente, scende dall'auto e, con gli occhi ben aperti, cerca di incrociarne un altro paio dal taglio porcino. Ben presto individua il Cinghiale, che conosce da anni e del quale sa che è sul libro paga di Ramón Acevedo e di chiunque altro abbia denaro a sufficienza da offrirgli. Lo vede fumare all'esterno insieme ad altri uomini in divisa, che si sforzano di dare spiegazioni e di contenere la calca. Senza avvicinarsi, solleva il braccio per richiamare la sua attenzione e, dopo pochi secondi che per lui sono lustri di disperazione, ci riesce. Il caporale Yáñez scosta di malo modo alcune donne che gli intralciano il passaggio e raggiunge l'angolo dove si è appostato il proprietario terriero.

«Ohibò, don Francisco, ma che ci fa qui in una giornata come questa?»

«Che diamine state aspettando per mandare via tutta questa gente?»

«Be', si vede a colpo d'occhio che siamo in svantaggio numerico e che non sembrano intenzionati ad andarsene di loro spontanea volontà. C'è gente venuta da Cordova, non le dico altro».

«Ma io devo entrare!»

«Non mi dica così, don Francisco. Abbiamo ricevuto l'ordine preciso di non lasciar passare nessuno finché non si degnerà di presentarsi quel tenente di Almendralejo che hanno messo al comando. Ho le mani legate».

«Voglio assicurarmi che là dentro ci sia davvero quella maledetta cagna».

«Sì, ma in questo momento non vedo una soluzione» gli dice Yáñez sollevando le sopracciglia e strofinando pollice e indice.

«Ho capito, ho capito» risponde Espinosa con riluttanza prima di infilare una mano nella tasca dei pantaloni e tirar fuori due banconote da venti pesetas.

«Ohibò, don Francisco, qui mi sto giocando il posto!»

«Maledetto il giorno che...»

Non termina la frase. Il rumore degli zoccoli di due cavalli al galoppo attira la sua attenzione e quella di tutti i presenti. Si tratta del sergente Pacheco e del caporale Linares, navigato membro della Benemerita, basso quanto largo, con un frondoso paio di baffi argentei e i lineamenti di un bulldog in stato di allerta. I due smontano quasi all'unisono e, con i cavalli al seguito, raggiungono il caporale Yáñez, che va subito loro incontro.

«Sergente» saluta.

«Buongiorno. Questo è il mio collega, il caporale Linares, che è venuto a darci una mano. Cos'è questa confusione?»

«Le brutte notizie si diffondono come un incendio».

«Già, che ci possiamo fare. Il tenente Gallardo?»

«Stamattina non l'ho ancora visto».

Pacheco aggrotta la fronte, stupito, e si rivolge a Linares.

«In otto anni è la prima volta che mi presento in caserma prima di lui. È alloggiato alla pensione?»

Yáñez si stringe nelle spalle.

«E il detenuto?»

Lo stesso gesto.

«Vede, sergente, a quanto pare è stata una notte movimentata, ma non ho tutti i dettagli».

«Né i dettagli né altro...»

«Cos'altro?»

«Lasci perdere. Noi entriamo, lei si assicuri che non perdano il controllo». Pacheco indica la folla. «E nemmeno lui» aggiunge guardando Francisco Espinosa.

La saponetta, tenendo fede alla sua natura scivolosa, approfitta del tremore delle mani del tenente Gallardo per esaurire le sue riserve di pazienza. Nudo dalla cintura in su di fronte alla bacinella, quasi non ha la forza di lavarsi e si vede costretto a riposare le braccia prima di continuare. Da fuori, approfittando del fatto che la porta è socchiusa, Rosario lo osserva con curioso interesse, come se fosse la prima volta che vede un uomo.

«Che c'è?» le domanda Gallardo attraverso lo specchio.

Lei si ricompone subito e spinge piano la porta senza osare entrare.

«Mia zia dice che non puoi andartene a stomaco vuoto».

«Un caffè sarà sufficiente, grazie».

Mentre si abbottona la camicia è lui a esaminarla con uno di quegli sguardi che, immuni allo schermo dei vestiti, percorrono la pelle con totale impunità.

«Ho fretta» si giustifica Gallardo prima di sistemarsi la casacca. «Devo andare in caserma a vedere come vanno le cose da quelle parti. Tu per favore assicurati che a Padilla non salga troppo la febbre».

«Sì, certo».

Passandole accanto sente l'impulso di afferrarla per la vita e lasciare che l'istinto faccia il resto, ma si accontenta di aspirare l'aroma dalle sfumature citriche emanato dai suoi capelli.

«Tornerò prima possibile. Grazie».

Quando svolta l'angolo e vede la folla accalcata davanti all'ingresso principale, decide di entrare dall'altra porta e di andare direttamente alle stalle per controllare come sta Alarico. Riconoscendolo, l'animale cerca di alzarsi come se volesse dimostrargli che si è completamente ripreso. Martín Gallardo glielo impedisce e si inginocchia per situarsi alla sua altezza.

«Shhh, tranquillo, bello, tranquillo».

Alarico abbassa il muso e rilassa le orecchie per facilitare le carezze quasi spasmodiche del suo padrone.

«Presto starai bene e potremo andarcene da qui» gli sussurra.

Il cavallo lo saluta con un leggero nitrito che a Gallardo ricorda tempi migliori. Ora però gli tocca affrontare ben altri tempi, e con questa intenzione si dirige verso l'edificio principale con le mani raccolte – nascoste – dietro la schiena, la colonna vertebrale ben dritta e il passo svelto. Intuisce che, considerata la confusione che c'è all'esterno, non incrocerà nessun collega dentro la caserma, ma fuori non ha visto il caporale Yáñez, e la prima cosa che vuole fare è parlare con lui.

Si prepara a salire le scale quando una voce amica proveniente dal piano inferiore gli fa cambiare idea.

«Qua sotto, tenente».

Entrando nella stanza del sotterraneo che hanno adibito a obitorio, trova Pacheco e Linares con il naso e la bocca coperti da un fazzoletto, di fronte al cadavere che un tempo ospitava la vita di Antonia Monterroso e che oggi non è altro che un contorto ammasso di carne annerita e maleodorante.

«Salve, Linares, benvenuto alla festa» lo saluta.

L'altro si mette sull'attenti.

«Felice di rivederla, sergente» dice rivolto a Pacheco.

Quest'ultimo gli sorride, ma subito cambia espressione.

«Non se la prenda a male, tenente, ma non ha una bella cera» si azzarda a dire abbassando il tono di svariate ottave.

«Ultimamente me lo dicono spesso. Una notte insonne. Poi vi aggiorno. E gli altri?»

Darío Pacheco fa schioccare la lingua.

«Ci siamo solo noi, tenente. Il comandante Recio ha considerato la sua richiesta, ma non gli è sembrato necessario, e cito testualmente: 'Non ho intenzione di lasciare sguarnito il comando con le rivolte che ho nel cortile'».

«Si riferisce alle proteste dei sindacati? Qui abbiamo una dozzina di delinquenti armati pronti a tutto e lui si preoccupa di un paio di attaccabrighe di...!»

Gallardo si morde l'interno delle guance. Meditabondo, si volta per estrarre un sigaro senza che gli altri notino il tremore delle sue mani, e dopo diversi tentativi riesce ad accendere un fiammifero.

«Non importa, fa lo stesso. E il medico?»

«Con quello siamo stati più fortunati. È in viaggio da Siviglia».

«E quando arriva?»

Pacheco si stringe nelle spalle e sospira.

«Non saprei, tenente».

«Va bene. Lei si assicuri che nessuno entri in questa stanza finché non sarà arrivato l'esperto» ordina a Linares.

«Con il suo permesso, tenente» interviene questi, «ha visto la folla che c'è fuori in attesa di vedere i morti?»

«L'ho vista, sì, ma dovranno aspettare. Le manderò rinforzi il più presto possibile, ma quando dico nessuno vuol dire nessuno, chiaro?»

«Nessuno vuol dire nessuno. Ai suoi ordini».

«Lei venga con me» dice a Darío Pacheco. «Devo trovare il veterinario».

«Alarico?»

«Alarico sta bene, ho appena controllato. Mi serve per un'altra cosa».

«Abita non lontano da qui».

«Allora forza, che questo è più urgente della faccenda di Yáñez».

«Yáñez... Cos'ha combinato quel citrullo?»

«Glielo racconto mentre andiamo. A proposito, si sa qualcosa del fratello di Berrocal?»

«Ho mandato un messaggio alla caserma di Almonte, ma non abbiamo ancora ricevuto risposta. Riproverò».

«Lo faccia».

Gallardo non può evitare di lanciare un ultimo sguardo a quello che resta della magnifica donna che un tempo gli ha tolto il fiato per poi manipolarlo, e tira due boccate di seguito dal sigaro. Il luccichio dorato che sembra voler sfuggire da quella bocca carbonizzata lo spinge a chinarsi.

«È d'oro? Voglio dire, d'oro vero?» domanda Linares.

«Sì. E mi è sembrato di capire che valga parecchio».

«E perché non si è sciolta?»

Gallardo inclina la testa da un lato.

«A quanto pare, l'oro e la porcellana resistono al fuoco meglio della carne. Non si muova di qui».

«Sarà fatto».

Mentre si allontanano dalla stanza, Pacheco si schiarisce la voce.

«Spero di non disturbarla, ma mi preoccupa il suo stato di...»

«Lo so, sergente, lo so» lo interrompe senza indurire la voce. «Rimedierò subito. La sua famiglia?»

«Nessuna novità. La piccola non fa altro che ciucciare, cagare, chiedo scusa, e piangere. Le ho lasciate in custodia a Marisa».

«Com'è giusto che sia».

«Posso chiederle dove si trova il detenuto, signore?»

«Come le sue figlie con Marisa: sotto la mia custodia».

Pacheco sorride.

«Com'è giusto che sia».

Con passo svelto, i due superano la porta dell'ufficio di Yáñez, che non appena svoltano l'angolo si apre molto lentamente. Poco dopo sbuca una testa di dimensioni gigantesche per assicurarsi di avere via libera fino alla sua destinazione. Emettendo i suoni gutturali tipici del soprannome con cui tutti lo conoscono, Yáñez esce in corridoio seguito dagli Espinosa.

«Dobbiamo sbrigarci, signori» li incita.

Sul volto di Francisco si riflette la tensione del momento.

«Dovete essere pronti a quello che vedrete. I corpi sono parecchi, alcuni in pessimo stato, e vi assicuro che la cosa più impressionante non è il cadavere di quella donna, è...»

«Prima non ha risposto alla mia domanda» lo interrompe Francisco Espinosa.

«Quale domanda?»

«Se lei pensa che si tratti della Vedova o no».

«Non l'avevo sentita, mi scusi. La verità è che non abbiamo il minimo dubbio che sia lei».

L'espressione di Teresa si rilassa a quelle parole.

Yáñez si ferma di colpo vedendo il caporale Linares sull'attenti a guardia della porta. Il caporale Yáñez esita qualche istante, ma subito prende l'iniziativa e lo affronta di petto. Gli Espinosa, confusi, lo seguono da vicino.

«Lei sarebbe...?»

«Il caporale Linares, del comando di Almendralejo. Ho ricevuto ordine di non consentire l'ingresso in questa stanza».

«Per ordine di chi?»

«Del tenente Gallardo».

L'altro sbuffa come un cinghiale importunato.

«Allora: io sono il caporale Yáñez, e qui sono io che comando. Sono il suo superiore e le ordino di lasciar passare me e queste due persone che...»

«Negativo, signore. Potrei farlo solo se il tenente Gallardo mi avesse ordinato di non lasciar passare nessuno tranne il caporale Yáñez, ma così non è stato. E nessuno vuol dire nessuno» aggiunge.

«Lei non è nessuno per impedirci di entrare!»

«Negativo, signore» si oppone Linares, risoluto. «Sono la persona a cui hanno ordinato di non lasciar entrare nessuno».

«Ma come, lei glielo permette?» interviene Francisco.

Ben lungi dal farsi valere, Yáñez si stringe nelle spalle, sconfitto, gesto che il caporale Linares imita prima di chiudere la discussione.

«Nessuno vuol dire nessuno».

L'imbarazzato silenzio che segue lascia spazio al crescente rumoreggiare proveniente dall'esterno, dove tre uomini armati capeggiati da Patricio Carvajal si stanno facendo strada in mezzo alla calca senza che nessuno glielo impedisca.

E nessuno vuol dire nessuno.

Ramón Acevedo fa sempre più fatica a salire le scale che portano al suo ufficio. Il suo medico curante, che lo visita ogni quindici giorni, insiste che deve perdere peso e l'ha avvertito che, alla sua età, gli *eccessi* – un modo velato per riferirsi a brandy e sigari cubani – sono la scorciatoia più rapida per il cimitero. Se non fosse perché la sua reputazione lo precede e perché lo cura da più di vent'anni, gli avrebbe già spaccato la testa con un sasso. Oppure, ancor meglio, l'avrebbe fatto fare a suo nipote Aurelio, che considera un idiota di prima categoria, ma comunque un idiota piuttosto utile. Di fatto, tra tutti gli uomini che paga per proteggerlo e per svolgere determinati compiti, è l'unico di cui si fida ciecamente. È testardo come una mula, proprio com'era sua madre, mentre dal lato paterno ha preso la lealtà incondizionata, come il bravo cane che era suo padre. Per questo è Aurelio a seguirlo dappertutto, anche quando si sposta all'interno della sua tenuta, perché non si sa mai chi potrebbe essere nascosto tra le ombre. Si fida più di lui che dei suoi due figli maschi, che si dedicano a veder passare la vita, o meglio, a godersi la vita che il padre gli ha dato. Colpa sua. Da quando è morta sua moglie, ormai undici anni fa, non ha mai avuto il tempo di mettere in riga quei due fannulloni, che per fortuna non deve più vedere tutti i giorni, dato che entrambi hanno preso il largo non appena hanno potuto. Meglio così, perché meno farina deve trasportare, più vive il bue. Forse per questo si è dedicato così tanto ad Aurelio, un ragazzo semplice ma leale, duro come una roccia, nel quale a volte vede riflesso sé stesso alla sua età. Se non fosse perché non è molto sveglio e per la sua mancanza di ambizione, lo starebbe già preparando per fargli ereditare il suo impero, le cui frontiere, se nulla va storto, stanno per ampliarsi.

Affaticato, Ramón Acevedo raggiunge la sua meta. Con la mano sul pomello della porta, attende qualche secondo per recuperare il fiato e si volta per rivolgersi al nipote.

«Devo controllare delle carte. Approfittane per fare le tue cose» gli dice.

«Posso chiederle una cosa, zio?»

Aurelio ha una voce molto profonda, come se provenisse da dentro una caverna, ma pronuncia le parole come se la sua lingua fosse troppo grossa per la cavità orale.

«Quante volte ti ho detto di non chiamarmi zio?»

«Sì, mi scusi. È che siccome non c'è nessuno...»

«Devi abituarti, maledetto cretino. Ma soprattutto, quante volte ti ho detto che quando vuoi chiedermi qualcosa devi farlo e basta?»

«Ha ragione, zio. Uh, mi scusi» si corregge portandosi la mano alla bocca. Troppo tardi.

Ramón Acevedo scuote la testa.

«Chiedimi quello che vuoi, una buona volta».

«Perché non ha incaricato me di occuparmi del fattore e della dentiera? Io non l'ho mai delusa, e quel Patricio ormai si sta facendo vecchio, mi pare».

«Vediamo... È molto semplice. I grandi generali, quelli che non pensano a vincere le battaglie ma le guerre, pianificano una strategia prima di affrontare il nemico. Quando attaccano, mandano la fanteria leggera per sfinire l'avversario prima di spedire alla carica la cavalleria pesante e chiudere la faccenda, capisci?»

Sul volto di Aurelio ci sono sconcerto e diniego. Su quello di Acevedo, solo disperazione.

«Te lo spiego in un altro modo: perché quando le cose cominciano a mettersi male non voglio che il sangue mi schizzi, e se mando te a fare il lavoro, qualcuno, prima o poi, finirà per puntare il dito contro di me. Ora è chiaro?»

«Mmm, no» risponde l'altro sinceramente.

Anziché irritarsi, il signor Acevedo trova nel vuoto lasciato dai limiti di suo nipote uno spazio per la tenerezza.

«Ho incaricato Patricio perché cazzo l'ho deciso io. Adesso hai capito?»

«Adesso sì, zio. Adesso sì».

«Allora sparisci, vai a festeggiare da qualche parte».

Non è abituato a lavorare con tutto quel pubblico che lo osserva, ma soprattutto Ángel Santamarta non è abituato ad avere come paziente un essere umano. Sotto lo sguardo d'attesa delle due guardie civili che l'hanno mandato a chiamare e delle due donne che vivono in quella casa, il veterinario esamina la parte posteriore della testa di Jacinto Padilla.

«Quando gli è salita la febbre?» domanda.

«Stamattina» risponde la zia Menchu.

«Bene. La cosa fondamentale è evitare che l'infezione passi nel sangue. È molto debole, e nelle sue condizioni una setticemia potrebbe essere fatale».

«Ah, Dio mio! Se lo sapevo lo lasciavo scappare e buonanotte» interviene Rosario.

«L'infezione non è causata da questa ferita, signorina. Viene da qui».

Santamarta scosta il lenzuolo per scoprire le lacerazioni infette che Padilla ha sul fianco.

«Queste sono precedenti».

Gallardo e Pacheco si scambiano uno sguardo.

«È probabile che durante l'interrogatorio l'abbiano trascinato per terra» ipotizza il sergente. «Dove è pieno di batteri eccetera».

«Capisco. Posso pulire la ferita, ma dovrei somministrargli urgentemente una medicina che non ho. Bisogna andare dal farmacista».

Martín Gallardo annuisce e batte le mani per poi strofinarle con forza, come se in questo modo potesse nascondere le condizioni disastrose di cui ormai sono consapevoli tutti i presenti.

«Scriva su un foglio quello che le serve e il sergente Pacheco andrà subito a prenderlo».

Dopodiché si rivolge alla zia Menchu, che pur mantenendosi discretamente defilata sembra non perdersi un solo dettaglio.

«Gli uomini di Acevedo ci stanno ancora cercando, e ieri ho visto che in un armadio ha dei vestiti da uomo. Sarebbe tanto gentile da prestarne qualcuno al sergente Pacheco, in modo che non attiri troppo l'attenzione con la divisa?»

«Certo, Augustín era pelle e ossa proprio come lei» dice la donna rivolta a Pacheco. «Mi segua. Quel maledetto si rivolterebbe nella tomba se sapesse che in qualche modo sta aiutando la legge. E lei ha bisogno di qualcosa?»

Gallardo ci pensa su.

«No, grazie».

Ángel Santamarta consegna il foglietto al sergente Pacheco e, quando tutti se ne vanno, Gallardo si volta verso il veterinario.

«Ascolti, per favore, dovrei chiederle una consulenza particolare».

«Posso immaginare di cosa si tratta. Cos'è? Morfina, cannabis, oppio, cocaina?»

«Oppio».

«Ah, certo, lei ha combattuto oltreoceano. E suppongo che abbia bisogno di un po' di laudano».

Il tenente distoglie lo sguardo, imbarazzato, e annuisce.

«Do per scontato che sappia che dall'inizio dell'anno scorso il suo consumo non è legale senza prescrizione medica».

«Per questo l'ho chiesto a lei».

«Capisco. Io non posso prescriverglielo, ma potrei procurarle una confezione di pillole da mezzo grammo. Juan del Campo, il farmacista, è un uomo fidato».

«Gliene sarei eternamente grato».

«Con il laudano riuscirà a ridurre l'ansia, i tremori e la sudorazione, ma sa bene che non la aiuterà a eliminare la dipendenza».

«Lo so: la dipendenza si elimina solo con questo» dice poggiando la mano sul calcio del revolver.

Non tutti quelli che lo vedono passare conoscono Patricio, ma a mano a mano che si fa strada in mezzo alla folla, le espressioni intimorite e prudenti contagiano gli astanti più rapidamente dell'influenza che tanto temono.

Il caporale Aguado e la guardia Ginés sono i fortunati cui tocca sbarrare il passo alla squadra di uomini armati che si trovano di fronte. Anche se preferirebbe non farlo, è Aguado a doverli apostrofare.

«Non si può passare».

«Devo entrare» risponde Patricio secco.

«Ho ricevuto ordine...»

«Aguado, non mi rompere i coglioni, che ci conosciamo!» lo interrompe. «Se ti dico che devo entrare vuol dire che devo entrare».

«In tal caso dovrà autorizzarvi il caporale Yáñez».

«Tu» dice Patricio a Ginés, «ci stai già mettendo troppo ad andare a chiamare il Cinghiale».

Le due guardie si scambiano un'occhiata.

«Datti una mossa!» lo incita.

E in effetti una mossa se la dà, perché meno di due minuti dopo compare Yáñez seguito da Ginés e, diversi metri più indietro, dai due Espinosa. Patricio si allontana un po' e Yáñez lo segue.

«Ascolta, te lo dico chiaro e tondo. Il signor Acevedo mi ha incaricato di portargli una cosa che c'è qui dentro, e né tu né nessun altro di quegli scimmioni in divisa me lo impedirete. Quindi lasciami passare, la prendo e me ne vado. Tutto qui».

«Che cosa?»

Patricio impreca tra i denti.

«Non sono cazzi tuoi».

Con le mani sui fianchi, Yáñez inspira e valuta che opzioni ha. Prima di parlare trova quella che gli conviene di più.

«Senti, Patricio, io non ti vorrei fermare, ma immagino che quello che sei venuto a cercare si trovi nell'obitorio che abbiamo improvvisato nel sotterraneo, e quel tenente del comando ha piazzato lì uno dei suoi uomini per impedire a chiunque di entrare».

«Uno, hai detto?»

«Sì, uno. Ma da qui non puoi entrare, sennò vi vedono tutti. Fate finta di andarvene e fra qualche minuto ti apro l'altra porta, sai quale intendo».

«Se ti viene in mente di giocarmi un brutto tiro giuro su Dio che ti sbudello».

«Tranquillo, amico mio, so con chi sto parlando. Ti chiedo solo di riferire a...»

Patricio gli dà qualche pacca sulla spalla.

«Tranquillo, amico mio, ci penso io a dire al padrone di allungarti qualche caramella».

Nelle condizioni in cui si trova, il grande paradosso che Martín Gallardo deve affrontare è che una parte di lui sa qual è la strada da seguire, ma l'altra parte non saprebbe tornare indietro.

È consapevole di non essere nel pieno delle sue facoltà e, immerso in una situazione così difficile, è l'ansia a dettargli le decisioni da prendere. Per questo, chiuso in bagno nell'ennesimo tentativo di ricomporsi, Martín Gallardo sente il rumore delle detonazioni, ma il suo cervello sempre più intorpidito non mette in relazione gli eventi né, di conseguenza, reagisce a quanto sta accadendo. L'unica cosa a cui riesce a pensare è a come far sparire l'intenso dolore che gli attraversa lo stomaco da parte a parte. Non è certo la prima volta – né sarà l'ultima – che ricorre al laudano per alleviare la fame quando non ha niente con cui riempire la pipa. Sa che, sebbene sia solo una toppa, funzionerà.

Il laudano non è la soluzione, ma è una soluzione.

L'unica che ha a portata di mano per il momento.

Ed è quindi la più indicata.

La voce concitata del sergente Pacheco lo fa tornare in contatto con la realtà.

«Si sentono spari alla caserma!»

«Ma porca di quella puttana» mormora. «Arrivo!»

E infatti arriva, simile a un toro da corrida: un po' disorientato, questo sì, ma con la ferma intenzione di prendere a cornate il primo che si trova di fronte.

«Tenente, si sente bene?»

Gallardo evita di fare commenti sul ridicolo abbigliamento del sergente. Accanto a lui, il dottor Santamarta e, in secondo piano, la zia Menchu e Rosario.

«Benissimo! Può andare lei dal farmacista?» domanda al veterinario.

«Ci penso io».

«Alle donne chiederei di badare che il nostro prigioniero non muoia, per favore».

È l'ultima cosa che dice. Dopodiché entra in modalità azione – l'unica modalità in cui non gli serve la partecipazione della materia grigia – e, con grande sorpresa di Darío Pacheco, si comporta come ci si aspetta da lui: si mette in marcia di buona lena, a testa alta e, ovviamente, con la pistola in mano. Impiegano pochi minuti ad arrivare alla caserma e la prima cosa che richiama la loro attenzione è che la folla che per poco non l'ha presa d'assalto si è trasformata in un gregge di agnellini che li guardano passare come se fossero dei cani pastore. Gli agenti della Benemerita non sanno che, nella loro fuga, gli uomini di Patricio hanno sparato diversi colpi in aria per farsi strada nella calca. La cosa successiva che li stupisce è l'assenza di colleghi a guardia dell'entrata, il che gli fa presagire il peggio.

Quello che Gallardo non nota è che, dalla sua Hispano-Suiza e pronto a partire, Francisco Espinosa ha dovuto strofinarsi gli occhi per credere a quel che stava vedendo: l'uomo che l'aveva assalito e minacciato di morte è il tenente della Guardia Civile che si trova a capo dell'indagine.

«Controlli il cortile, la stalla e il piano superiore!» ordina Gallardo a Pacheco senza fermarsi. «Io vado dritto nel sotterraneo!»

Si lascia guidare dal suo istinto, e questo gli dice che se qualcuno ha premuto il grilletto non sono stati gli agenti del luogo. Così si dirige verso la stanza dove aveva lasciato di guardia il caporale Linares, affidabile come un buon ex militare con una lunga carriera. Non appena scende l'ultima rampa di scale, quello che vede lo fa fermare di colpo: tutto il personale, Yáñez compreso, circonda in totale silenzio qualcosa che si trova a terra.

O meglio, qualcuno.

Mentre percorre i metri che li separano, malgrado il suo intelletto non sia nelle condizioni migliori, la sua mente esperta lo prepara per ciò che molto probabilmente dovrà affrontare. Per questo, quando arriva e verifica che quello che giace inerte con parte delle viscere sparse sul pavimento altri non è che José Linares, non si comporta come il resto degli astanti, che rimangono statici, in attesa. E forse è per questo, perché è una situazione inusuale, che nessuno di loro muove un dito quando il tenente Gallardo si pianta di fronte al caporale Yáñez, estrae il revolver regolamentare e gli infila la canna in bocca con estrema violenza.

E, considerate le circostanze, nessuno si stupirebbe se Gallardo dovesse caricare l'arma e senza battere ciglio gli facesse saltare le cervella.

Terza parte

Meglio regnare all'inferno che servire in paradiso.

JOHN MILTON, *Il paradiso perduto*

Capitolo ventesimo

Se bella vuoi apparire

Tenuta Monterroso
Territorio comunale di El Raposo (Badajoz)
Un anno prima

L'inizio dell'anno era stato duro. Avevano appena debellato un focolaio di peste suina che si era portata via decine di esemplari, e i nuovi accordi commerciali legati alle querce da sughero che Antonia si era impegnata ad avviare non avevano ancora dato i loro frutti. Non facevano la fame, ma erano sulla soglia della povertà, al pari di molte altre famiglie di piccoli proprietari terrieri.

Il matrimonio di Antonia con Domingo Palomo, celebrato due mesi prima, non era stato neanche lontanamente chiacchierato come le sue prime nozze. La cerimonia si era tenuta nella cappella di Nostra Signora di Belén, a Puebla de Sancho Pérez – il parroco era un secondo cugino dello sposo –, e non vi avevano assistito più di due dozzine di anime fra invitati e curiosi. Ad Antonia non era importato troppo, tenendo conto degli accordi che Domingo aveva accettato e firmato di fronte a un notaio: la suddivisione al cinquanta percento dei beni apportati dai coniugi, che nel caso di lui corrispondevano a una tenuta di 608 ettari comprensivi di una casa, una legnaia, un fienile, un capanno, un magazzino, un pozzo e un allevamento di suini, più un patrimonio del valore di 12.415 pesetas, somma alla quale si erano aggiunte le 390 che aveva depositato lei in contanti al momento della firma. Con un altro documento, inoltre, la signora Palomo veniva designata come esecutrice testamentaria per tutti i beni, che sarebbero stati distribuiti in parti uguali tra lei e l'unica figlia di Domingo, Clara, di tredici anni, frutto di un matrimonio precedente. Questa parte era stata senza ombra di dubbio la più difficile da mandar giù per Antonia, insieme alla perdita del suo cognome, circostanza che aveva in qualche modo compensato battezzando la tenuta con il suo cognome da nubile. Si rifiutava di lasciarsi alle spalle un passato che non voleva dimenticare, malgrado non fosse neppure legato alla sua vera identità. L'ultima clausola, ma non per importanza – Antonia l'aveva posta come condizione *sine qua non*, facendo appello ai quasi vent'anni che li separavano –, era la polizza assicurativa sulla vita di suo marito sottoscritta con una compagnia di Madrid per un valore di 56.200 pesetas, con un vincolo di non poco conto: finché Clara non avesse compiuto ventun anni, ossia la maggiore età, Antonia sarebbe stata l'unica legittima beneficiaria della polizza. Otto anni erano più che sufficienti per portare a termine il suo piano.

«E non appena diventa grande, soldi a palate» aveva scherzato lei con suo marito il giorno in cui avevano stipulato l'assicurazione in un ufficio del paseo de Recoletos a Madrid.

Domingo Palomo, sul punto di compiere cinquantotto anni, non era un uomo con troppe virtù al di là della sua illimitata capacità di lavorare, qualità che dimostrava quotidianamente in giornate che iniziavano alle cinque di mattina e non finivano mai prima delle otto di sera. Di poche parole e scarse pretese, il suo unico desiderio era fare in modo che Clara non fosse più figlia unica, obiettivo del tutto impossibile da raggiungere finché la sua novella sposa non avesse abbandonato le misure anticoncezionali che adottava in segreto. Come se non bastasse, l'impegno di lui non era molto costante, dovendo superare la stanchezza fisica serale e anche le reticenze di Antonia, poco sollecita al momento di aprire le gambe. In genere lei risolveva il problema facendo leva su altre arti amatorie che non includevano la penetrazione, le quali, perché non ammetterlo, lasciavano più che soddisfatto il buon vecchio Domingo. A soddisfare lei invece ci pensava il fattore della tenuta, Jacinto Padilla, che da bravo cristiano qual era metteva in pratica il santo sacramento della lussuria, se non tutti i giorni, almeno due volte ogni due giorni. Ed era proprio il suo capo a facilitare quegli incontri, per via del suo desiderio di rispettare un'usanza che gli aveva imposto suo padre quando l'aveva messo a lavorare a nove anni; abitudine che i due amanti conoscevano alla perfezione e di cui approfittavano per soddisfare le loro necessità sessuali.

Oltre a tenersi ben lontana da suo marito e a cercare di ottenere il massimo rendimento economico da tutto l'appezzamento, Antonia aveva sempre ben presenti altre due faccende, correlate fra loro. La prima riguardava la sua bocca e cominciava a diventare un'ossessione. La piorrea aveva continuato con il suo lavoro distruttivo, portandosi via altri tre denti in poco più di sei mesi. L'ultima volta che era riuscita ad andare a Siviglia per vedere il dottor Henríquez, quest'ultimo le aveva detto che nel giro di poche settimane avrebbe avuto pronta la struttura della protesi con i denti che doveva sostituire, ma che per ritirarla avrebbe dovuto pagare le 6230 pesetas che mancavano, somma della quale non disponeva e che, per come stavano andando le cose, non sarebbe riuscita a versare per diversi anni. La seconda faccenda, legata alla precedente, aveva a che vedere con l'uomo che l'aveva messa in una situazione tanto precaria e la cui sorte le era ignota. Dall'ultima volta che aveva incontrato Sebastián Costa a Siviglia non aveva più avuto sue notizie, e da allora era trascorso talmente tanto tempo che il ventaglio delle congetture funeste era quasi infinito: dalla possibilità che Costa avesse rinunciato alla sua promessa di trovare Sixto Simón a quella che quest'ultimo fosse morto in chissà quali circostanze, portandosi i suoi soldi nella tomba. Il fatto è che Antonia non riusciva a toglierselo dalla testa, e per placare la sua ira si era vista costretta a trovare una formula adatta. Si era dunque ricordata di una cosa che la aiutava sempre a dimenticare i crucci del momento, e che allo stesso tempo le serviva per bruciare l'odio che le circolava nelle vene: allenarsi. Sforzando la memoria aveva richiamato alla mente i molti esercizi che le aveva insegnato la madre e che le erano serviti per rinforzare i diversi gruppi muscolari, per guadagnare elasticità e per perdere il peso che aveva accumulato durante il periodo di inattività tipica della bella vita che aveva condotto. Vi dedicava fra le due e le tre ore ogni giorno, tempo che, sommato a quello che doveva per forza consacrare ai lavori nella tenuta, diede i suoi frutti modellando notevolmente la sua già di per sé eccellente morfologia.

Jacinto Padilla si stava godendo proprio il suo aspetto fisico nel fienile quando, sul punto di raggiungere l'orgasmo, Antonia notò qualcosa che si muoveva alla sua sinistra, e aguzzando la vista identificò la minaccia. Si spostò subito da sopra il fattore facendo leva sulle gambe, e in sole quattro falcate – sfruttando al massimo la sua potenza muscolare – raggiunse Clara. La ragazzina urlò sentendosi tirare per il colletto, e i suoi occhi, tondi e chiari come quelli della sua defunta madre, si riempirono di lacrime trovandosi ad affrontare quelli della donna che tanto temeva.

«Dove cazzo ti credi di andare, topolina?»

Clara tentò di divincolarsi, ma subito si arrese capendo che non le sarebbe stato possibile. Antonia, fuori di sé, alzò il braccio per darle un ceffone, ma a metà strada si fermò, si inginocchiò per collocarsi alla sua altezza e le parlò a voce bassa.

«Ascoltami bene. Se ti viene in mente di raccontare qualcosa di quello che hai visto a tuo padre o a chiunque altro, ti giuro su tutti i santi del cielo e tutti i diavoli dell'inferno che ti ammazzo. Ammazzo te e ammazzo tuo padre, capito?»

Pietrificata, Clara non seppe come reagire.

«Ti ho chiesto se hai capito!»

Prima di annuire, la ragazzina si accorse che le si inumidiva la parte interna delle cosce.

«Bene, allora adesso sparisci dalla mia vista e non entrare mai più qua dentro in vita tua!»

Di cattivo umore, Antonia tornò da Jacinto che, ancora scosso dalle conseguenze che poteva avere quel che era appena successo, non sapeva cosa dire.

«Non dirà una parola».

Lui scosse la testa.

«Come fai a esserne così sicura?»

«Perché mi ha creduto».

«Non dicevi sul serio, vero?»

Lei non rispose.

«È una bambina!»

«Io alla sua età...!»

Dopo qualche istante di indecisione, Antonia fece qualche passo lì intorno e si appoggiò con entrambe le mani a una trave di legno.

«Io alla sua età sapevo cos'era la vera sofferenza. Lo sapevo eccome. Percorrevo il mondo di paese in paese con quelle carovane, dormivo ovunque, mangiavo quello che c'era, quando c'era qualcosa, ed ero alla mercé del primo bastardo che passava».

Jacinto, commosso, le afferrò forte la mano.

«Una volta, vicino a Zagabria...»

Antonia deglutì e si concesse qualche secondo per ricomporsi.

«Il circo girava in quella zona da un po' di tempo, e all'epoca mia madre aveva una relazione intermittente con Pavel, un domatore di orsi russo. Tutti noi bambini avevamo una gran paura di lui. Io avevo tredici anni, la stessa età di quella merdina a cui non manca nulla. Tredici» ripeté stringendo le palpebre come se in quel modo potesse evitare che fuoriuscissero le lacrime.

«Non c'è bisogno che continui».

«Sì, invece. Pavel si infatuò di me, e quando mia madre aveva le prove, lui veniva a cercarmi e mi costringeva a... Mi costringeva a toccarlo. Minacciò di ammazzarmi se l'avessi raccontato, quindi non dissi niente a nessuno... Finché non mi venne in mente una soluzione».

Antonia si asciugò le lacrime prima di sorridere maliziosamente.

«Oltre al mio numero di acrobazie e contorsionismi, ero incaricata di dare da mangiare agli animali, e così smisi di alimentare Ruslana, un'orsa tibetana enorme che, in più, lavorava con lui da poco tempo. Un pomeriggio, durante uno spettacolo, cosparsi l'interno delle maniche della sua giacca con del sangue di cervo...»

Intuendo il corso degli eventi, Jacinto Padilla sospirò.

«Mi sembra di averlo ancora davanti agli occhi» riprese lei con lo sguardo inerte. «Non appena ne sentì l'odore, Ruslana impazzì e lo attaccò. Gli strappò via un braccio e per poco non lo ammazzò».

«Dio santo».

«La cosa migliore è che si sparse la voce, e negli spettacoli seguenti riuscimmo a fare il tutto esaurito solo grazie a Ruslana. Alla fine Pavel venne licenziato perché non poteva più domare nemmeno una capra e mia madre si trovò qualcun altro prima ancora di cambiare città. Non gliel'ho mai raccontato».

Antonia non si sbagliava pensando che Clara avrebbe mantenuto il segreto, e i giorni trascorsero senza novità trasformandosi in settimane, durante le quali l'unica cosa che succedeva era che non succedeva nulla. Decise allora che, se non prendeva in mano la situazione, nessuno le avrebbe mai regalato le carte che le servivano per vincere la partita. E se c'era qualcosa che aveva ben chiaro era che le giocate che avevano funzionato una volta potevano funzionare di nuovo. Questo l'aveva imparato bene.

Così come aveva imparato le abitudini di suo marito.

E siccome era venerdì, sapeva che alla fine della mattinata Domingo avrebbe riordinato il magazzino dove conservava gli attrezzi. Antonia aveva predisposto tutto in anticipo, e l'unica cosa che doveva fare ora era ripetere senza errori quel che tante volte aveva provato. Doveva comportarsi con naturalezza, e il suo compito era andare a Zafra a comprare i trenta sacchi di mangime che i maiali consumavano ogni settimana. Ma non appena uscì dai confini della tenuta fece un certo tratto per nascondere il carretto e corse senza farsi vedere da nessuno fino al muretto che delimitava la proprietà. Dopo aver superato l'ostacolo senza difficoltà, si mosse liberamente, sapendo che sia suo marito sia i lavoratori a quell'ora si trovavano lontano dal magazzino. E Clara, la sua più diretta concorrente, era a scuola. Le chiavi le aveva solo Domingo, ma potendo contare sulle sue capacità fisiche non le fu difficile arrampicarsi fino al lucernario sul tetto, che, come già sapeva, si poteva aprire dall'esterno. Una volta dentro, si calò giù con destrezza fino a toccare terra e raggiunse il punto esatto in cui sapeva di dover collocare l'esca, composta da un cumulo disordinato di quattro picconi, una zappa corta e un falcetto ben ammucchiati a terra, molto lontano dal posto che suo marito aveva assegnato loro, ma nella verticale di un altro oggetto molto più contundente di cui Antonia intendeva avvalersi con il beneplacito della gravità. Una volta sistemato tutto, si avvicinò alla scala a pioli per raggiungere la posizione da cui doveva attendere il suo arrivo, ma notando uno spesso strato di polvere sul quale avrebbe potuto lasciare qualche impronta, decise di intraprendere la strada più difficile e arrampicarsi a mano, facendo leva sui muscoli dorsali. Sul soppalco del magazzino, Domingo accumulava pezzi di macchinari e altri aggeggi inutili che la sua mentalità parsimoniosa da piccolo proprietario terriero lo costringeva a conservare. Un chiaro esempio era la pietra di un vecchio frantoio che nessuno usava da più di trent'anni, ma che lui aveva voluto conservare: era inutile a tutti gli effetti, a meno che qualcuno non intendesse spaccare il cranio al proprio marito con un oggetto di più di cento chili – e Antonia aveva verificato in anticipo che riusciva a spostarla con le gambe tenendo la schiena appoggiata alla parete. Si mise quindi in posizione e attese che arrivasse il momento. Stava quasi per pensare che proprio quel giorno Domingo avrebbe modificato le sue abitudini quando udì un tintinnio di chiavi. Automaticamente il suo corpo si tese e tutta la sua energia si concentrò nelle gambe. Aveva calcolato che avrebbe avuto a disposizione circa cinque secondi – quelli che a lui sarebbero serviti per raccogliere gli attrezzi – ma se ne sarebbe fatti bastare tre.

Ci riuscì in due.

Dalla posizione in cui si trovava, Antonia non poteva vedere se fosse riuscita nel suo intento, ma le informazioni raccolte dal suo apparato uditivo le fecero intuire che la pietra aveva esaudito i suoi desideri. Non come aveva immaginato, però.

Quando si affacciò per controllare, vide Domingo a pancia in su che abbracciava la pietra all'altezza del petto, come se fosse riuscito ad afferrarla al volo. Aveva gli occhi spalancati, quasi fosse sorpreso, e dagli angoli delle labbra gli sfuggivano due generose cataratte di sangue scuro e viscoso misto a saliva. Un fischio discontinuo piuttosto fastidioso era la conferma che respirava ancora, e anche se lei avrebbe preferito non allontanarsi finché non si fosse assicurata che fosse passato a miglior vita, non aveva troppo margine di tempo se intendeva contare su un buon alibi. A questo scopo, Antonia scese in maniera acrobatica e si accucciò per rivolgere qualche parola a quello che con tutta evidenza sarebbe diventato il suo defunto secondo marito: «Non sono mai stata, non sono e non sarò mai la scrofa di nessun uomo».

Per tutta risposta, Domingo produsse qualche suono inintelligibile.

«Ma puoi andartene all'inferno tranquillo, perché mi prenderò cura io di Clara».

Detto questo raccolse gli attrezzi, li sistemò al loro posto e uscì da dove era entrata. Poi percorse la strada al contrario e non appena mise piede sul carretto spronò i cavalli per arrivare a Zafra quanto prima. Una volta che ebbe raggiunto il negozio di mangimi, quaranta minuti più tardi del solito, raccontò a voce alta di aver avuto un contrattempo con una ruota e di essere riuscita a risolverlo da sola. Dopo aver finito di caricare i sacchi ripartì per tornare alla fattoria, dove si aspettava di trovare Clara, che a quell'ora doveva già essere rientrata da scuola.

E così sarebbe dovuto accadere, ma la bambina si era stupita talmente tanto che il padre non l'avesse accolta come al solito che aveva deciso di andare a cercarlo prima in tutte le stanze della casa e poi nelle altre costruzioni sparse per la tenuta. Quando arrivò al magazzino e vide la porta socchiusa, Clara si stupì, e anche se non aveva il permesso di entrare, i cattivi presagi che la assalirono ebbero la meglio sulla possibilità di venire sgridata. Nel momento in cui i suoi occhi si abituarono alla penombra e lo vide disteso con quella protuberanza che gli spuntava sopra il petto, ci mise ancora qualche istante prima di elaborare e capire che quella specie di insetto spiaccicato era suo padre. Antonia, che era in cucina a pelare patate, udì gli strilli disperati di Clara e comprese subito cosa fosse successo, ma si prese il suo tempo per provare mentalmente il ruolo che le toccava interpretare. Fu Jacinto Padilla il primo ad arrivare sul posto e a occuparsi della bambina, che, in preda a un attacco d'ansia, singhiozzava a terra a pochi metri dal corpo del padre. Quando alla fine arrivò Antonia, fuori si era già radunata la maggior parte dei lavoratori, e allora sì, con un pubblico presente, si lasciò andare al dramma.

Fu eccelsa.

Tre giorni più tardi, con Domingo Palomo ormai sottoterra, quella che ormai iniziava a essere conosciuta come la Vedova entrava a testa alta e schiena dritta nella caserma della Guardia Civile di Zafra, dove si stava indagando sul caso. L'avevano convocata senza nessuna accusa, solo per farla testimoniare, quindi aveva rifiutato di essere assistita da un legale. Seduto di fronte a lei nella sala degli interrogatori, il caporale Yáñez si grattava la barba di diversi giorni mentre pensava a come affrontare la questione. Alle sue spalle, sull'attenti, c'erano il caporale Aguado e la guardia civile Remigio López, entrambi incaricati di ispezionare la tenuta dove aveva avuto luogo il fatale incidente.

Dopo essersi schiarito la voce varie volte, Yáñez incontrò un paio di occhi che lo trapassavano vigorosamente da parte a parte.

«Dunque, signora Palomo, se per lei va bene ci risparmiamo le condoglianze e altre formule di cortesia e ci concentriamo su quello che ci interessa».

Antonia non poté evitare di arricciare il naso quando venne investita dalla zaffata fetida uscita dalla bocca del suo interlocutore. L'odore del caffè non riusciva a mascherare gli odori primari sottostanti: alcol mattutino, tabacco da masticare, placca batterica e, ovviamente, resti di cibo in avanzato stato di decomposizione nascosti in mezzo ai denti. Dopo aver guadagnato almeno un metro di distanza, Antonia accavallò le gambe e lo corresse: «Ora sono di nuovo la signora Monterroso, purtroppo. E sì, mi va bene saltare i convenevoli, perché ho parecchie cose da fare stamattina».

«A quanto pare, il giorno in questione lei si era recata a Zafra per comprare del mangime per gli animali. I colleghi qui presenti hanno confermato la sua dichiarazione grazie alla testimonianza di un commesso del negozio, il quale ha aggiunto che aveva anche avuto un contrattempo con il carretto».

«Esatto. Hanno ragione quelli che dicono che le disgrazie non arrivano mai da sole».

«Sì, la vita a volte è proprio diabolica» commentò l'uomo. «Dunque, quando è tornata alla tenuta...»

«Ero in cucina e ho sentito che fuori dal magazzino si stava creando un gran baccano, allora ovviamente sono corsa subito là per capire cosa stesse succedendo. E vedendolo là disteso, Vergine santa, con quella cosa che gli schiacciava il petto e Clara lì vicino... mi si è spezzato il cuore in due».

«L'abbiamo visto anche noi. Terribile» disse Yáñez. «Come sta la bambina, a proposito?»

«L'ho affidata alle cure di una persona di mia fiducia, per questo non volevo che ci dilungassimo troppo».

«Certo, certo. Allora proseguiamo. Lei era mai entrata in quel magazzino?»

«Nel magazzino? Certo. Qualche volta. Ma Domingo era molto geloso delle sue cose, e là dentro c'erano i suoi attrezzi, solo lui aveva la chiave. Non ricordo l'ultima volta che ci ero andata, in realtà».

«E quella pietra è sempre stata lì?»

Lei si strinse nelle spalle.

«Non saprei dirle».

«Glielo domando perché non riusciamo a capire come mai quella pietra, che doveva essere lì da Dio solo sa quanto tempo, sia caduta all'improvviso proprio mentre il suo defunto marito passava là sotto. Non le sembra una sfortuna eccessiva?»

«Certo che sì. Soprattutto per me, che sono rimasta vedova un'altra volta prima del tempo, ma queste cose succedono più spesso di quel che crediamo. Non molto tempo fa sono stata a Siviglia e qualcuno mi ha raccontato che un vicino era morto durante un temporale terribile che aveva staccato alcune tegole dal tetto. Una l'aveva colpito e gli aveva spaccato la testa. E come se non bastasse quell'uomo era zoppo e non usciva quasi mai di casa».

Il caporale Yáñez sospirò.

«Capisco».

«Quante volte piove a Siviglia? Poche. E quante volte viene un temporale simile, con un vento così forte da strappare via le tegole dal tetto? Pochissime. E quante probabilità ci sono che un uomo che non esce quasi mai di casa scelga proprio un giorno come quello e gliene cada una giusto in testa? Infinitesimali. Però succede. Fatalità».

«Fatalità» ripeté Yáñez convinto.

«O forse Dio nostro Signore ha un piano per ognuno di noi e quando ci tocca, ci tocca».

«Questo è vero. Se la nostra ora arriva, arriva. Senza preavviso».

«Senza preavviso» confermò lei.

Il caporale Yáñez, che non aveva intenzione di fare più del suo dovere, si prese qualche secondo per riflettere.

«Bene» disse infine. «Se devo essere sincero, signora Monterroso, lei non sarebbe nemmeno qui se una persona che dice di conoscerla bene non avesse insistito nell'indicarla come sospetta».

Antonia si finse stupita.

«Ah. E si può sapere di chi si tratta?»

«No, mi dispiace, non mi è permesso rivelarne l'identità. Il fatto è che questa persona è convinta che la morte di suo marito non sia stata un incidente».

«No?»

«No».

«E quali prove ha per accusarmi?»

«Nessuna. Afferma solo di conoscerla molto bene».

Antonia intrecciò le dita delle mani e inspirò dal naso.

«Francisco Espinosa, certo. È vero che ha fatto tutto quello che ha potuto per conoscermi, sì. Ma dalla vita in giù» sottolineò alzando la voce. «Lei lo sa che l'ho denunciato per aver cercato di abusare di me nella mia stessa casa?»

Yáñez cercò senza successo di mantenere un'espressione da esperto giocatore di carte.

«No, non lo sapevo».

«Può verificarlo al comando di Almendralejo. Il fratello del mio primo marito era ossessionato da me, e a quel che vedo lo è ancora».

«È una faccenda che non mi riguarda».

«Ma è collegata a questa. L'ha appena detto lei. Se io non fossi fatta come sono, e se il mio primo marito non fosse morto, ovviamente per cause naturali certificate da un medico, non mi avreste nemmeno chiamata a deporre».

«Sì, è vero, però...»

In quel momento, il caporale Yáñez cercò sostegno nelle espressioni neutre dei suoi subordinati.

«Però niente» disse alla fine. «È libera di andare, signora Monterroso».

Lei attese qualche secondo prima di alzarsi in piedi, come se all'improvviso la sua dignità pesasse troppo, e con squisita eleganza salutò con un lieve cenno della testa e se ne andò.

Una settimana più tardi, libera da ogni accusa, se non da ogni sospetto, dopo aver lasciato Jacinto Padilla a capo della tenuta, Antonia intraprese un viaggio la cui prima tappa era Madrid. Nella capitale sbrigò le formalità in modo rapido e semplice, contro ogni pronostico: arrivare, presentare il certificato di morte del marito per cause accidentali e ritirare l'assegno intestato a lei per la somma stabilita dalla polizza. Una cifra che avrebbe potuto incassare in qualsiasi succursale del Banco Español de Crédito.

«Siamo molto spiacenti per la sua perdita, signora Monterroso» la salutò il titolare della compagnia. «Siamo qui per qualsiasi cosa possa servirle».

«Grazie, siete molto gentili: non si sa mai quando le disgrazie smetteranno di perseguitarci».

L'uomo non seppe come reagire a quelle parole, ma una voce interiore gli disse che non sarebbe stata l'ultima volta che Antonia Monterroso sarebbe passata da quelle parti.

Quella stessa notte, un vagone letto la trasportò fino a Siviglia senza grossi avvenimenti, nonostante un uomo molto attraente ma molto sposato le avesse proposto di bere un bicchiere di champagne francese per scongiurare l'insonnia di cui affermava di soffrire; al contrario della moglie, della quale disse – e lo ripeté varie volte – che dormiva tutta la notte come un ghiro. Non fu la mancanza di voglia di sesso a spingerla a declinare l'offerta, né lo stato civile di lui, ma il fatto che fosse un po' strabico da un occhio, circostanza che le ricordava un trapezista bulgaro che le correva dietro quando lei aveva quindici anni e che emanava un odore corporale così forte che a volte le aveva provocato il vomito.

Troppi rischi per un premio così misero; quindi per il resto del viaggio, finché non si addormentò, si dedicò a un altro piacere che aveva in parte abbandonato: la lettura. *L'albero della scienza* di Pío Baroja, pubblicato nel 1911, fu il libro prescelto.

All'alba il convoglio arrivò puntuale a destinazione. Alla stazione chiese della succursale più vicina della banca dove doveva ritirare il denaro, e là si presentò con l'assegno in mano. Con 10.340 pesetas in contanti nella borsa, camminò svelta fino allo studio del dottor Henríquez, in calle Sierpes.

«Signora Monterroso, che bella sorpresa!» la salutò il chirurgo protesico. «Le confesso che ero arrivato a pensare di dover estrarre i denti di ceramica e fondere nuovamente la struttura portante».

«Le chiedo scusa, dottore, ma sono stata molto occupata negli ultimi mesi. Ho portato quel che le devo» disse dando qualche colpetto alla borsa.

Il dentista assunse un'espressione birichina e le fece cenno con l'indice di accompagnarlo fino alla stanza in cui aveva allestito il laboratorio.

«Pochissime persone sono entrate qui, ma lei è una paziente molto speciale. Mi sono dato davvero da fare con la sua protesi dentale, e anche se rischio di peccare di superbia, le dico con totale franchezza che sono più che soddisfatto del risultato. Venga, venga».

Al centro della stanza, un solido tavolo di ebano dominava lo spazio, ben illuminato grazie a tre grandi finestre che sembravano assorbire il fulgore del sole. Due potenti lampade e una lente d'ingrandimento furono gli unici oggetti che Antonia riuscì a riconoscere fra tutti quelli poggiati sul tavolo in perfetto ordine. Da una parete all'altra, scaffali ricoperti di libri in cui non si sarebbe potuto infilare un volume in più, e su quella opposta, archivi e armadietti di diversi tipi. Emanava sapere, una saggezza rassicurante.

«Non se ne stia lì in piedi, si sieda, prego».

Mentre lei prendeva posto, Abraham Henríquez si diresse verso uno degli armadietti e selezionò una delle chiavi del mazzo che portava alla cintura.

«Vediamo se ho fortuna. Non ricordo mai quale sia quella giusta» commentò a voce alta. «Bingo!» esclamò al terzo tentativo. «Eccola qui».

A distanza, il dottor Henríquez le mostrò la cassetta metallica che teneva sollevata sopra la testa con entrambe le mani come se si trattasse di un trofeo. Con un gran sorriso sulle labbra si avvicinò al tavolo e ve la poggiò sopra con dolcezza paterna.

«La apra».

Per i primi secondi Antonia la contemplò come chi si gode un tramonto per la prima volta nella vita. Assorta nella sua bellezza, non riuscì a verbalizzare nulla che fosse all'altezza, e dopo qualche istante si espresse attraverso i dotti lacrimali.

«Straordinaria, vero?»

Poiché non osava toccarla, si limitò ad annuire senza smettere di guardarla. L'oro come elemento unificatore dava sobrietà ed eleganza all'insieme; i nove denti di porcellana, distribuiti secondo le necessità della futura padrona, le sembrarono perle che avrebbero brillato nell'oscuro abisso della sua bocca. Esaminando i dettagli più da vicino, la assalì un pensiero.

«C'è una cosa che ancora non le ho detto, dottore. Ho seguito alla lettera il trattamento che mi ha dato» mentì, «ma dall'ultima volta che ci siamo visti ho perso altri tre denti».

«Accidenti. Inclini la testa all'indietro, per favore».

Conclusa l'esplorazione, Henríquez fece schioccare la lingua.

«E ha un altro molare e due premolari che non tarderanno molto a cadere. È molto insolito. Sta prendendo qualche medicina in maniera continuativa?»

«No, nessuna».

«È che non è normale la velocità a cui sta avanzando la piorrea. Non è normale, no» ripete tra sé.

«E che problema c'è? Li sostituiamo e via».

«Non è così semplice. A parte l'aumento del prezzo, ovviamente».

«Il denaro non è un problema. Posso pagare tutto anche oggi stesso».

«Mi permetta di spiegarle» disse prendendo la protesi fra l'indice e il pollice. «I denti davanti sono semplici da sostituire perché, diciamo così, si incastrano meglio. Gli incisivi e i canini devono tagliare e strappare, quindi bisogna solo preoccuparsi di fissarli bene. Invece i molari e i premolari si occupano di triturare gli alimenti e devono essere allineati alla perfezione per assicurare il movimento corretto».

Antonia si limitò ad ascoltare con attenzione.

«Se bisogna sostituire due premolari ai lati di un dente sano, come nel suo caso, dovrò misurare gli spazi con precisione millimetrica in modo che il dente posticcio, dopo essere stato scolpito della misura giusta, si agganci perfettamente alla struttura della protesi e questa, a sua volta, al supporto interdentale, così che tutto l'insieme non le dia fastidio quando mastica. Sarebbe diverso se tutti i denti fossero posticci e dovessimo solo assemblarli nella protesi, non so se mi sono spiegato bene...»

«Credo di sì, dottore, credo di sì».

Poco più tardi, Antonia usciva dallo studio del dottor Henríquez con 6230 pesetas in meno nella borsa e una sola idea in testa. Per portarla a termine dovette solo trovare un ferramenta e una farmacia. Appena prima di arrivare all'affittacamere che le aveva consigliato Henríquez, passò di fronte a una taverna e le venne in mente che anche una bottiglia di acquavite le sarebbe potuta tornare utile, dopodiché, con tutto il necessario, salì al secondo piano, dove si trovava la stanza interna con bagno privato che le avevano assegnato per una peseta e mezza a notte. Non appena ebbe richiuso a chiave la porta, si spogliò completamente e si diresse al bagno con gli strumenti, ossia due pinze di diverse dimensioni e un paio di tenaglie. Poggiò l'alcol etilico, le garze e le ampolle di morfina a portata di mano sul lavandino, e di fronte allo specchio inspirò profondamente dal naso prima di procedere alla prima estrazione del pomeriggio.

«Coraggio, Antonia, se bella vuoi apparire...» si disse per poi prendere un bel sorso dalla bottiglia.

Da piccola l'aveva visto fare diverse volte da Branimir, un croato che lanciava coltelli con una certa precisione e che inoltre si occupava di coordinare il montaggio e lo smontaggio del tendone, oltre che di estrarre denti a chiunque ne avesse bisogno. Il trucco stava nell'afferrare il dente con forza per poterlo muovere fino a disincagliarlo dalla sua sede e tirare all'infuori con pazienza. Molta pazienza. Sapeva che era doloroso, ma non aveva mai sentito di nessuno che fosse morto perché gli avevano tolto un dente. Con questa convinzione afferrò la pinza più piccola e localizzò il suo primo obiettivo: uno dei tre denti ai quali il dottor Henríquez aveva pronosticato una vita molto breve. Nello specifico quello che le sembrava si muovesse di più. Senza ripensamenti, afferrò, smosse e tirò. Non le servì neppure la pazienza. Lo sciacquo con l'alcol invece la costrinse a stringere i pugni prima di collocare la garza nel nuovo buco appena nato nella sua bocca insanguinata. Con la piorrea come alleata, avrebbe scommesso che l'operazione sarebbe risultata più rapida del previsto. Già al secondo dente si rese conto di essersi sbagliata. Resisté tenacemente finché al sesto tentativo, tra grugniti e urla di dolore, riuscì a piazzarlo sul portasapone accanto al suo gemello. Il tremore del braccio comparve mentre si preparava a estrarre il terzo dente, per cui si vide costretta ad assumere un'altra mezza ampolla di morfina, e si sedette sul pavimento freddo per qualche minuto con l'intenzione di riprendersi. Non appena la droga cominciò a fare effetto tornò alla carica con energie rinnovate, domando il terzo ribelle, seppur con grande sofferenza. Restava però la parte più difficile, che consisteva nell'eliminare i quattro denti sani che tanto complicavano il compito del dottor Henríquez. Sfinita e con tre emorragie ancora incontrollate, decise che era un buon momento per prendere l'altra metà dell'ampolla di morfina e riposare qualche istante sul letto. Quando si risvegliò erano passate più di tre ore e riusciva a malapena a tenere gli occhi aperti. Le dolevano moltissimo la lingua, la mandibola e la testa – e, in generale, tutto il corpo a ogni respiro. Siccome non osava prendere altra morfina, fece ricorso all'alcol come analgesico. Vide le stelle e tutto il cosmo quando ingollò il primo sorso di acquavite, che entrò in collisione con le ferite aperte che aveva sulle gengive. Bestemmiò, urlò e pianse prima di decidere di sfogare tutto il suo supplizio contro il materasso, ma non smise di bere finché non rimasero più di due sorsi di acquavite nella bottiglia.

«Coraggio, Antonia, se bella vuoi apparire...» tentò nuovamente di dirsi, anche se le parole che uscirono dalla sua bocca sanguinolenta non assomigliavano affatto a quelle che intendeva pronunciare.

Per quella seconda fase considerò che fosse meglio utilizzare altri strumenti. Prese le pinze più grandi e scelse un premolare che era rimasto come un'isola solitaria nella gengiva squarciata. Faticò a fare presa sul dente per via delle lacrime, e come se non bastasse era quasi senza forze. Per fortuna, ciò su cui Antonia non sapeva di poter contare era che aveva già superato abbondantemente la soglia del dolore, cosa che la trasformava in un essere praticamente immune alla sofferenza. In soli venti minuti concluse la quadrupla estrazione e finalmente i sette denti furono allineati nel portasapone. Quando sollevò la testa per guardarsi allo specchio le venne un mancamento che la costrinse a tornare a letto, dove, stavolta sì, ingerì ancora mezza ampolla di morfina e lasciò che le palpebre si chiudessero.

Quando le riaprì era già mattina. Dovette rimanere sdraiata per un tempo indeterminato per riuscire a stabilire se fosse viva o morta, e dopo aver capito che non aveva altra scelta che convivere con quel tormento, si alzò in piedi. Si accorse allora dell'enorme macchia di sangue secco sul cuscino, e come un'anima in pena raggiunse il mattatoio in cui aveva trasformato il bagno. L'immagine che le restituì lo specchio non avrebbe potuto essere più penosa: pallida, con le labbra livide, gli occhi pesti e il viso gonfio come un pesce palla. Nel tentativo di aprire la bocca si accorse che tutta la zona era scollegata dal quadro comandi del cervello, quindi per riuscirci dovette aiutarsi con la mano. Là dentro era tutto un ammasso di tessuto, sangue e saliva che emanava un fetore ripugnante dalle sfumature ossidate e putrefatte. Facendo un grosso sforzo per non vomitare estrasse le garze e, sebbene fosse del tutto cosciente di quanto avrebbe sofferto, sciacquò con l'alcol etilico per i pochi secondi che il suo sistema nervoso centrale riuscì a sopportare. Ci mise più di un'ora a riprendere coscienza e un'altra a vestirsi, truccarsi e uscire in strada. Aveva un aspetto tanto nefasto che si vergognava di guardarsi nelle vetrine e più di un passante fece una smorfia terrorizzata incrociandola. Tuttavia, la cosa peggiore era ancora il dolore, che sembrava essersi insediato per l'eternità nella zona tra il collo e la cima della testa. Intenso, palpitante, costante. Era così forte che pianse per tutto il tragitto fino allo studio del dottor Henríquez.

«Vergine santa! Ma... cosa le è successo?» la accolse lui allarmato.

Antonia, a malapena in grado di balbettare, riuscì a mantenersi in piedi mentre raggiungeva la poltrona del dentista, dove, completamente sfinita, crollò. A quel punto lasciò che le dita della mano destra si aprissero, e i sette denti si sparsero sulla moquette sotto lo sguardo attonito del chirurgo.

«Questi sono per lei» fu l'ultima cosa che gli disse prima di svenire.

Capitolo ventunesimo

Resistere

Casa della zia Menchu
Zafra (provincia di Badajoz)
21 aprile 1917, ore 23.40

Patricio Carvajal sa che sta per morire. Non è un sospetto, un presentimento o una congettura: è una certezza. Ne è convinto e, nonostante questo, qualcosa che ha dentro non gli permette di arrendersi.

Qualcosa che è scritto nel suo dna lo costringe a resistere.

Non per niente tutta la sua vita è stata una continua dimostrazione di resistenza.

Ha resistito alla difficoltà di nascere in seno a una famiglia povera, di crescere dove c'erano più bocche da sfamare che possibilità di riempire la dispensa di qualcosa che non fosse aria. Ha resistito al rigore invernale di Leciñena, nel cuore del deserto di Los Monegros, senza neppure un legnetto da gettare nel focolare. Ha resistito al calore infernale dell'estate lavorando nei campi sotto il sole da quando aveva cinque anni fino a che i suoi genitori non l'hanno impacchettato insieme a Perico, suo fratello minore, per spedirlo al sud, dove si supponeva che gli zii paterni li avrebbero accolti a braccia aperte. Ma era solo una supposizione. Là, a El Carpio, nella provincia di Cordova, i due avevano dovuto resistere ai continui maltrattamenti dello zio Vicente, un uomo amareggiato, distrutto perché non riusciva a mettere incinta la moglie malgrado ci provasse insistentemente. La sua impotenza lo rendeva anche il bersaglio dello scherno di uomini, donne, anziani e bambini. Finché un giorno non esplose, si bevve una bottiglia di vino inacidito e, coltello alla mano, si presentò alla taverna del paese, dove ebbe la sfortuna di incontrare un tizio meno ubriaco di lui e più abile nell'uso delle armi bianche. In particolare con il serramanico che si portava sempre dietro, lo stesso con cui pugnalò Vicente allo stomaco nove volte. A sedici anni, Patricio si ritrovò a dover resistere alle visite che ogni notte sua zia gli faceva per placare l'appetito sessuale rimasto insoddisfatto per la recente vedovanza. Il suo corpo non riusciva a lavorare la terra per dodici ore e poi a soddisfare quella donna insaziabile, dunque, quando si stancò della novità, si mise il fagotto in spalla, salutò Perico con un abbraccio silenzioso e si preparò a resistere quanto fosse stato necessario per costruirsi un futuro lontano dai campi. Dopo molte vicissitudini e svariate calamità dalle quali uscì a suo modo vittorioso, Patricio arrivò a Saragozza, dove cominciò a lavorare come apprendista di un falegname per mezzo salario giornaliero alla settimana, cibo e una branda con il materasso pisciato nella cantina del laboratorio. Resistette lì quasi un anno, finché la dea Fortuna non gli sorrise per la prima volta nella sua vita e volle far sì che in una domenica di riposo incontrasse in mezzo a plaza del Pilar suo fratello maggiore Severino. Il primogenito della famiglia Carvajal era in abiti militari, ma più del suo abbigliamento, quello che colpì davvero Patricio furono le due ragazze che aveva sottobraccio e che gli sorridevano senza chiedere nulla in cambio. Era così poco abituato a una simile bontà gratuita che non esitò ad arruolarsi nella stessa guarnigione di suo fratello. La sua scuola militare risultò essere allineata con gli interessi di Carlos María Isidro de Borbón, del quale non aveva mai sentito parlare prima e dei cui scopi non gli interessava nulla, per quanto legittima potesse essere la sua intenzione di reclamare il trono di Spagna. Per mesi gli toccò resistere al duro addestramento nella comarca del Maestrazgo, finché non lo reclutarono per difendere a colpi di fucile la causa carlista.

E allora sì che imparò il vero significato della parola *resistere*.

Resistere come stile di vita.

Al termine del conflitto, Patricio decise di abbandonare l'uniforme, ma non le armi. E la vita, che anche quando vuole sorriderti si dimostra capricciosa, lo portò nella zona più povera del paese, dove pochi si accaparravano tutto e gli altri si contendevano con il sudore della fronte le poche briciole che rimanevano. Il vantaggio per lui consisteva nel fatto che i benestanti, come sempre accade, volevano rimanere saldi al vertice della piramide e per questo avevano bisogno di gente che si sporcasse le mani al posto loro.

Gente come Patricio Carvajal, abituata a sopportare qualunque cosa.

A resistere.

E tuttavia oggi non c'è molto che possa fare. Anzi, continua a pensare che morirà per mano di quel tenente di Almendralejo che gli sta davvero dando del filo da torcere. E infatti stamattina, quando è entrato nella caserma di Zafra e non ha avuto altra scelta che ammazzare quella guardia civile così testarda, ha capito subito che in un modo o nell'altro l'avrebbe pagata cara.

Anche se non pensava così tanto cara.

Perché di vita ce n'è solo una e lui sta per perderla.

Qualche ora prima che Patricio si trovi sul punto di finire all'altro mondo, nello stesso paesino di Badajoz c'è un altro essere umano che si trova in circostanze simili.

O forse peggiori.

Si tratta di Benito Yáñez, caporale della Guardia Civile iscritto sul libro paga di chiunque possa offrirgli del denaro. Un uomo corrotto, senza scrupoli e con ben poco cervello. Ed è proprio questo, il suo cervello, che sta per finire spappolato sulla parete alle sue spalle. Lo intuiscono tutti i presenti, che vedono nel volto trasfigurato del tenente Gallardo quello di un essere demoniaco, fuori controllo e pericoloso. Molto pericoloso – soprattutto per Yáñez –, a giudicare da quanto trema la canna del revolver che gli ha infilato in bocca. La pensa così anche il sergente Pacheco, che è appena arrivato nel luogo in cui giace il corpo senza vita del caporale Linares e che conosce molto bene il suo superiore.

Nonostante tutto, contro ogni pronostico, il tenente Gallardo tira via l'arma e arretra di un paio di passi senza smettere di mirare contro gli agenti.

«Sergente!» urla tenendo lo sguardo fisso sul volto terrorizzato del Cinghiale.

«Sì, tenente» risponde Pacheco impugnando la pistola.

«Disarmi questi uomini e li conduca subito nella sala degli interrogatori. Se qualcuno oppone resistenza, le do il permesso di sparare per uccidere».

«Agli ordini!»

Darío Pacheco fa un cenno con la testa e quasi all'unisono tutti si slacciano la fondina senza emettere un suono di protesta e la lasciano cadere a terra. Il caporale Yáñez, prima di disarmarsi, si palpa la parte posteriore dei pantaloni per verificare imbarazzato quello che già sa: si è defecato addosso. Mentre il sergente Pacheco li conduce in silenzio su per le scale, Martín Gallardo dedica un'ultima occhiata al caporale Linares, che, con gli occhi ricoperti da quel sottile strato di vernice opaca che tante volte ha visto in altri colleghi morti, sembra volergli dire qualcosa.

«Ma porca di quella puttana» mastica tra i denti a mo' di epitaffio.

L'istinto gli dice che quella perdita deve avere un significato, e che la risposta che cerca deve trovarsi oltre la porta, ora aperta, che lui gli aveva ordinato di sorvegliare. Determinato a scoprirla, lascia che l'odore nauseabondo della putrefazione lo schiaffeggi in pieno volto e si dirige con passo deciso verso il corpo della Vedova, parzialmente scoperto dalla vita in su. Non ha bisogno di esaminare il cadavere per notare che la mandibola è stata forzata in modo da liberare un oggetto di porcellana e oro.

Di pessimo umore, Gallardo si strofina forte le mani per cercare di controllarne il tremore. Odia vedersi così: vulnerabile. Preferisce persino le costanti fitte che sente allo stomaco, perché non debilitano la sua immagine. Lo minano solo all'interno. L'astinenza lo divora a poco a poco, come farebbero i tarli con un vecchio mobile in legno.

«Pensa, cazzo, pensa» ordina a sé stesso.

Deve riuscire a calmarsi prima di fare il prossimo passo che ha in mente, e c'è solo un essere vivente al mondo in grado di trasmettergli la tranquillità di cui ha bisogno. Passando nuovamente accanto a Linares si accovaccia e, come se fosse un bambino indifeso, gli accarezza la guancia con il dorso della mano.

«Ti giuro sui miei morti e sui tuoi che la pagheranno per questo» gli promette. «Che il cielo ti accolga, compagno».

Malgrado senta le gambe molli, sale gli scalini a due a due e raggiunge le stalle. Non appena entra, la sua attenzione viene richiamata da una cosa che non aveva notato prima: un piccolo recinto in cui si contano nove galline ovaiole, un gallo e due oche, immagina destinate alla produzione di uova per il personale della caserma. Fermo di fronte agli uccelli, il tenente ricorda un episodio vissuto a Cuba, quando il suo comandante lo aveva incaricato di interrogare tre rivoltosi *mambises* che erano stati fatti prigionieri quel mattino.

Un sorriso quasi impercettibile si disegna sulle sue labbra, e con quell'espressione sardonica si mette di fronte ad Alarico. Pur dispiaciuto, decide di non accarezzarlo per non trasmettergli il nervosismo delle sue condizioni e si accontenta di appoggiare la fronte sulla sua mandibola. Il cavallo, che riconosce l'odore del padrone, lo saluta con un nitrito più vigoroso.

«Stai meglio, piccolo? Qui le cose si sono complicate, ma ti prometto che risolverò tutto in fretta e presto ce ne andremo da questa topaia».

«Tenente» sente alle sue spalle. Ángel Santamarta, con i capelli appiccicati alla fronte per il sudore, cerca di controllare il respiro affannato.

«Mi dica».

«Il sergente Pacheco mi ha detto che avrei potuto trovarla qui».

«Il sergente Pacheco mi conosce fin troppo bene».

«L'evoluzione della ferita è favorevole. È proprio un bell'animale».

«È vero» conferma Gallardo.

«Sono venuto a portarle questo».

Un flacone.

«Se ne ha bisogno, può prenderne due subito e poi una ogni otto ore. Non di più, per favore, potrebbe...»

Non finisce la frase. Martín Gallardo gli mostra le mani tremanti e il veterinario interpreta subito il gesto tirando fuori due capsule e infilandogliele in bocca. Dopo che le ha ingoiate, Santamarta richiude il tappo del flacone e glielo infila in una tasca della casacca.

«Grazie».

«Ho già somministrato il farmaco al detenuto, e ho istruito le due donne affinché gli diano la dose successiva. In un paio d'ore si dovrebbe notare un certo miglioramento. Se così non fosse, sapete dove trovarmi».

«Grazie ancora».

Santamarta annuisce.

«Bene, se non le serve altro, io...»

Di nuovo quel sorriso invisibile.

«In realtà sì. Un ultimo favore, se vuol essere così gentile».

«È morto un uomo innocente, per l'amor di Dio, Paco!» protesta Teresa.

Ancora scosso dai fatti che gli è toccato vivere alla caserma, Francisco Espinosa percorre la stanza da un lato all'altro stringendo un bicchiere di liquore che non ha neppure assaggiato. Molto più serena, almeno all'apparenza, sua moglie cerca di fargli capire la gravità della situazione.

«Non c'è bisogno che me lo ricordi. C'ero anch'io» si difende lui.

È successo tutto molto in fretta, ma i due hanno registrato al rallentatore le immagini dal momento in cui Yáñez si è lasciato intimidire da alcuni uomini armati e li ha aiutati a entrare nella caserma. Senza pensarci troppo, li hanno seguiti fino al sotterraneo, pur mantenendo un'ampia distanza di sicurezza. Ai piedi delle scale hanno sentito che la guardia che sorvegliava la porta impediva loro l'accesso e subito dopo, quando si preparava ad affrontarli, riceveva due spari a bruciapelo nella zona dell'addome. Paralizzati, l'hanno visto cadere in ginocchio e crollare su un fianco come un albero appena abbattuto. Non appena gli uomini armati sono fuggiti, Francisco ha radunato il coraggio sufficiente per raggiungere la stanza e verificare che l'unico cadavere non coperto era quello della donna che aveva rovinato l'esistenza della sua famiglia. L'esame visivo è durato meno di cinque secondi – quelli che ha impiegato prima di sentire il primo conato – dopodiché, vedendosi costretto ad allontanarsi, ha battuto in ritirata insieme a Teresa, che, per prudenza o per rispetto, o forse per ripugnanza, non aveva voluto entrare.

«Quand'è stato che abbiamo perso la bussola?» domanda ora lei.

Come se nel liquore fluttuassero i ricordi che ha bisogno di aspirare, Francisco chiude gli occhi e annusa il bicchiere.

«Prima stavo pensando al giorno in cui abbiamo acquistato da quella donna le proprietà di Goyito» ricorda.

«Eri fuori di te. Non volevi nemmeno parlarmi».

«Né con te né con nessun altro. Giorni dopo mi bruciava ancora il sorriso con cui quell'essere perfido aveva preso i soldi. Non riuscivo ad accettare che la facesse franca».

«I tuoi fratelli ce l'hanno fatta. Hanno deciso che era la cosa migliore per dimenticarsi di lei. E ha funzionato».

«Sì, per loro sì, ma sai che io sono fatto di un'altra pasta».

«So benissimo di che pasta è fatto mio marito, ma a volte è meglio accettare la sconfitta e combattere altre battaglie. Senza insistere».

Francisco sospira.

«Senza insistere» ripete.

«E senza pensarci più» completa lei.

Lui si bagna le labbra con il cognac e annuisce.

«C'è una cosa che non ti ho raccontato».

«Una cosa? Vorrai dire *un'altra cosa*, perché non mi avevi parlato dell'agenzia investigativa e nemmeno del fatto che sospetti che l'uomo che hai assunto per indagare su Antonia Monterroso sia morto».

«Sì, sì... Lo so. Ma questa è una cosa diversa».

Teresa incrocia le braccia.

«Ti ascolto».

«Prima, quando ce ne stavamo andando, ho visto arrivare in caserma quel tenente di Almendralejo di cui parlano tutti».

«Non ci ho fatto caso. Ero occupata a cancellare dalla mia memoria quella povera guardia che agonizzava come un cane».

«Be', è lo stesso tizio che ha minacciato di ammazzarmi pochi giorni dopo che quell'arpia mi aveva denunciato per tentata violenza. Questo te l'avevo raccontato, ricordi?»

Lei si acciglia.

«Sì, questo sì. E sei sicuro che si tratti dello stesso uomo?»

«Sicurissimo».

«Ci sono molte cose che ci sfuggono, Francisco. Molte» sottolinea. «Per questo ti ripeto che la cosa più sensata per noi è dimenticarci di questa faccenda una buona volta e per sempre».

Con fare cerimonioso, Francisco Espinosa si piazza davanti a sua moglie e solleva il mento prima di affrontare il suo sguardo.

«Domani andrò a parlare con Acevedo e gli dirò che voglio annullare l'accordo che avevo stretto con lui. Che se ne occupi la giustizia o chi per essa».

Lei sospira sollevata.

«È finita» conclude lui.

Assorto nella contemplazione del filo bianco che sale dalla sigaretta, Martín Gallardo si concede qualche secondo prima di chiamare l'ultimo. Ha lasciato il dolce alla fine. Grazie al laudano, i tremori si sono placati e, malgrado continui a provare quella fame allo stomaco, smettere di sentirsi uno straccio gli ha regalato un'ulteriore dose di sicurezza al momento di prendere delle decisioni.

Ognuno dei membri della Guardia Civile di Zafra è passato di fronte a lui e a tutti ha formulato le stesse domande, ottenendo, come si aspettava, identiche risposte. Con parole diverse tutti hanno affermato che, approfittando della confusione generata dalla folla di persone che cercavano di assaltare la caserma, diversi uomini armati sono entrati senza che nessuno li vedesse, e quando sono rimbombati gli spari ormai non c'era più nulla da fare. È evidente che nessuno gli ha raccontato la verità, e anche se quello che il corpo gli chiedeva era piantare una pallottola in testa a ognuno di loro, si è ripromesso di portare a termine il suo piano.

Stando così le cose, il tenente si schiarisce la gola e alza la voce per farsi sentire da Pacheco, che è fuori a sorvegliare gli interrogati.

«Sergente, faccia entrare il caporale Yáñez!»

Il Cinghiale arriva facendo onore al suo soprannome, a testa alta, con le mani sui fianchi e tirando su col naso. Gallardo lo guarda prendendo una boccata dal sigaro.

«Si sieda».

«Grazie».

«Prima di tutto, voglio farle i complimenti. Per esperienza so che non è facile ottenere la lealtà dei sottoposti, e devo dirle che, dopo averli interrogati tutti, nessuno l'ha segnalata come responsabile».

«Perché non lo sono. Né io né nessun altro di questa caserma. Può esserlo solo l'uomo che ha sparato al caporale Linares».

«Già. Do per scontato che, quando sono successi i fatti, lei fosse all'esterno insieme ai suoi colleghi per cercare di contenere la calca, giusto?»

«Giusto».

«E secondo lei come sono entrati?»

Yáñez si stringe nelle spalle.

«Non saprei dirle, ma immagino abbiano approfittato del fatto che eravamo troppo pochi per la folla che...»

«Sì, va bene» lo interrompe. «E per uscire? Come sono usciti senza che nessuno li vedesse?»

«Questo è più facile. Si saranno calati da qualche finestra del secondo piano, non ci sono le inferriate».

«Sono più di quattro metri di altezza».

«Quella gente è capace di questo e di molto altro».

Il tenente Gallardo poggia il sigaro nel posacenere e sorride.

«Il sergente Pacheco ha raccolto le dichiarazioni di alcuni dei presenti e diversi hanno detto che sono usciti sparando in aria dalla porta principale. Porta che non era sorvegliata da nessuno di voi».

«Gentaglia. Direbbero qualsiasi cosa pur di farci fare brutta figura. Ci odiano, ci considerano responsabili di...»

«Ricorda quello che le ho detto nella taverna?» lo interrompe.

Yáñez distoglie lo sguardo nel tentativo di fare mente locale.

«Non si sforzi, glielo ripeto. Le ho detto che se mi avesse giocato un altro tiro le avrei fatto saltare le cervella. Ora ricorda?»

«Ricordo».

«Bene, perché è proprio quello che mi serve».

«Cos'è che le serve?»

«Che lei muoia».

Dall'altro lato della porta che separa la sala degli interrogatori da una stanzetta contigua più piccola, Darío Pacheco, mantenendo un'espressione neutra, blindata, è impegnato a non stabilire alcun contatto con gli uomini che il suo superiore gli ha ordinato di sorvegliare. Anche se non succede spesso, talvolta non si trova d'accordo con il modo di agire del tenente Gallardo. Ma non c'è bisogno che lo sia. Non si sente nemmeno costretto a comprendere i suoi metodi, ma la verità è che non gli ha mai dato motivo per dubitare di lui. Sa quello che fa.

O così vuole credere Pacheco.

Perché stavolta c'è un allarme lampeggiante dentro di lui che gli provoca una certa inquietudine e che ha a che vedere con qualcosa di strano che gli è sembrato di notare nel volto del tenente quando è tornato dalle stalle.

Qualcosa che va oltre la rigida flemma che lo caratterizza.

Qualcosa di sinistro.

Per questo, quando sente lo sparo che proviene dalla sala accanto, stringe con forza i pugni e getta la testa all'indietro maledicendosi per non essere riuscito a evitare l'inevitabile. Intorno a lui, tutti si scambiano sguardi carichi di interrogativi appena risolti, ma nessuno si azzarda a prendere l'iniziativa. Tantomeno lui. Non sa cosa diavolo si debba fare in un caso come questo. Qualche secondo più tardi, il tenente Gallardo si affaccia alla porta e gli fa cenno di entrare.

«Che nessuno muova un muscolo» avverte indicando gli altri con il revolver.

Il sergente non impiega più di due minuti a tornare, con un'espressione molto diversa.

«In piedi» ordina Pacheco indurendo il tono.

Le guardie civili obbediscono quasi simultaneamente.

«Vi informo ufficialmente che il caporale Yáñez ha deciso di mettere fine alla propria vita di sua iniziativa».

Il sergente Pacheco passa in rassegna la stanza affrontando lo sguardo dei pochi che non l'hanno ancora abbassato a terra.

«Quel disgraziato ha confessato al tenente Gallardo di essere al soldo del signor Acevedo e di essere stato lui a far entrare i suoi uomini. Per colpa sua è morto un ottimo collega, il caporale Linares, quindi quel maledetto traditore non merita nemmeno una lacrima da parte nostra».

«Santa Vergine» si azzarda a dire Lobito.

«Silenzio!» lo rimprovera il sergente. «A meno che qualcun altro di voi non sia al servizio di quel criminale e voglia ammetterlo».

Silenzio.

«Bene. Vi voglio tutti schierati nel cortile entro cinque minuti. Il tenente Gallardo deve parlarvi».

Energico, il sergente Pacheco batte le mani diverse volte.

«Veloci, cazzo, muoversi!»

Supervisionare il processo di spremitura delle olive lo rilassa. Già da bambino gli piaceva arrampicarsi sul muro di cinta del vicino e assistere da quella posizione privilegiata all'estrazione dell'oro liquido che tanto ama. Forse è per via del rumore che si produce quando la pietra di granito spezza il nocciolo, o magari per l'aroma che invade l'aria, ma anche solo il semplice fatto di essere lì lo aiuta a liberare la mente da altre faccende che non vanno affatto lisce come l'olio.

È la corpulenta presenza di suo nipote a farlo tornare alla realtà.

«Fuori c'è Patricio» lo informa. «Ha portato una cosa».

Il signor Acevedo inala gli effluvi emanati dal succo delle olive e si concede qualche secondo per godersi il momento.

«Arrivo subito».

Quel subito si trasforma in venti minuti prima che si decida a uscire. Patricio, che ha il volto coperto di polvere, si leva il berretto e si schiarisce la gola.

«Ecco qui, padrone».

Gli porge un fazzoletto dal dubbio utilizzo, e Acevedo non sa se gli provochi più ripugnanza il contenitore o il contenuto.

«Fammela vedere».

Il contenuto, ha deciso.

Acevedo fa cenno ad Aurelio di prenderla in mano. Poi lo afferra per il braccio e si allontanano di qualche metro.

«Vai ad avvisare chi sai tu» gli sussurra all'orecchio.

«Subito, zio. Oh, chiedo scusa».

«Maledizione a te...»

Non appena suo nipote se ne va, Ramón Acevedo si piazza di fronte a Patricio, infila la mano nella tasca dei pantaloni e gli mostra cinque banconote da cento pesetas.

«Tu sai dove si nascondono, vero?»

«Sì, lo so» ammette Patricio al cospetto del suo capo.

«Ti darò il doppio di questi quando porterai a termine l'altra parte».

Patricio prende i soldi e si rimette il berretto.

«Non passerà la notte, padrone, ha la mia parola».

Schierato in fila con lo sguardo dritto davanti a sé, testa alta, petto in fuori, spalle all'indietro e addominali in tensione, l'intero organico della caserma di Zafra – tranne il caporale Yáñez – attende in silenzio l'arrivo del tenente Gallardo. Accanto agli agenti, il sergente Pacheco mantiene un'espressione che renderebbe orgoglioso il duca di Ahumada in persona, fondatore della Guardia Civile.

A quest'ora del pomeriggio il sole scalda ancora con forza i tricorni che coprono la testa di coloro che stanno per scoprire che cosa riserverà loro il futuro a breve termine. Ognuno dei presenti è libero di ipotizzare cosa sta per succedere, ma nessuno si avvicina anche solo lontanamente agli ordini che stanno per ricevere. Martín Gallardo si presenta di fronte a loro con le mani dietro la schiena e li esamina a uno a uno per qualche istante.

«Riposo. Il sergente Pacheco vi ha già informati della situazione. Nessuno voleva né si aspettava che oggi dovessimo rammaricarci di due perdite, ma questo ormai non si può cambiare, quindi prima lo accettiamo, meglio è».

Con la mano appoggiata all'impugnatura della spada, il tenente cammina con estrema lentezza e si ferma di fronte al caporale Aguado.

«Do per scontato che tutti voi sapeste che il caporale Yáñez lavorava per il signor Acevedo, che è senza ombra di dubbio» sottolinea «non il diretto colpevole ma il responsabile dell'assassinio del caporale Linares. Ora la domanda che vi farò è la seguente: qualcuno dei presenti desidera rinunciare agli obblighi che si è assunto il giorno in cui ha indossato questa divisa?» domanda alzando la voce e colpendosi il petto con la mano aperta.

Nessuno risponde.

«Ripeto: qualcuno dei presenti desidera rinunciare agli obblighi che si è assunto il giorno in cui ha indossato questa divisa?»

Mutismo assoluto.

Il tenente Gallardo si avvicina di un paio di metri e poi si rivolge nuovamente al gruppo.

«Bene. Di conseguenza, tutti voi ora siete sotto il mio comando e farete esattamente quello che vi dico io. A partire da questo momento, e fino a nuovo ordine, rimarrete giorno e notte in caserma a sorvegliare i corpi che abbiamo rinvenuto nel pozzo. Domani organizzeremo la ricerca e la cattura degli uomini coinvolti nella morte del caporale Linares. Qualche domanda?»

Nessuno si azzarda a formulare l'interrogativo che tutti hanno in mente: non starà per caso parlando di arrestare il signor Acevedo? Perché, se così fosse, vedrebbero confermato un sospetto che si annidava già nel loro cervello: il tenente Gallardo ha perso completamente il senno e li trascinerà tutti con lui verso il fondo dell'abisso.

Nessuno apre bocca, come Martín Gallardo si aspettava.

«Sergente, lei si incarichi di trasferire il corpo del caporale Yáñez insieme agli altri cadaveri. Dopodiché, qualcuno ripulisca il corridoio dove è caduto il caporale Linares e la sala degli interrogatori dove quel disgraziato si è fatto saltare le cervella».

«Agli ordini!»

«Solo un'ultima cosa: sia ben chiaro che non esiterò a far aumentare il numero dei clienti di san Pietro, che siano in divisa oppure civili!» esclama.

«Bravo! Glielo dica! Più morti, più lavoro!» si sente dire da qualcuno che si trova dall'altra parte della cancellata e che attira immediatamente l'attenzione dei presenti.

Un uomo voluminoso dal volto tumido con indosso un rigoroso completo funebre, un paio di rigorose scarpe nere e una rigorosa valigetta di pelle agita un braccio con rigorosa veemenza.

«Chi diavolo è quello?» domanda Gallardo a Pacheco a voce bassa.

«Temo proprio che sia l'uomo che stavamo aspettando».

«C'è qualche maledetto essere vivente là dentro che mi faccia la cortesia di aprirmi?» grida il nuovo arrivato.

Sdraiato sul letto, Jacinto Padilla non sa da quanto tempo si trovi lì con lo sguardo fisso su quel mare bianco e crepato che fluttua sopra di lui. Il farmaco che gli ha somministrato Ángel Santamarta ha funzionato, ma riprendendo i sensi gli è tornata anche l'angoscia, e di conseguenza l'incertezza. Forse sarebbe stato meglio se l'infezione l'avesse mandato all'altro mondo una buona volta, così si sarebbe risparmiato la sofferenza che lo aspetta. Nei suoi pensieri si mescolano ricordi legati ad Antonia e altri precedenti, quando era un tizio qualsiasi senza altre preoccupazioni che quelle relative a riempirsi lo stomaco e svuotarsi i testicoli. Maledice il giorno in cui l'ha conosciuta, e maledice tutte le decisioni sbagliate che gli hanno precluso qualsiasi possibilità di avere un futuro, ma nel profondo sa che il pentimento non lo porterà da nessuna parte. Tuttavia, la cosa che lo irrita di più è non avere sue notizie. Se la immagina cominciare una nuova vita da qualche parte insieme a un altro uomo, e questo lo manda fuori di testa. Lo fa impazzire, e malgrado tenti di scacciare quelle immagini dalla sua mente, non appena chiude gli occhi la vede abbandonarsi al sesso in mille e uno modi diversi. E la cosa peggiore è che si eccita. Parecchio. Anzi, si masturberebbe anche in questo istante se potesse, ma ha i polsi ammanettati alla testiera, e la sua erezione sta per oltrepassare la frontiera che separa il fastidio dal dolore.

«Bene, bene... Vedo che è bello sveglio! E direi che ha anche cambiato faccia».

Dalla porta, Rosario gli sorride con fare amichevole, ma l'unica cosa che Jacinto vede sono le sue labbra carnose che potrebbero benissimo risolvere il suo problema.

«Sarà morto di fame, vero?»

«Ho sete, fame no».

«Le porto subito un bicchiere d'acqua».

Quando torna, l'immaginazione di Jacinto ormai vola così alta che il sole potrebbe scioglierla.

«Si tiri un po' su» gli chiede lei. «Sa che, anche se è ancora debole, non posso toglierle le manette. Non voglio che il tenente si arrabbi con me».

Rosario si piega per appoggiargli il bicchiere alle labbra e Jacinto ne approfitta per percorrere con lo sguardo la sua soda scollatura. Quando finisce di bere, nei suoi genitali non potrebbe entrare una sola goccia di sangue in più.

«Grazie, non voglio darle altri problemi».

«Io... Ecco, volevo chiederle scusa per la padellata che le ho dato l'altro giorno. Mi sono agitata e...»

«Tranquilla, capisco, non importa. Era mio dovere cercare di scappare, come il suo era non permettermelo».

«Sono felice che lo comprenda».

«Dammi del tu, per favore».

«Va bene. Allora ti lascio, ho delle cose da fare».

«Aspetta, aspetta un attimo!»

Rosario si volta stupita.

«È che ho un problema che con le manette non posso risolvere da solo».

«Un problema?»

«Sì, uno molto grosso, là sotto» indica con un rapido movimento oculare.

Lei nota il promontorio priapesco che si erge sulla linea orizzontale del lenzuolo.

«Ci vorrà meno di un minuto!» la anticipa lui notando la sua espressione di rifiuto. «Ne ho davvero bisogno e tu sei...! Aiutami, per favore!» la implora.

Rosario si ferma, prende fiato e, molto lentamente, si siede sul bordo del letto.

«Io sono cosa?»

«Be', quello. Lo sai...»

«No, non lo so».

«Non sei una puttana?»

«No, non sono una puttana. Lavoravo come puttana, ma ora non più. E le puttane, come dovresti sapere, lavorano in cambio di denaro, non per fare un favore al primo che non riesce a farsi una sega. Però senti, siccome mi fai pena voglio aiutarti».

Un raggio di speranza illumina il volto di Jacinto Padilla.

Rosario tira indietro il lenzuolo per lasciare allo scoperto il problema e dopo qualche istante di riflessione lo risolve come chi scaccia una mosca: dandogli una manata.

«Ma che cazzo fai?!» urla lui dolorante.
«Ti aiuto, tesoro, ti aiuto».

Di nome Joaquín e di cognome Carmona Santaolalla, l'uomo con la valigetta nera è risultato essere lo specialista di morti il cui parere Gallardo era tanto ansioso di conoscere. Arrivato da Siviglia grazie alla mediazione del giudice Díaz, Carmona conta più di vent'anni di esperienza in quella che lui stesso ha definito medicina forense, che grosso modo consiste nel determinare le cause della morte studiando i cadaveri.

Proprio ciò di cui Gallardo ha bisogno per sapere che diavolo deve fare con il detenuto che molti vogliono vedere morto.

A questo scopo, non appena termina di darsi una rinfrescata, il nuovo arrivato insiste per mettersi subito all'opera, dopo che Martín Gallardo gli ha fatto un riassunto per nulla edulcorato della situazione in cui si trovano. Passando accanto alla pozza di sangue che la guardia Ginés García si sta impegnando per far scomparire dal pavimento, il medico fa schioccare la lingua.

«Come le dicevo prima, oggi abbiamo avuto una giornata, diciamo così, piuttosto agitata. Si tratta di un mio collega del comando di Almendralejo che era appena arrivato per darci una mano. Il suo corpo è all'interno».

«Vedo, sì... Spero che non tutti quelli che arrivano qui per aiutarvi facciano la stessa fine».

«Prego, entri» gli cede il passo Gallardo.

«Dio santo!» protesta Carmona tappandosi il naso e la bocca con il risvolto della giacca. «Ma a chi diavolo è venuto in mente di mettere i cadaveri in una stanza non ventilata?»

«Non c'erano molte alternative. Questo è il locale più fresco, e non sapevamo quando sarebbe arrivato».

«Sì, capisco il ragionamento. Non importa. In ogni caso, non ci si abitua mai al fetore della morte, per quanto uno ci conviva».

La frase del medico forense spinge Gallardo a trasferirsi per qualche istante nel luogo in cui in passato gli è toccato condividere lo spazio con la morte, ma subito la voce flautata del dottore lo riporta alla realtà.

«Dalle informazioni che mi ha fornito, so già che avrò lavoro per tutta la notte, quindi non importa da dove comincio, purché possa farlo».

«Allora le chiederei di iniziare da un corpo in particolare».

«Certo, quello della donna che chiamavano la Vedova, giusto?»

«La sua fama è arrivata fino a Siviglia?»

Il dottor Carmona poggia la valigetta a terra e si leva la giacca.

«Fino a Siviglia e oltre. Mi pare che il famoso annuncio con cui cercava marito sia stato pubblicato su decine di periodici in Estremadura, Andalusia, le due Castiglie e persino su qualcuno di Valencia e di Murcia».

«Sì, lo so, ma non ero a conoscenza della sua reale diffusione».

«Piuttosto ampia, direi. Penso a un mio amico di Jaén, anche lui vedovo, che stava considerando di andare all'appuntamento. Non sono pochi i casi in cui il desiderio disperato di sentirci amati ci porta a perdere la ragione».

Stavolta Gallardo evita di soffermarsi sulle parole di Carmona e si dirige verso il tavolo.

«Sia gentile, scopra il corpo».

Il tenente scosta il lenzuolo e cerca nel volto del medico una prima impressione.

«Accidenti! Mi aveva detto che era bruciata, non completamente carbonizzata! Dubito molto che si possa effettuare una necropsia. E per come è messo il cadavere, l'autopsia ci rivelerebbe ben poco, temo».

Martín Gallardo tira fuori un sigaro e se lo infila all'angolo delle labbra.

«Che differenza c'è?»

«Riassumendo, una necropsia è l'esame esaustivo dello stato esteriore del corpo; un'autopsia è lo studio macroscopico delle cavità cranica, toracica e addominale. Ossia, un'occhiata all'interno» spiega mentre porta la valigetta accanto al cadavere, la apre ed estrae un paio di guanti.

«Ho capito».

«Il problema è che essendo stata divorata dalle fiamme non restano fluidi all'interno, e l'autopsia, come le dicevo, sarà poco utile. Tuttavia...»

Bisturi alla mano, il dottor Carmona si avvicina al cranio, dove resta a malapena un sottile strato di tessuto aderente all'osso.

«Appare evidente che sia stata colpita svariate volte con un oggetto smussato, perché non c'è un solo osso della testa che non sia fratturato. E che diavolo le è successo ai denti?»

«Usava una di quelle dentiere posticce, ma qualcuno se l'è portata via».

Il dottore lo guarda titubante.

«Intende dire che l'hanno rubata?»

«È il motivo per cui è morto il caporale Linares. A quanto pare valeva parecchio».

«Be', cominciamo bene. In un corpo carbonizzato come questo, i denti servono per determinare l'età approssimativa della vittima, oltre che per ottenere informazioni su possibili patologie».

«È tutto quello che abbiamo».

«Odio quella frase».

«Capisco, ma è così: è tutto quello che abbiamo».

Nei minuti che seguono, il dottor Carmona esamina in silenzio il resto del corpo prendendo qualche appunto ogni tanto su un quadernetto.

«Tenendo conto che è stato esposto ad alte temperature, cosa che ha provocato una considerevole riduzione delle parti molli e un restringimento generale, direi che questa donna era alta più di un metro e ottanta, e dall'ampiezza dei fianchi mi azzarderei ad assicurare che anche il peso era considerevole. Un donnone» riassume, «come dicono al mio paese».

«Sì, lo era».

«Lei l'ha conosciuta di persona?»

«La descrizione fisica coincide» risponde elusivo.

«Dovrò aprirla per studiare i polmoni e verificare se abbia respirato particelle tossiche o se era già *kaputt* quando è bruciata, come penso sia successo. Dagli altri organi sarà difficile trarre qualche informazione, perché si saranno cotti mentre i fluidi corporei ribollivano».

«Ma porca di quella puttana...» mormora Gallardo.

«Vuole rimanere durante tutta l'autopsia? Glielo domando perché se è così le chiederò di aiutarmi con gli strumenti».

Mentre accende il fiammifero, il tenente si accorge che iniziano a tremargli le mani.

«No, dottore, devo occuparmi di altre faccende».

«Lo immaginavo».

«Ha un posto dove dormire?»

Joaquín Carmona stringe le labbra e infila le mani nella valigetta.

«Non avrò questa fortuna, tenente».

«Allora ci vediamo qui all'alba. Buonanotte».

«Buonissima» puntualizza l'altro con fare sardonico.

In corridoio c'è odore di candeggina e non rimane alcuna traccia del sangue, cosa che gli provoca un certo malessere, come se fosse stato cancellato qualsiasi indizio del passaggio di Linares in questo mondo. Si dirige subito verso la sala degli interrogatori, dove un'altra guardia di cui non ricorda il nome sta finendo di ripulire i resti organici incrostati sulla parete sotto la supervisione di Darío Pacheco. Vedendolo, il sergente gli fa un cenno ed entrambi escono dalla stanza.

«Tutto risolto» lo anticipa il sergente.

Gallardo lo premia con una pacca sulla spalla.

«Bene. Vado da Padilla, ha ancora molto da raccontarmi. La aspetto a mezzanotte per trasferire il prigioniero. Domani trasformeremo questo posto in una fortezza».

«Mi porterò dietro un paio di questi zoticoni, nel caso trovassimo qualche sorpresa per strada. Il dottore ha saputo dirle qualcosa di utile?»

«Per il momento nulla, ma sembra che sappia quello che fa».

«Se mi permette, tenente, cerchi di dormire: ne ha davvero bisogno. Buonanotte».

Gallardo annuisce.

«Buonissima».

Dalla padella sale l'odore dell'aglio a fettine e del peperone verde che soffriggono nell'olio. Rosario controlla che non brucino mentre con l'altro braccio sostiene Lope, il quale gioca con i capelli della madre. In sottofondo la zia Menchu le racconta una storia legata alla ricetta delle molliche fritte che stanno preparando, ma da un po' ormai Rosario si è scollegata dalle sue parole per immergersi in una profonda riflessione derivata dall'umiliante episodio che ha appena vissuto con Jacinto Padilla. Può valutarlo da angolazioni diverse e da decine di punti di vista, ma la conclusione a cui arriva è sempre la stessa: a Zafra non c'è futuro per lei.

«Mi stai ascoltando, bambina?»

«Ma certo, zia» risponde in maniera automatica.

«Su, dammi il piccolo, che lo tengo un po' io, e fai quello che dico una volta tanto, che i *chorizos* non si tagliano da soli».

«Sì, subito».

«Ah, Vergine benedetta... A cosa starai pensando ora? Di nuovo a quello che credi sia il tuo principe azzurro? Guarda che dovresti proprio darti una svegliata. Ah, tu e il tuo maledetto principe azzurro...»

E come se nominarlo due volte avesse provocato un incantesimo d'evocazione, sentono arrivare dalla porta sul retro la sequenza di colpi stabilita. Senza pensarci due volte, Rosario molla il coltello e corre incontro al tenente Gallardo, che non sa bene come reagire quando lei gli apre e gli si getta al collo. Il suo cervello, freddo e calcolatore, gli dice di mostrarsi distante, ma quella sorta di affetto che prova quando è vicino a Rosario lo spinge a comportarsi in modo niente affatto razionale. E così, senza volerlo né poterlo evitare, se la stringe al petto e si addentra con le dita tra i suoi capelli, come se una parte di lui fosse rimasta intrappolata in quella chioma nera e volesse recuperarla. Poi i due si guardano per qualche istante, finché lei non si lancia all'offensiva. Martín Gallardo, arrendendosi di fronte al potere delle emozioni, permette che Rosario conquisti le sue labbra.

«Guarda un po' che furbo il principe azzurro, viene a trovare la sua principessa proprio all'ora di cena» sentono che dice la zia Menchu dalla cucina.

Con il progesterone montato a neve, lei ride nervosa.

«Ora non ho tempo di mangiare» dice lui spezzando l'incantesimo. «Devo parlare con Padilla. È sveglio?»

«Poco fa lo era».

«Bene».

Gallardo si stringe la radice del naso tra le dita.

«Tu non dormi mai?» gli domanda Rosario.

«Sono molti anni che ricorro a scorciatoie per conciliare il sonno. Devo esplorare altre strade».

Leggermente sconcertata, lei solleva le sopracciglia.

«A breve porteremo via di qui quel pezzente, così voi due potrete finalmente respirare più tranquille».

Sul viso di Rosario si riflette una certa delusione.

«Era tanto tempo che non mi sentivo così protetta. E ti dirò di più: in questi giorni ho riflettuto molto sulla mia vita e... ho bisogno di cambiare aria».

«Cambiare aria serve a poco se non cambi abitudini. E se stai cercando un uomo che ti protegga, non contare su di me. Magari potessi, ma non so prendermi cura nemmeno di me stesso».

Senza darle l'opportunità di rispondere, Martín Gallardo chiude il discorso con un bacio all'angolo delle labbra, che per Rosario ha il sapore di un amaro addio.

Per strada, mentre imboccava vie poco frequentate e per niente illuminate, il tenente Gallardo ha preso una capsula di laudano, il cui effetto inizia a notare nel suo organismo. Anche se ora, mentre sale le scale che portano alla stanza dove hanno nascosto il fattore, quello che il corpo gli chiede a gran voce è di inalare il fumo del fiore del sonno e di sentire le palpebre pesanti come due pietre.

Percepire la gravità al di sopra del suo corpo che fluttua in un oceano vuoto.

E inabissarsi sino al fondale.

Sdraiato sul letto con gli occhi piantati sul soffitto, Jacinto Padilla ha una cera migliore rispetto all'ultima volta che l'ha visto, e malgrado Gallardo non si rallegri del suo miglioramento, è soddisfatto di poter continuare l'interrogatorio più accidentato che si sia mai trovato a condurre.

Senza dire una parola, gli toglie le manette. Non senza sforzo, Padilla si tira su, e dopo essersi massaggiato i polsi si stringe nelle spalle.

«Dovevo tentare la sorte».

Il tenente della Guardia Civile riempie un bicchiere d'acqua e glielo offre. Senza fretta, si toglie la casacca, la appende con estrema cura allo schienale di una sedia e prende posto accanto al letto.

«Non gliene faccio una colpa. Ma se ci prova di nuovo la ammazzerò a fucilate io stesso».

Il prigioniero infila una mano sotto il lenzuolo e, senza alcun pudore, si gratta i testicoli.

«A quando pare la fortuna è dalla sua, perché se fosse riuscito a fuggire molto probabilmente sarebbe morto per l'infezione».

«Sa come si dice, l'erba cattiva non muore mai».

«Là fuori ci sono persone decise a dimostrare il contrario. E nel caso dovessero riuscire nel loro intento, è meglio che si sbrighi a raccontarmi il resto della storia».

L'altro sospira, rassegnato.

«Non ricordo dove ero arrivato».

«Io sì. Mi stava parlando del detective che Francisco Espinosa aveva assunto a Barcellona per indagare su Antonia».

«È vero. Ora la farò ridere...»

«Non credo».

«Quell'imbecille che hanno mandato ha finito per innamorarsi di lei come un idiota».

Il tenente si raddrizza immediatamente sulla sedia e, un po' teso, si accende un sigaro.

«Antonia una volta mi ha raccontato, immagino per farmi ingelosire, che quando ancora non sapeva chi fosse quel tizio se l'era scopato per bene su un treno. E quell'evento, poveretto, deve avergli lasciato un segno».

Padilla ride con grande amarezza.

«Tempo dopo è ricomparso per avvertire Antonia che un truffatore si era tenuto un mucchio di soldi che lei gli aveva dato per investire nella ristrutturazione di un hotel. Era già troppo tardi, però. Che le succede?» domanda stupito notando che il nervosismo si è impadronito dei lineamenti di Gallardo.

«Niente. Prosegua».

«Lei ha iniziato a manovrare quel disgraziato come in precedenza aveva fatto con me, con Goyito e come aveva in mente di fare con Domingo Palomo. Però guardi, devo spezzare una lancia a favore di quel coglione... Cazzo, come si chiamava?»

Gallardo abbassa la testa e si morde l'interno delle guance.

«Santiago qualcosa... No! Sebastián qualcosa. Ah, sì, Sebastián Costa, ecco come si chiamava. Comunque, devo ammettere che Antonia era arrivata a provare qualcosa per quell'uomo».

«E questo come lo sa?»

«Per come mi parlava di lui. Diceva che aveva il fuoco dentro e che era un vero gentiluomo, anche se non so se lo dicesse perché ci credeva davvero o solo per farmi morire d'invidia... Ma è sicuro di stare bene?»

«Le ho detto che non ho niente! Sono stanco, ecco tutto».

«Be', se preferisce ne parliamo in un altro momento».

«No, continui. E cos'è successo a questo Sebastián Costa?»

Jacinto Padilla si sfrega il volto prima di rispondere.

«La stessa cosa che è successa agli altri. A quanto pare aveva proposto ad Antonia di vendere tutto e di andarsene con lui. Anzi, quando lei ha pubblicato quel famoso annuncio è persino arrivato a minacciare di ammazzarla se avesse iniziato a frequentare qualcun altro. Che idiota, è impossibile riuscire a intimorire quella donna. Quindi...»

Padilla distoglie lo sguardo e fa un gesto difficile da interpretare.

«Quindi cosa?»

«Quindi due spari e via» completa.

Mostrandosi imperturbato, Gallardo trattiene il respiro.

«Quel disgraziato è finito nello stomaco dei maiali» rivela Padilla, poi scoppia in una risata isterica mentre scuote la testa. «Il povero Marcelino, il mio maiale preferito, ha quasi tirato le cuoia per colpa sua».

Sul punto di esplodere, il tenente Gallardo fuma in modo compulsivo.

«Come fa a essere così certo di cosa è successo?»

Padilla abbassa la testa. Quando la rialza, due dense lacrime gli colano lungo le guance.

«Mi risponda! Come fa a esserne così certo?»

«Be', è semplice!» urla. «L'ho ammazzato io!»

Silenzio.

Jacinto Padilla si concede qualche istante prima di proseguire con il resoconto.

«Antonia mi ha chiesto di farlo, e le confesso che in quel momento ho acconsentito con gioia. Lei gli ha dato appuntamento in casa due giorni prima di Natale, ed eccolo lì, con la sua ridicola bombetta e un mazzo di orchidee nere. Io lo stavo aspettando, quindi non gli ho dato nessuna possibilità: gli ho sparato due volte alle spalle! Poi ho preso la busta con il denaro che aveva in tasca, l'ho squartato e l'ho dato in pasto ai maiali. Non ne è rimasto nulla. Nulla».

Qualche secondo dopo, Padilla si copre il volto con entrambe le mani e scoppia a piangere.

«Ho ancora in testa il suono dei maiali che masticano ossa e tendini, e ingoiano carne su carne! E senza smettere di grugnire e strillare, eccitati».

Martín Gallardo fa per estrarre la daga dall'interno della casacca che ha appeso allo schienale della sedia, ma si trattiene e, furioso, si morde il dorso della mano.

«Ma porca di quella puttana!» grida senza smettere di stringere.

La stessa salsa del pollo che gli scorre lungo l'avambraccio gli impregna anche la barba incolta da giorni. Di fatto si rade solo se è costretto, principalmente quando deve incontrare qualcuno di importante e non vuole fare cattiva impressione.

Non è questo il caso.

La persona seduta di fronte a lui, che ha declinato l'offerta di cenare insieme, è della sua stessa risma. Pochi sanno meglio di Ramón Acevedo di che pasta è fatto qualcuno. E quest'uomo fa al caso suo. Non ne è felice né ha intenzione di dirglielo, ma è un dato di fatto. Per questo, con la stessa parsimonia con cui ha divorato il pasticcio di pollo con le mani, si succhia le dita, beve un lungo sorso di vino e si pulisce le labbra con il tovagliolo di filo orlato a mano che qualche sciocco gli ha regalato al suo matrimonio. Poi apre la scatola dei sigari e dà inizio alla liturgia che precede l'accensione, senza distogliere lo sguardo da quegli occhi lupeschi che lo osservano con estrema pazienza. Dopo aver tirato due boccate di sigaro e aver inondato lo spazio che li circonda con il fumo che ha soffiato fuori, infila la mano nella tasca dei pantaloni e tira fuori quello che un paio d'ore fa gli ha portato Patricio.

«Ogni promessa è debito, e ora ne hai uno con me» spiega il padrone di casa.

Senza muovere un solo muscolo del volto, l'altro allunga il braccio per afferrare l'oggetto e prima di metterlo via controlla con un'occhiata che sia ciò che è venuto a cercare. Senza fretta, fa scivolare una busta contenente dieci banconote da cinquecento pesetas e attende che il signor Acevedo le conti.

«Il pattuito. L'altra metà al termine del lavoro».

«È molto probabile che sia stanotte».

L'altro annuisce.

«Perfetto. Avvisami non appena sarà fatto».

Ramón Acevedo tira una lunga e intensa boccata dal sigaro e inclina la testa all'indietro per espellere il fumo.

«La odiavi tanto da volerla fare fuori in questo modo?» domanda.

«Non puoi neanche immaginarlo» risponde.

Spruzzata in minuscole gocce, la saliva prodotta in eccesso sembra voler scappare dalla bocca di Jacinto Padilla. Trattenendosi a forza, il tenente Gallardo rifiuta di lasciare briglia sciolta alle sue emozioni primarie.

«Come ho potuto lasciarmi trascinare all'inferno da quella donna?! Non ero in me... Non ero in me. Era la maledetta lussuria a non lasciarmi vedere al di là del mio cazzo! Non riuscivo a pensare ad altro che a possederla. Maledetta stronza...!»

Dopo qualche secondo di silenzio, il detenuto si ricompone improvvisamente.

«Ma le giuro su tutti i miei morti che gli altri li ha ammazzati lei. Io dovevo solo disfarmi dei corpi, ma era Antonia ad ammazzarli con la stricnina».

Gallardo prende fiato e cammina senza meta per la stanza.

«Quindi lei era consapevole della sorte che attendeva quegli uomini, giusto?»

«No, no, no. Quello lo decideva lei. Molti se ne sono andati, liberi, e altri sono finiti nel pozzo. E mi creda, non dipendeva da quanti soldi avevano, dipendeva da... solo Antonia lo sa».

Padilla beve un sorso d'acqua.

«La tenuta era diventata un luogo di pellegrinaggio. Non ha idea della quantità di uomini che sono passati da lì durante quei mesi. Secondo me più di cento. E ne ha ammazzati solo sette».

«Solo, eh? Ma porca di quella puttana...» mormora Gallardo.

«Molti arrivavano credendosi lupi, ma di fronte ad Antonia diventavano agnellini. Avrebbe potuto farli fuori tutti, se avesse voluto».

Gallardo si sfrega il volto con entrambe le mani, nervoso.

«E la bambina?»

Sorpreso dalla domanda, Padilla si abbandona all'indietro sul letto e scuote la testa.

«A me quello non l'ha raccontato. Anche se... avrei potuto immaginarlo. Santa Vergine, come la odiava Antonia, quella povera bambina!»

«Come si può arrivare a odiare una bambina?»

«Lo chieda a lei, quando la troverete».

Nulla piacerebbe di più a Martín Gallardo che lanciargli in faccia la verità sulla sorte di Antonia Monterroso, ma sa che non è il momento di giocare quella carta.

«Lo faremo. E mi dica, anche se lei non sapeva cosa fosse successo a Clara, non ha sospettato nulla quando non l'ha più vista in giro per la tenuta?»

Padilla scosse la testa.

«No» risponde categorico. «Dopo l'incidente che ha portato Domingo alla tomba, Antonia ha cominciato a raccontare che, affinché Clara potesse avere un futuro, era riuscita a farla ammettere in un collegio molto rinomato a Santiago de Compostela».

«A Santiago de Compostela, nientemeno».

«Certo. La bambina non aveva altri che Antonia e un mezzo fidanzatino, un tal Jere, che le girava attorno. Quindi né io né nessun altro abbiamo avvertito la sua mancanza. Al ritorno da una fiera dell'allevamento in un paesino vicino a Cordova ho trovato un biglietto in cui Antonia mi raccontava che aveva anticipato il viaggio in Galizia e che si sarebbe fermata lì qualche giorno con la bambina per vedere come si sarebbe adattata».

A disagio, Martín Gallardo accende un altro sigaro e aspira diverse boccate di fila.

«E non le ha mai raccontato come l'ha ammazzata?»

«No, mai. Le ripeto che io l'ho scoperto quando il suo collega l'ha tirata fuori dal pozzo».

Gallardo cerca di leggergli dentro. Gli piacerebbe essere convinto che stia mentendo, ma non trova nessun indizio in questo senso.

«Antonia era così» prosegue il fattore. «Ci ha messo tre o quattro mesi a prendere il controllo della tenuta. Io mi incaricavo della fattoria e di soddisfarla quando voleva lei. Me ne dà uno?»

Il tenente gli offre il sigaro che sta fumando e ne accende subito un altro.

«Grazie».

Padilla tira una boccata e chiude gli occhi per tutto il tempo in cui riesce a trattenere il fumo.

«In quel periodo ha cominciato ad allenarsi parecchio. Diceva che si era lasciata trasportare dalla vita facile e che stava ingrassando. Era impressionante vederla sollevare sacchi, arrampicarsi su una corda, saltare, correre... Era un prodigio, davvero».

«Un prodigio, sì» ripete Gallardo. «Continui».

Dalla finestra penetra il raglio di Pancho.

«Le serviva anche per non pensare al mal di pancia. Quando le veniva diventava molto, molto violenta, soprattutto con me e con la bambina».

«Con Costa no?»

«Quello era sempre in giro, a cercare fin sotto i sassi Sixto Simón, l'uomo che l'aveva truffata a Siviglia con la faccenda dell'hotel, si ricorda?»

«Sì, mi ricordo. E sa se l'ha trovato?»

«Che io sappia no. La cosa positiva era che mentre lui si dedicava corpo e anima alla ricerca di Sixto Simón, io mi dedicavo al corpo di Antonia».

Il gioco di parole non provoca nessuna reazione da parte del tenente Gallardo.

Quello che invece suscita la reazione di entrambi – inaspettato quanto sgradevole – è udire le urla disperate della zia Menchu.

«Ci sono due uomini sul retro!»

Ma si sbaglia.

Non sono due, sono tre.

Per la precisione si tratta di Marcial, dello Strappamutande e di Tino, ma non è da lì che sta per arrivare il vero pericolo.

Capitolo ventiduesimo

Un poco devi soffrire

Tenuta Monterroso
Territorio comunale di El Raposo (Badajoz)
Un anno prima

Alla fine della primavera del 1916, la vecchia Europa si stava dissanguando dalle ferite aperte rappresentate dalle trincee che milioni di soldati di entrambi gli schieramenti scavavano nella sua pelle conciata. Giunti quasi all'apice del conflitto, ogni giorno continuavano a morire migliaia di uomini in divisa, e anche senza divisa. E donne. E bambini. I demoni Fame e Malattia si erano risvegliati dal letargo per accompagnare nei loro oscuri territori le anime di coloro i quali non sapevano nemmeno per quale motivo i leader politici li avessero trascinati in guerra. La contesa corroderà le fondamenta sulle quali si sosteneva un modello politico, economico e sociale inveterato quanto caduco, che finirà per crollare alla fine della Seconda guerra mondiale.

La Spagna, tuttavia, viveva il conflitto con la distanza conferitale dalla sua neutralità, immersa nell'andirivieni politico tra chi si dichiarava germanofilo e chi appoggiava la causa degli Alleati. Le elezioni celebrate ad aprile avevano assegnato la vittoria alla coalizione dei due partiti liberali guidati dal conte di Romanones, in uno scenario di suffragio maschile in cui più della metà della popolazione era analfabeta, gli operai lavoravano in media sessantacinque ore alla settimana e le donne partorivano con materna resistenza una media di cinque figli a testa. Nonostante questo, l'elevata mortalità infantile faceva sì che l'aspettativa di vita non superasse i quarant'anni, età che Antonia Monterroso stava per raggiungere.

Antonia non era molto incline alle celebrazioni, tanto più considerando che la sua situazione economica – dopo aver pagato in contanti la dentiera – non era esaltante come le sarebbe piaciuto. In più, dopo la seconda vedovanza le sue relazioni sociali si erano ridotte ai minimi termini, e dover passare tante ore da sola in casa le aveva inacidito il carattere, che si era guastato come era successo a sua madre nell'ultima fase della sua esistenza. Doveva dare una svolta radicale alla sua vita quotidiana. Aveva riflettuto così a lungo sulla questione che quella mattina, durante la sua sessione di esercizi, le era venuta un'idea che, per quanto assurda, doveva essere per forza infallibile. Giorni prima, sfogliando la sezione degli annunci a pagamento su un quotidiano che aveva trovato sul bancone di una merceria di Badajoz, ne aveva notato uno in cui si ricercava una coppia giovane per lavorare in un allevamento di bestiame. E lei invece di cosa aveva bisogno? Di un marito ricco, fu la prima risposta che le venne in mente, ma questo alla fine avrebbe implicato dover vendere i suoi beni, che, per quanto fossero pochi, si era guadagnata con grande sforzo, e le sarebbe dispiaciuto disfarsi della tenuta che portava il suo cognome, malgrado fosse falso. No. Pertanto mise da parte quell'idea, ma non del tutto, perché mentre trasportava sacchi di mangime da un punto all'altro del magazzino improvvisamente capì: non le serviva un marito ricco, bensì tanti pretendenti facoltosi. Ma non allo scopo di aumentare il suo patrimonio; solo per dimostrare a sé stessa di essere in grado di farsi valere in un mondo gestito dagli uomini. Un mondo in cui nemmeno le donne più fortunate aspiravano a uscire da quel noioso e umiliante secondo piano in cui erano state relegate solo per via del loro genere.

Provare non costava nulla, così, l'ultimo venerdì del mese di giugno, si abbigliò per l'occasione, salì su un treno per Badajoz e si diresse alla sede del «Nuevo Diario». Là, di fronte all'impiegata responsabile degli annunci, Antonia compose il suo miglior sorriso affinché l'oro e la porcellana fossero il suo biglietto da visita. Al riparo dietro il vetro, la donna non riuscì a nascondere la sua prima reazione, anche se poi chinò subito la testa e afferrò la matita per prendere nota.

«Una peseta ogni tre parole, massimo quaranta» recitò in modo meccanico. «Mi dica».

«Buongiorno. Questa parola gliela regalo io, ma non la scriva» rispose Antonia con un sarcasmo che venne accolto senza obiezioni.

«Buongiorno».

«Scriva: 'Vedova ricca, attraente, giovane, proprietaria di una tenuta di grandi dimensioni, desidera entrare in contatto con gentiluomo benestante dai gusti colti. Obiettivo: matrimonio'. C'è qualcosa che non va?» domandò notando che la donna aveva smesso di prendere appunti.

«No, niente, niente» rispose l'altra, turbata.

«Allora faccia il suo lavoro. 'Se interessati rivolgersi alla tenuta Monterroso, El Raposo, Badajoz, con prove che attestino il patrimonio'».

La donna arricciò le labbra, inspirò e la guardò con notevole commiserazione.

«Mi perdoni, ma devo andare a chiamare il mio supervisore perché mi dia il via libera».

Antonia calcolò che l'uomo in questione avesse intorno ai sessant'anni, ma nonostante tutto conservava un fisico snello, da cavaliere errante, e indossava un abito marrone scuro e scarpe in tinta ben lucidate. Dopo averla invitata con grande solennità a entrare nel suo ufficio, si sedette dietro una scrivania e le fece un cenno affettato perché prendesse posto. Si presentò come José Martínez, caporedattore della sezione locale ed editoriale.

«Ecco, signora Monterroso, non è che io voglia immischiarmi in cose che non mi riguardano, ma la verità è che l'annuncio che ci ha richiesto è fuori dal comune».

Senza perdere il sorriso, Antonia accavallò le gambe e appoggiò le mani sulle ginocchia.

«Ah, allora mi tranquillizza. Pensavo di avere molta concorrenza».

L'uomo fece schioccare la lingua.

«Mi permetta di parlarle con franchezza, signor Martínez. Sono una donna adulta, abituata a farsi valere da sola, ma oltre a questo sono perfettamente in grado di prendere decisioni senza attendere l'approvazione degli uomini che mi circondano».

«Non lo metto in dubbio, ma visto che stiamo parlando con totale franchezza, le dirò che quello che ci sta chiedendo potrebbe danneggiare l'immagine di questo quotidiano».

«Al massimo la mia, non crede?»

«Anche, ma non so se lei è consapevole del fatto che il taglio editoriale del nostro giornale non è molto liberale».

«Allora finiamola qua. Prima di andarmene, lasci che le faccia una domanda: ha qualche obiezione di tipo personale, o la sua reticenza è dovuta esclusivamente al fatto che teme che i suoi superiori la rimproverino?»

Martínez adottò una posa riflessiva e sostenne il suo sguardo.

«No. Non ho nessuna motivazione personale. E ha ragione quando dice di essere libera di prendere tutte le decisioni che preferisce. Detto questo: è del tutto consapevole delle conseguenze che potrebbe avere la pubblicazione di questo annuncio?»

«Certo. Me ne farò carico, ma se in questo modo riuscirò a trovare l'uomo della mia vita ne sarà valsa la pena».

«Lei è una donna molto coraggiosa».

«In questi tempi in cui ci tocca vivere non mi resta altra scelta, signor Martínez».

Nei minuti successivi, Antonia si dedicò a trasformare ogni domanda in un'occasione per fargli capire che era signora e padrona delle proprie decisioni e che non c'era nulla di male nel suo tentativo.

«Molto bene, pubblicherò il suo annuncio» tentennò l'uomo alla fine. «Le faccio solo un'ultima domanda».

«Prego».

«Cosa intende esattamente con 'prove che attestino il patrimonio'?»

Il colloquio a tu per tu con José Martínez si prolungò per quasi un'ora, e anche se finì per trovarlo un uomo interessante, non era il luogo adatto in cui tessere la sua ragnatela né il tipo di insetto che stava cercando.

Quello stesso giorno, nel pomeriggio, fece la stessa cosa nella redazione di «La Región Extremeña», dove non incontrò grandi obiezioni, e il giorno successivo andò fino a Cáceres per recarsi nella sede di «El Bloque», dove, essendo un giornale di recente creazione e di taglio liberale, non solo non le fecero alcuna storia, ma ricevette anche un plauso dalla donna che si occupò di lei.

Al suo ritorno a El Raposo, Antonia decise di affrontare l'altra faccenda che le toglieva il sonno: Clara. Dopo aver trovato suo padre morto, la bambina ci aveva messo settimane a pronunciare una sola parola e ancora di più a guardare Antonia negli occhi. Evitava qualsiasi contatto con lei, come avrebbe fatto con una testa piena di pidocchi. Tuttavia, da un po' di tempo non era strano vederla sorridere grazie al fatto che aveva conosciuto un compagno di scuola che, con grande sorpresa di tutti, aveva notato proprio quella ragazzina che sembrava non avere più un cuore sotto la corazza impenetrabile che si era costruita. Jere – così si chiamava – viveva a Medina de las Torres, e non c'era fine settimana in cui non percorresse gli oltre dieci chilometri che lo separavano dalla tenuta Monterroso per incontrare Clara. Passeggiavano per ore, condividendo sogni impossibili, come quello di andarsene lontano da lì. Volevano raggiungere una grande città dove trovare le opportunità che quella terra sterile negava loro. Nella sua testa, Jere si sarebbe guadagnato da vivere facendo il carpentiere, come suo nonno, non lavorando la terra d'altri come quasi tutti gli adulti che conosceva. Clara, da parte sua, desiderava soltanto allontanarsi dalla donna che aveva influenzato la sua esistenza dal giorno in cui vi aveva fatto irruzione ipnotizzando suo padre. La temeva e la odiava in parti uguali e non c'era sera in cui non pregasse il Bambin Gesù di rimandarla in quell'inferno da cui non sarebbe mai dovuta uscire.

La cosa paradossale era che Antonia aveva gli stessi piani, ma all'inverso.

I fiori delle querce da sughero decoravano le chiome degli alberi che fiancheggiavano il sentiero, dando un tocco di colore a un paesaggio in cui predominavano l'ocra, il marrone e il bruno. Dal cancello d'entrata della fattoria, Antonia aguzzò la vista per accertarsi che la sagoma che avanzava trascinando i piedi, a testa bassa e con le spalle curve fosse proprio Clara. Dopo essersi sforzata di comporre il migliore dei suoi sorrisi, le andò incontro per abbracciarla.

«Ah, quanto mi sei mancata, piccola!» esclamò.

Clara, poco avvezza alla cordialità, e tantomeno all'affetto, la guardò come se non capisse la lingua in cui le stava parlando.

«Dammi qua» disse togliendole la cartella, «facciamo una passeggiata, che devo raccontarti alcune cose».

«Una passeggiata, ora?»

«Certo, perché no?»

«Sono un po' stanca, a dire il vero».

«Ci mettiamo pochissimo, te lo prometto» insisté Antonia prendendola per mano. «Seguiamo il sentiero che circonda il muro, vieni!»

«Va bene» cedette Clara.

«Oggi, mentre tornavo in treno, mi sono addormentata mentre sferragliava e ho fatto un incubo terribile. Ho sognato che avevi un incidente e che... ecco, rimanevo sola. Quando mi sono svegliata ero inzuppata di sudore e tremavo. Tremavo moltissimo».

«Ah...»

«Ho passato un brutto quarto d'ora. Ascolta: lo so che io e te non siamo partite con il piede giusto, ma la disgrazia ci ha unite e... Come posso spiegarti».

Antonia fece un sospiro prolungato prima di continuare.

«Io da bambina ho avuto un'infanzia molto dura, e vederti sprecare tutte le opportunità che hai mi fa ribollire il sangue. Non posso permetterlo, e ne avevo parlato diverse volte con tuo padre, ma lui non voleva ascoltarmi. Aveva la testa dura, ma quanto mi manca».

«Anche a me manca tanto».

«Ma certo, però sai che ci accompagnerà sempre qui dentro» le assicurò Antonia premendosi la camicetta all'altezza del petto.

«Però non è giusto che non ci sia più» ribatté Clara con la voce rotta.

«È vero, la vita a volte è crudele con chi non se lo merita; ma a noi non resta altra scelta che andare avanti, capisci? Tu hai tutta la vita da vivere e sei una bambina piena di possibilità. Per questo, e per la memoria di tuo padre, ho mosso mari e monti per trovarti un posto in un collegio dove preparano altre ragazze speciali come te per farle andare all'università».

Clara si fermò e cercò di liberarsi dalla mano di Antonia.

«Un collegio?! Dove?»

«A Santiago de Compostela. È un po' lontano, lo so, ma è ottimo. Ed è anche caro, ma ho deciso di spendere il poco denaro che ci ha lasciato tuo padre per la tua istruzione. Un giorno mi ringrazierai».

«Ma... quando?»

«Non appena inizieranno le lezioni del nuovo anno scolastico, a settembre. Ne ho già parlato con la tua insegnante ed è d'accordo. Hai tutto il tempo di salutare i tuoi amici e quel ragazzino che viene sempre a trovarti... Com'è che si chiama?»

Clara aveva le lacrime agli occhi.

«Jere» rispose con un filo di voce.

«Esatto, Jere. Non devi preoccuparti per lui. Si troverà un'altra ragazza. Gli uomini sono così, non aspettano nessuno. Anche tu ne troverai un altro, vedrai. Uno molto migliore di quello lì che non ha un soldo bucato».

«Sì, ma io...»

«Tu niente» la interruppe. «Dai retta a me, che so molto bene come funzionano le cose in questo sporco mondo. Se hai voglia di piangere è il momento giusto, così comincerai a renderti conto che le lacrime non risolvono i problemi di nessuno».

In un silenzio interrotto solo dai singhiozzi che Clara non riusciva a reprimere, raggiunsero il retro della fattoria, dove il muro di cinta era un po' più basso.

«Pensi che riusciresti a scavalcarlo?» la sfidò Antonia.

Clara si asciugò le guance e aggrottò la fronte.

«Perché dovrei scavalcarlo?»

«Per vedere se ci riesci. Io sono certa di farcela. Forza, bimba, provaci!»

«Non so...»

«Se ci riesci, stasera ti faccio lo stufato di cervo che piaceva tanto a te e a tuo padre».

Non tanto per l'offerta culinaria quanto per orgoglio, Clara strinse i denti e con un salto si aggrappò con entrambe le mani ai mattoni che coronavano il muro, poi dovette solo aiutarsi con i piedi e fare forza con le braccia per arrampicarsi fino in cima.

«Bravissima, Clara!» le gridò Antonia entusiasta. «Vedi che ci sei riuscita? Ora tocca a me».

Stessa tecnica, identico risultato.

«Aspetta, salto giù dall'altro lato e ti aiuto a scendere».

«Ce la faccio da sola».

Senza la minima precauzione, Clara toccò terra con entrambi i piedi e, adottando una posa aristocratica, si spazzolò la gonna senza smettere di guardare verso Antonia.

«Ben fatto, piccola».

Mentre tornavano, Antonia fece una piccola deviazione per arrivare alla meta che si era prefissata.

«Guarda là!» indicò. «Andiamoci un attimo, così ti racconto una cosa che ti aiuterà a capire meglio la vita».

Imbaldanzita dal successo della sua impresa, Clara la accompagnò senza farsi domande. Per non essere da meno rispetto alla sua matrigna, si sedette di spalle sull'imboccatura del pozzo, con una piccola grande differenza: lei non toccava con i piedi per terra. Antonia le accarezzò i capelli e si inclinò all'indietro per guardare verso il basso.

«Non si vede il fondo. È la stessa cosa che succede a te in questo momento. Da dove sei ora vedi tutto buio perché nel tuo sguardo non c'è la luce necessaria per vedere le cose come sono. Per questo ti sembra che il tuo futuro sia tutto nero. Guarda, affacciati».

La bambina si grattò il naso come se avesse sentito un odore che non riusciva a identificare.

«Su, sciocchina, non avere paura» la incoraggiò. «Il futuro bisogna guardarlo in faccia per affrontarlo. Affacciati».

Quando Clara si contorse per riuscire ad appoggiare una mano sul bordo e inclinarsi a guardare dentro il pozzo, Antonia accorciò la distanza che le separava.

«Non si vede un tubo» disse Clara.

La calce cedette per il peso, facendo sì che la pietra su cui era appoggiata si staccasse e Clara si sbilanciasse verso l'enorme bocca aperta che si apriva davanti ai suoi occhi. Senza niente a cui aggrapparsi, la bambina si limitò a strillare di fronte all'inevitabile. Quando aveva ormai metà corpo dentro il buco, Antonia riuscì a evitare che la forza di gravità avesse la meglio afferrando Clara per la vita e tirandola su con forza.

«Devi fidarti di me» le sussurrò all'orecchio senza smettere di abbracciarla. «Andrà tutto bene».

Con quell'ultima frase Antonia non azzeccò il futuro della sua situazione economica. La sua unica fonte di reddito era l'allevamento dei maiali, e dopo l'incremento del prezzo del mais e dei cereali disponeva a malapena del capitale sufficiente per nutrirli. A questa situazione bisognava aggiungere la scarsità della produzione di ghiande e sughero causata dalla comparsa sulle querce di un fungo che si diffuse in tutte le coltivazioni dell'Estremadura esattamente come l'influenza faceva tra gli esseri umani:

in modo lento ma costante. In circostanze tanto avverse, l'attività non rendeva abbastanza per pagare i braccianti, e questo fece sì che sulle spalle di Jacinto Padilla ricadesse molto più lavoro di quello che poteva umanamente assumersi. Tanto che il suo impegno come amante diminuì, fino a ridursi a brevi incontri settimanali durante i quali Antonia si limitava a spremerlo come un qualsiasi maschio da monta del suo porcile.

In quei giorni di luglio, come se non bastasse, il caldo non diminuiva durante la notte, e dormire diventava un'epopea di dimensioni bibliche che presentava il conto la mattina dopo. Un sabato, spinta dalla stanchezza e dalla noia che governavano la sua vita quotidiana, Antonia decise di andare al mercato di Zafra in cerca di qualche capriccio che potesse tirarle su il morale. Si preparava a spronare i cavalli del calesse quando vide che se ne avvicinava uno molto più raffinato del suo. Lo guidava un uomo dai lineamenti spigolosi, sulla cinquantina abbondante, con abiti eleganti e scarpe costose. Il nuovo arrivato si levò il cappello e fece un leggero inchino.

«Buongiorno, signora. Sto cercando la tenuta Monterroso».

«Buongiorno, gentiluomo» rispose lei. «È questa».

Il tizio allungò il braccio per prendere una copia del «Nuevo Diario» aperto sulla pagina degli annunci a pagamento.

«Mi chiamo Abel Calderón e sono venuto da Villanueva de los Caballeros per questo» indicò.

Fu la prima di molte visite che Antonia avrebbe ricevuto nei mesi successivi, e fu senza dubbio quella che le indicò il metodo che doveva seguire. Il primo passo consisteva nell'invitarli a entrare in casa, le cui condizioni concordavano con la descrizione iniziale del patrimonio che possedeva.

«La vita non mi ha trattata bene sul lato personale, mi ha tolto prima del tempo i miei due mariti, ma in cambio mi ha compensata con beni materiali che amministro da sola. Oltre a questo allevamento, ho diverse attività sparse per la provincia, oltre a un hotel nientemeno che nel quartiere di Triana».

Dopo essersi assicurata che il pretendente fosse rimasto colpito – già solo il suo modo di esprimersi e il suo accento irriconoscibile giocavano a suo favore – gli spiegava le ragioni che l'avevano portata a pubblicare l'annuncio. Motivazioni edulcorate con il proposito di lubrificare i pensieri del visitatore.

«Io non sono nata per stare da sola, e non mi serve a niente tutta la ricchezza del mondo se non ho nessuno con cui condividerla. Come donna ho molto da offrire, e questo, mio caro signore, non si ottiene con il denaro».

A quel punto misurava la reazione del candidato. Le interessava soprattutto lo sguardo, nel quale in genere si rispecchiavano i pensieri di chi aveva di fronte in quel momento.

«Tuttavia, non cerco uno qualsiasi, nel senso stretto della parola. Non ho bisogno di qualcuno che sia interessato esclusivamente ai miei soldi. Ecco spiegata la stravaganza di chiedere che la persona dimostri di avere una buona situazione economica».

A quel punto toccava ascoltare, e di solito gli uomini tendevano a dilungarsi esponendo i loro possedimenti patrimoniali, che in alcuni casi non erano poi così interessanti, ma in altri sì. Faceva lo stesso. La sua intenzione non era quella di impossessarsi di un grande impero, ma di una moltitudine di piccoli regni.

Il passo successivo consisteva nel calcare sull'aspetto erotico, che Antonia gestiva con grande disinvoltura e naturalezza. Dapprima si scusava per recarsi al bagno, e poi, dando la colpa alla temperatura, tornava in abiti leggeri, allusivi ma senza oltrepassare il limite, scoperta e provocante ma dignitosa.

«Posso darle del tu?» cominciava. «Prima di continuare la nostra chiacchierata mi piacerebbe essere sincera con te. Non è facile da spiegare, ma qualcosa mi dice che possiamo entrare in confidenza. Ecco, Abel, io...»

Arrossendo, Antonia abbassava la testa o giocherellava con i capelli.

«Continua, prego».

«Io non mi considero una donna normale».

«In che senso, se posso chiedere?»

A quel punto infrangeva la barriera invisibile della distanza per entrare in contatto fisico con il pretendente. Con Abel si limitò ad avvicinare la sedia e a sussurrargli all'orecchio.

«A letto. Non mi comporto come le altre donne. Io mi lascio guidare dall'istinto e mi abbandono completamente. Completamente» sottolineò.

La risposta, immediata o trattenuta, in genere era molto simile, con poche varianti. C'era chi si lanciava subito all'attacco con le mani, chi cercava con la bocca le labbra lussuriose che aveva di fronte e persino chi deglutiva e cominciava a spogliarsi. Con tutti, la risposta della padrona di casa era sempre la stessa: il rifiuto.

Abel, seppur timoroso, fu uno di quelli che tentarono di verificare il turgore della carne che sbucava dalla scollatura.

«No, no, no. Non mi sono spiegata bene, Abel. Questo lo avrai se arriverai alla fine del percorso».

«Quale percorso?»

«Quello che culmina all'altare di una chiesa. Ma prima devi dimostrarmi, e non a parole, che hai davvero abbastanza denaro da non ambire a impadronirti del mio».

«E come faccio?»

«In due modi: usando la fantasia e con assoluta discrezione. Capirai che non voglio che le malelingue si mettano a infangare la mia reputazione, giusto? Per questo ti chiedo di non parlare con nessuno di noi. Neppure di questo primo incontro. Ho la tua parola di cavaliere?»

Malgrado i problemi di irrigazione sanguigna, Abel non ci pensò due volte.

«Certo, ti do la mia parola».

«Ottimo. Allora ti resta solo da pensare come sorprendermi la prossima volta che verrai a trovarmi. La mia ricompensa sarà proporzionata al tuo omaggio».

Quell'ultima frase, devastante, ebbe l'effetto che sperava, e spesso avrebbe costituito l'epilogo del primo incontro con i candidati.

Abel Calderón tornò il sabato successivo con una collana di perle che gli era costata 1380 pesetas e grazie alla quale ottenne una fellatio molto rassicurante. La prova seguente del suo potere economico consisté in un braccialetto d'oro con rubini e smeraldi incastonati con cui, stavolta sì, Antonia ritenne si fosse guadagnato la chiave per aprirle le gambe; certo, solo per i pochi minuti che lei impiegò per fargli raggiungere l'estasi. Nel frattempo, aveva altri tre pretendenti con i quali procedeva a diverse velocità e con svariate ricompense. Il più degno di nota era un uomo di Cáceres di nome Herminio Montiel, proprietario di una prospera segheria, che alla prima visita si presentò con un girocollo d'oro, regalo che gli diede diritto a bagnarsi l'interno delle mutande quando Antonia gli consentì di sfiorarle il seno.

Tutto procedeva come previsto finché una sera alla fine di agosto Antonia non si accorse che Clara non era scesa all'ora di cena, insubordinazione per nulla abituale, soprattutto da quando le aveva parlato del collegio e, a quanto pareva, aveva smesso di vedere Jere. Non vi diede troppa importanza, perché la bambina passava ore chiusa in camera sua e ne usciva di rado, giusto per andare in bagno e mangiare ogni tanto. Mancavano meno di due settimane al loro viaggio in Galizia, tragitto durante il quale Antonia aveva in programma di rafforzare le fondamenta di una relazione che intendeva approfondire con il tempo. Senza dubbio era la cosa migliore per entrambe. Da un lato, la bambina avrebbe avuto accesso a un'istruzione privilegiata, mediante la quale le si sarebbero aperte le porte di un futuro diverso da quello che attendeva le altre donne. Dall'altro, forniva ad Antonia l'intimità necessaria in casa per poter portare a termine il suo piano. Antonia era convinta che Clara le sarebbe stata grata non appena avesse compreso le sue intenzioni e capito che una guerra non si vince senza armi, e che in quella per cui la stava preparando la conoscenza rappresentava l'artiglieria pesante.

Se Jacinto fosse stato alla fattoria l'avrebbe mandato a cercarla, ma era andato a una fiera del bestiame, quindi, dopo aver controllato nella sua stanza e non averla trovata, non ebbe altra scelta che mettersi lei stessa a girare per tutta la tenuta prima che facesse buio. Dopo due ore senza riscontri, le venne in mente di tornare nella camera della bambina per verificare se avesse indossato delle scarpe comode, cosa che l'avrebbe portata a pensare che avesse deciso di fare una passeggiata serale. Rimase delusa quando trovò le scarpe al loro posto; gettando un'ultima occhiata intorno, il suo sguardo si soffermò su un quaderno solitario poggiato sopra la scrivania. Come un insetto attirato dalla luce di una lampadina, Antonia si avvicinò e, dopo averlo sfogliato, capì che si trattava di un diario. Gli ultimi paragrafi corrispondevano proprio a quel giorno, il 28 agosto 1916.

> Oggi è il compleanno di Jere. Fa sedici anni. Sono quattordici giorni che se n'è andato dal paese e non l'ho più visto. Da quel momento il mio cuore si è spento sempre di più finché stamattina non ha smesso di battermi nel petto. Me ne sono accorta appena sveglia. È morto. Continua a pompare il sangue, ma non batte più. È normale. Non posso biasimarlo.
> Tra pochi giorni dovrò andarmene da qui e mi sembra strano accorgermi che più si avvicina il momento di lasciarmi alle spalle questa terra, più sono triste. Oggi non so nemmeno se sono triste o se sono morta anch'io come il mio cuore. Può essere. Pensare che non rivedrò mai più Jere mi uccide. Sono morta come quegli alberi che rimangono in piedi anche se ormai dentro sono secchi da tempo. Sì. Sono un albero secco. È normale.

Da quando hanno strappato le mie radici dall'unica persona che mi dava dell'acqua sono morta a poco a poco senza rendermene conto.
E adesso che faccio?
Non voglio essere un albero secco e vedere la vita che mi passa davanti agli occhi tristi e vuoti. Antonia ha ragione: non c'è luce nel mio sguardo. Appartengo all'oscurità ed è là che devo stare. È là sotto che devo andare. Nel punto più profondo. Là sotto smetterò di seccarmi dall'interno. Là sotto non c'è altro che buio e silenzio. Là sotto troverò la pace di cui ho bisogno.
Perciò ci separiamo qui, caro diario. Grazie per avermi accompagnata in questi due anni.
Addio.

Un brivido le percorse la schiena fino a esploderle nella nuca. Le tremavano le mani mentre rileggeva lo scritto, da quel «Antonia ha ragione: non c'è luce nel mio sguardo» che le aveva detto al pozzo, e collegò subito quest'ultimo alla frase «È là sotto che devo andare» e all'«Addio» finale.

«No, no, no, no» cominciò a ripetere incessantemente.

Quando arrivò si affacciò con la futile speranza che il suo istinto le avesse giocato un brutto scherzo e che quel sospetto che le toglieva il fiato si sarebbe risolto con un mero spavento, ma non riusciva a vedere al di là di pochi metri di profondità. Trovò subito la soluzione depositandolo la lanterna dentro il secchio e calandolo con estrema lentezza, come se inconsciamente non volesse arrivare al fondo. La luce bagnava i blocchi di pietra irregolari, e a mano a mano che la lanterna si inoltrava in quella gola scura, Antonia notò che le cedevano le braccia. La prima cosa che richiamò la sua attenzione fu una macchia bianca dai contorni indistinti che si stagliava sotto il secchio. Bianca immacolata, come il vestito che tanto piaceva a Clara. Le prime lacrime comparvero nel preciso istante in cui la corda raggiunse la massima estensione e Antonia sforzò la vista per distinguere degli arti spezzati che spuntavano da un corpo adolescente nel quale non restava un briciolo di vita. Gridare il nome della bambina, per quanto inutile nel suo tentativo di risvegliarla, le servì per espellere l'angoscia che provava, e quello spazio rimasto vuoto nel suo cuore si colmò di rabbia. Un odio puro e rinnovato nei confronti degli uomini, nuovamente colpevoli di aver distrutto il futuro di una bambina che, per quanto strano potesse sembrare, aveva considerato un po' sua, come se fosse nata da dentro di lei.

Nuovamente colpevoli.

Abbattuta, si lasciò cadere in ginocchio e affondò le dita in quella terra sterile per afferrarne un pugno e gettarlo dentro.

E poi un altro.

E un altro ancora.

E ancora.

E con ogni pugno di terra, una promessa.

Una vendetta.

«Antonia?»

Udendo il suo nome si rialzò spaventata e raggiunse il punto da cui proveniva la voce. Con la lanterna ancora dentro il pozzo, mentre le sue pupille cominciavano ad abituarsi all'oscurità, pur strizzando gli occhi Antonia non riusciva a vedere oltre la terra sotto ai suoi piedi.

«Stai bene?»

Il suo cervello fabbricò un volto partendo dal registro delle voci che conservava immagazzinate nella sua memoria.

Un volto amico.

«Sei proprio tu?» domandò spaventata, in tono spento, fiacco.

Il volume crescente del rumore della ghiaia sotto le scarpe dell'altra persona le disse che a breve avrebbe risolto l'incognita.

Il cuore di Antonia si fermò quando vide che era proprio vero, lui era tornato.

Capitolo ventitreesimo

Resistere (secondo tentativo)

Casa della zia Menchu
Zafra (provincia di Badajoz)
21 aprile 1917, ore 23.41

Patricio Carvajal sa che sta per morire. Non è un sospetto, un presentimento o una congettura: è una certezza. Ne è convinto e, nonostante questo, qualcosa che ha dentro non gli permette di arrendersi.

Qualcosa che è scritto nel suo dna lo costringe a resistere.

Qualcosa che, in definitiva, è ciò che l'ha spinto a intraprendere uno stile di vita molto preciso. Un modo di intendere il mondo del tutto particolare, in cui l'istinto è più importante di qualsiasi ragionamento imposto dalla società. Ed è proprio quell'istinto a dirgli che, ora che si sta avvicinando alla fine, pentirsi non servirebbe a nulla. Pentirsi non cambia il presente.

Il passato influenza ogni cosa. Questo Patricio lo sa molto bene. Se potesse cambiarlo, per evitare di incontrare la morte in questa notte di aprile, non entrerebbe più nella casa della donna dove si nasconde il tipo che il suo padrone gli ha ordinato di eliminare. Ma è consapevole anche che in tal caso avrebbe dovuto cercarsi un'occupazione diversa. Forse era già condannato a diventare il braccio esecutore di altre persone nel momento in cui è uscito dal ventre di sua madre.

Chi lo sa.

Cosa importa.

Il fatto è che, quando ha ordinato ai suoi uomini di circondare la casa per provocare la distrazione di cui aveva bisogno per entrare dalla porta principale, ha avuto un cattivo presagio. Avrebbe dovuto fidarsi del suo istinto e annullare l'operazione, ma ormai aveva preso un impegno con il signor Acevedo, e la sua parola vale più di qualsiasi presentimento. Con queste premesse un po' funeste, Patricio si è appostato sotto la finestra e ha atteso. Non appena ha udito i primi spari, ha tirato fuori dalla tasca il coltello a serramanico, l'ha aperto ammortizzando lo scatto con la camicia e, grazie alla maestria che solo gli anni di esperienza possono conferire, ha forzato la serratura al primo tentativo. Con la schiena incollata al muro è avanzato molto lentamente lungo il corridoio mentre ascoltava le urla isteriche della padrona di casa. Aveva a disposizione un paio di minuti per trovare Padilla, aprirgli la gola e andarsene da dov'era venuto. Inoltre, sapeva che non avrebbe incontrato resistenza, quindi contava sul fatto che avrebbe concluso in fretta per poi passare ad altro. In fondo al corridoio che divide gli spazi della casa ha trovato la cucina, deducendo che desse sul cortile sul retro dove i suoi uomini dovevano attirare l'attenzione di quel tenente. L'idea non era quella di ammazzarlo, ma se fosse rimasto ucciso tanto peggio per lui. Ha controllato che dietro le porte che si lasciava alle spalle non ci fosse il suo obiettivo, di conseguenza, come aveva intuito fin dall'inizio, gli è toccato salire al piano superiore. Lasciando da parte ogni precauzione, ha salito i gradini a due a due e si è fermato sul pianerottolo. Tre stanze, due che davano sulla via principale e una sul retro. Dallo spazio occupato dal vano del camino ha capito che quest'ultima era la più piccola, e il suo buon senso gli ha detto che è quella in cui chiunque sistemerebbe una persona che non è la benvenuta in casa.

Ci ha azzeccato.

Quello che non si aspettava era trovare Jacinto Padilla sdraiato sul letto con i polsi ammanettati alla testiera; tuttavia, sebbene gli sia sembrato un po' indegno di un professionista come lui, con le abilità che possiede, ha pensato che non fosse comunque il momento di fare lo schizzinoso. Le cose sono precipitate quando Padilla, che aveva un'espressione a metà strada fra l'incredulità e il panico, ha cominciato a urlare con tutta la forza che aveva nello stomaco. Doveva agire rapidamente, e a tale scopo ha cambiato presa sul coltello, pronto a pugnalarlo al collo tutte le volte che sarebbero state necessarie per farlo smettere di berciare. La situazione favorevole l'ha portato a non considerare la possibilità che l'altro opponesse resistenza. Per questo, di fronte a un calcio diretto verso il suo mento, Patricio non ha avuto altra scelta che bloccarlo con la mano in cui teneva l'arma, la quale è volata via.

«Maledetto bastardo...»

Patricio ha impiegato qualche secondo prezioso per recuperarla, ma il contrattempo gli è servito per liberarsi dall'eccesso di sicurezza e concentrarsi sull'esecuzione – è venuto per questo – del suo compito. Padilla, che legittimamente desiderava continuare a vivere, si era ripiegato per interporre le gambe fra i propri organi vitali e il coltello, il tutto senza smettere di strillare un solo istante.

«Stattene un po' zitto, amico, altrimenti ti farà ancora più male» gli ha consigliato Patricio con sincerità.

Com'era prevedibile, il suggerimento è caduto nel vuoto, quindi l'unica cosa che ha potuto fare è stata scagliarsi contro quelle difese mobili che tanto lo importunavano. È riuscito a ferirlo sui polpacci diverse volte senza che Padilla desistesse. Così, infastidito, ha deciso di cambiare strategia e si è lanciato sul suo obiettivo con lo stesso impeto con cui questo gli resisteva. La tattica ha funzionato, e a cavalcioni su quella che doveva essere la tredicesima vittima su commissione della sua lunga carriera, l'ha afferrato con forza per i capelli e ha tirato all'indietro per non sbagliare mira.

E senza dubbio non avrebbe sbagliato, se non l'avesse investito un treno merci in divisa.

Quando le urla della zia Menchu hanno interrotto l'ennesimo tentativo di concludere l'interrogatorio di Padilla, Martín Gallardo l'ha ammanettato di nuovo, ha estratto l'arma e si è fiondato giù per le scale senza quasi toccare i gradini. Di sotto si è scontrato con Rosario, che stringeva Lope fra le braccia come se una forza invisibile volesse strapparglielo via.

«Sono nel cortile» ha farfugliato.

«Quanti sono?!»

«Non lo so. Due, forse tre. Hanno i fucili».

«Accompagna di sopra tua zia e chiudetevi in una stanza finché non salgo a cercarvi».

«Ho paura».

«Ci penso io».

Con il revolver pronto a sparare e senza troppe precauzioni, Martín Gallardo ha raggiunto la cucina e si è affacciato alla finestra, notando alcune sagome che si muovevano nell'oscurità con l'aiuto della fase più buia della luna. Per pareggiare le condizioni, si è avvicinato al tavolo su cui era appoggiata la lampada a olio e ha girato la valvola fino a soffocare la fiamma. A quel punto poteva solo farsi guidare dall'udito, e la prima cosa che ha sentito è stata qualcuno che sussurrava dall'altro lato della porta. A scopo più intimidatorio che risolutivo, il tenente ha sparato. Il proiettile, che di intenzioni non ne sapeva nulla, si è comportato nell'unico modo possibile: prima ha attraversato il legno e poi si è conficcato nella clavicola sinistra dello Strappamutande. Quest'ultimo ha urlato prima di cadere in ginocchio, e una volta superata la prima ondata di dolore ha premuto il grilletto del fucile. A differenza del proiettile, i pallini non hanno trovato carne umana in cui piantarsi, ma in compenso hanno aperto un bel varco nella porta, attraverso il quale Gallardo ha visto il nemico che si ritirava.

«Via di qui o vi faccio fuori tutti!» ha urlato.

Due spari in risposta.

«Ma porca di quella puttana» ha detto tra sé.

Al riparo dietro la parete, Gallardo ha notato una macchia bianca che sbucava dal tronco di un albero e ha pensato che bisognava essere proprio stupidi per scegliere un abbigliamento simile per l'occasione. E non si sbagliava. Si trattava di Marcial, del quale la sua stessa nonna, quando era molto piccolo, diceva che era un po' corto di cervello. E lui, che non desidera certo smentire i suoi avi, si è impegnato a dimostrare giorno dopo giorno con il suo modo di essere oltremodo ottuso che la nonna aveva veramente ragione. Senza discriminarlo per la sua evidente stupidità, Martín Gallardo si è preso il suo tempo per mirare prima di sparare due volte. In condizioni ottimali e da quella distanza avrebbe sparato una volta sola, ma con i polsi ancora tremanti ha preferito non rischiare. E ha fatto bene, perché l'ha preso soltanto con la seconda pallottola, la cui traiettoria si è interrotta incontrando il fianco di Marcial. Sorpreso, l'uomo si è portato la mano alla ferita e poi l'ha esaminata da vicino come se avesse bisogno di assicurarsi che quello che gli usciva dal corpo fosse proprio sangue. Dopo essersene accertato, Marcial, che per quanto sia poco intelligente ha capito cosa gli conveniva fare in quel momento – l'istinto di sopravvivenza scavalca la stupidità –, si è gettato a terra ed è rimasto immobile. Dalla sua posizione, Faustino de la Torre, che tutti conoscono come Tino, l'ha visto cadere, e per qualche istante si è domandato se andare a prestargli soccorso oppure no. L'*oppure no* ha avuto la meglio, anche a causa dell'odio accumulato nei confronti di quel maledetto tenente della Guardia Civile, che non molto tempo prima gli aveva spaccato una bottiglia in testa. E poi non valeva proprio la pena di rischiare la pelle per un idiota fatto e finito, inoltre gli era venuta voglia di far cantare Melibea. Così è avanzato in campo aperto verso l'entrata, tenendo il fucile all'altezza del fianco e, sicuro di sé, ha scaricato la prima cartuccia. Tuttavia, la sicurezza non ha nulla a che vedere con la prudenza, e il tenente Gallardo non era disposto a lasciar correre la mancanza di buon senso dell'avversario. Ha ripetuto il tasso di successo dei suoi colpi. La prima pallottola sparata dal suo revolver è passata a tre centimetri dall'orecchio sinistro di Tino, ma con la seconda e ultima che gli restava nel tamburo gli ha perforato il braccio, con la fortuna – per Tino – di non colpire l'omero. Si preparava a caricare nuovamente l'arma per chiudere i conti quando le sue orecchie hanno registrato delle urla disperate provenienti dal piano di sopra. Ha subito compreso la strategia del suo rivale e, deciso a sventarla, ha rinfoderato l'arma e ha salito le scale con la stessa destrezza e velocità con cui le aveva scese. Senza fermarsi sul pianerottolo, ha approfittato dell'inerzia della corsa per spingere la porta e lanciarsi sulla sagoma che si stagliava al di sopra di Padilla.

La sua mente aveva già delineato il volto della persona con cui gli sarebbe toccato giocarsela a mani nude prima ancora di tirarsi di nuovo in piedi e alzare la guardia.

«Non c'è due senza tre, eh?» gli ha detto Patricio non appena si è rialzato.

«Così pare».

Con sussurri, baci e carezze, Rosario cercava di consolare il pianto di Lope, che, scosso dal rumore degli spari e dal nervosismo che gli trasmetteva sua madre, non sembrava disposto a calmarsi ancora per qualche anno. Nel frattempo, con l'orecchio incollato alla porta e in mano un grosso coltello per affettare le cipolle, la zia Menchu faceva la telecronaca degli avvenimenti che accadevano dall'altro lato.

«Qualcuno sta salendo» ha avvisato senza alzare la voce.

Rosario ha subito tappato la bocca di suo figlio e ha attaccato la schiena alla parete per nascondersi approfittando del generoso volume di un armadio a tre ante.

«È entrato nella stanza dove c'è quell'altro» ha proseguito sua zia.

A quel punto le urla di Jacinto Padilla hanno attraversato i muri dell'abitazione, rendendo molto semplice immaginare la scena che i loro timpani stavano registrando.

«Ah, Vergine della Speranza, proteggici!» ha implorato Menchu.

Dopodiché hanno udito altri spari, e poco dopo i passi di quello che sembrava essere un bufalo che saliva su per le scale.

«E adesso che succede?!» ha domandato Rosario.

«Si stanno ammazzando» ha spiegato la zia Menchu.

Poco prima che Patricio Carvajal e Martín Gallardo cominciassero ad ammazzarsi, Darío Pacheco si trovava su una delle brande della caserma e dormiva come se non avesse mai dormito in vita sua. Distrutto dalla giornata appena passata, e sapendo che a mezzanotte sarebbe dovuto andare a prendere il prigioniero, ha deciso di sdraiarsi un attimo. Stava percorrendo il regno di Morfeo da appena un'ora quando Lobito ha fatto irruzione nella stanza e l'ha afferrato per un braccio.

«Si sentono spari in paese!»

Nel lasso di tempo che ha impiegato per capire cosa stesse succedendo, il sergente è stato tentato di strangolarlo con le sue stesse mani, ma dopo essersi sfregato le palpebre maledicendo la propria sorte si è infilato gli stivali e la casacca e si è piantato di fronte al più giovane degli agenti di Zafra.

«Chi altri c'è di guardia?!»

«Guti».

«Chiamalo! Andiamo!»

Otto minuti più tardi, mentre infilavano la via dove vive la zia Menchu, Pacheco ha riconosciuto il suono dell'arma regolamentare della Guardia Civile. Due volte.

«Lei controlli quest'angolo. Lei invece, con me» ha detto a Lobito.

Arma alla mano, ha fatto il giro della casa fino a raggiungere il retro, e con estrema precauzione è entrato nel cortile. La prima cosa che ha visto sono stati due uomini che si trascinavano a terra, ognuno a modo suo, cercando di uscire da lì. Quello ferito alla spalla si era lasciato cadere esausto, e da quella posizione ha sollevato lo sguardo.

«Ci aiuti, per favore» l'ha supplicato lo Strappamutande.

Darío Pacheco li ha esaminati per qualche secondo prima di dare un colpetto con lo stivale a quello che si stringeva il fianco.

«C'è qualcun altro?»

Marcial ha esitato prima di rispondere.

«Tino è ferito ma è entrato, e anche il capo dev'essere dentro» ha balbettato.

«Mi ascolti bene» si è rivolto a Lobito. «Disarmi questi due e li sorvegli mentre Guti va a chiamare il veterinario. Ditegli di soccorrerli qui prima di portarli in ospedale».

«Agli ordini!»

«Io entro».

Patricio non ha ancora capito come ha fatto a ritrovarsi in una posizione così pericolosa, immobilizzato come un principiante, con quel tenente della Guardia Civile sulla schiena che gli circonda il collo con un braccio impedendogli di respirare.

Stava per concludere la sua missione quando Gallardo l'ha sorpreso alle spalle ed entrambi sono rotolati a terra. Quando si è rialzato, Patricio aveva ancora il coltello in mano, quindi disponeva di un notevole vantaggio sul suo avversario e non era disposto a sprecarlo.

Nel frattempo, Padilla non ha mai smesso di strillare.

«Non c'è due senza tre, eh?» se ne è uscito Patricio.

«Così pare» gli ha risposto il tenente.

Non gli sta poi così antipatico, ma non gli restava altra scelta che toglierlo di mezzo, e con quell'intenzione gli ha sferrato due stoccate al torace. Si è stupito quando il tenente le ha schivate con una certa facilità e, senza dargli il tempo di reagire, ha contrattaccato con un calcio frontale che l'ha costretto ad arretrare di un paio di passi. Con il movimento seguente Patricio è riuscito a sfiorarlo al petto con la lama, ma anziché accusare il colpo il tenente ha risposto tirandogli un diretto che, per pura fortuna, l'ha colpito sullo zigomo.

«Non ce ne sarà una quarta» l'ha avvisato.

«Così pare».

«Ma che cazzo aspetta a spararglì?!» ha chiesto Padilla, disperato e rannicchiato in un angolo del materasso.

«Preferirebbe aprirmi in due con quella daga che ha lì, dico bene?» ha commentato Patricio guardando la casacca appesa allo schienale di una sedia. «Coraggio, tenente, si avvicini per prenderla».

«Non ne avrò bisogno».

È stato allora che Patricio è tornato alla carica, deciso a chiudere i conti una volta per tutte, e forse è stato proprio quello il suo errore, la fretta, perché nell'affanno di raggiungere qualche punto vitale si è lasciato afferrare il polso e il tenente gli ha torto il braccio finché non l'ha costretto a mollare il coltello. Senza che lui riuscisse a fare nulla per impedirglielo, Gallardo si è posizionato alle sue spalle, gli ha passato l'altro braccio intorno al collo e ha tirato all'indietro facendolo ricadere sopra il letto. Dopodiché l'ha immobilizzato con le gambe, e nell'esatto istante in cui si è visto totalmente alla sua mercé Patricio si è reso conto che sta per morire.

Ma qualcosa che è scritto nel suo dna lo costringe a resistere.

E in questo Patricio ripone tutti i suoi sforzi, anche se non è in grado di liberarsi né nota nel suo rivale il minimo segno di sfinimento. Non sa da quanto tempo non riesce a respirare, gli sembra un'eternità, perché sente che il volto gli si sta gonfiando e i polmoni sono sul punto di collassare. Quando il signor Acevedo l'ha mandato a chiamare all'alba non si aspettava che questo sarebbe stato il suo ultimo giorno, ma nel suo lavoro le disgrazie bisogna accettarle come vengono, e se è arrivata la sua ora, così sia. Accettarlo elimina la sofferenza spirituale e, anche se lui non ne è del tutto consapevole, questo stato di atarassia lo sta aiutando a prendere la situazione con una calma niente affatto appropriata. Inoltre, il destino ha in serbo per lui un'ultima grazia sotto forma di scorciatoia verso la morte. L'effetto tenaglia esercitato dal braccio del tenente Gallardo sul suo collo non agisce solo sulle vie respiratorie ostruendo il passaggio dell'ossigeno, ma rende anche difficile l'irrigazione sanguigna nel cervello. Questo fa sì che si spenga progressivamente e che Patricio non sia cosciente – né abbia la possibilità di continuare a resistere – quando finalmente sopraggiunge l'arresto cardiorespiratorio che precede la sua morte.

Esattamente nel momento in cui Patricio Carvajal – proprio come aveva previsto – passa a miglior vita, Tino si trova sul pianerottolo del piano superiore con Melibea pronta a seccare quel tipo che odia così tanto. Ha ispezionato tutto il piano di sotto, e di conseguenza ha intuito che quel verme debba per forza essersi nascosto in una delle stanze che ora ha di fronte. Con il braccio sinistro fuori uso, dovrà arrangiarsi appoggiando il calcio del fucile sull'osso del bacino, e anche se sa che il rinculo gli provocherà un intenso dolore, lo accetta con piacere pur di vedere quello stronzo con un enorme buco nel petto.

Immobile, Tino concentra nell'udito tutte le sue capacità sensoriali, e ottiene il premio sperato percependo un lieve gemito dietro la porta più vicina. Senza ulteriori indugi, gira la maniglia e si infila dentro, puntando indiscriminatamente a destra e a sinistra. La penombra regna intorno a lui, ma le orecchie sostituiscono ancora i suoi occhi e continua a udire qualcosa che conferma che là dentro c'è qualcuno.

E quel qualcuno si nasconde dietro un armadio a tre ante.

«Esci di lì o sparo!» urla.
Una sagoma si staglia fra le ombre.
«Non spari, per favore, ho un bambino in braccio!»
Una voce di donna.
«Qua dietro, disgraziato!»
Un'altra voce, anche questa femminile ma molto più matura, lo costringe a voltarsi. Riesce a malapena a vederle il volto, ma sente un oggetto metallico che gli penetra nella zona addominale e si rigira nel suo corpo facendolo ululare di dolore. Non ha mai provato nulla del genere, neppure quando, a quindici anni appena compiuti, l'asino della sua vicina gli ha tirato un calcio che per poco non ha messo fine alle sue possibilità di diventare padre. Però, certo, sentirsi trapassare il fegato da un grosso coltello fa male. Fa molto male. Se sapesse che gli restano solo otto minuti di vita, forse Tino reagirebbe in un altro modo, chissà, ma l'unica cosa che gli è chiara è che deve allontanarsi da ciò che lo minaccia. A questo scopo, appoggia la canna del fucile sul petto dell'anziana e preme uno dei due grilletti. La zia Menchu muore prima ancora di andare a sbattere contro la parete alle sue spalle.
Strilli di autentica disperazione.
Tino si sta domandando se sparare una seconda volta o no quando un mancamento gli fa piegare le ginocchia. Il suo crollo coincide esattamente con il momento in cui la punta dello stivale di Martín Gallardo entra in collisione con la sua tempia, facendo sì che i sei minuti che gli restano prima di smettere di respirare, proprio come è successo a Patricio, li sprechi nel limbo.

Gallardo ci mette qualche secondo a digerire la scena captata dalle sue retine.

«Ma porca di quella puttana» afferma.

Prostrato di fronte a quella disgrazia, cerca Rosario con lo sguardo e trova un fagotto sprofondato nella desolazione, nel dolore di aver perso l'unica persona al mondo che la accettava così com'era.

E che le voleva bene.

Il tenente Gallardo le si avvicina. Piano, trascinandosi dietro il peso della colpevolezza. E, non per condividerla con lei, ma per cercare di assorbire la sua sofferenza, prende Rosario tra le braccia e rimane lì immobile, in silenzio, distrutto, a mo' di sterile consolazione.

Capitolo ventiquattresimo

Sparire

Il capanno dei serpenti
Da qualche parte nella provincia di Badajoz
Qualche mese prima

L'aveva battezzato così perché la prima volta che ci era entrato aveva trovato un nido di colubri lacertini ai piedi di una quercia che, come tutti gli altri alberi di quella distesa, stava per soccombere a una malattia conosciuta come *la secca*. Ecco perché quello era considerato un terreno sterile, abbandonato alla sua sorte, come il capanno che un giorno qualcuno aveva eretto con la speranza di poter vivere del frutto del proprio lavoro. Situato a meno di due ore di cammino dalla tenuta Monterroso in direzione nord, Sebastián Costa lo considerava il rifugio perfetto per sparire per un po' di tempo.

Sparire: era questa la chiave.

Questo aveva pensato quando Antonia gli aveva spiegato la situazione in cui si trovava, dopo aver superato il turbamento che le aveva provocato ritrovare nel pozzo il corpo senza vita di Clara. Perché se c'era qualcosa su cui entrambi erano d'accordo, era che nessuno si sarebbe bevuto la storia del suicidio della bambina, considerate le disgrazie matrimoniali che tingevano di nero la vita di Antonia. Neppure il diario che aveva lasciato scritto sarebbe servito a sollevarla dalla colpa, per via dell'ambiguità delle parole di Clara, di libera interpretazione a seconda dello scopo con cui venivano lette. Inoltre, il testo finale era preceduto da altri passaggi in cui Antonia non faceva per niente una bella figura e che, quando li aveva letti, lungi dal provocarle anche solo un briciolo di animosità nei confronti della bambina, l'avevano fatta riflettere su come lei stessa si era comportata. Di conseguenza, e su consiglio di Sebastián Costa, il diario era finito divorato dalle fiamme.

Il mattino dopo aver rinvenuto il corpo, la prima cosa che fece fu scrivere due lettere: una diretta al collegio, in cui spiegava che Clara aveva una malattia che le impediva di viaggiare e che quindi la sua iscrizione sarebbe rimasta in sospeso finché non avessero capito come evolveva; nell'altra raccontava a Jacinto Padilla che aveva deciso di anticipare il trasferimento in Galizia per aiutare la bambina a adattarsi e che sarebbe rimasta lì qualche giorno per assicurarsi che tutto fosse in ordine. Gli altri abitanti della zona sapevano già quale sarebbe stato il futuro di Clara – Antonia se ne era assicurata nei mesi precedenti –, quindi nessuno si stupì della sua assenza, anche perché erano abituati a vedere sparire qualche vicino che decideva di tentare la sorte lontano da quella terra.

Dopo svariati giorni che si erano rifugiati nel capanno, praticamente solo con i vestiti che avevano addosso e poche provviste per non destare sospetti, Antonia sembrava pronta a superare quella disgrazia così come aveva fatto in altre occasioni: guardando solo avanti. Tuttavia, la presenza di Sebastián Costa complicava l'esecuzione del suo piano, e per quanto ci provasse, sapeva che quel pezzo non si sarebbe mai incastrato nel puzzle che aveva in testa. Un rompicapo vantaggioso al quale, malgrado i dispiaceri del momento, non aveva intenzione di rinunciare.

Quella sera di inizio settembre faceva più freddo del solito, e Antonia abbandonò il libro che stava leggendo per ravvivare il fuoco con gli ultimi ciocchi che restavano.

«Sta finendo la legna» commentò mentre prendeva posto su una sedia di vimini e si strofinava le gambe per scaldarsi.

Sebastián Costa, che da ore guardava fuori dalla finestrella che dava verso ponente, inspirò dal naso e si diresse molto lentamente verso l'angolo dove aveva accumulato alcuni pezzi di quercia. Con calma, ne collocò uno sopra il ceppo e lo guardò come se avesse un conto in sospeso con il legno prima di afferrare l'ascia con entrambe le mani e spaccarlo a metà in un solo colpo.

«Non mi hai ancora detto dove sei stato per tutto questo tempo» commentò lei.

Un altro colpo d'ascia.

«Se non te l'ho raccontato è perché non me l'hai chiesto».

«Te lo sto chiedendo ora».

Un altro.

«Sono stato in diversi posti, impegnato a fare quello che ti avevo promesso».

Antonia si accigliò.

«È un anno che cerchi Sixto Simón?»

Costa impilò la legna ai piedi di Antonia. Dopo qualche secondo, lei afferrò uno dei pezzi più grossi e lo gettò nel fuoco.

«Dieci mesi» precisò lui.

«Che assurdità».

Senza mollare l'ascia, Costa si sedette accanto a lei.

«Quel verme sapeva bene come cancellare le proprie tracce. Stavo quasi per beccarlo a Guadix, ma mi è sfuggito. Domandando in giro ho scoperto che si spostava per le province di Cordova e Granada, ma si fermava pochissimo in ogni posto. Mi sono stufato di arrivare sempre tardi».

Antonia sospirò.

«Spero solo che un giorno qualcuno dia a quel maledetto quello che si merita».

Costa passò il pollice sul filo dell'ascia e fece schioccare la lingua notando che era un po' smussata.

«Non ho detto che ho smesso di cercarlo, solo che mi sono stufato di arrivare tardi, così ho deciso di anticipare il suo spostamento successivo. Ho indagato sulla sua famiglia e ho scoperto che quando sua madre è rimasta vedova è tornata al suo paese natale, sulla costa di Almería».

«Ma è...»

«Lontano, molto lontano» completò lui.

«E quindi?» domandò lei nervosa.

«Confidavo che prima o poi sarebbe andato a trovarla, ma quello che non potevo immaginare era che Sixto Simón vivesse proprio lì».

Antonia raddrizzò la schiena e cercò di indovinare i fatti penetrando nello sguardo sfuggente di Sebastián Costa.

«Continua!» lo spronò alzando la voce.

«Garrucha, si chiama così il paese. È minuscolo, si conoscono tutti, e non mi è stato difficile ottenere le informazioni che cercavo. A quanto pare sua madre è molto malata e dipende completamente da lui» aggiunse.

«Ma... sei riuscito a trovarlo?»

«Certo».
Antonia si alzò in piedi.
«Dimmi che quel truffatore se lo stanno mangiando i vermi!»
«No».
«No?»
«No».
Il petto di Antonia si gonfiava e sgonfiava a un ritmo frenetico.
«Vorresti dirmi che hai incontrato l'uomo che mi ha rubato quasi 50.000 pesetas e non hai fatto niente?!»
«Te ne ha rubate 20.000 e ti ha truffata per altre 24.348, quelle che non hai mai ricevuto per l'assicurazione sulla vita» precisò lui.
«Esatto! In totale sono quasi 50.000! Ti pare poco?!»
«No, affatto».
«E allora?!» esplose lei.
Stavolta Costa la guardò fisso.
«Allora... se l'avessi ammazzato non avresti mai avuto speranza di recuperare quei soldi».
E come se gli occhi di Sebastián Costa possedessero l'incantesimo di Medusa, Antonia si pietrificò.
«Per questo sono tornato. Per domandarti cosa preferisci: vederlo morto o recuperare quello che è tuo».
Più calma, lei si spazzò il vestito e tornò a sedersi.
«Recuperare quello che è mio» rispose.
«Molto bene. In cambio ti chiederò due cose».
«Ti ascolto».
«Domani partirò per Garrucha e...»
«E perché credi che sarà ancora lì ad aspettarti?» lo interruppe.

«Perché mi ha chiesto di dargli qualche settimana per racimolare i soldi e io ho accettato. Gli ho detto che tornerò e che se non lo troverò lì... Diciamo che ha capito benissimo cosa succederà prima a sua madre e poi a lui».

Antonia rifletté per qualche secondo.

«Voglio che i soldi me li porti lui di persona. È stato lui a rubarmeli. Voglio che mi chieda scusa in faccia».

Sebastián Costa la scrutò, ma diede per scontato che non avrebbe ceduto.

«D'accordo. Gli dirò di portarteli l'ultima domenica di questo mese, cioè fra tre settimane».

«Lo accoglierò come merita» scherzò lei.

«Se non si presenta, mandami un telegramma all'agenzia».

Il crepitare del fuoco si intensificò.

«All'agenzia?»

«Devo tornare a Barcellona. Ho da risolvere alcune faccende che mi porteranno via un po' di tempo, ma calcolo che per la prossima primavera sarò di ritorno. Ti do questo periodo per disfarti di tutto ciò che ti lega a questa terra. E quando dico tutto intendo tutto».

Antonia scosse la testa.

«Non capisco».

«Certo che mi capisci: mi riferisco alla casa, all'allevamento e a quel tuo fattore».

«Jacinto non significa nulla per me» affermò con sdegno evidente.

«Meglio, perché il giorno che tornerò a cercarti, se sarà ancora qui mi occuperò io di lui».

«Non ci sarà».

Sebastián Costa giocherellò con l'ascia che teneva tra le mani.

«Voglio anche che tu tenga presente che, se quando torno ti sarai risposata con uno di quegli idioti che vengono a conoscere la ricca vedova che fingi di essere, ti giuro sulla memoria dei miei antenati che ti ammazzerò con le mie mani, ti squarterò e ti darò in pasto ai maiali».

Ad Antonia si gelò il sangue.

«Quello è solo un gioco» si difese. «Qui la vita è noiosissima».

«Be', hai sei mesi per giocare. Poi basta».

«E dove pensi di portarmi, se si può sapere?»

«Con il denaro di Sixto Simón, più quello che otterrai dalla vendita della tenuta Monterroso e il mio, che non è poco, potremo andare dove vorremo».

«Dove vorremo» ripeté lei con aria malinconica. «La Galizia mi ha sempre attirata, assomiglia molto al posto da cui vengo. Là è tutto verde».

«Dove vorremo» insisté lui.

Lei si ravviò i capelli.

«Accetto il patto».

«Non così in fretta. Ti ho detto che ti avrei chiesto due cose».

«Va bene, va bene... E qual è la seconda?»

Costa poggiò a terra l'ascia, si alzò dalla sedia e in silenzio si piazzò di fronte ad Antonia.

«Sai bene che cosa voglio».

Giorni più tardi, tornata alla tenuta, Antonia si diresse verso l'allevamento dei maiali, dove si aspettava di trovare Jacinto Padilla. Era tanto tempo che non passava di lì e aveva quasi dimenticato quanto odiasse il fetore che regnava in quel luogo. Per evitare che le impregnasse i vestiti e i capelli diede una moneta a uno dei ragazzini incaricati di raccogliere le feci degli animali perché andasse a cercarlo. Mentre aspettava sollevò lo sguardo al cielo dipinto di un blu cobalto che assumeva sfumature purpuree a mano a mano che si avvicinava all'orizzonte. Questo le fece ricordare un vestito che aveva visto nella vetrina di una delle case di moda del quartiere di Los Remedios, e cominciò a rimuginare sulla possibilità di assentarsi per qualche giorno per fare compere, approfittando del fatto che doveva vendere alcuni degli omaggi che le avevano portato i suoi pretendenti.

«Ah, Antonia, che delizia per gli occhi» sentì.

Vedendo che indossava una tuta da lavoro macchiata di chissà cosa, ad Antonia passò la voglia di abbracciarlo come aveva programmato. In cambio gli offrì il miglior sorriso che fu capace di mettere insieme.

«Ti avevo lasciato un biglietto» rispose.

«Sì, l'ho letto. Com'è andato il viaggio?»

«È stato lungo».

«Com'è lì?»

«Verde. Molto verde. A Clara è piaciuto».

Antonia deglutì e scoprì che le parole potevano avere un sapore amaro.

«Bene, sono contento per la bambina».

«Si troverà molto bene» gli assicurò con la voce spezzata.

Jacinto Padilla, sorpreso, aggrottò la fronte.

«Non mi dirai che sentirai la sua mancanza...»

«Tu magari non te ne sei reso conto, ma ultimamente eravamo molto unite».

«Allora perché non l'hai lasciata restare?»

«L'ho fatto per il suo bene. Per il suo futuro» aggiunse. «Com'è andata la fiera?» domandò cambiando argomento.

«Poca roba. Con quello che avevo sono riuscito a comprare solo un esemplare da monta».

«Verranno tempi migliori».

«Se lo dici tu...»

«Vedrai».

«Be', comunque non penso che tu sia venuta qui per parlare di maiali, giusto?»

«No. È per un'altra questione che... non mi lascia dormire, e ho bisogno che tu lo sappia».

«Dimmi».

«L'altro giorno, approfittando del fatto che non c'eri, si è presentato qui Sebastián Costa».

Il volto di Padilla si adombrò sentendo quel nome.

«Era fuori di sé. Violento come una belva. Rabbioso. Tanto che sono arrivata a pensare che fosse venuto per ammazzarmi».

L'altro strinse i pugni con tanta forza da piantarsi le unghie nei palmi.

«Per ammazzarti?!»

«Te lo giuro su quello che ho di più sacro. Voleva... lo sai, però mi sono rifiutata».

«Maledetto...»

«Per fortuna sono riuscita a calmarlo a forza di acquavite e mi ha raccontato che sarebbe andato via per un periodo, per chiudere qualche affare, ma poi pensa di tornare a prendermi per portarmi lontano».

«Portarti lontano? Dove?»

«Non lo so, ma molto lontano da qui. Mi vuole tutta per lui ed è pronto a qualunque cosa pur di riuscirci. Anzi, mi ha assicurato che se il giorno in cui tornerà a prendermi ti troverà ancora nella fattoria ti ammazzerà, ti squarterà e ti darà in pasto ai maiali».

«A me?»

«Sì, a te. Ha detto che sei un ostacolo e che devo disfarmi di te con le buone, altrimenti lo farà lui con le cattive».

Antonia si avvicinò a lui e gli prese le mani prima di guardarlo negli occhi con tutta la dolcezza che riuscì a radunare dentro di sé.

«Devi aiutarmi ad ammazzarlo».

Padilla si liberò immediatamente.

«Ammazzarlo? Ma...»

«Ma cosa!» gridò lei. «Non ti rendi conto che non abbiamo altra scelta? O lui o noi».

«E come?»

«È semplicissimo. Costa mi ha detto che una volta concluse le sue faccende mi manderà un telegramma per annunciarmi la data del suo ritorno, in modo che io abbia il tempo di vendere la tenuta, la fattoria e... liberarmi di te. Inoltre porterà con sé un bel po' di denaro. Tutti i suoi risparmi, mi ha detto».

«Allora avrà una bella sorpresa, quello stronzo».

«Quel giorno tu lo aspetterai e... Due fucilate e punto».

«No, ancora meglio: due fucilate e poi in pasto ai maiali».

«Ecco!» si entusiasmò lei. «Due fucilate e in pasto ai maiali! Poi mi occuperò di vendere tutto e potremo andarcene molto lontano da qui, io e te».

«E chi mai vorrà comprare questo fallimento?»

Antonia sorrise.

«Durante il viaggio ho avuto tempo per pensare molto. C'è un uomo che chiamano signor Acevedo che è una specie di usuraio o qualcosa del genere, e mi hanno detto che se gli faccio un buon prezzo comprerà senza problemi».

«Sì, ho già sentito parlare di lui. È un delinquente fatto e finito. Secondo me non ti pagherà nemmeno la metà di quello che vale».

«E che importa? Avremo anche il denaro di Costa. Cominceremo una nuova vita insieme, da soli, a un milione di chilometri di distanza da questa terra maledetta».

I dotti lacrimali di Jacinto Padilla si attivarono.

«Davvero? Solo io e te?»

Antonia si avvicinò e lo afferrò per le spalle.

«Guardami negli occhi. Te lo prometto: solo io e te. Io e te da soli».

Capitolo venticinquesimo

Un presentimento

Casa della zia Menchu
Zafra (provincia di Badajoz)
22 aprile 1917, ore 7.50

Di quelle eterne, inesauribili, ma che trascorrono in un battito di ciglia.

Così è stata la notte per Martín Gallardo dopo che hanno recuperato i corpi di Patricio, Tino e della zia Menchu, hanno portato lo Strappamutande e Marcial all'ospedale della Salutación e, infine, hanno trasferito Jacinto Padilla in caserma. Dopodiché, la casa è rimasta in totale silenzio. Una funesta ma benaccetta tranquillità che ha condiviso con Rosario senza alcun rapporto emotivo al di là dei pochi sguardi che si sono scambiati quasi senza volerlo. Più tardi, abbracciata a Lope, lei si è sdraiata sul letto con gli occhi spalancati e i pori dell'anima chiusi, cauterizzati dal momento in cui ha visto morire la zia Menchu.

Morire per lei.

Ammutolito, avvilito, il tenente della Benemerita si è limitato a sedersi accanto a lei, abbastanza vicino da poterle accarezzare i capelli e abbastanza lontano da non dover mettere in parole i suoi sentimenti. Per ore è rimasto immobile, stoico di fronte a tali avversità, finché il suo organismo non si è arreso allo sfinimento e, con la discrezione di chi sa di trovarsi in un posto che non è il suo, si è sdraiato vicino a lei. È stata la fame a fargli aprire gli occhi alle prime luci dell'alba, e sopprimendo la voglia di baciare Rosario per non svegliarla, ha inghiottito due capsule di laudano e ha lasciato la stanza senza far rumore. La necessità di respirare aria fresca l'ha portato in cortile, e dopo essersi concesso qualche istante di riflessione si è seduto accanto a Pancho a fumare un sigaro, purtroppo per lui senza alcuna aggiunta.

Ora, con la schiena appoggiata al tronco di un albero, Gallardo soffia il fumo dalla bocca e inspira dal naso percependo le sfumature elettriche che pervadono l'aria. Istintivamente alza gli occhi per controllare se sia in arrivo uno di quei temporali che annunciano la fine di una stagione anche se non è ancora arrivato il momento. Riabbassando lo sguardo si accorge che le tracce di sangue dello scontro notturno sono ancora visibili sul terreno, resti che la pioggia in arrivo si incaricherà di trascinare nell'oblio.

Ma non esiste inclemenza meteorologica che possa spazzare via il suo desiderio di vendetta.

Un rumore di passi lo ridesta dalle sue riflessioni e lo costringe a guardare verso l'entrata sul retro. Con l'uniforme impeccabile, ecco comparire Darío Pacheco.

«Buongiorno, se così si può dire».

«Buongiorno, sergente» risponde Gallardo.

Pacheco si siede accanto a lui e gli consegna un panino avvolto in un pezzo di carta da giornale.

«Ho pensato che le avrebbe fatto bene mangiare qualcosa. Il pane è recente, ma sulla pancetta non metterei la mano sul fuoco».

«Grazie».

«È riuscito a dormire un po'?»

«Un po'».

«E come vanno le cose là dentro?»

Gallardo si massaggia le nocche e si stringe nelle spalle.

«È difficile dirlo. Il dolore della perdita è più grande quanto più uno è debole. Rosario è forte, ma non so che effetto avrà tutto questo. E in caserma?»

«Nessuna novità. Il prigioniero è ben sorvegliato e ho dato appuntamento alle guardie per le nove in punto di questa mattina, come mi aveva detto stanotte. A proposito, come va la ferita?»

Il tenente si apre la camicia e si guarda il petto come se non sapesse di cosa sta parlando.

«Pare che stia cicatrizzando».

Il sergente Pacheco si prende qualche secondo prima di lanciare la domanda con cui è andato a dormire qualche ora prima.

«Spero di non essere inopportuno, tenente, ma... adesso che facciamo?»

Martín Gallardo spegne il sigaro sulla suola dello stivale.

«Durante la campagna nelle Filippine, quando eravamo accampati nel bel mezzo di quella maledetta giungla, ci ordinarono di difendere la nostra posizione, per quanto compromessa, dai continui attacchi da parte dei ribelli. Uno dei gesuiti che dovevamo proteggere sembrava non voler andare in cielo prima del tempo, quindi ben presto seminò il dubbio che forse sarebbe stato meglio arrenderci. Si stava cagando sotto, ovviamente, si immagini: eravamo circondati da ventimila infedeli che volevano spellarci vivi, decimati dal beriberi e con pochi viveri rimasti. Con il passare delle settimane il suo messaggio fece sempre più presa e la tensione crebbe giorno dopo giorno fra noi che preferivamo resistere sul posto, quelli che volevano intraprendere una lunga marcia verso Manila e quelli che intendevano arrendersi».

«È comprensibile» commenta Pacheco.

«Un mio compagno, il vice caporale Sebastián Costa, con il quale servivo da più di cinque anni in quel distaccamento, radunò alcuni di noi per parlarci. La cosa strana è che era di quelli che parlavano solo se era strettamente necessario».

Gallardo abbozza un sorriso carico di malinconia.

«In confronto, io sarei un pappagallo, cazzo» aggiunse.

«Con tutto il rispetto, tenente, mi è difficile crederlo».

«In quel discorso, Sebas ci disse che ci sono momenti in cui si attraversa una linea invisibile, e che quando succede non si può più tornare indietro. Qualcuno gli domandò come si fa a sapere quando si è attraversata la linea, e Sebas rispose: 'Si sa e basta'».

Pacheco ci pensa su.

«Né più né meno».

«Si sa e basta» ripete Gallardo. «Be', stanotte abbiamo oltrepassato quella linea invisibile, quindi non ci resta che andare avanti».

«È quello che temevo».

«Tuttavia... C'è qualcosa che ci sfugge. Cos'è cambiato da quando volevano portare via Padilla a ora che lo vogliono ammazzare? Perché se io avessi tardato a fare irruzione in quella stanza, ormai non farebbe più parte del mondo dei vivi».

Darío Pacheco sporge le labbra in fuori e socchiude gli occhi come se volesse vedere con maggiore chiarezza quello che sta per dire.

«È molto difficile sapere cosa diavolo passa per la testa di qualcuno che credi di conoscere, figuriamoci se si tratta di decifrare la mente di uno stronzo che non conosci».

Gallardo accenna un sorriso rachitico e sventola l'indice di fronte a Pacheco.

«Be', forse quello che dobbiamo fare è proprio questo: conoscere meglio i figli di troia che abbiamo di fronte».

«Temo di sì».

Gallardo si alza.

«Vado dentro a salutare Rosario e poi andiamo in caserma. Prima di passare in rassegna gli agenti devo parlare con il dottor Carmona e con Padilla. Ah, e voglio anche vedere Alarico, ché l'ho abbandonato. Nel frattempo, voglio che lei invii un telegramma al comando per informarli della situazione che abbiamo qui».

«E cosa devo dire?»

«La verità».

«Agli ordini. Posso chiederle cos'ha pensato di fare con il detenuto?»

«A lui ci penso io, non ho ancora finito di interrogarlo».

«Gli ha già raccontato cos'è successo alla sua carissima amante?»

«No, quella carta me la tengo per ultima. La cosa importante in una partita non è avere assi nella manica, ma sapere quando utilizzarli».

«Se lo dice lei... Io preferisco il domino, tenente».

Non è dell'umore giusto per le visite impreviste, tantomeno a quest'ora.

Non era ancora l'alba quando l'hanno svegliato con delle brutte notizie. Pessime, del tutto inaspettate. L'unica cosa che sa con certezza è che quel maledetto tenente del comando di Almendralejo ha fatto fuori Patricio e uno dei suoi uomini, e altri due sono all'ospedale, gravemente feriti. Inoltre, a quanto gli hanno riferito, è morta anche la proprietaria dell'abitazione dove si nascondeva Padilla, la quale, come se non bastasse, era molto amata in paese. Alla perdita di Patricio bisogna poi aggiungere quella del caporale Yáñez, che a quanto pare si è fatto saltare le cervella nella caserma dopo essere stato interrogato in quanto sospetto di tradimento. Non sarà certo lui a piangere la sua perdita, ma deve ammettere che il Cinghiale svolgeva un ruolo piuttosto produttivo per i suoi interessi. Nonostante tutto, la notizia peggiore è che quell'assassino figlio di Satana è ancora vivo, e questo vuol dire che non ha ancora tenuto fede alla seconda parte dell'accordo. Un accordo che, se avesse saputo tutti i problemi che ne sarebbero venuti, non avrebbe mai accettato.

O forse sì, chi lo sa.

Il fatto è che, per complicare ancora un po' le cose, nel porticato lo sta aspettando Francisco Espinosa, che ha avuto la sfacciataggine di presentarsi con la sua imponente automobile quando lui non aveva ancora neppure messo piede fuori dal letto. Solo dopo aver fatto onore a un osso di prosciutto bollito con fagioli si è degnato di darsi una sistemata per accogliere il suo ospite come quest'ultimo crede di meritare.

A qualche metro di distanza lo segue suo nipote Aurelio, perché non si sa mai con che intenzioni venga a trovarlo la gente.

«Si è alzato presto, don Francisco!» lo saluta con cordialità forzata. «Mi scuserà per l'attesa, ma avevo altre faccende di cui occuparmi».

Espinosa, con lo sguardo fisso su un punto qualsiasi all'orizzonte, torna alla realtà.

«Non ho quasi chiuso occhio. Ed è così da diversi giorni...»

«Mi dispiace, amico mio. Si sieda, per favore».

Il suo ospite guarda con reticenza la sedia di vimini, come se non fosse degna del suo nobile didietro. Alla fine si siede, si sistema la giacca e il panciotto in quest'ordine e prende fiato. Anche il signor Acevedo si accomoda, e senza modificare la sua espressione serena afferra un pugno di noci poggiate in una ciotola sul tavolo. Poi sforza la vista e indica il cancello principale.

«Quella è la sua fiammante Hispano-Suiza?»

«Sì, esatto».

«Io credo di essere ormai troppo vecchio per avere un veicolo a motore come quello. Non saprei guidarlo».

«Per questo esistono gli autisti».

«Certo». Sorride. «E mi diceva che non riesce a dormire?»

«Troppe preoccupazioni».

«Lo immagino, sì. Preoccupazioni» ripete mentre schiaccia due noci una contro l'altra. «Anch'io ne ho alcune. Per citarne una in particolare, le dirò che stanotte abbiamo nuovamente fallito nel tentativo di fare giustizia, e due dei miei uomini migliori sono morti. A questo bisogna aggiungere che, a quanto mi hanno riferito, ieri Yáñez si è sparato in testa alla caserma».

Francisco Espinosa si aggrappa ai braccioli e si tira indietro come se in quel modo potesse evitare che la notizia lo colpisca in faccia.

«Yáñez?! Ma cosa dice! Dio santo! Sta andando tutto in malora...»

Il signor Acevedo mastica una noce e getta a terra il guscio.

«È parecchio tempo che è andato in malora. Temo che ci sia ben poco altro che possiamo fare, don Francisco».

«Oggi sono venuto proprio con la ferma intenzione di dirle che, siccome hanno trovato morta quella sgualdrina, per parte mia è tutto finito. L'ho promesso a mia moglie».

«Parole forti».

«Quella era la mia intenzione, però... Il problema è che se lascio le cose come stanno, non saprò mai la verità su cos'ha fatto a mio fratello, e ho bisogno di scoprirlo per poter riposare».

«Be', credo che sarà complicato. L'unico che sa davvero cosa sia successo è il fattore, e per nostra sfortuna si trova sotto la custodia di quel tenente che ci sta rendendo la vita impossibile».

Francisco Espinosa si alza in piedi e cammina per il porticato.

«Quel tipo nasconde qualcosa di losco, lo so. E lo dico con cognizione di causa. Ascolti con attenzione».

Dopo che Espinosa gli ha riferito ciò che ha già detto a sua moglie qualche ora prima, Ramón Acevedo si infila in bocca quattro gherigli di noce che ha appena spaccato e li tritura con aria pensierosa senza chiudere le labbra.

«Dice che quel tenente è venuto al suo casale e l'ha minacciata?»

«Sì, è quello che ho detto».

«Forse ha sbagliato persona, non credo sia di quelli che si lasciano comprare. Nemmeno da una seduttrice come la Vedova».

«Non ho detto che lei o qualcun altro l'abbiano pagato».

«È strano, ma...»

Il padrone di casa serra le labbra e socchiude gli occhi mentre punta un dito contro il suo ospite.

«Può essere che anche quel tenente abbia il suo tallone d'Achille» prosegue, «come tutti. E se non è il denaro...»

«Se non è il denaro, cosa?» domanda Francisco Espinosa senza nascondere l'ansia.

«Prima di tutto ho bisogno di sapere se lei è disposto a farsi carico di quello che potrebbe succedere nel caso raggiungesse il suo obiettivo».

«Se riesco a far sì che mio fratello mi sorrida dal cielo, qualunque cosa accada ne sarà valsa la pena».

Il signor Acevedo prolunga l'agonia del suo ospite guardando nel vuoto e rimanendo immobile per qualche istante. Poi solleva il braccio e fa un cenno a suo nipote Aurelio, sempre pronto.

«Allora non c'è altro da aggiungere. Quant'è vero che oggi pioverà, le assicuro che so come toglierci di mezzo quella maledetta guardia e come regolare i conti con Padilla».

Sale le scale molto lentamente, gradino dopo gradino. Martín Gallardo non vuole andarsene senza salutare, anche se potendo scegliere si sdraierebbe di nuovo accanto a lei, la abbraccerebbe in silenzio e dormirebbe per un'eternità.

Ma non è quello che deve fare.

Deve rassegnarsi.

Confida di trovarla dove l'ha lasciata qualche minuto prima, ma passando davanti alla porta della stanza contigua nota una sagoma indistinta controluce, minuta, immobile. Non ci mette molto a rendersi conto che Rosario ha lo sguardo arenato sulla macchia scura che tinge il pavimento e che prosegue sulla parete sotto forma di schizzi. Assorta come se volesse archiviare nella sua memoria l'ultima traccia di vita della zia Menchu, Rosario non si accorge della sua presenza. Il tenente della Guardia Civile trattiene il respiro mentre si avvicina e la prende per un braccio con estrema delicatezza per condurla in una zona dove il dolore non è così assoluto. Quando esce dalla trance, lei si sottrae al contatto fisico – fermamente, ma con identica tenerezza –, si dirige verso la stanza dove Lope sta ancora dormendo e, afflitta, si siede sul letto. Martín Gallardo rimane in piedi a osservarla, senza riuscire a trovare le parole che è venuto a pronunciare.

«Le volevo bene come a una madre» sussurra Rosario.

Il tenente si schiarisce la voce mentre si accovaccia di fronte a lei.

«Una persona mi ha detto che le persone che amiamo non muoiono mai perché saranno sempre vive nella nostra memoria».

Silenzio.

«Anche se fosse vero, quello che sento qui» dice Rosario portandosi una mano al petto «non scompare».

«Lo so. Mia madre è morta di sifilide, da sola, e io mi sento ancora in colpa, come mi sento in colpa per...»

«Ormai non ha più importanza» lo interrompe. «Lei non voleva Padilla in casa sua e io ho insistito per convincerla che dovevamo aiutarti. Sono colpevole quanto te, ma come ti ho detto ormai serve a poco lamentarsi».

«Hai ragione».

«Non serve a niente neanche avere ragione».

Gallardo si sfrega il volto.

«Allora? Cosa hai intenzione di fare?» continua lei.

«Giustizia. Quegli uomini sono stati mandati da Acevedo. Se c'è qualcuno che deve pagare per tutto questo, è lui».

Rosario sorride e annuisce amaramente.

«Speriamo, anche se una volta sparito Acevedo ci sarà qualcun altro che prenderà il suo posto».

«Ma è l'unica cosa che posso fare. E tu? Che progetti hai?»

«Qui non c'è più nulla che mi trattenga e non ho nemmeno un tetto sotto cui vivere con Lope».

«Capisco. Quando te ne andrai?»

«Non appena avrò raccolto le mie cose».

«E sai già dove?»

«In un posto qualsiasi».

Martín Gallardo annuisce diverse volte.

«Stando così le cose, dobbiamo salutarci qui. Buona fortuna».

Lei sospira e allunga un braccio per accarezzargli il viso con il dorso della mano. Martín Gallardo è tentato di baciargliela, ma si alza e si volta.

«Aspetta» gli dice lei. «Hai dimenticato questo sul comodino».

Rosario infila la mano nella tasca della giacca e gli mostra il flacone di capsule di laudano.

«Ma porca di quella puttana» mormora lui.

«Sono per il tuo problema, vero?»

«Il mio problema?»

«Non è la prima volta che vedo quello che ti è successo l'altra sera. Una delle ragazze che lavoravano per Acevedo soffriva allo stesso modo. Tremori, sudori, fitte allo stomaco. Stava malissimo».

«Sì, servono a quello» conferma lui chiudendo il discorso. «Grazie. Abbi cura di te, bambina».

«Anche tu».

Maledicendo la propria sorte, Gallardo esce all'esterno, dove lo aspetta Darío Pacheco.

«Tutto a posto, tenente?»

«Tutto a posto» mente.

Il sergente alza lo sguardo e indica un cielo plumbeo che minaccia di spaccarsi sopra le loro teste.

«È meglio se ci sbrighiamo, il cielo è tutto nero».

«Come la mia anima maledetta» commenta Gallardo.

È felicissimo di essere la cavalleria pesante di suo zio Ramón. Stando a quanto gli ha raccontato poco fa, Patricio e i suoi uomini – la fanteria – hanno fallito nel proposito di togliere di mezzo quel fattore che ha dato fuoco alla tenuta della Vedova appena acquistata da suo zio. Quindi tocca a lui intervenire, e se c'è una cosa che Aurelio ha ben chiara è che non intende sprecare l'occasione di dimostrargli che, sebbene non capisca le ragioni della missione che gli ha affidato, lui non lo deluderà.

«Vai subito a Zafra e portami quella troia» gli ha ordinato.

E quindi lui sta andando a prenderla e gliela porterà. Semplice.

«E nel frattempo vai a cercare chi sai tu» ha aggiunto «e digli che venga qui, che ho quello che devo consegnargli per rispettare la mia parte dell'accordo».

Aurelio non sa a che accordo si riferisca, né ha bisogno di saperlo, ma in ogni caso ha già eseguito quest'ultimo ordine e ora gli manca solo di portargli la donna.

La casa è di quelle che hanno un cortile sul retro, quindi attende che per strada non passi nessuno e salta il muretto senza troppe difficoltà. Poi si accorge che la porta era aperta, ma non ha importanza. Come diceva sempre la sua defunta madre: «Quel che è fatto, è fatto». Passando accanto all'orto nota il rivolo di sangue che tinge il terreno e istintivamente si porta la mano alla tasca posteriore, dove tiene il coltello. Entra dalla cucina e, dopo essersi assicurato che lei non sia al piano inferiore, sale le scale cercando di non fare rumore. Nella prima camera da letto c'è un'altra grande macchia scura; sta già valutando la possibilità di dover tornare indietro a mani vuote quando entra nella stanza accanto e sperimenta la stessa alterazione psicosomatica che cent'anni prima ha provato lo scrittore Henri Beyle – meglio conosciuto come Stendhal – visitando la basilica di Santa Croce a Firenze.

Trema.

Il suo ritmo cardiaco accelera a tal punto che ha la sensazione che il cuore voglia sfuggirgli dal petto. Fatica a respirare. Si sente confuso, perso, e, immerso in questo stato babelico, si vede costretto ad appoggiarsi allo stipite della porta per non cadere.

Non ha mai visto nulla di così bello.

Di fatto, anche se lui ancora non lo sa, quell'immagine che per poco non mette fuori combattimento Aurelio, nipote e cavalleria pesante di Ramón Acevedo, sarà la cosa più bella che vedrà in quel che resta della sua esistenza.

Rosario, che ha passato la notte peggiore della sua vita, sta sonnecchiando sul letto mentre finisce di allattare Lope. All'improvviso apre gli occhi e vede uno sconosciuto di dimensioni colossali e dai lineamenti gorilleschi che sta per crollare a terra. La situazione grottesca e inaspettata in cui si trova Aurelio si concretizza nell'immediata paralisi del suo sistema motorio. Solo le palpebre restano immuni al blocco. Trascorsi alcuni secondi che a entrambi sembrano lustri, è Aurelio, contro ogni pronostico, a reagire per primo.

«Deve venire con me» riesce a dire alla fine. «Glielo chiedo per favore, signorina».

«Sono felice di vederti così in forma, bello».

Alarico nitrisce e si agita entusiasta per la visita del suo padrone, che gli accarezza la criniera e lo aggiorna sugli ultimi avvenimenti. L'animale l'ha accolto in piedi sulle quattro zampe, con il collo ben teso, il muso sollevato e le orecchie ritte; cosa che, per qualche istante, ha riempito il cuore di Martín Gallardo di un piacere indescrivibile.

«Quel veterinario ti ha curato bene» gli dice una volta controllata la ferita. «Le cose si sono complicate parecchio qui, sai? Certe volte uno riesce a prevedere cosa succederà per prendere le decisioni giuste, ma altre volte no. Be', il casino in cui ci siamo cacciati fa parte di queste ultime».

Alarico sbuffa piano dal naso come se volesse trasmettergli la sua totale fiducia.

«In ogni caso, a brevissimo tutto sarà risolto, nel bene o nel male; e se le cose non peggiorano troppo, presto io e te potremo andarcene da questo buco».

«Con permesso, tenente» sente.

Il caporale Aguado è sull'attenti.

«La informo che stamattina presto si è presentato in caserma l'uomo che avevamo convocato per identificare uno dei corpi».

«Pablo Berrocal».

«Esatto. L'ho accompagnato io stesso nel sotterraneo, ma è stato il dottor Carmona ad accoglierlo. Ha riconosciuto suo fratello Pedro, a quanto ha dichiarato, grazie ai vestiti».

«Grazie. E ora dov'è?»

«Dopo che gli abbiamo detto che anche la Vedova è stata trovata morta, se n'è andato. Decisamente infuriato, a dire il vero, lanciando maledizioni e minacciando di tornare».

«Logico».

«Il medico ha terminato il suo lavoro e la sta aspettando. Credo abbia fretta di tornare a Siviglia».

«Non mi stupisce. Grazie, caporale».

Percepisce l'odore che accompagna la morte non appena imbocca le scale che portano al sotterraneo. Dall'interno della casacca tira fuori un fazzoletto con cui si copre naso e bocca prima di proseguire. Non sa se qualcosa di ciò che gli racconterà lo specialista di morti riuscirà a cambiare qualcuno dei propositi che si è già prefisso, ma ha bisogno di chiarire le incognite che, come avvoltoi, gli girano per la testa.

Di spalle, chino su uno dei cadaveri, Joaquín Carmona lo invita a entrare.

«Avanti, prego, non se ne stia fermo lì».

«Buongiorno» saluta Gallardo.

«Sarà buono per lei, perché io sono stato sveglio tutta la notte e continuano ad arrivarmi nuovi clienti» dice indicando con il braccio gli altri tre cadaveri che gli sono stati portati all'alba.

Solo quello di Patricio Carvajal non è coperto da un lenzuolo. Ha la testa girata leggermente di lato e gli occhi socchiusi, come la bocca, così che si ha la sensazione che stia per dire qualcosa da un momento all'altro. Gallardo si avvicina al corpo e, con immenso rispetto, gli abbassa le palpebre.

«Riposa in pace» gli sussurra all'orecchio.

«Che ne dice se iniziamo? Sono un po' stanco, a dire la verità».

«Certo».

Il medico forense prende il suo quaderno di appunti e sfoglia qualche pagina.

«Partiamo dalla reginetta del ballo. Donna di razza caucasica, fra i trentacinque e i quarant'anni, circa centottantacinque centimetri e, anche se è difficile dirlo con certezza per via della carbonizzazione dei tessuti, direi che pesava fra i novanta e i cento chili».

«Continui».

«Come le avevo preannunciato, a causa del pessimo stato di conservazione del cadavere, non posso determinare la causa della morte, ma se dovessi scommettere direi che si è trattato di una multipla contusione cranica causata da un oggetto metallico smussato. Oserei dire che sia stata colpita con una pala, sia con la parte piatta che di taglio, data la varietà delle lesioni che presenta. Si avvicini, così le mostro».

Gallardo, un po' reticente, obbedisce.

«Qui e qui. Vede come sono diverse?»

«Sì, vedo».

«Il colpevole doveva odiarla parecchio. Logicamente, nei polmoni non ci sono tracce di monossido di carbonio, quindi...»

«Era già morta quando è scoppiato l'incendio».

«Esatto, era già morta. È stato il tizio che tenete chiuso in cella?»

«Non credo».

«Be', non mi riguarda. Proseguo. La cosa che mi ha colpito di più è stata che la maggior parte dei denti che mancano a questa donna non sono caduti in maniera naturale, ma sono stati strappati».

«Strappati?»

«Proprio così. In più, un canino e diversi premolari non sono stati estratti con la radice. Il supplizio deve essere stato tremendo.

Gallardo fa una smorfia di repulsione.

«E questo cosa implicherebbe?»

«Poca cosa, a parte constatare che questa donna teneva molto al suo aspetto fisico. Ma parlando nel concreto, se avessimo quella famosa dentiera potremmo verificare che sia stata fabbricata proprio per questa bocca, e sarebbe una prova di identificazione certa. Esiste qualche possibilità di recuperarla?»

«Se esiste le assicuro che lo farò. Ora mi parli della bambina, per favore».

Il medico gonfia le guance, e dopo qualche secondo soffia fuori l'aria.

«Povera creatura. Dunque... Tanto per cominciare bisogna dire che è l'unica vittima che non è stata avvelenata, a parte l'uomo che hanno identificato stamattina, nel quale ho rilevato diversi segni di incisioni sullo splancnocranio».

«Scusi?»

«In parole povere: le ossa della parte media e inferiore del volto. Sono ferite prodotte prima della morte; ma forse è meglio se andiamo con ordine».

«È lei che comanda».

«Veniamo alla bambina. Il cranio presenta una grave ferita contusa nella zona occipitale, che quasi certamente si è procurata cadendo di schiena e battendo contro la parete interna. In sostanza, la morte è sopraggiunta perché si è fratturata il collo».

«Per dirla in altre parole, è stata gettata viva nel pozzo».

«Per dirla in altre parole».

Gallardo stringe i pugni e scuote la testa.

«Che figlia di Satana...!»

«È stata lei?» domanda il dottore indicando la Vedova.

«Direi di sì».

Gallardo si guarda attorno nella stanza.

«E gli altri? Tutti avvelenati con la stricnina?»

Il dottor Carmona si stupisce.

«Non le avevo detto la sostanza, ma sì. Negli altri casi ho riscontrato tracce di quell'alcaloide nel fegato e ho verificato che le lesioni che presentano per essere stati gettati nel pozzo si sono verificate post mortem».

«Coincide con la versione del detenuto. Quello che ancora non so è come li avvelenava».

«Glielo dico io, se vuole. L'ingerimento si produce per via orale: sicuramente era mescolata a un liquore o a un vino per occultarne il sapore già piuttosto insipido. A seconda della dose, nel giro di quindici o venti minuti il soggetto comincia a sentirsi male, e poco dopo gli riesce difficile respirare per la progressiva occlusione delle vie aeree, fino ad arrivare all'asfissia. Una morte agonica».

«Non capisco come qualcuno nel pieno delle sue facoltà mentali possa essersi presentato alla tenuta come pretendente, dovendo dimostrare di possedere un patrimonio, ma ancor meno che nessuno ne abbia denunciato la scomparsa quando non sono tornati a casa».

«Forse per via dell'epidemia di influenza che stiamo attraversando. Ci sono parecchi morti, più di quel che ci dicono. Cadaveri anonimi che compaiono ovunque e finiscono nelle fosse comuni. Le assicuro che in ogni paese ci sono decine di persone scomparse che sono state colte di sorpresa dalla morte e delle quali i familiari non hanno più saputo niente».

«Potrebbe essere...»

«Sì, ma... Quella donna era così fenomenale che tutti questi uomini sono venuti fin qui dal loro luogo d'origine solo per corteggiarla?»

Martín Gallardo, a disagio, non risponde.

«E per concludere abbiamo Pedro Berrocal, quello che hanno riconosciuto stamattina. Suo fratello sembrava un brav'uomo, ma se n'è andato sul piede di guerra».

«Cosa intende?»

«Non è di quelli che si accontentano di lasciare le cose come stanno».

«Capisco».

«Venga con me».

L'esperto scopre un altro cadavere. A parte le sue condizioni, Gallardo nota subito le calzature raffinate di tipo Oxford.

«In questo, come le dicevo prima, non ho trovato resti di veleno nel fegato. Direi che è uno dei cadaveri più recenti, perché la calce viva ha avuto a malapena il tempo di agire sui tessuti, e grazie a questo possiamo notare le ferite sul viso e sul collo» indica, «praticate con qualche tipo di oggetto tagliente».

«Sono la causa della morte?»

«È molto probabile, sì. Direi che è morto dissanguato».

«Segnato, grazie. Qualcos'altro?»

«Gli altri li ho dettagliati tutti nel resoconto, e agli ultimi tre arrivati credo che sappia già cos'è successo. Quindi, se non le viene in mente altro...»

«Per ora no, grazie».

«Per ora e per sempre, ché io me ne torno al nido a Siviglia. Farò arrivare tutta la documentazione al giudice Díaz e, se lei avrà bisogno di qualcosa, sa come contattarmi».

«Grazie per lo sforzo, dottore».

«Al suo servizio. A proposito, cosa ne farete dei corpi?»

«Quelli non identificati li seppelliremo oggi stesso in una fossa comune. Gli altri li consegneremo alle famiglie, ma prima voglio fare un ultimo controllo».

Joaquín Carmona, stupito, aggrotta la fronte.

«Come vuole. Io al suo posto cercherei di evitare a tutti i costi che la faccenda vada ulteriormente avanti, ma ovviamente non sono al suo posto».

«Ha ragione, dottore: non lo è».

Con le sopracciglia sospese in aria, il comandante Recio ha ascoltato uno dei suoi subordinati raccontargli le novità appena giunte da Zafra. Il suo modo di essere, rude e tutto d'un pezzo, lo costringe a prendersi qualche secondo prima di decidere cosa fare.

«Linares morto, così come tre civili» ripete a mo' di riassunto. «E a questo bisogna aggiungere il cimitero che hanno trovato in quel pozzo. Bisogna mettere fine a questa storia. Immediatamente. È chiaro che il tenente Gallardo non abbia saputo gestire la situazione».

«Nel telegramma il sergente Pacheco lo difende a spada tratta e sostiene, cito testualmente: 'Nessuna responsabilità può essere attribuita al tenente Gallardo, ma solo ai nemici dell'ordine pubblico che agiscono indisturbati in queste terre'».

«Nemici dell'ordine pubblico, eh?»

«Così dice».

«Quelli ci sono da tutte le parti, tanto più ora che il paese sta sprofondando nelle sue miserie. E se lui non è responsabile, su chi crede che punteranno il dito una volta che tutto questo verrà fuori? Su di me. Non se ne parla. Nossignore».

Il comandante Recio si alza in piedi e si massaggia le tempie mentre cammina avanti e indietro per l'ufficio.

«Si sa quali sono le sue intenzioni?»

«Dice solo che si occuperà di portare di fronte alla giustizia i colpevoli di quella mattanza» risponde l'altro.

«Gallardo, Gallardo, Gallardo... Avevo i miei dubbi fin dal giorno in cui mi ha detto che voleva occuparsi di quella faccenda, ma non avrei mai pensato che creasse così tanti problemi. Quando il governatore verrà a sapere tutto questo non si accontenterà di una semplice lavata di capo. Sa bene quanto il colonnello Sagarra sia aperto alle critiche».

«Poco, come tutti».

«Peggio ancora. Bisogna rimediare subito».

«Mi viene in mente che potremmo inviare il tenente Núñez, insieme a un paio di uomini di sua fiducia, in modo che si occupino della questione» propone a Recio.

«No, Núñez è della stessa risma di Gallardo. Mi chiami Valenzuela».

«Il capitano Valenzuela? Parlando francamente: non le sembra un po' eccessivo? Del pacificatore ha ben poco, signore».

«Lo so, ma non sopporta Gallardo».

«Non sopporta nessuno, in realtà».

«Be', è proprio quello che mi serve. Un'altra cosa: scriva immediatamente al sergente Pacheco e gli dica che non devono prendere nessuna decisione fino all'arrivo di Valenzuela. Nessuna decisione. Di nessun tipo» insiste.

«Agli ordini, comandante».

«Si può sapere dove diavolo mi sta portando?»

C'è tensione nella sua voce. Ammanettato, Jacinto Padilla cammina qualche metro davanti al tenente Gallardo, che si è limitato a ordinargli di accompagnarlo dopo averlo tirato fuori dalla cella.

«Che cos'è questa puzza, maledizione?»

«Morte. Ma non si preoccupi, si abituerà».

«Dio santo! È insopportabile» protesta cercando di tapparsi il naso. «E perché mi ha portato qui, ora?»

«Voglio che risponda alle ultime domande che ho da farle, e mi sembra che il modo più adatto per concludere una buona volta questo interrogatorio sia farlo in loro presenza» risponde appena prima di aprire la porta.

Lo schiaffo olfattivo costringe Padilla a voltarsi.

«Forza, entri» lo spinge Gallardo.

La visione di tutti quei corpi coperti da lenzuola è un altro schiaffo, ma di diversa natura. Dopo avergli concesso qualche secondo per farlo acclimatare, il tenente della Guardia Civile accende un sigaro e glielo infila all'angolo delle labbra.

«Questo la aiuterà a combattere l'odore».

Poi ne accende subito uno per sé e tira due boccate prima di afferrare il prigioniero per il braccio e condurlo fino al punto esatto che ha scelto.

«Cominciamo. Abbiamo verificato che, in effetti, la maggior parte di loro sono stati avvelenati prima che lei li gettasse nel pozzo. In verità, tutti tranne Pedro Berrocal, che è morto dissanguato».

«No».

Il tenente Gallardo aggrotta la fronte.

«Si spieghi».

«Intendo che non è morto dissanguato. O se sì, è successo dentro il pozzo».

«La ascolto».

Padilla guarda a terra.

«Lui è stato l'ultimo. Che io sappia» chiarisce. «Si era stancato di fare visita ad Antonia senza ottenere nulla in cambio. Ha provato ad approfittare di lei ma non ha funzionato, e lei per difendersi ha spaccato una bottiglia e l'ha ferito al viso e al collo. Pensavamo che fosse morto, ma quando sono andato a buttarlo nel pozzo ha aperto gli occhi e... Ecco, io ho fatto quello che dovevo fare».

«Doveva, eh?» ripete.

«Sì, dovevo».

«E anche con la bambina doveva farlo?»

«Le ho già detto che io non c'entro niente con la morte di Clara! Niente!»

«Va bene. Non si agiti, non è per questo che l'ho portata qui».

«E allora?»

Martín Gallardo arriccia le labbra mentre si liscia i baffi.

«Ho bisogno di capire com'è venuta in mente ad Antonia una cosa assurda come mettere un annuncio sui quotidiani più importanti della zona, e perché nessuno ha denunciato alcuna scomparsa durante i mesi in cui ha ricevuto i pretendenti alla tenuta».

Padilla abbozza un leggero sorriso che quasi immediatamente gli muore sulle labbra.

«Antonia aveva previsto tutto. All'inizio arrivavano con il contagocce. Li riceveva con tutti gli onori, ma anche se le portavano dei regali alla fine lei li rifiutava tutti».

«Che tipo di regali?»

«Questo non me l'ha raccontato, ma le assicuro che all'inizio niente era sufficiente perché quegli idioti ricevessero quello che erano venuti a cercare. Con il tempo Antonia si era resa conto che la maggior parte di loro, per vergogna o per paura di essere rifiutati, non raccontavano a nessuno di essere venuti a trovare quella vedova ricca che cercava marito e che era sulla bocca di tutti».

«E per questo ha deciso di ammazzarli? Solo perché nessuno sapeva che fossero lì?»

«Alcuni mi ha detto che se l'erano meritato per come trattavano le donne, ma... che ne so. Dovrà chiederlo a lei, sempre che prima o poi la troviate, ovviamente» risponde borioso.

Gallardo è tentato di scoprire la carta che ha in serbo per Padilla, ma decide che non è ancora arrivato il momento.

«Le ho già detto che io mi limitavo ad aiutarla a disfarsi dei corpi» prosegue il fattore. «E lei mi ripagava... può immaginare come».

«A parte Pedro Berrocal, che è stato identificato, conosce l'identità di qualcun altro degli uomini finiti nel pozzo?»

«Di quasi tutti ricordo qualcosa, ma i nomi... I nomi no. Non mi interessavano. A cosa mi sarebbe servito?»

«A lei ben poco, ma a molti altri servirebbe per poter dare sepoltura a una persona cara e mettersi il cuore in pace».

«Morto o scomparso... non è la stessa cosa?»

«No, per niente. A lei non piacerebbe sapere se Antonia è morta o è scomparsa?»

«So che non è morta».

«E come fa a esserne così sicuro?»

Padilla alza i polsi ammanettati e si dà qualche colpo sul petto.

«Perché me lo dice questo».

Gallardo si accarezza i baffi.

«A volte il cuore mente e i presentimenti si rivelano mere illusioni».

«E lei che cazzo ne sa!» si scalda l'altro. «Non ha l'aria di aver conosciuto l'amore né niente che gli assomigli in tutta la sua vita... A parte l'amore per la divisa che indossa e che finirà per portarla alla tomba».

Offeso, il tenente Gallardo decide, ora sì, che è giunto il momento di scoprire la carta che ha in serbo per Jacinto Padilla. E l'unica cosa che deve fare è tirare via il lenzuolo che copre il corpo lì accanto.

«Se dovessi scegliere» continua il fattore, «preferirei comunque essere riuscito a godermi...»

Il movimento repentino di Martín Gallardo gli toglie le parole.

Un corpo carbonizzato.

Un corpo carbonizzato di una donna.

Un corpo carbonizzato di una donna di formidabili dimensioni.

«Eccola qui. Adesso puoi raccontare alla tua innamorata quanto la amavi, maledetto pezzo di merda».

Quarta parte

Amore e desiderio sono due cose diverse; ché non tutto quello che si ama si desidera, né tutto quello che si desidera si ama.

MIGUEL DE CERVANTES, *La Galatea*

Capitolo ventiseiesimo

Purosangue

Tenuta Monterroso
Territorio comunale di El Raposo (Badajoz)
Qualche mese prima

Era la sua terza visita. Questa volta Herminio Montiel non le aveva portato nessun regalo – il girocollo, l'anello e gli orecchini che le aveva già regalato gli erano serviti a ben poco – ma aveva incaricato il suo avvocato di preparargli un documento in cui la firma di un notaio certificava i beni di cui era proprietario. Quando il legale gli aveva chiesto perché ne avesse bisogno, lui non aveva osato dirgli la verità, ovviamente, dunque gli aveva rifilato una panzana su un possibile affare che gli avevano proposto e del quale purtroppo, per quanto gli dispiacesse, non poteva fornirgli ulteriori dettagli.

L'*affare*, concretamente, consisteva nell'ottenere quello che la Vedova aveva in mezzo alle gambe, proprietà della quale intendeva prendere possesso in quel freddo pomeriggio di metà gennaio dell'anno nuovo, facendo colpo su di lei con il suo imponente patrimonio... Herminio Montiel, cinquantaseienne residente a Cáceres, aveva rilevato una piccola industria di legname che, inoltre, aveva la fortuna di non dover condividere con nessuno, da figlio unico qual era. Il suo maggior successo era stato investire buona parte della sua eredità nella modernizzazione della vecchia segheria di famiglia, riuscendo così a raddoppiare la produzione e a ridurre considerevolmente i costi. Non c'era falegnameria o ebanisteria della zona che non si rifornisse dalla sua attività, e i profitti avevano raggiunto livelli inimmaginabili persino per lui, che se avesse dovuto essere accusato di qualche peccato capitale, sicuramente avrebbe scelto l'avidità.

E la lussuria, ma solo a porte chiuse.

Nella sua vita, Herminio non aveva mai considerato l'idea di sposarsi, almeno non finché ci sarebbero state donne che poteva pagare in cambio dei loro servizi, ma da un po' di tempo a quella parte aveva cominciato a preoccuparsi di non avere nessuno a cui lasciare la sua eredità. Il suo parente più prossimo era un cugino che, a quanto ne sapeva, viveva da qualche parte in Messico, ma avrebbe preferito dare i suoi averi in beneficenza piuttosto che arricchire uno sconosciuto, per quanto potesse essere suo parente. Era stato questo il motivo per cui era rimasto colpito dall'annuncio del quale gli aveva parlato un suo dipendente nel mese di ottobre. Una vedova ricca che cercava marito. Doveva conoscerla, ma, ovviamente, considerata la sua reputazione irreprensibile, era meglio tenere segreta quell'avventura folle.

Così aveva fatto le volte precedenti e così avrebbe fatto anche in questa quarta e ultima occasione per ammorbidire la resistenza di Antonia Monterroso, che oggi indossava vestiti un po' più pudichi di quanto gli sarebbe piaciuto: un abito lungo di chiffon blu con un pizzo che le sottolineava la vita e il busto.

Tutto sembrava andare a gonfie vele, ma sembrava solo a lui, perché quando arrivò il momento di stupire la Vedova con il documento notarile, lei gli dedicò solo qualche secondo e lo sminuì con tre misere parole.

«Non è male».

«Come?»

«Ho detto che non è male, ma che qui sono già passati altri pretendenti con fortune maggiori. È anche vero che sono venuti alcuni che non avevano un soldo bucato, e non è il suo caso, però insomma».

Herminio Montiel sentì che gli saliva il sangue al cervello e che la temperatura del suo corpo aumentava considerevolmente.

«Ah» riuscì a dire. «E la sua fortuna a quanto ammonta, signora Monterroso, se si può sapere?»

«No, non si può sapere. Quasi tutti quelli che si sono seduti su quella poltrona» indicò «hanno cercato di farselo dire, ma solo uno riceverà questa informazione. E lei sa già a chi mi riferisco, vero?»

All'improvviso la poltrona divenne scomodissima, e l'uomo, il cui volto aveva acquisito una tonalità violacea, cercò di trovare una posizione migliore.

«Che le succede?» domandò Antonia con un tono così smielato da riuscire solo ad aumentare il suo turbamento.

L'ospite si schiarì rumorosamente la gola.

«Niente. Però mi permetta di dirle una cosa: questa è la quarta volta che vengo da Cáceres per vederla. Non ce ne sarà una quinta. Indipendentemente dal fatto che il mio patrimonio le sembri sostanzioso o no, credo di averle dimostrato a sufficienza che il mio interesse non è di natura economica. Non ne ho alcun bisogno. Inoltre, il giorno in cui ci siamo conosciuti mi ha consentito, diciamo così, un avvicinamento che, per quanto parziale, mi era sembrato incoraggiante».

«Ah, incoraggiante, dice».

«Mi permetta di terminare, la prego» le chiese sforzandosi di usare le buone maniere. «Tuttavia, qualcosa mi fa sospettare che questa non sia altro che una farsa. Un inganno ideato da lei con l'unico obiettivo di arricchirsi a spese di noi incauti che siamo caduti nella sua rete sperando di conquistare il suo cuore».

A quel punto i lineamenti di Antonia si indurirono.

«E che cosa glielo fa pensare, se posso chiedere?»

«In primo luogo, non la vedo indossare nessuno dei gioielli che ho voluto regalarle, e questo mi spinge a credere che possano già essere nelle mani di qualche usuraio o gioielliere. In secondo luogo, sono abituato a trattare con donne della sua risma. Donne che vendono il loro corpo in cambio di denaro. Donne che si comportano come lei, ma con una grossa differenza: loro finiscono sempre per fare la conoscenza con questo» e si portò una mano in mezzo alle gambe.

Anziché scandalizzarsi o offendersi, Antonia gli mostrò il suo miglior sorriso.

«Bene, pare che finalmente cominciamo a capirci, Herminio. E così frequenti le prostitute?»

«Da quando ci diamo del tu?»

«Da quando hai gettato la maschera da uomo d'affari e ho iniziato a vedere l'uomo che si nasconde al di sotto».

«Mi sta bene. E la risposta è sì. Non mi sono mai sposato e non credo che succederà. Ammetto che mi preoccupa un po' non avere discendenti, ma quando penso a tutto ciò che implicherebbe perdere il mio stato di celibe, mi passa la voglia. Lo vedo tra i miei amici e conoscenti, che sopportano le farneticazioni delle mogli e devono reprimere i loro istinti più folli e capricciosi... Donne, che palla al piede» commentò.

«Quindi oggi sei venuto con in mente una cosa sola, giusto?»

Herminio Montiel si stravaccò sulla poltrona e aprì le gambe.

«Prima di comprare una cavalla bisogna vedere come galoppa».

Antonia sorrise.

«Avresti potuto cominciare da lì, caro mio, e ci saremmo risparmiati tutte queste parole. Ti piace il whisky?»

«A chi non piace».

«E non hai nemmeno fretta, vero?»

«Nessuno mi sta aspettando».

Antonia si alzò, si sistemò il vestito e tese la mano affinché Herminio gliela stringesse, cosa che lui fece senza troppe speranze ma con notevole interesse.

«Torno subito».

E subito tornò, con due bicchieri identici.

Nel corso della chiacchierata che seguì, Antonia confermò la decisione – ormai irrevocabile da quando Herminio aveva bevuto il terzo sorso – che aveva preso quando aveva capito che l'uomo che aveva davanti era uno di quelli che, senza bisogno di dirlo esplicitamente, odiavano le donne. Di quelli che dovevano estinguersi affinché il mondo diventasse un posto migliore in cui bambine come Clara avrebbero potuto fiorire.

E siccome non l'avrebbero fatto di propria spontanea volontà, si sarebbe incaricata lei di portare a termine il compito.

Assorbita tramite l'apparato digerente, la stricnina si stava distribuendo efficacemente nel suo sistema circolatorio, ed era solo questione di tempo prima che Antonia notasse i primi sintomi, in genere problemi al sistema nervoso centrale. Attentissima, sorrise quando Herminio si accigliò percependo una certa difficoltà al momento di deglutire o di muovere la lingua. Quasi immediatamente sopraggiunse una lieve rigidità del collo, che si estese ai muscoli facciali prima che Herminio lasciasse cadere il bicchiere e lanciasse ad Antonia uno sguardo carico di interrogativi e timori.

Lei sapeva che da quel momento in poi poteva dirgli tutto ciò che desiderava.

«Stai per morire, ma non preoccuparti, perché la stricnina agisce in fretta».

Spaventato, Herminio cercò di alzarsi, ma le prime convulsioni gli fecero perdere l'equilibrio e cadde a terra su un fianco.

«Non meriti nemmeno di vivere il poco tempo che ti resta, maledetto disgraziato».

Agli occhi del già moribondo ma ancora cosciente Herminio, l'oro della dentiera di quell'arpia brillava più che mai. Non appena il suo diaframma cominciò a cedere, capì che stava per morire e volle dire qualcosa, ma le sue corde vocali ormai non rispondevano più.

«Ecco, bravo, contorciti come il verme miserabile che sei!»

Il collasso respiratorio e la definitiva insufficienza cerebrovascolare ci misero ancora più di un minuto a sopraggiungere, intervallo durante il quale Herminio ebbe il tempo di maledire la propria sorte, di raccomandarsi a san Jorge, patrono di Cáceres, ma soprattutto di odiare con tutte le forze che gli restavano la donna che gli aveva tolto la vita.

Poco dopo, Jacinto Padilla osservava il corpo di quell'uomo come chi vede un morto per la prima volta nella vita. E non era il suo caso. Anzi, erano passate solo poche settimane da quando aveva sparato due colpi a Sebastián Costa, ma questo nuovo cadavere gli sembrava avere qualcosa di speciale. Qualcosa di unico. Forse la sua espressione sorpresa, come se non si aspettasse che morire avvelenato fosse un processo doloroso.

Accanto a lui, Antonia era impettita, impassibile di fronte alla morte, con la schiena dritta e le braccia incrociate.

«Quel bastardo voleva prendermi a tutti i costi, ma è cascato male. Era di quelli che pensano che le donne siano spazzatura».

Padilla non riusciva a spiccicare parola.

«Ma...»

«Ma niente. Era un rifiuto umano. In casa mia. Con una come me. No, non potevo permetterglielo».

«Vuoi ammazzare tutti i poveri disgraziati che passano di qua con l'intenzione di entrarti nelle mutande?!»

«No, solo quelli che mi mancano di rispetto. E adesso piantala di fare domande stupide e toglimelo di torno».

Padilla si ribellò.

«E cosa diavolo vuoi che ne faccia?»

«Nel pozzo. Buttalo dentro».

L'altro alzò le braccia.

«Certo, semplice! Al pozzo e via!»

«Esatto. Ci sono un paio di sacchi di calce viva nel sotterraneo. Poi metti il suo cavallo nella stalla, perché di sicuro è un buon animale, e domani lo vendi a Zafra. Di sicuro varrà qualche centone. E in tasca aveva quasi seicento pesetas. Non male».

«E cosa diavolo pensi di fare quando qualcuno si accorgerà della sua assenza e...?»

«Nessuno sa che è venuto qui. Era un porco snob e presuntuoso. Non avrebbe mai raccontato in giro che veniva a trovare la Vedova».

Antonia batté forte le mani per tre volte.

«Forza, muoviti, che non abbiamo tutta la notte! Io nel frattempo metto in ordine qui e ti aspetto a letto. Stanotte dormi con me».

Jacinto Padilla assunse un'espressione non molto diversa da quella stampata sul volto dell'uomo che giaceva sul pavimento.

Quello non sarebbe stato l'unico e ultimo corpo di cui Padilla avrebbe dovuto disfarsi, e ogni singola volta che lo faceva veniva ricompensato come sperava. Indennizzato come piaceva a lui. Ben ripagato. Perché in quelle notti Antonia si comportava in maniera diversa. Più selvaggia, ma allo stesso tempo più spontanea.

Più vera.

Cominciò quindi a non vedere più di cattivo occhio il fatto che Antonia ricevesse visite da tutti quegli uomini, dando per scontato che qualcuno di loro, più prima che poi, avrebbe rivelato le sue vere intenzioni e di conseguenza l'incauto sarebbe finito sul fondo del pozzo e lei avrebbe fatto la sua parte. Inoltre, la sua situazione economica personale migliorò, non in modo sostanziale, ma abbastanza da poter sfuggire alle penurie di cui soffriva gran parte della popolazione spagnola negli ultimi mesi dell'anno appena terminato e agli inizi del 1917. Di fatto, la precarietà degli impieghi e il continuo aumento dei prezzi avevano motivato la proclamazione di uno sciopero generale nel dicembre del 1916, che pur avendo avuto scarsi risultati era servito alle organizzazioni operaie per prendere nota del malcontento allo scopo di organizzare future mobilitazioni.

Le settimane scivolavano una dopo l'altra come i pretendenti nel pozzo, e non avere alcun rivale amoroso dopo la morte di Costa fece sì che per Jacinto Padilla quello diventasse il periodo più felice. Solo a febbraio tutto cominciò ad andare in malora per via di due avvenimenti che accaddero quasi in simultanea. Il primo Padilla lo ricordava in ogni minimo dettaglio. Era successo la seconda domenica del mese con un tizio che era la quinta o sesta volta che andava a trovare Antonia. Si chiamava Pedro Berrocal e veniva da Almonte, nella provincia di Huelva. Insieme al fratello si dedicava a un'attività legata alle miniere del fiume Tinto, o così aveva raccontato. Era di grossa stazza e pesava più di cento chili; Antonia lo chiamava il Peloso per via del folto vello che gli ricopriva il corpo. Il fatto che fosse andato lì così tante volte indicava che il povero Pedro aveva oltrepassato quella linea, così complessa da superare, che gli permetteva di ottenere qualche tipo di favore sessuale. Quando succedeva, lui e

Antonia rimanevano in salotto: una cosa rapida e possibilmente asettica, che non implicasse portare il pretendente nel suo letto. Padilla in genere non era al corrente di ciò che accadeva o non accadeva il giorno in cui Antonia riceveva una visita, ma preferiva restare nei paraggi nel caso qualcosa fosse andato storto.

E qualcosa andò stortissimo.

Furono le urla di Antonia dapprima ad allertarlo e poi a farlo intervenire immediatamente. Quando entrò non riusciva a credere alla scena che aveva di fronte: il Peloso, con i pantaloni alle caviglie, sdraiato a terra sopra Antonia che, impotente malgrado la sua eccellente forma fisica, cercava senza successo di toglierselo di dosso. Padilla non ci pensò due volte e, approfittando del fatto che l'uomo era distratto da ben altra attività, afferrò una delle sedie e gliela spaccò sulla schiena. Berrocal, stordito, non poté fare nulla per evitare che Antonia si divincolasse e che, dopo aver spaccato contro il tavolo la bottiglia che avevano condiviso appena qualche minuto prima, lo ferisse svariate volte sul collo e sulla faccia, fino a sfigurarlo completamente. Quando alla fine si fermò, il Peloso non sembrava nemmeno più un essere umano. Più tardi, Antonia raccontò a Padilla che quel bastardo non le aveva neppure dato il tempo di preparare la stricnina e che era andato lì con la chiara intenzione di prendersi con le buone o con le cattive il trofeo che tanto gli premeva ottenere. Quella notte, una volta gettato il corpo nel pozzo, non senza sforzo – e con il grande spavento di scoprire che non era ancora morto del tutto –, Padilla aveva ricevuto una razione extra di ciò che desiderava di più e la solenne promessa di Antonia che avrebbe cominciato a pensare di cambiare aria insieme a lui al più presto.

Il secondo avvenimento, più compromettente seppur meno sanguinoso, accadde qualche giorno più tardi, quando alla tenuta si presentarono due guardie civili. Venivano dal comando di Almendralejo allo scopo di indagare su una denuncia di scomparsa depositata nella caserma di Almonte da Pablo Berrocal. A quanto pareva i due fratelli non avevano segreti, e Pedro l'aveva mantenuto informato dei suoi progressi con la famosa Vedova ricca di El Raposo, che si era ostinato ossessivamente a conquistare con qualsiasi mezzo. L'interrogata si difese con tutta tranquillità, affermando che sì, in effetti si erano visti diverse volte, l'ultima la domenica precedente. Antonia assicurò loro che don Pedro era arrivato a mezzogiorno e che, dopo aver conversato cordialmente con lei per qualche ora, se n'era andato prima che facesse buio con la promessa di tornare a farle visita due o tre settimane dopo. Per quanto le dispiacesse, purtroppo non poteva aiutarli ulteriormente a chiarire il caso.

Qualche giorno più tardi fu Pablo Berrocal in persona a presentarsi alla tenuta Monterroso, con la scusa che quello era l'ultimo posto in cui suo fratello era stato visto prima di scomparire per sempre dalla faccia della Terra. Antonia lo accolse con gentilezza e si limitò, poiché non poteva fare altrimenti, a ripetere la sua brevissima dichiarazione parola per parola. Non fu affatto felice di scoprire che Pablo, oltre ad assomigliare enormemente al defunto fratello, era il più intelligente dei due, e che condivideva una virtù con Pedro: la perseveranza.

«La ringrazio di avermi ricevuto e le chiedo nuovamente scusa per il disturbo che posso averle arrecato» la salutò Pablo Berrocal sul portico.

«Nessun disturbo, glielo assicuro. Spero che riescano a scoprire dove si trova il nostro caro Pedro, perché il cuore mi dice che è ancora vivo e che deve esserci una spiegazione» concluse Antonia portandosi una mano al petto.

«Questo di sicuro. In genere c'è una spiegazione per ogni mistero, signora Monterroso. Ah, quasi mi scordavo di farle un'ultima domanda: lei saprebbe dirmi chi da queste parti si occupa di comprare animali senza documenti di proprietà?»

Il candore stampato sul volto di Antonia si volatilizzò all'istante.

«Oh, io non ne ho idea. Qui trattiamo solo maiali, e le assicuro che tutte le compravendite avvengono in modo legale. Perché me lo chiede?»

«È semplice. Nell'ipotetico caso che mio fratello sia stato aggredito mentre tornava a casa, i malviventi non avrebbero perso l'opportunità di guadagnare un po' di soldi dall'eccellente cavallo da cui non si separava mai: un purosangue marismeño. È una razza molto rara, difficile da domare ma molto riconoscibile; fra le altre cose perché il suo esemplare era marchiato».

Aveva ragione. Come aveva fatto con quello di Herminio, Padilla l'aveva venduto con sorprendente facilità la mattina dopo l'accaduto. Aveva ottenuto 780 pesetas, cifra che ora, considerate le circostanze, sembrava piuttosto scarsa.

«Mi dispiace non poterla aiutare» cercò di chiudere il discorso Antonia.

«E il suo fattore? Jacinto, si chiama, giusto?»

«Ah, il povero Jacinto non saprebbe distinguere un cavallo da un mulo. Ma comunque chiederò in giro se qualcuno sa qualcosa di questa compravendita di cavalli rari».

Pablo Berrocal sorrise come una volpe in un pollaio.

«Gliene sarei molto grato».

«Ci conti».

«Arrivederci, signora Monterroso».

Non appena si depositarono le particelle di polvere sollevate dal calesse di quello sgradito visitatore, Antonia corse alla fattoria in cerca di Padilla.

«È successo qualcosa con quel disgraziato?» le domandò lui notando la tensione sul suo volto.

«A chi hai venduto il cavallo di Berrocal?»

«Allo stesso a cui ho venduto l'altro. Un mio conoscente di Los Santos de Maimona che fa il commerciante di bestiame. Compra animali da privati per poi venderli di paese in paese. A quest'ora il cavallo potrebbe essere in qualsiasi luogo della Spagna».

«E dove gli hai detto di averlo preso?»

«Valentín non fa domande. Si limita a comprare e vendere».

«E la gente sa che fa questo mestiere?»

«La gente che lo conosce sì, certo».

«E la Guardia Civile?! La Guardia Civile lo sa?!»

Padilla distolse lo sguardo.

«Non ne ho idea».

Antonia strinse i denti, si portò la mano alla bocca dello stomaco e scalciò in aria come se intorno a lei ci fosse una minaccia invisibile.

«Maledetta! Maledetto! Maledetti tutti!»

Padilla, conoscendo gli attacchi d'ira di Antonia – la cicatrice che gli attraversava il volto ne era una valida testimonianza –, restò prudentemente in attesa prima di parlare.

«Non c'è niente di cui preoccuparsi, ti assicuro che se le guardie vanno da lui non aprirà bocca».

«Ah no? E come fai a esserne così sicuro?! L' uomo che se n'è appena andato non è affatto un disgraziato qualsiasi. È pieno di soldi e non si fermerà finché non avrà scoperto cos'è successo a suo fratello. Quanto credi che valga il silenzio del tuo conoscente?!»

«Posso andare a parlargli, se ti fa stare più tranquilla».

«Così il giorno dopo può andare in caserma a spifferare tutto? Sei pazzo?»

Jacinto Padilla esplose.

«E che cazzo vuoi che faccia?! Che lo ammazzi a bastonate?»

Nell'oscurità che ricoprì gli occhi di Antonia trovò la risposta.

«Stavolta no».

«Come no?!» protestò lei. «Vuoi forse vedermi dietro le sbarre?!»

«No, ma ho già ammazzato una volta per te, e Sebastián Costas me lo sogno ancora. Sento i maiali che masticano la sua carne spezzando le ossa. È finita. Se vuoi levartelo di torno devi pensarci da sola».

«Ah sì?»

«Mi hai sentito».

Nel silenzio che seguì, e che si prolungò per più di trenta secondi, Antonia Monterroso architettò un piano.

Un piano perfetto.

A quel punto indicò Padilla sorridendo.

«L'hai voluto tu» sentenziò.

Capitolo ventisettesimo

Il rinato

Caserma della Guardia Civile
Zafra (provincia di Badajoz)
22 aprile 1917, ore 11.35

Potrebbe sembrare un'imbarcazione a vela sul punto di essere inghiottita da un paio di mandibole giganti, ma qualcun altro potrebbe vederci anche un albero caduto con le radici profonde e la chioma poco folta.

È tutta questione di prospettiva.

In un cielo che comincia a sporcarsi di nuvole minacciose, sono due i cumuli di nubi spostati dal vento a catturare l'attenzione del tenente Gallardo. Accanto a lui, sull'attenti, Darío Pacheco prega qualche entità divina in cui non crede affinché il suo superiore si decida a reagire e si rivolga agli agenti della caserma, ai quali ha ordinato di schierarsi nel cortile. Di fronte a loro, da sinistra a destra, Román Aguado, Ginés García, Manuel Gutiérrez, Cristóbal Sánchez, Remigio López e Pedro Lobato attendono da qualche minuto che il loro superiore dica qualcosa.

Senza alcun aiuto mistico, Martín Gallardo scende da quella volta celeste che sta per esplodere e guarda uno dopo l'altro gli uomini che ha davanti.

«Nessuna decisione di nessun tipo» dice infine a voce bassa. «Questi sono gli ordini che mi sono giunti dal comando. Ossia, pretendono che ce ne stiamo con le mani in mano dopo essere stati testimoni diretti di tante atrocità».

Gallardo arriccia le labbra e inspira dal naso.

«Si aspettano disciplina e obbedienza nel compimento del nostro dovere. Lealtà, signori. Ma è tutta questione di prospettiva. Perché abbiamo giurato anche di sacrificarci per difendere i bisogni del prossimo sopra ogni cosa. È vero o no?!» domanda alzando la voce.

«È vero, tenente» risponde Lobito con entusiasmo.

Remigio López gli lancia un'occhiata di traverso.

«Abbiamo in cella un uomo che senza dubbio dovrà rispondere di fronte alla giustizia per la sua partecipazione ai crimini commessi nella tenuta Monterroso, ma tutti voi sapete bene che a poca distanza da dove ci troviamo abita un'altra persona che è responsabile dei gravi delitti perpetrati nelle ultime ore, compreso, non dimentichiamolo» sottolinea indurendo il tono, «l'assassinio a sangue freddo di un nostro collega. Di un uomo buono. Sono anni che quel verme trae vantaggio dalla miseria che affligge queste terre. Arricchendosi a scapito di tutto e tutti. Signori, è o non è vero quello che dico?!»

Alcune voci rispondono quasi all'unisono in modo affermativo, altre più prudenti tacciono.

«Bene».

Il tenente lascia passare qualche secondo prima di infilare la mano dentro la casacca, tirare fuori un foglio e spiegarlo con grande prosopopea.

«Ora vi leggerò l'articolo sei del codice redatto di suo pugno dal nostro fondatore, il duca de Ahumada, che tutti voi avete giurato sul vostro onore di rispettare. Dice così: 'Una guardia civile non deve essere temuta se non dai malfattori; né temibile, se non per i nemici dell'ordine. Farà in modo di essere sempre una soluzione positiva per gli afflitti, e al suo arrivo colui che si credeva circondato da assassini si vedrà libero; colui che aveva la casa in preda alle fiamme potrà considerare spento l'incendio; colui che ha un figlio trascinato dalle correnti d'acqua lo vedrà salvato; e infine, deve sempre vegliare sulla proprietà e sulla sicurezza di ciascuno'».

Mentre Gallardo ripone il foglio, i presenti si scambiano sguardi carichi di interrogativi.

«'E infine, deve sempre vegliare sulla proprietà e sulla sicurezza di ciascuno'» ripete. «E io vi domando: che cosa avete intenzione di fare? Cosa pensate di dover fare?»

Gallardo si volta verso il sergente Pacheco.

«Lei cosa farà, si girerà dall'altra parte o farà il suo dovere?»

«Farò sempre il mio dovere, tenente».

«Sempre!» ripete l'altro.

Subito dopo Gallardo si avvicina al caporale Aguado e gli formula la stessa domanda.

Identica risposta. La stessa che urlano anche tutti gli altri.

«E il nostro dovere, signori, è difendere il nostro gregge dal lupo. Sappiamo dov'è la sua tana, quindi preparatevi per andare a caccia, perché partiremo a breve. Inoltre, devo comunicarvi una cosa importante. Una sorpresa, per così dire...»

«Tenente Gallardo!» sentono esclamare.

Una voce di donna dall'altro lato della cancellata.

«Tenente Gallardo! Ho un messaggio urgente per il tenente Gallardo!»

«Vada a vedere» ordina Gallardo a Ginés García.

Al suo ritorno, la guardia gli consegna un foglietto scritto a mano.

Una minaccia.

Martín Gallardo lo accartoccia nel pugno scuotendo la testa.

«Ma porca di quella puttana» mormora.

Pacheco si avvicina con cautela.

«Tenente?»

Questi gli consegna il foglietto. Mentre il sergente lo riporta alla sua forma originale, Martín Gallardo si accende un sigaro. Una volta letto il messaggio, Pacheco solleva lo sguardo per incrociare quello del suo superiore, carico di qualcosa che, pur non riuscendo a identificarlo con esattezza, sa di non aver mai visto prima in tutti gli anni da quando lo conosce.

E no, non gli piace per niente.

Non gli piace per niente la situazione che gli sta toccando vivere. Per la prima volta nella sua vita, Aurelio Jardiel Acevedo mette in dubbio una decisione di suo zio. Persino quando gli aveva ordinato di spezzare i pollici a quel ragazzo che non doveva avere più di quindici anni non aveva riflettuto se fosse una cosa necessaria, opportuna, inadeguata, giusta o ingiusta. A lui cosa importava?

Ma ora è diverso.

La donna che siede accanto a lui non può avere nessuna colpa. È un angelo di luce, un essere di bontà, incapace di fare del male ai suoi simili. In realtà, da quando è salito sul calessino coperto – aveva scelto questo mezzo di locomozione nel caso avesse dovuto trasportarla ammanettata nella parte posteriore, nascosta dalla cupola – non ha scambiato una sola parola con lei, che si è limitata a guardare dritto davanti a sé e a sussurrare qualche canzoncina al piccolo che tiene in grembo.

Aurelio incita il cavallo per risalire il pendio che va a morire in una curva dalla quale si vede il muro del casale.

«Siamo quasi arrivati» annuncia.

«Arrivati dove?»

«Da mio zio Ramón».

Si pente all'istante di aver espresso il legame di sangue che lo unisce al signor Acevedo, non tanto perché l'ha svelato, quanto per il mero fatto di essere imparentato con l'uomo che l'ha costretto a catturare un passerotto indifeso.

«E cosa vuole da me?»

Rosario parla con un filo di voce, come se le stesse sfuggendo la vita a ogni parola che pronuncia.

«Non lo so» risponde lui con sincerità, «ma di sicuro non ti farà niente di male» aggiunge con minor franchezza.

«Niente di male? Stanotte uno dei suoi uomini ha assassinato mia zia nella sua stessa casa. Era l'unico parente che avevo. La madre che non ho mai avuto».

«Io di questo non so niente, però mi dispiace» è l'unica cosa che gli viene in mente di dire. E, come se volesse trovare una via d'uscita da quella situazione imbarazzante, aggiunge: «Sembra che oggi pioverà».

Lei lo guarda con una certa tenerezza.

«Lui verrà».

«Lui? Chi è lui?»

«Io so che verrà a cercarmi. E ti assicuro che vi pentirete di...»

«Ti riferisci a quel tenente della Guardia Civile?»

A poco a poco un sorriso guadagna spazio sul viso afflitto di Rosario.

È allora che Aurelio collega tutto. Perché malgrado la gente pensi che non è in grado di comprendere niente di ciò che gli accade intorno, lui sa di non essere affatto scemo. Forse ci mette più degli altri a unire i puntini, ma alla fine ci riesce. Anche se non gliel'ha detto, ora sa cosa vuole suo zio. E non gli sembra un cattivo piano, non ha intenzione di contestarlo, ma non è disposto a lasciare che lei ne paghi le conseguenze.

No. Per nessun motivo.

Da questo momento, lui, Aurelio Jardiel Acevedo, è diventato il suo paladino e protettore, come quello del libro in cui un pazzo combatteva contro i mulini credendo che fossero giganti. Perché, a quanto gli hanno detto, lo faceva per amore. Amore vero, come quello che lui prova per Rosario. Non come si amano la maggior parte delle persone, a urla e botte. No. Lui non intende trattare così quella che considera la sua prima vera fidanzata. La sua futura moglie.

«Lui verrà a cercarmi» insiste lei quasi fosse un mantra.

«Ti giuro su tutto ciò che ho di più sacro che non ti succederà niente. Io ti proteggerò, ma se quella guardia viene a prenderti, mi occuperò io stesso di aprirlo in due».

Due uomini armati aprono il cancello principale. Senza rivolgere loro la parola, Aurelio segue il viale che porta all'edificio dove sa che lo attende suo zio, accompagnato da quello snob di Francisco Espinosa.

«Ah, sei già qui?» lo accoglie Acevedo senza lasciare la sedia.

«Sono qui».

Aurelio si prende il suo tempo per scendere dalla scomoda asse di legno che fa le veci di sedile e aiutare Rosario a toccare terra.

Il signor Acevedo si acciglia di fronte a tanta cortesia e, facendo uno sforzo, si alza.

«Qualche problema?»

«Nessuno».

«Bene. Porta questa maledetta zoccola in una delle stanze di sopra e chiudila a chiave. È sempre pronta. Se vuoi divertirti con lei, fai pure, ma non metterci molto, che forse tra un po' ci sarà movimento».

Solo il pensiero di violentarla provoca ad Aurelio una stretta al cuore.

«Ti è successo qualcosa?»

«No. Be', sì. Prima di tutto mi piacerebbe sapere che cosa...»

Il ceffone lo vede arrivare, ma non osa schivarlo, e sulla sua guancia risuona come un bagno di realtà. Non è la prima volta, e nemmeno la seconda, che suo zio lo schiaffeggia a mano aperta, ma senza dubbio è quella che gli ha fatto più male, perché è successo in presenza della sua amata.

«A te non piacerebbe sapere proprio niente, citrullo! Tu fai quello che ti dico io e basta».

Ramón Acevedo batte le mani a pochi centimetri dal suo volto.

«Forza, sparisci!»

Aurelio prende Rosario per un braccio e, rassegnato, la tira verso l'interno della casa.

«Proprio quello che mi mancava, che il branco mi si rivoltasse contro» dice spegnendo il sigaro. «Prima non c'era bisogno di insegnare ai propri uomini che se mordi la mano che ti dà da mangiare rischi di rimanere senza denti per masticare, ma ora... Ora devo ricordarlo persino al sangue del mio sangue».

«I tempi cambiano» riflette Francisco Espinosa.

«Ma le persone no» completa il padrone di casa. «E io so come funzionano. Credo che quel tenente provi qualcosa per quella sgualdrina e per questo mi consegnerà Padilla non appena riceverà il messaggio».

«Spero che non si sbagli. E che mantenga la parola data».

L'altro lo guarda con evidente disprezzo.

«Intendo dire» si affretta a precisare Espinosa «che prima di fare ciò che ha in mente per quel maledetto, lo costringerà a confessare tutto quello che sa sull'arpia e su cosa ha fatto a mio fratello».

«Anche se dovessi strappargli la pelle dal corpo».

Il signor Acevedo schiaccia il sigaro nel posacenere e consulta l'orologio da polso.

«È mezzogiorno passato e non abbiamo ancora pranzato. Non ha appetito?»

«No».

«Come vuole. Io non faccio mai niente di importante a stomaco vuoto» dice sollevando un braccio.

Sollevando il braccio riesce a far sì che il tenente Gallardo riesca a localizzarlo nella boscaglia, sempre che si possa definire tale quell'ammasso di cespugli fra i quali Darío Pacheco si è appostato con una carabina Remington. Lui non si considera un buon tiratore, ma a una distanza di trecento metri, e poiché il suo bersaglio è statico, è quasi convinto che non sbaglierà. Anche se, a pensarci bene, ciò che deve fare è proprio questo: sbagliare.

Sbagliare significa centrare l'obiettivo.

In ogni caso, se il sergente avesse potuto scegliere, avrebbe preferito un altro tipo di strategia. In realtà, gliene sarebbe andata bene una qualsiasi che non avesse implicato scatenare un confronto armato, ma non è di quelli che si tirano indietro se le cose si mettono male. Inoltre, pensandoci con obiettività, comprende la decisione presa dal tenente Gallardo. Se aveva già deciso di andare ad arrestare Ramón Acevedo, il biglietto che questi gli ha fatto arrivare è servito solo a rinforzare una convinzione irrefutabile: il male bisogna combatterlo con il male. E così, dopo aver letto il messaggio – «Ho preso la tua troietta. Portami Padilla e te la restituirò tutta intera. Vieni da solo. Hai tempo fino alle cinque di pomeriggio. R. A.» – e una volta verificato che una vicina ha visto Rosario e suo figlio salire su un calessino coperto con uno degli uomini di Acevedo, Pacheco ha dato per scontato che dovranno sporcarsi parecchio le mani.

Dalla sua posizione assiste al momento in cui il tenente – tricorno, mantello, spada alla cintura e il Winchester in spalla – si ferma davanti al cancello d'accesso insieme a Jacinto Padilla, ammanettato con le braccia di fronte e a testa bassa. Riconoscendolo, uno degli uomini che sorvegliano l'ingresso corre ad avvisare il suo padrone, il quale, a quanto gli sembra di vedere in lontananza, è seduto nel portico a mangiare. È in compagnia di qualcuno che non riesce a distinguere, ma indossa abiti eleganti e, deduce, deve per forza essere il proprietario dell'automobile parcheggiata lì fuori. Nota che il suo cuore accelera non appena l'indice entra in contatto con il grilletto della Remington, che tiene appoggiata alla spalla sinistra. Mentre Gallardo e Padilla camminano verso l'olivo dove hanno concordato in anticipo di fermarsi, Pacheco ricorda ciò che gli ha spiegato il suo superiore e valuta le mille e una possibilità che le cose non vadano come previsto. Per esempio l'eventualità che cominci a diluviare, come sembra che stia per accadere da un momento all'altro. Tuttavia, non appena si accorge che Acevedo e il suo accompagnatore stanno per raggiungerli, dimentica ogni indugio, prende fiato e lo trattiene nei polmoni perché il nervosismo che lo attanaglia gli impedisca di centrare l'obiettivo.

Centrare l'obiettivo significa sbagliare.

Ora deve solo attendere il segnale di Gallardo.

Nella sua testa, un unico principio: sbagliare significa centrare l'obiettivo.

Centrare l'obiettivo senza produrre vittime non dipende tanto da lui quanto dal modo in cui reagiranno i suoi avversari. E quando si tratta di spari – e almeno uno è garantito – non si può mai sapere. Sono molte le variabili impossibili da prevedere che potrebbero determinare lo sviluppo degli eventi.

Troppe.

La capsula di laudano che ha ingerito poco dopo aver ricevuto il messaggio, oltre a calmare la fame che comincia già a sentire, l'ha aiutato a pensare con maggiore chiarezza. In questo modo è riuscito a isolare la parte emotiva legata a Rosario per lasciare attiva soltanto quella strategica, proprio come fanno i comandanti quando decidono le sorti della guerra sapendo benissimo che la vita in gioco non è la loro. Non è questo il caso, anzi, al contrario, ma in questo momento la sua vita è priva di valore di fronte allo scopo che intende raggiungere.

Due sono gli obiettivi principali che Martín Gallardo ha stabilito: liberare Rosario sana e salva e recuperare la dentiera della Vedova. L'obiettivo secondario, solo nel remoto caso che non impedisca il raggiungimento dei precedenti, consiste nell'arrestare Ramón Acevedo. Sa che sarà molto complicato riuscirci senza far salire il numero dei defunti – cosa che preferirebbe evitare – anche se è pur vero che nella situazione attuale non può neppure permettersi il lusso di scartarlo con decisione.

È tutta questione di prospettiva.

Semplificata al massimo, la ricetta che ha cucinato nella sua testa – e che solo Darío Pacheco conosce – ha due ingredienti fondamentali: la distrazione e la sorpresa. Nonostante questo, è molto consapevole del fatto che non arriverà a infornarla se non dimostra di avere un chiaro vantaggio sui commensali che sta per incontrare. E, secondo le informazioni che gli ha fornito il suo aiuto-cuoco segreto, e che lui stesso ha potuto confermare con il binocolo nella fase di osservazione preliminare, i commensali sono fra gli otto e i dieci uomini armati.

Si è trovato in situazioni peggiori.

Per quanto riguarda Padilla, da quando gli ha mostrato la sua amante trasformata in un grosso pezzo di carne bruciacchiata, non ha fatto altro che trattenere il pianto e le parole. Tuttavia, l'ha ascoltato con grande attenzione quando gli ha spiegato cosa fare e cosa non fare, consapevole che se non seguirà alla lettera le sue istruzioni non avrà alcuna possibilità di uscirne vivo.

Pochi metri prima che il tenente e Padilla raggiungano l'olivo dove ha concordato con Pacheco che si fermeranno, cade la prima goccia delle molte che sembrano voler scendere da quel cielo blindato da un'infinità di nubi grigie. Accanto all'albero centenario Gallardo attende che arrivi Ramón Acevedo, accompagnato da Francisco Espinosa, che non si aspettava di trovare lì.

L'ennesima variabile.

«Accidenti, tenente, non era necessario che venisse così in fretta. Avrebbe potuto aspettare che finissi di pranzare» lo saluta Acevedo pieno di boria.

«Facciamola finita al più presto. Voglio vedere Rosario».

«Ogni cosa a suo tempo. Prima di tutto, il mio caro amico Francisco, qui presente, vuole farle una domanda».

«E quello chi cazzo l'ha convocato?» protesta Gallardo.

«Io» si affretta a rispondere Acevedo. «A casa mia convoco chi cazzo voglio».

Ora che la sua presenza è stata convalidata dal padrone di casa, Francisco Espinosa fa un passo avanti.

«Che tipo di rapporto aveva lei con quella donna maledetta?»

«Nessuno. All'epoca ho solo cercato di proteggerla da un pezzo di merda come lei, che voleva approfittare della propria posizione sociale privilegiata. Magari quella donna mi ha ingannato, non lo so, ma ho agito esattamente come avrei fatto con qualsiasi altra denuncia per un tentativo di stupro».

«Ma certo che l'ha ingannata!» urla l'altro. «Io non volevo fare proprio nulla a quell'essere uscito dall'inferno. L'ha usata come uno straccio sporco. L'ha ingannata come molti altri, e lei è caduto nella sua trappola».

«Benissimo, faccenda risolta. Ora mi porti Rosario una buona volta».

«Quindi è questa la sua grande debolezza, eh? Le donne. Prima la Vedova e ora quel pasticcino che...»

«Non sono venuto fin qui per ascoltare le sue stupide teorie! Mi porti Rosario!» esige Gallardo.

Ramón Acevedo mostra i palmi delle mani e solleva lo sguardo.

«Va bene, va bene... Ma entriamo, qui fuori ci bagneremo».

«No. Qui. Mi consegni Rosario, voi vi prendete Padilla e io me ne torno da dove sono venuto».

L'altro sorride, gira sui tacchi e fa un cenno agli uomini che attendono nel porticato. Poi accorcia la distanza con Padilla e lo esamina da vicino. Il tenente Gallardo ne approfitta per contare i sei uomini armati in vista, più gli altri due che sorvegliano il cancello alle sue spalle. Una scarica di euforia breve ma intensa gli percorre il midollo spinale.

«E questo poveraccio sarebbe il famoso complice della Vedova?»

Padilla, che sembra più morto che vivo, si limita a tenere la testa bassa.

«Non dici niente, eh? Non importa, ti assicuro che alla fine della giornata ti farà male la lingua da quanto avrai parlato».

«È un po' mogio perché stamattina gli ho mostrato il corpo di Antonia Monterroso» interviene Gallardo come da programma. «Questo illuso sperava ancora di poterla rivedere, ma qualcuno che non abbiamo ancora identificato si è incaricato di spaccarle la testa prima che lui provocasse l'incendio nella tenuta».

«Allora non c'è alcun dubbio che quella cagna sia morta?» interviene Francisco Espinosa.

«L'ha certificato un esperto venuto da Siviglia».

«Ma che peccato» commenta Espinosa, ironico. «Ora tocca a te pagare per i tuoi peccati» dice a Padilla.

«Amen» conclude Acevedo.

In quel momento compare Rosario con suo figlio in braccio. Con delicata fermezza la conduce un uomo la cui andatura ricorda a Gallardo gli oranghi che ha visto sull'isola del Borneo.

«Nel giro di pochi giorni lei mi ha procurato più problemi di chiunque altro nella vita» gli confessa Acevedo. «Non voglio vederla mai più da queste parti».

«Non succederà, può stare tranquillo».

Ramón Acevedo fa un cenno con la testa all'orango, ma quest'ultimo reagisce stringendo ancora di più il braccio di Rosario.

Agli occhi del tenente, una variabile che non aveva considerato.

«Aurelio, che cazzo fai? Ti ho detto di consegnargliela» insiste.

«No».

Suo zio, incredulo, spalanca gli occhi.

«Come sarebbe a dire no?!»

Malgrado la differenza di altezza e di peso, Acevedo si pianta di fronte a lui e gli dà un forte colpo sul petto con il dorso della mano. Aurelio, imperturbato, non accusa minimamente il colpo.

«La voglio per me» rivela.

Nello sguardo di Rosario, più spento del solito, Martín Gallardo crede di scorgere più confusione che paura.

«E questo chi cazzo è?!» esige di sapere il tenente.

«È mio nipote. È un po' tardo, ma è un bravo ragazzo».

«Gli dica di lasciarla!» esclama Gallardo.

Padilla, che finora ha seguito il suo ruolo alla lettera, comincia a innervosirsi sapendo di essere l'anello più debole della catena.

«Vediamo un po', Aurelio, ragazzo mio» interviene Acevedo, «si può sapere cosa ti succede ora con quella troia? Domani ti porto da Matilde e ti sfoghi con...»

Con un movimento molto più agile di quello che ci si potrebbe aspettare da una scimmia antropomorfa, Aurelio dà uno spintone a suo zio facendolo cadere a terra, porta una mano dietro la schiena ed estrae un revolver.

La variabile determinante.

«Non ne voglio un'altra! Voglio questa!» barrisce tirando indietro Rosario.

Lope scoppia a piangere.

In cielo scoppia un temporale.

Martín Gallardo, che ha avuto quasi un intero secondo per valutare la situazione e prendere una decisione, alza il braccio sinistro.

Il segnale.

Lo sparo, che manca il bersaglio centrando quindi il suo obiettivo, colpisce il tronco dell'olivo.

Si scatena il caos.

Immediatamente, cinque guardie civili armate emergono dal nulla e circondano gli uomini di Ramón Acevedo, anche loro armati.

«Guardia Civile, gettate le armi!» grida il caporale Aguado.

Gli attori principali che intervengono in questa sequenza senza avere un copione da seguire interpretano il proprio ruolo in modi molto diversi: Francisco Espinosa, poco avvezzo a vedersi coinvolto in questo tipo di tafferugli, si butta a terra e si copre la testa con entrambe le mani. Ramón Acevedo, che non riesce a credere a quanto sta succedendo, rimane immobile con la bocca aperta e le braccia spalancate. A Jacinto Padilla, stordito dalla paura, sembra una buona idea approfittare della confusione per scappare di corsa. Aurelio Jardiel Acevedo, nella sua pragmatica idiozia, punta la pistola contro Cristóbal Sánchez, la guardia civile più vicina a lui. Rosario, mossa dal suo istinto materno, si lascia cadere in ginocchio e protegge Lope con il proprio corpo. Darío Pacheco, seguendo le istruzioni dettate dal suo superiore, abbandona la sua posizione e si dirige correndo verso il casale, con il proposito di mettere in salvo il prigioniero. Infine Martín Gallardo, facendo leva sulla sua esperienza, si toglie rapidamente di spalla il Winchester e lo impugna con determinazione.

«Gettate le armi, subito!» urla di nuovo il caporale Aguado.

Fra tutti, il tenente è il primo ad agire. Fa due brevi passi verso Aurelio e lo colpisce deciso all'altezza dello zigomo con il calcio del fucile. L'impatto gli provoca una microfrattura alla mascella e gli stacca due premolari, ma anche se per la maggior parte degli esseri umani sarebbe un colpo decisivo, non lo è per uno della specie di Aurelio, che si limita a incespicare. Dopo aver sputato i denti affronta quel tenente venuto a sottrargli la donna dei suoi sogni e gli punta il revolver alla testa, pronto a eliminare la concorrenza premendo il grilletto. Tuttavia, il tenente reagisce con prontezza, cercando ora – di nuovo con il calcio del fucile – la mano che stringe l'arma. Con un colpo preciso, riesce a rompergli il metacarpo del pollice, e il revolver cade accanto a una delle pozzanghere che si stanno già formando. Ancora più infuriato, Aurelio si lancia alla carica sul suo rivale e riesce ad atterrarlo senza difficoltà, facendo valere gli oltre cinquanta chili che li differenziano. Quando Gallardo sta per rialzarsi si scontra con un oggetto a forma di pugno che viaggia a una velocità maggiore di quella che può schivare, e a quell'impatto il suo cervello per poco non si spegne. Non succede, ma quando torna in sé si trova in una situazione per nulla favorevole per i suoi interessi, se quello che desidera è rimanere in vita: sopra di lui, una bestia scatenata gli stringe il collo con le sue enormi mani da primate, impedendogli di respirare e quasi spezzandogli la trachea. Purtroppo per Martín Gallardo, i suoi colleghi in divisa, impegnati a disarmare a urla gli avversari che sono capitati sulla linea di tiro di ciascuno, non si accorgono di quanto avviene sotto l'intensa cortina d'acqua che sta cadendo. Gallardo si dimena per i pochi istanti che impiega a convincersi – proprio come era accaduto a Patricio Carvajal – di essere sul punto di morire.

Ma si sbaglia.

Un suono che lui percepisce come un vigoroso schiocco precede una pioggia molto più densa del normale. Una pioggia calda che gli schizza il volto di rosso carminio, accompagnata da una grandine viscosa. Materia organica che fino a poco fa faceva parte di un cervello che non ha potuto fare nulla per evitare di sparpagliarsi ovunque, come succederebbe a qualsiasi sostanza contenuta in un recipiente che si spacca.

In questo caso, un cranio.

Aurelio cade a peso morto – mai espressione fu più azzeccata – sul tenente Gallardo, il quale, dopo esserselo tolto di dosso, si alza per recuperare il fiato. Intorno a lui sembra che il tempo si sia fermato. Immerso in un silenzio sepolcrale, rotto soltanto dal picchiettio delle gocce contro il terreno, non tarda ad accorgersi che tutti stanno guardando verso la facciata laterale del casale, punto da cui è partito lo sparo.

Tutti guardano, sì, ma solo uno sa esattamente dove cercare.

Tutti guardano, sì, ma solo uno sa esattamente di chi si tratta.

Quell'uno è Ramón Acevedo, e la persona che ha appena fatto saltare le cervella a suo nipote è la stessa che lui gli aveva ordinato di andare a chiamare perché era pronto a chiudere un conto in sospeso.

Dentro di lui si scatena una tempesta d'ira.

Fuori, invece, sta per esploderne una molto diversa: una tormenta di spari.

Di spari precisi ne sa proprio poco. In realtà, non sa quasi niente di nessun argomento. Tanto per cominciare, sa a malapena leggere e scrivere, perché, proprio come era successo ai suoi tre fratelli maschi, il padre l'aveva tolto da scuola a dieci anni appena compiuti affinché lo aiutasse nel lavoro dei campi come bracciante. Una decina d'anni dopo, con ben poche conoscenze al di là di quelle che esigeva la terra, gli era sembrata una buona idea entrare nella Guardia Civile: a quanto gli avevano raccontato era come essere un poliziotto, ma in campagna. Questo gli piaceva. Perché lui la terra odiava lavorarla, ma era tanto legato all'ambito rurale che non si sarebbe mai sognato di costruirsi un futuro nella grande città come avevano fatto molti altri. E non gli era andata male. Per niente. Aveva capito subito che l'unica cosa di cui doveva preoccuparsi era eseguire i comandi dei suoi superiori, e nella vita ci sono poche cose più semplici che fare quello che ti dicono di fare. Con una paga dignitosa assicurata, era riuscito a trovare moglie senza troppe difficoltà e a costruirsi una casa a Zafra, il suo paese natale, dove non aveva altri obblighi che continuare a fare quello che altri gli ordinavano.

E a eseguire gli ordini si era dedicato corpo e anima nei quindici anni successivi, finché non aveva raggiunto il grado di caporale e aveva assaporato cosa significa comandare. Quel sapore gli piaceva persino più di quello lasciato dall'eseguire gli ordini altrui. Ma in più, con il passare del tempo, si era accorto che non solo lo rispettavano in caserma, dove ormai si era guadagnato uno spazio, ma anche fuori lo guardavano con una certa deferenza. Non era uno qualsiasi. E quindi, se era diverso, perché non trarne profitto? Aveva cominciato a lasciarsi offrire da mangiare alla locanda, o, ancor più facile, a non pagare direttamente, che è sempre più economico. Così, quello che risparmiava da una parte poteva spenderlo dall'altra: con le puttane. Questo sì che gli piaceva davvero. All'inizio gli bastavano una o due volte alla settimana, ma ben presto si accorse che se non arrivava a casa soddisfatto e ubriaco gli si inacidiva il carattere. E sua moglie gli era persino grata perché, se si sfogava prima, magari non le spaccava la faccia al primo commento che non gli piaceva, e in più, se poteva evitare di dover andare a letto con lui, tanto meglio.

Così se la godeva Benito Yáñez.

I problemi erano iniziati quando il costo della vita che voleva condurre aveva superato la sua paga dignitosa. Lui non era disposto ad abbandonare il suo stile di vita, e l'ombra della persona che in quella zona tutto vedeva e tutto sapeva era troppo lunga per non raggiungere anche uno zoticone in divisa corruttibile come lui. Era stato così che il signor Acevedo aveva notato il caporale Yáñez e aveva cominciato ad affidargli i primi lavoretti. Tutto molto semplice. Guardare dall'altra parte, prendere quello che gli spettava e poco più. Magnifico. Poi le cose si erano fatte più complesse, circostanza che comunque non gli era dispiaciuta, considerando le ricompense sotto forma di banconote con le quali poteva permettersi puttane più costose. Ciò che quel sempliciotto di Benito non aveva valutato a sufficienza era che, più si riempiva le tasche e si svuotava i testicoli, più apparteneva a Ramón Acevedo. Così, un pomeriggio, mentre stava per abbassarsi i pantaloni, erano andati a cercarlo due uomini per condurlo in un posto vicino al fiume Bodión dove lo attendeva colui che, senza che lui lo sapesse, era già diventato il suo padrone.

«Quello che ti mostrerò stasera ti cambierà la vita» gli aveva anticipato Ramón Acevedo.

L'entrata era nascosta dagli arbusti, e il tunnel era lungo quasi sei chilometri, un metro e mezzo di altezza per uno di larghezza. Collegava il casale con un tratto di fiume poco frequentato ma navigabile con barchette di basso profilo, che i suoi uomini utilizzavano per spostare la mercanzia lungo tutto il bacino fluviale del Guadiana. Nello specifico, sbucava nel magazzino sotterraneo del casale, camuffato come uno dei tanti frantoi della regione.

«Adesso conosci il mio segreto» gli aveva detto Acevedo. «D'ora in poi la storia sarà questa: tu fai in modo che nessuno del tuo gruppetto mi dia fastidio il giorno che ti dirò io, e io in cambio ti renderò la vita migliore. Molto migliore».

Inizialmente non gli era sembrato un cattivo accordo, ma le cose cambiarono quando aggiunse: «Se un giorno i tuoi se ne accorgono e me lo chiudono... ti ammazzo. Ammazzo te e ammazzo tua moglie, e i tuoi figli se mai li avrai».

Di figli non ne aveva, e sua moglie era morta pochi mesi dopo per via di un morso di ratto che le aveva trasmesso il tifo, ma l'idea che la sua vita dipendesse dal fatto che nessuno dovesse sapere di quel maledetto tunnel non gli piaceva affatto.

Contro ogni pronostico, gli anni erano trascorsi quasi senza contrattempi, finché quattro giorni prima non era comparso un tenente del comando di Almendralejo per occuparsi di un detenuto accusato di aver dato fuoco a una tenuta. A partire da quel momento, non sa come, a Benito Yáñez è sfuggito tutto di mano, fino al punto di dover fingere la propria morte. Il tenente Gallardo l'aveva scoperto. Sapeva che lavorava per il signor Acevedo e che era responsabile del fatto che Patricio e i suoi fossero entrati in caserma, avessero ammazzato Linares e si fossero portati via quella cazzo di dentiera d'oro della Vedova. Quando era arrivato il suo turno di essere interrogato, quello stronzo gliel'aveva detto chiaro e tondo: «Mi serve che lei muoia».

Poi aveva estratto il revolver, aveva tirato fuori da un sacco una gallina morta e gli aveva spiegato cosa sarebbe successo dopo.

«Abbiamo due opzioni: o sparo a questa gallina e racconto che lei ha ammesso di essere colpevole e ha deciso di togliersi la vita, oppure le faccio saltare le cervella e racconto che lei ha ammesso di essere colpevole e ha deciso di togliersi la vita».

Lui aveva scelto l'opzione della gallina, ovvio, ma quello che non immaginava era che non se la sarebbe cavata così facilmente. Per niente. Aveva dovuto raccontargli tutto quello che sapeva su Ramón Acevedo, tunnel compreso, perché se in quel preciso istante avesse dovuto scommettere su chi aveva più possibilità di mandarlo all'inferno, avrebbe puntato su quel bastardo con i baffi a manubrio. Per concludere la messinscena l'aveva costretto a tenere la gallina vicino alla parete e l'aveva fatta esplodere con uno sparo. Poi l'aveva fatto uscire di nascosto dalla caserma mentre Pacheco teneva le altre guardie in riga nel cortile interno, e gli aveva imposto di restarsene chiuso in casa fino a nuove istruzioni.

«Si ricordi che è morto» l'aveva avvertito Gallardo. «E i morti non li vede nessuno. Non li sente nessuno. Non mi costringa ad ammazzarla di nuovo, perché le assicuro che stavolta non dovrà tenere in mano nessuna gallina».

Qualche ora fa si è presentato alla sua porta il sergente Pacheco, che dopo averlo messo al corrente di quanto è accaduto nella casa dove era nascosto Padilla gli ha comunicato il piano suicida del tenente Gallardo: far accedere i suoi uomini al casale attraverso il tunnel, posizionarli e creare una distrazione in modo che potessero avere un vantaggio strategico nel caso in cui il confronto armato si fosse rivelato inevitabile. E la parte peggiore di tutte è toccata senza dubbio a lui.

«Lei è l'unico che conosce l'interno della casa» gli ha spiegato Pacheco.

«Ci sono stato solo un paio di volte» si è difeso il caporale.

«Due più di noi. Non mi interrompa più, ascolti e basta. Deve recuperare la dentiera mentre noi attiriamo l'attenzione. Il tenente è sicuro che non abbia ancora avuto il tempo di venderla, quindi è molto probabile che la tenga da qualche parte come trofeo. Avrà come minimo quindici minuti per trovarla».

«Quindici?»

«Come minimo. Se riesce a prenderla, il tenente Gallardo le dà la sua parola che dimenticherà tutti i problemi che lei ha provocato. Inoltre, se tutto va come deve, smetterà di essere il ridicolo lacchè di un delinquente come Acevedo».

Non era una cattiva offerta, ma, soprattutto, era l'unica scelta che aveva.

Quando i suoi colleghi l'hanno visto comparire in caserma insieme a Pacheco l'hanno guardato con occhi diversi, avrebbe detto con disprezzo, e nessuno gli ha rivolto la parola finché all'entrata del tunnel il caporale Aguado gli ha detto: «Faccia il suo dovere per una volta nella vita».

Questo gli ha fatto male.

Non appena è cominciato il parapiglia, lui è stato il primo a uscire dal magazzino sotterraneo per dirigersi di soppiatto verso la parte posteriore dell'edificio principale. Quando ha udito il primo sparo è entrato dalla finestra della cucina, e proprio mentre iniziava a salire le scale che portano al piano superiore ha sentito una seconda detonazione.

Senza dare troppa importanza alla cosa – il suo unico desiderio era portare a termine la missione che gli avevano affidato – Yáñez si è diretto verso l'ufficio del signor Acevedo, ossia dove scommetteva che conservasse quella maledetta dentiera. Incalzato dal conto alla rovescia che scorreva nella sua mente, è entrato senza ulteriori indugi e ha raggiunto la scrivania. Nel momento in cui stava per aprire il primo cassetto si è scatenata una raffica di spari che, ovviamente, hanno attirato la sua attenzione. Con somma cautela, ora sì, si è avvicinato alla finestra per vedere cosa stesse accadendo fuori.

Un caos.

Nel giro di pochi secondi ha visto il suo collega Ginés che abbatteva un uomo sparandogli al petto e, a pochi metri di distanza, Remigio steso a terra, immobile. Forse perché era assorto in quello spettacolo dantesco, o magari perché il rumore degli spari copriva quanto accadeva alle sue spalle; in ogni caso non si è accorto che qualcuno che si trovava già nell'ufficio prima del suo arrivo ora si stava avvicinando a lui in perfetto silenzio. Questa persona ha sostituito il fucile che aveva rubato dall'armeria del suo ex socio – ha smesso di esserlo nel preciso istante in cui ha fatto esplodere la testa di suo nipote Aurelio – con un coltello da cucina che, pur non essendo affilato quanto vorrebbe per lo scopo che ha in mente, gli servirà comunque.

L'immagine successiva che vede il caporale Yáñez è il proprio sangue che schizza sul vetro della finestra. Lui non lo sa, e la verità è che ormai importa poco, ma quel primo fiotto proviene dal taglio che gli è stato appena praticato sull'arteria carotide esterna. Un automatismo nato dal suo istinto di sopravvivenza fa sì che si porti entrambe le mani al collo per bloccare il dissanguamento, tuttavia, trascorsi cinque secondi dei pochi che gli restano da vivere, ormai ha perso abbastanza sangue da avere un capogiro e lasciarsi vincere dalla gravità.

A terra, dove si contorce a pancia in su, l'ultima cosa che il caporale Yáñez distingue è un volto che sfuma alla stessa velocità con cui lui sta perdendo plasma sanguigno.

Un volto dai lineamenti squadrati, con una folta barba incerata e gli occhi neri come la notte.

Capitolo ventottesimo

Animale

Treno Badajoz-Zafra
A 37 chilometri da Zafra
Qualche settimana prima

Sebastián Costa non stava vivendo un anno facile. Da quando aveva visto Antonia per l'ultima volta al capanno dei serpenti, la sua vita si era trasformata in un perpetuo andirivieni, un viaggio interminabile di città in città con un unico proposito: chiudere una porta e aprirne un'altra.

La monotonia del panorama l'aveva portato a fare un viaggio di tipo diverso, tornando indietro con la memoria fino al giorno in cui, proprio come aveva promesso alla donna che gli aveva fatto perdere la testa, era tornato sulla costa di Almería. Estranea alle inclemenze invernali, Garrucha sembrava essersi arenata nel tempo, malgrado da decenni prosperasse grazie allo sfruttamento dell'industria metallurgica diffusa in tutta la regione. Trovò Sixto Simón molto malandato, sciupato, come se fosse invecchiato di dieci anni dall'ultima volta che l'aveva visto.

«Ah, signor Costa, non la aspettavo così presto» ammise quando gli aprì la porta.

«Le avevo detto un paio di settimane e così è stato. Ha il denaro?»

«Sì. Aspetti qui un secondo».

«Non c'è bisogno».

Sixto Simón arricciò il naso.

«Come dice?»

«Antonia vuole che glielo consegni lei di persona».

«Io? Ma...»

«Vuole che le chieda scusa. È suo diritto».

«Non posso lasciare mia madre da sola. Non riesce neanche ad alzarsi dal letto».

«Ci vogliono otto giorni per andare e tornare. Può pagare qualcuno perché si prenda cura di lei. Dopodiché sarà tutto finito e potrete andare avanti con la vostra vita».

L'altro si aggrappò al batacchio della porta.

«È un vero incubo. Non sa quanto mi pento di...»

«Questo lo racconti a lei. La aspetta l'ultima domenica di questo mese. A mezzogiorno».

Costa gli consegnò un foglio piegato in due.

«Deve arrivare fino a Zafra, poi segua queste indicazioni per El Raposo. Vedrà subito la tenuta».

L'altro sospirò di pura rassegnazione.

«D'accordo, lo farò».

«Sì, lo so».

Sebastián Costa gli tese la mano per salutarlo. Simón esitò qualche secondo prima di stringergliela.

«Confido che non dovremo più rivederci, signor Simón».

«Anch'io».

«A proposito, Antonia adora le orchidee nere. Sarebbe carino da parte sua portargliene un mazzo».

Sebastián Costa si sistemò la bombetta, girò sui tacchi e infilò la mano nella tasca del pastrano nero.

«Le preferite di sua madre, sì. Santi numi» ricordò Sixto Simón a voce alta mentre lo guardava allontanarsi.

Molto lentamente. Così stava avanzando il convoglio in previsione della fermata alla stazione del paesino successivo. Ma ancor più lentamente era trascorso il tempo per Sebastián Costa da quando era partito per Barcellona con l'idea di risolvere le sue faccende in sospeso, che non erano poche. Tra tutte, quelle che gli era costato di più portare a termine erano senza dubbio i due incarichi che stava svolgendo prima di decidere di rinunciare al suo posto di lavoro a La Protectora. Due casi in cui aveva dovuto investire quasi tre mesi e fin troppi sforzi. Esteve e Giró non gli avevano reso le cose facili, avevano contrattaccato con un aumento sostanziale dell'offerta economica, ma lui aveva già sostenuto quel dibattito nella sua mente, e le voci che difendevano la rottura totale con la sua vita precedente, per affrontare da zero quella che voleva accanto ad Antonia, avevano vinto. Alla fine, quando era uscito dalla succursale della banca dopo aver liquidato il suo conto, si era accorto di quanto poco gli gonfiassero la tasca le quarantottomila pesetas che era riuscito a risparmiare nei suoi dodici anni di carriera come detective.

Quello era il peso del suo passato.

All'inizio della primavera del 1917, Sebastián Costa era salito su un altro treno, pronto a concludere l'ultima questione che doveva risolvere prima di abbandonare per sempre Barcellona. Nella regione del Maresme, a Calella, viveva Carmen, la donna con cui aveva convissuto negli ultimi sei anni insieme ai suoi figli di undici e tredici anni. L'addio non era stato molto lungo, ma aveva avuto una carica drammatica maggiore di quanto avrebbe voluto. Non le aveva mentito, ma non le aveva neppure raccontato la verità. E non perché si vergognasse di ammettere che era rimasto intrappolato nella ragnatela intessuta da un'altra donna, ma per evitare di farla soffrire ancora di più di quanto l'avrebbe addolorata quella rottura.

Così, dopo aver risolto tutto sul versante lavorativo, quello economico e quello sentimentale, aveva inviato un telegramma ad Antonia per avvisarla che sarebbe arrivato due giorni dopo, e si era diretto alla stazione con una valigia nella quale aveva infilato gli ultimi anni della sua esistenza e gli era pure avanzato spazio. Barcellona-Madrid, Madrid-Badajoz e Badajoz-Zafra, tre tappe ferroviarie dopo le quali ne sarebbe cominciata una di altro tipo. Una tappa che poteva benissimo finire in un vicolo cieco. Una tappa a cui aveva dato il via, senza saperlo, il giorno in cui aveva avuto un incontro sessuale in un vagone merci con l'essere più perfido e affascinante che avesse mai conosciuto.

Quando il locomotore si fermò alla stazione di Zafra, valutò la possibilità di andare fino ad Almendralejo per rivedere Martín, il suo ex compagno d'armi a Cuba e nelle Filippine. La scartò perché avrebbe dovuto dirgli la verità, considerando che era molto probabile che se lo trovasse di fronte a breve. Le oltre due ore che impiegò per raggiungere a piedi El Raposo gli servirono per soppesare i motivi che l'avevano portato lì, e che non avevano nulla a che fare con la razionalità, ma piuttosto con il suo contrario. La reazione iniziale di Antonia vedendolo arrivare alla tenuta fu contenuta, distante, atteggiamento che non tardò a trasformarsi nell'appassionato incontro che desiderava dal giorno in cui l'aveva salutata al capanno dei serpenti.

Mentre erano nudi, dopo essersi aggiornati sul lato carnale, Sebastián Costa decise di fare lo stesso con il resto.

«Non avendo ricevuto tue notizie, do per scontato che Sixto Simón abbia rispettato i patti».

In quel momento, ad Antonia non passò neanche per la testa di confessargli che era finito nello stomaco dei maiali.

«È arrivato, mi ha chiesto scusa, mi ha consegnato il denaro e se n'è andato da dov'era venuto».

«Ti ha portato i fiori?»

Lei gli strizzò l'occhio.

«Orchidee nere. Guarda un po' se alla fine non viene fuori che era un gentiluomo».

«E il fattore? L'hai già mandato via?»

«So che mi hai chiesto di disfarmi di lui, ma non ho potuto».

Sebastián Costa sentì che il morbido materasso su cui era sdraiato si trasformava in un letto di spine.

«Spero che tu abbia una motivazione importante, perché altrimenti ti assicuro che domani all'alba mi occuperò io di farlo sparire dalla nostra vita».

«Ce l'ho. Ecco... Ho fatto come mi hai detto e ho smesso di ricevere finti candidati, ma ce n'è stato uno che non sono riuscita a mantenere in riga. Pedro Berrocal, si chiamava».

«Si chiamava?»

Sdraiata a pancia in su con lo sguardo fisso sul soffitto, Antonia gli raccontò la versione che aveva costruito nella sua testa negli ultimi giorni e che, lacrime comprese, finiva con la morte dell'aggressore per legittima difesa e con le sue ossa in fondo al pozzo. Sebastián Costa si limitò ad ascoltare attentamente, senza intervenire neppure una volta.

«Ma non è la cosa peggiore» proseguì lei. «Non molto tempo fa suo fratello si è presentato qui con la Guardia Civile per farmi domande sulla scomparsa di quel verme. Il problema è che a Jacinto, quell'idiota, non era venuto in mente di meglio che vendere il suo cavallo a un commerciante che fa affari sporchi».

Costa si strofinò la barba, curioso.

«Figurati quanto è squilibrato, quando gli ho detto che aveva commesso un grave errore mi ha risposto che ci avrebbe pensato lui a farlo tacere per sempre».

«Questo peggiorerebbe tutto».

«Certo! Per questo l'ho convinto a non farlo, ma prima o poi troveranno l'acquirente e...»

«Torneranno» completò Costa.

«Esatto. Ma nel frattempo ho riflettuto e ho escogitato un piano che, per quanto possa sembrare complicato, sono convinta che riusciremo a portare a termine».

«Riusciremo?»

«È quello che ci serve per dare un taglio netto e ricominciare da zero in un altro luogo, ma senza di te non funzionerà».

«Ti ascolto».

«La prima cosa che devo fare è trovare un accordo con il signor Acevedo per vendergli la tenuta. Ho già avuto una prima conversazione con lui e sarebbe interessato a comprarmela a un certo prezzo. A Jacinto, che crede di essere l'amore della mia vita, dirò che è arrivato il momento di andarcene, ma che per fuggire da qui abbiamo bisogno di denaro. Lui dovrà solo dare fuoco alla tenuta e io incasserò i soldi dell'assicurazione».

«Continua».

«Un paio di giorni prima andrò al comando di Almendralejo a sporgere denuncia contro Jacinto, dicendo che è impazzito o qualcosa del genere, e che sospetto abbia assassinato Pedro Berrocal per gelosia e che l'abbia gettato nel pozzo. Quando indagheranno e scopriranno che ha venduto il suo cavallo e che il corpo è là dentro» continuò, indicando in direzione della finestra, «avranno il colpevole che cercano. Adesso capisci perché ci serve vivo?»

Sebastián Costa annuì, ma subito dopo si accigliò e si schiarì la voce.

«C'è un problema».

«Quale?»

«So perfettamente come funzionano le compagnie assicurative, e non riuscirai a incassare i soldi della polizza se non dimostri che la tenuta è ancora tua. E quell'Acevedo non ti darà una peseta se non gli consegni il certificato di proprietà».

Antonia scoppiò a ridere. Poi si girò su un fianco, infilò le dita nella folta barba del suo amante e lo baciò sulle labbra.

«È a questo punto che entri in scena tu, tesoro. Per questo ho bisogno di te. Per questo e per qualcos'altro che dovrai fare per me. Non ti ho ancora raccontato la parte migliore del piano».

«Sei la persona più perversa che abbia mai conosciuto» commentò lui ammirato.

«È vero, per questo sei perdutamente innamorato di me».

Senza alcun riguardo né delicatezza, Costa si piazzò a cavalcioni sopra di lei e la immobilizzò per i polsi.

«Mi hai stregato, maledetta fattucchiera».

Compiaciuta, lei gli sorrise.

«E tu sei un animale. L'animale che cerco da tutta la vita».

Senza smettere di trapassarla con lo sguardo, Sebastián Costa notò che in mezzo alle gambe gli tornava il vigore. Anche Antonia se ne accorse. Quando le lasciò andare le braccia, lei gli condusse una mano verso il suo seno e, come sperava, lui si divertì a soppesare la generosità di quella massa come se fosse la prima volta.

«Il mio animale» gli sussurrò.

Capitolo ventinovesimo

Uno spirito

Casale del signor Acevedo
Territorio municipale di Alconera (Badajoz)
22 aprile 1917, ore 14.10

È un uomo molto abituato a prendere ogni sorta di decisioni: importanti e ininfluenti; meditate o intuitive; operative e strategiche; personali, concordate, emotive e razionali.

Decisioni.

Tuttavia, ora che in gioco c'è la sua vita, Francisco Espinosa non riesce a prenderne nessuna. È successo tutto molto in fretta, malgrado il suo cervello l'abbia elaborato al rallentatore. Da quando il tenente Gallardo si è presentato con Padilla fino a quando si è scatenato il caos sono passati appena due battiti di ciglia; ma in quel momento, sdraiato a terra alla mercé di qualsiasi pallottola vagante – o diretta intenzionalmente, chi lo sa –, Francisco Espinosa non riesce a staccare lo sguardo da quegli occhi inerti che, con la loro opacità, sembrano volerlo avvertire di qualcosa di funesto.

Percepisce anche che Ramón Acevedo, in ginocchio accanto a lui, si sta sgolando mentre indica verso la finestra da cui è arrivato lo sparo. Siccome è troppo esposto sotto l'intensa pioggia che sta cadendo, due dei suoi uomini non tardano a correre dal loro padrone per metterlo in salvo; lo sollevano per le ascelle e lo trascinano verso l'interno del casale. In questo intervallo, Acevedo urla e indica la donna che, proprio come lui, è sdraiata su un fianco e protegge con il proprio corpo la creatura che stringe tra le braccia. Immediatamente, qualcuno la afferra e la tira bruscamente in piedi, facendola scomparire dal suo campo visivo in un batter d'occhi. Le sue orecchie, che hanno appena recuperato l'udito, riescono a distinguere i vari suoni degli spari provenienti da fucili, carabine e pistole che stanno provocando una strage attorno a lui. È del tutto consapevole di dover fare qualcosa, ma continua a non essere in grado di prendere decisioni.

Decisioni.

Anche se, a pensarci bene, non è necessario che siano al plurale. Forse una basterebbe. Per esempio: coprirsi. Questo è facile. Deve solo capire con che cosa. A pochi metri di distanza, il grosso e robusto tronco dell'olivo centenario gli sembra il luogo ideale, ma non si azzarda a esporsi, quindi si trascina nel fango aiutandosi con i gomiti e le ginocchia, senza preoccuparsi di distruggere il costosissimo abito a tre pezzi che indossa. Incoraggiato da quell'apparente successo, appoggia la schiena contro l'albero e si prepara ad analizzare la situazione in cui si trova. Da un lato, le guardie civili hanno preso posizione al meglio delle loro possibilità, tranne una che giace immobile sul terreno. Tutte stanno sparando verso il portico, dove, intuisce – non ha intenzione di affacciarsi con la testa per controllare –, ci sono gli uomini del signor Acevedo che rispondono con il fuoco.

«Con il fuoco di copertura» risponde Martín Gallardo alla domanda del sergente Pacheco.

Entrambi sono riusciti a mettersi in salvo dietro un muro dell'ala sinistra dell'edificio, e ora discutono la strategia da seguire.

«Hanno quasi tutti carabine da caccia. Da questa distanza, e sotto la pioggia, perdono parecchio in precisione» argomenta il tenente.

«Non sappiamo se è morto» ribatte Pacheco riferendosi a Remigio, che ha ricevuto una scarica di pallettoni a bruciapelo non appena si sono scatenate le ostilità.

«Proprio per questo. L'uscita è a soli tre metri» indica. «Se riusciamo a trascinarlo fin lì possiamo portarlo in ospedale».

«Portarlo? Come?»

Gallardo trova la risposta parcheggiata dall'altro lato del cancello.

«Con quell'affare?» domanda Pacheco. «Io non so guidarlo».

Il tenente aguzza la vista.

«Nemmeno io, ma l'autista che c'è dentro sì».

Dentro sì che sa cosa fare, anche se è perfettamente consapevole che la situazione non ha nulla a che vedere con quanto aveva previsto. Ramón Acevedo si libera infastidito dai due uomini che l'hanno tratto in salvo e si dirige verso una cassettiera accanto alla finestra dove sa che troverà quello che cerca: una semiautomatica modello Victoria del 1911 e un revolver da tasca a cinque colpi che all'epoca aveva regalato alla sua defunta moglie, entrambi carichi per ogni evenienza. Senza pensarci troppo, sceglie la prima e la punta verso uno dei suoi uomini.

«Tu, con me. E tu non allontanarti da quella troia» ordina a quello che ha trascinato dentro Rosario. «Di' a quelli di fuori che non lascino entrare quegli stronzi in divisa. Offro cento pesetas per ogni guardia morta e mille per il tenente! Duemila!» rettifica.

Non ha mai salito le scale così velocemente. Non appena entra nel suo ufficio nota che manca una delle armi che decorano la parete di fronte alla porta. Nello specifico un fucile da 25 che usa per la caccia grossa, di cui conserva le munizioni nel terzo cassetto della sua scrivania. Non è questo, però, ciò che è venuto a controllare, bensì lo scompartimento nascosto nel doppio fondo del ripiano, che utilizza per riporvi documenti importanti. La cosa successiva che cattura la sua attenzione non è un'assenza, ma una presenza: quella del corpo senza vita di un uomo sopra una grossa pozza di sangue.

«Santa Vergine, cazzo!» esclama Ramón Acevedo.

Quando si avvicina e riconosce il Cinghiale con la pelle cerea e lo sguardo vacuo ma fisso su un punto indefinito, quasi gli dispiace per lui.

«Ma tu non eri già morto, maledetto? Idiota di merda... E così pure tu volevi fregarmi, eh?» gli dice prima di tirare un calcio al suo cadavere.

L'uomo che lo accompagna sospira, sopraffatto.

Ma subito l'allarme nella sua testa lo reclama di nuovo. Sbatte rapidamente le palpebre non appena identifica la finestra da dove è giunto lo sparo che ha ammazzato suo nipote Aurelio: la stessa che ora è bagnata di sangue.

«No, no, no, no, no...» ripete incessantemente quando nota che il suo cassetto segreto ha smesso di esserlo.

Nella sua memoria si riproduce una conversazione avvenuta qualche settimana prima.

«Scusi se la interrompo un secondo, perché non so se sto capendo bene».

Antonia Monterroso gli sorrideva mostrando il luccichio dorato della dentiera.

«Vediamo se ho compreso. Da quel che mi ha detto, ha dei problemi con il suo fattore, quel tale Padilla, che è ossessionato da lei e l'ha minacciata di ammazzarla e di dare fuoco alla sua tenuta».

«Esatto».

«Per questo ha deciso di andarsene e mi sta proponendo di comprare la sua proprietà in contanti a un prezzo, diciamo così, molto ragionevole».

«È quasi un regalo».

«Quasi. E io le domando: perché non denuncia Padilla alle autorità?»

«Ho in programma di andare domani o dopodomani al comando di Almendralejo, se non l'ho ancora fatto è perché prima voglio risolvere la vendita della proprietà. È la mia unica possibilità di fuga».

«Capisco. Quello che non riesco a comprendere è perché si sia rivolta a me. Qualsiasi proprietario terriero della zona potrebbe farle un'offerta più succulenta».

«Forse, ma non con l'immediatezza di cui ho bisogno».

«Ah, allora devo considerarmi fortunato».

«È quello che cerco di spiegarle da quando mi sono seduta su questa sedia».

Ramón Acevedo si era rilassato sulla sua e aveva intrecciato le dita prima di appoggiare le mani in cima alla sua protuberanza addominale.

«E cosa succederebbe se le dicessi che la mia risposta dipende dal fatto che lei sia disposta a chiudere l'accordo in una forma, diciamo così, più intima?»

Il sorriso di Antonia non si era spento mentre si avvicinava a lui.

«Allora le direi che il prezzo è appena raddoppiato».

Il signor Acevedo ci aveva riflettuto per qualche istante.

«Troppo caro per un piacere così effimero, signora mia».

«Sono d'accordo».

Lei gli aveva teso la mano.

«Affare fatto?»

Quello stesso pomeriggio avevano formalizzato il contratto di compravendita e lei gli aveva consegnato i documenti della proprietà per cinquantamila pesetas in contanti, con l'impegno di lasciare la tenuta entro due settimane.

Di ritorno al presente, Ramón Acevedo non ha bisogno di controllare le carte che conserva nel cassetto per sapere che nessuno di quei documenti si trova ancora in suo possesso.

«Maledetta cagna. Marcirai all'inferno!» urla inferocito. «E tu che fai lì impalato?! C'è un intruso in casa mia! Trovamelo!» ordina al tizio che lo accompagna, il cui nome non si è mai disturbato a imparare.

L'uomo in questione si chiama José María Ibarra, di professione boscaiolo a Jaén, sebbene da sette anni lavori come contrabbandiere. Non lo fa per vizio, né per devozione, ma solo perché riesce a sfamare meglio i suoi cinque figli con ciò che guadagna dalla movimentazione di merci illegali che con il trasporto di tronchi di quercia di paese in paese.

«Padrone, io...»

La vena che divide in due la fronte del signor Acevedo è sul punto di esplodere.

«Tu cosa?!»

«Io... Tutto questo è troppo per me» risponde sinceramente José María.

«Come dici?! Sai che cos'è troppo?!» gli domanda puntandogli contro la Victoria. «Sai che cos'è troppo?!»

La risposta la pronuncia la pistola ed è composta da una frase semplice formata da tre proiettili che gli si incastonano nel petto.

Concisa, lapidaria.

Le altre quattro parole che aggiunge fino a svuotare il caricatore non sono assolutamente necessarie, ma servono a Ramón Acevedo per scaricare la propria frustrazione.

«Questo, è troppo» conclude.

Conclude il suo compito trascinandolo per i piedi e portandolo in salvo. Dopodiché il sergente Pacheco verifica che – come temeva – Remigio non presenta funzioni vitali. La colpa è delle molteplici ferite provocate dai pallettoni sul suo torace. A questo punto va a comunicare la notizia al tenente Gallardo, sul cui volto si riflette la disgrazia, ma immediatamente compone un'espressione nella quale la determinazione sopprime qualsiasi altro tipo di sentimento.

«Teneteli impegnati il più a lungo possibile!» gli ordina. «Io entro».

Pacheco sbuffa contrariato quando lo vede rompere una finestra e infilarsi nell'edificio; ma non perché deve obbedire all'ordine del suo superiore, bensì perché intuisce che lo scontro andrà per le lunghe. Poi analizza la situazione. I suoi colleghi sono sparsi per il cortile, tutti al riparo, e rispondono in modo intermittente agli spari degli uomini del signor Acevedo, che si sono rifugiati nel porticato. Se non cambia nulla e si limitano a mantenere le posizioni, il rischio di restare feriti è minimo. C'è solo un elemento discordante che, come una grinza in una divisa appena stirata, lo turba. Si tratta di quel proprietario terriero con cui Ramón Acevedo intrattiene qualche tipo di rapporto. Ma non è solo la sua presenza a turbarlo. È il suo atteggiamento. Non è naturale che se ne stia lì in ginocchio con lo sguardo fisso su un punto che sta oltre la cancellata anziché su quello che sta accadendo attorno a lui, dove si trova il pericolo. Assorto nel nulla, è come se avesse davanti agli occhi un'apparizione mariana che solo lui può vedere. Seguendo la linea del suo sguardo scopre che quella divinità altro non è che l'automobile parcheggiata fuori, la quale quasi certamente, intuisce Pacheco, è di sua proprietà. Il sergente deduce allora il motivo del suo strano comportamento. Ginés, che è corso dietro Padilla interrompendo il suo tentativo di fuga proprio al cancello d'ingresso del casale, ha scelto di ripararsi con lui dietro la Hispano-Suiza ed è diventato il bersaglio di alcuni dei suoi rivali. In particolare di un tal Braulio, eccellente cacciatore di pernici ma non tanto di altre specie che non volano, come le guardie civili. E così, quando ha sparato con il suo schioppo, alcuni pallettoni hanno colpito la carrozzeria, cosa che, a quanto pare, sta causando un profondo malessere a Francisco Espinosa.

Ma quello che Darío Pacheco non può prevedere è ciò che sta per succedere.

Ciò che sta per succedere non viene trattato nel manuale di condotta di Francisco Espinosa.

Né in quello di chiunque provi un minimo di attaccamento nei confronti della vita.

Ma qualcosa è andato in corto circuito nel suo cervello quando ha visto che diversi pallettoni perforavano il parafango posteriore e che, poco dopo, un altro sparo vagante faceva saltare il fanale anteriore, circostanza di cui il suo autista ha approfittato per scendere dal veicolo e scappare a gambe levate. Furioso sotto l'intensa pioggia che sta ancora cadendo, indignato per i danni provocati al suo gioiello a motore, Espinosa si alza in piedi e abbandona il riparo dell'olivo centenario con una calma sconcertante. Sfoggiando una serenità aristocratica, poco compatibile con i proiettili che gli sfrecciano intorno, si scuote via il fango dai pantaloni, si china a raccogliere il revolver del povero Aurelio e senza scomporsi minimamente lo punta contro gli uomini di Acevedo.

«Smettetela di sparare, maledetti idioti!» urla.

È molto probabile che, se si fosse limitato a urlare, la sua azione impetuosa e irriflessiva non avrebbe scatenato una reazione tanto drastica, ma a quanto pare non gli viene in mente di meglio che premere il grilletto mentre cammina. E non solo una, ma tre volte, e la sfortuna fa sì che il terzo colpo sfiori la guancia di Braulio, che è noto, oltre che per essere un ottimo cacciatore di pernici, per avere un caratteraccio in generale, e nello specifico con chi per poco non gli ha disegnato un sorriso perpetuo sul volto con una pallottola.

«Maledetti stupidi! Morti di fame!» insiste Espinosa sparando altre due volte.

Braulio carica lo schioppo con le munizioni speciali che conserva nella tasca del gilet da caccia, fa due passi verso quella pernice con le gambe e punta l'arma contro il buco da cui sta uscendo una raffica di insulti offensivi. I quattordici pallettoni da 7,62 millimetri di diametro e 2,8 grammi di peso contenuti nella cartuccia escono in formazione conica a una velocità di 312 metri al secondo. Poiché Francisco Espinosa si trova a una distanza di 21 metri, undici di quei proiettili sferici di piombo si disperdono dietro di lui, alcuni impattando contro le superfici verticali nei dintorni e altri, i meno fortunati, rotolando a terra. I tre privilegiati che trovano il bersaglio gli provocano lesioni di diversa gravità. Il primo lo colpisce al mento, spaccandogli in due la mandibola. Il successivo attraversa il cavo orale, fa esplodere quel piccolo muscolo affusolato che se ne sta appeso al palato e poi va a incastonarsi nella faringe. Sono entrambi impatti molto dolorosi e con alte probabilità di risultare mortali, se non fosse per l'entrata in scena del terzo pallettone. Questo, intrepido e capriccioso, opta per una strada più audace di quella dei suoi fratelli per raggiungere il suo proposito letale. La porta che sceglie è la cavità orbitale, dove incontra il globo oculare, il quale, oltre a scoppiare, non presenta alcuna opposizione alla sua traiettoria retta e decisa. Non offre troppa resistenza neppure lo spessore della parete ossea che lo separa dal cervello, dove il pallettone finalmente si arresta. Stavolta lo spappolamento risulta fatale. Per questo, quando Francisco Espinosa cade all'indietro in una grossa pozzanghera d'acqua caduta dal cielo, ormai non può più nemmeno provare dolore, figuriamoci lamentarsi perché il suo costosissimo abito a tre pezzi sta per rovinarsi completamente.

Rovinarsi completamente non è mai stata una delle preoccupazioni di Ramón Acevedo. Di fatto, nel corso della sua vita ha già perso tutto due volte, e due volte è tornato a rialzarsi più forte di prima. Quello che non è disposto a consentire è che qualcuno lo prenda per il naso.

Tantomeno in casa sua.

Ma la verità è che, fermo a metà del corridoio del secondo piano con la Victoria in mano, si vede costretto a riflettere per decidere che diavolo deve fare ora. Da una parte c'è l'organico della caserma della Guardia Civile di Zafra che si batte a colpi di fucile con i suoi uomini; dall'altra c'è quel bastardo che l'ha ingannato come uno scolaretto, oltre ad aver fatto fuori quel citrullo di suo nipote. In più, è evidente che quel maledetto tenente sia venuto per arrestarlo, ed è molto probabile che, più prima che poi, i suoi uomini finiscano per cedere. Ma su tutto questo prevale l'importanza di essere fedeli a sé stessi e ammettere che se Sebastián Costa riesce ad averla vinta e a scomparire, lui non potrà vivere con quel peso.

«Dove ti sei cacciato, brutto stronzo?» mormora tra sé.

Mormora tra sé parole inintelligibili, frutto del disordine mentale in cui è immerso.

Da quando il tenente Gallardo gli ha mostrato le spoglie mortali di Antonia, Jacinto Padilla è sprofondato in un caos emotivo che gli impedisce di elaborare normalmente la realtà. Il suo cervello è impegnato a ripetere l'ultima conversazione che avevano avuto prima che lei se ne andasse con la promessa di tornare e incontrarlo alla stazione per intraprendere un viaggio che li avrebbe portati a ricominciare da capo, insieme, in un altro luogo. «Vado. Domani ricominciamo da zero. Solo io e te. Io e te da soli» ricorda.

A partire da quell'istante è sempre stato consapevole di quello che è successo, ma l'ha percepito come se accadesse a qualcun altro. In effetti, non appena sono cominciati gli spari, il suo istinto di sopravvivenza l'ha spinto a fuggire, ma anche quel momento l'ha vissuto in terza persona. Tant'è vero che, quando Francisco Espinosa è stato abbattuto di fronte ai suoi occhi ed è caduto all'indietro in quella pozzanghera trasformata in tomba, non ha provato alcuna emozione.

Niente.

Tant'è vero che, notando l'arrivo di uno sconosciuto sul cui volto dominano i lineamenti squadrati, una folta barba incerata e occhi neri come la notte, non reagisce minimamente. Neppure quando questi appoggia la canna del fucile sulla nuca della guardia che gli ha impedito di scappare.

Niente.

«Come ti chiami?» dice il nuovo arrivato all'agente.

L'altro tarda a rispondere perché prima deve riprendersi dalla sorpresa.

«Ginés García».

«Bene, Ginés, fai tutto quello che ti dico e arriverai a raccontarlo. La prima cosa che voglio è che mi consegni la tua arma».

Ginés, che ama la propria vita sopra ogni altra cosa, obbedisce.

«Ora mi porto via questo disgraziato e tu te ne rimarrai zitto e muto».

Padilla sa cosa sta succedendo; tuttavia, come se l'acqua che gli inzuppa i vestiti avesse creato una corazza impenetrabile, si sente immune al pericolo. E così, docile ma invulnerabile, permette allo sconosciuto di condurlo fino al veicolo e di infilarlo nella parte posteriore.

«Non fare idiozie o ti sparo due colpi» lo avverte mostrandogli la pistola che ha preso alla guardia.

Non l'ha mai visto prima ma, da come parla, Padilla capisce che l'uomo che sta per guidare la Hispano-Suiza è pronto a fare quello che dice. Lui si sente confuso, ma in ogni caso preferirebbe che non gli sparasse, e ammanettato com'è non ha la minima possibilità di scappare. Stando così le cose, e malgrado stia fluttuando in una specie di nebulosa, non appena partono gli vengono in mente un paio di incognite che gli piacerebbe vedere risolte.

«Ma tu chi cazzo sei e dove mi stai portando?» domanda Padilla.

L'uomo lo guarda attraverso lo specchietto retrovisore.

«Mi chiamo Sebastián Costa. Non ti serve sapere altro».

In quel momento, dentro la sua testa qualche pezzo va al suo posto. I suoi neuroni abbandonano il letargo in cui erano immersi e miracolosamente cominciano a funzionare come ci si aspetta da loro. La prima conclusione a cui arriva Jacinto Padilla è che non si tratta di un fantasma, e pertanto, se è chi dice di essere, allora chi era quello che gli ha fatto uccidere Antonia? La seconda è ancora più inquietante. Se l'uomo che ha minacciato di morte Antonia è vivo, è molto probabile che sia stato lui ad ammazzarla di botte prima che la tenuta andasse a fuoco.

E se quest'ultima premessa corrisponde a realtà, è solo questione di tempo prima che Padilla faccia la stessa fine.

La stessa fine che avrebbe fatto Rosario se non fosse comparso lui, che è stato la sua fortuna.

Malgrado tutte le calamità che le è toccato vivere.

Malgrado non sia mai stata così sola e indifesa come in questo momento.

Malgrado non abbia la minima idea di come potrà affrontare il futuro.

Malgrado tutte le sofferenze attraversate e quelle a venire.

Perché l'unica cosa che le importa in questo istante è proteggere e accudire colui che tiene stretto al petto. Lope è l'unica cosa che conta, l'unica che dà un senso alla sua esistenza. L'unica che le rimane. E se non fosse per il tenente Gallardo, è molto probabile che lei sarebbe già morta e suo figlio sarebbe finito nelle mani di estranei, condannato a crescere circondato dalla miseria, condannato all'indifferenza.

Condannato.

Ma lei è ancora viva. Viva per amarlo. E questo le basta. Basta e avanza.

Per questo, da quando sono cessati gli spari, Rosario si è lasciata invadere da una corrente di ottimismo che, sebbene non trovi riscontri nella realtà – è ancora nelle mani dell'uomo cui Acevedo ha dato ordine di sorvegliarla –, le serve per affrontare qualunque cosa arriverà e raggiungere l'obiettivo che si è imposta: continuare a vivere.

«Continuare a vivere, maledetto pezzo di merda, è questo che le offro» gli ha spiegato il tenente Gallardo.

Ramón Acevedo non ha scelto l'opzione migliore quando ha deciso di percorrere il corridoio in questa direzione, la stessa dalla quale è arrivato Martín Gallardo in senso opposto. Riconoscendolo, non gli è venuto in mente altro che puntargli contro la Victoria e premere svariate volte il grilletto, dimenticando però che le sette pallottole del caricatore erano già alloggiate nel corpo di José María Ibarra, il boscaiolo. Gallardo l'ha abbattuto con il calcio dell'arma e l'ha trascinato fino al suo ufficio, dove, mentre era ancora stordito per il colpo, l'ha costretto a osservare dalla finestra i suoi uomini che abbassavano le armi e si consegnavano alle guardie civili. Mentre il tenente dava istruzioni al suo sergente, Acevedo ha riconosciuto il cadavere di Francisco Espinosa e si è lasciato invadere da una sensazione per lui difficile da etichettare. Sconfitto, è ricaduto sulla sua poltrona, ha tirato fuori un cubano dalla scatola e l'ha acceso sotto lo sguardo attento del tenente della Benemerita.

«E ora?» ha domandato Acevedo.

«Ora voglio che lei mi racconti tutto quello che sa. Tanto per cominciare, mi dica che diavolo è successo qui» ha detto Gallardo indicando i due corpi che giacciono sul pavimento.

«E in cambio cosa mi offre?»

«Continuare a vivere, maledetto pezzo di merda, è questo che le offro».

Ramón Acevedo fa schioccare la lingua.

«Yáñez era già così quando sono arrivato. A proposito, non si era fatto saltare le cervella in caserma?»

«No, l'ho solo costretto a simularlo per togliermelo dai piedi dopo aver scoperto che lavorava per lei».

«Bella mossa. All'altro invece ci ho pensato io. Quel coglione mi ha fatto perdere le staffe».

«Dovrebbe tenere a bada il suo caratteraccio. Dov'è Rosario?»

«È di sotto con uno dei miei uomini».

«Spero per il suo bene che non le sia successo nulla».

L'altro si infila il sigaro all'angolo delle labbra e sorride.

«Si è preso proprio una bella sbandata per quella troia, eh?»

È da così tanto tempo che nessuno osa mettergli le mani addosso che non si aspetta il ceffone che la guardia gli assesta con il rovescio della mano. Il cubano atterra sul tappeto, dopo aver fatto due salti mortali con avvitamento nell'aria.

«La prossima volta le faccio saltare i denti».

Ramón Acevedo si ripulisce il sangue con il polsino della camicia e annuisce.

«Chi era il tiratore che sparava da qui?» domanda Gallardo.

«Ah, ma... non lo sa ancora?»

«No» ammette. «Per questo glielo chiedo».

«Be', è lo stesso che ha aperto la gola al Cinghiale, lo stesso che ha ammazzato la Vedova e lo stesso che ha appena derubato me».

Sul volto di Martín Gallardo si riflette lo sconcerto.

«Andiamo con ordine: qualche giorno fa quella donna è venuta a trovarmi con l'intenzione di vendermi la tenuta e la fattoria a un buon prezzo. A quanto pare, il suo fattore era impazzito e lei temeva per la propria vita e voleva allontanarsi. Io ho accettato l'accordo, ma poco dopo c'è stato l'incendio, e sinceramente mi sono abbastanza incazzato, anche se già solo le terre valgono più di quello che ho pagato. Mi permette...?» dice indicando il sigaro.

Gallardo si china a raccoglierlo e glielo consegna ancora fumante.

«Grazie. Dunque, una mattina si è presentato qui don Francisco, che il Signore lo abbia in gloria, e mi ha offerto una bella somma per rapire Padilla e fargli confessare a forza di pugni il luogo in cui si nascondeva la sua ex cognata. Questo lo sapeva, giusto?»

«Sì, ne sono al corrente. Poi ci sono stati l'imboscata per strada, l'assalto alla caserma e...»

«No, no, no... Non corra così tanto. Ci sono dettagli importanti che non conosce. L'assalto alla caserma non è stato fatto per accontentare Espinosa, no».

«Allora perché?»

«Perché è comparso quell'altro e mi ha incaricato di recuperare la dentiera d'oro, dicendo che la voleva per ricordo, e già che c'eravamo voleva anche che spedissi Padilla all'inferno. Quel sempliciotto di Patricio ha eseguito il primo compito, ma...»

«Prendendosi la vita di un buon uomo!» lo interrompe.

«Non se la prenda a male, ma se ci mettiamo a contare i morti non so dove andiamo a finire».

Il tenente Gallardo si accarezza le nocche, nervoso.

«Continui».

«Ma il secondo incarico, come lei ben sa, è finito com'è finito».

«Con un ulteriore e inutile spargimento di sangue. Vuole dirmi una buona volta chi cazzo è questo tizio?!»

«Subito. Quello stronzo che ci ha ingannati tutti si nascondeva in un capanno poco lontano dalla tenuta Monterroso. E oggi, ingenuo che sono, l'ho mandato a chiamare e gli ho aperto la porta di casa mia confidando che lei mi avrebbe consegnato Padilla in cambio di... come si chiama».

«Rosario. Si chiama Ro-sa-rio».

«Lei. Comunque, approfittando del putiferio che si è scatenato, lui è entrato nel mio ufficio per rubarmi i documenti di compravendita e recuperare il denaro che mi aveva pagato per i miei servizi. Immagino che abbia trovato Yáñez qui dentro e zac» illustra passandosi il pollice sulla gola.

«Se non mi rivela l'identità di quest'uomo le giuro su quello che ho di più sacro che le spalmo la faccia contro il muro».

«Non capisco come faccia a non essersene ancora reso conto. Chi potrebbe mai essere?! Un altro degli amanti di quella figlia di Satana! Il detective privato di Barcellona!»

Il tenente Gallardo fa un passo indietro come se la notizia lo avesse spinto.

«Non può essere».

«No? E perché no?»

«Perché Jacinto Padilla mi ha confessato di avergli sparato due volte alla schiena e poi di averlo squartato e dato in pasto ai maiali!»

«Allora la persona che è entrata oggi in casa mia sarà uno spirito venuto dall'aldilà. Non sia ingenuo, tenente. Non dico che Padilla non abbia ammazzato qualcuno, ma le assicuro che quel qualcuno non era Sebastián Costa».

Per quanto gli sembrino assurde, Martín Gallardo prova a dar credito alle parole di Acevedo e si domanda cosa ci guadagnerebbe a mentire. Mentre è immerso nelle sue riflessioni, sente dei passi che salgono le scale di corsa e, istintivamente, punta la pistola contro la porta.

Gallardo abbassa l'arma quando riconosce il volto di Darío Pacheco seguito da quello di Ginés García, completamente sconvolto.

«Mi scusi, tenente, ma... che cos'è successo qui?»

«Poi le racconto».

Darío Pacheco si stringe nelle spalle.

«Ho cattive notizie: qualcuno ha portato via Jacinto Padilla» lo informa.

«Che cosa?!»

«Mi dispiace, signore» interviene Ginés, «ma mi ha preso alla sprovvista e mi ha puntato contro un fucile. Io... Non potevo fare altrimenti».

Ramón Acevedo non si lascia sfuggire l'occasione.

«Vediamo se indovino... Era un uomo ben piazzato, con la barba fitta e occhi neri come il carbone?»

Ginés dapprima si sorprende e poi annuisce.
«Proprio come le dicevo, tenente: uno spirito venuto dall'aldilà» lo schernisce Acevedo.

Capitolo trentesimo

Un impulso animale

Comando della Guardia Civile
Almendralejo (Badajoz)
Qualche giorno prima

Gli occhi di Antonia si inumidirono.

«Poi mi ha detto che se avessi continuato a cercare marito e fossi riuscita a sposarmi, lui l'avrebbe sventrato, e dopo avrebbe bruciato la fattoria con me dentro».

«E crede che ne sarebbe capace?»

«Certo! È completamente pazzo! Pazzo di gelosia! E non c'è peggior pazzia di quella di un uomo geloso. In più, anche se non posso esserne sicura, credo che Jacinto abbia fatto del male a Pedro Berrocal».

«Berrocal? L'uomo scomparso, giusto?»

«Proprio lui».

«E perché pensa che Padilla c'entri qualcosa?»

«Gliel'ho detto! Perché ha perso il senno. Pedro veniva a trovarmi di frequente. Voleva... insomma, corteggiarmi, sa com'è. E Jacinto non poteva sopportarlo».

«Pensa che potrebbe averlo assassinato?»

«Sì».

Il tenente Gallardo la osservò per qualche istante e tirò una lunga boccata dal sigaro prima di raddrizzarsi sulla sedia.

«Le dirò cosa faremo: redigerò l'opportuna denuncia contro Jacinto Padilla, lei la firmerà e le assicuro che prima ancora che arrivi a casa avrò emesso un mandato di cattura per lui. Non posso prometterglielo perché non sono un giudice, ma credo proprio che passerà un lungo periodo nel penitenziario di Plasencia».

Lei si asciugò le lacrime con un fazzoletto e si soffiò il naso con estrema eleganza.

«La ringrazio molto, tenente».

Quando Gallardo tornò nel suo ufficio dopo averla accompagnata all'uscita, la sua espressione non era più la stessa. Taciturno, prese una chiave dal taschino interno della casacca, aprì il terzo cassetto della scrivania e vi lasciò cadere dentro la denuncia. Poi prese una piccola fotografia di Antonia Monterroso, la guardò per qualche secondo e scosse la testa come se volesse liberarsi di un pensiero.

«Ma porca di quella puttana».

Non cercò neppure di opporsi a quella pulsione, a quella necessità fisica. Si infilò la foto in tasca, uscì dall'ufficio e, a testa bassa, si diresse a passo svelto verso lo stesso luogo in cui era andato la prima volta che l'aveva vista. Chiuso in una delle latrine, tirò fuori la fotografia con una mano, si sbottonò i pantaloni con l'altra e, insieme alle mutande, se li tirò giù fino alle caviglie con uno strattone. Martín Gallardo non ricordava quando fosse stata l'ultima volta che aveva fatto sesso con una donna, ma ricordava alla perfezione la sequenza che vedeva sua madre come protagonista e che lui aveva impressa a fuoco nella memoria. Lei non si considerava una puttana, ma poco dopo essere diventata vedova aveva capito che in un modo o nell'altro avrebbe dovuto ripagare quegli uomini che la stavano aiutando a superare le difficoltà economiche che stava attraversando. Era quasi sempre una transazione rapida, una sveltina, ma in genere si chiudeva in camera con il tizio di turno che doveva soddisfare.

Tranne quella volta.

Lui, che aveva appena compiuto dodici anni, era tornato un'ora prima da scuola saltando la partecipazione obbligatoria a una messa funebre per l'anima di don Vicente, un professore settuagenario morto il giorno prima. Si era stupito di trovare la porta socchiusa, per questo era entrato in silenzio, come se intuisse di non essere il benvenuto nella sua stessa casa. Aveva riconosciuto subito i rumori che sentiva spesso provenire dalla camera, ma stavolta arrivavano dalla cucina, e quella situazione anomala l'aveva attirato. La scena gli sarebbe rimasta impressa nella memoria per l'eternità: sua madre con le mani appoggiate al muro come se l'altro la stesse tenendo ferma – o meglio, spingendo –, con la gonna sollevata, le palpebre strette e la bocca aperta. Una bocca dalla quale fuoriuscivano gemiti scanditi dagli affondi ritmici e persistenti dello sconosciuto che aveva alle spalle. Ipnotizzato da quell'espressione a metà tra il dolore e il piacere, Martín era rimasto lì immobile a guardare sua madre, assorbendo tutto, terrorizzato e allo stesso tempo incantato. In realtà era stata una questione di secondi, ma per lui erano trascorse diverse ere geologiche prima che il tizio la afferrasse per i capelli e terminasse l'incontro con tre grugniti che, pur senza sapere a cosa corrispondessero, il bambino aveva interpretato come un avviso che era giunta l'ora di tornarsene da dove era venuto. Era stato mentre scendeva le scale che si era reso conto di un fastidio in mezzo alle gambe, e senza sapere bene perché aveva subito capito come risolverlo.

E l'unica immagine che gli era venuta in mente per riuscirci era quella che aveva appena visto.

La stessa a cui fece ricorso quel giorno nella latrina del comando, ma scambiando le sembianze di sua madre con quelle di Antonia Monterroso.

Sollievo.

Il rimedio balsamico non aveva un effetto duraturo, anzi; le controindicazioni mentali invece sì. In genere si rinchiudeva tra quattro pareti con il fiore del sonno come unica compagnia, ma quel giorno fece uno strappo alla regola e decise, senza sapere a che scopo, di andare a trovare quella donna che tanto lo turbava. In sella ad Alarico percorse in meno di tre ore i quaranta chilometri di distanza che lo separavano da El Raposo, e poi ce ne mise quasi altrettante a decidere cosa fare. Diversi sigari adulterati con pepite di oppio lo aiutarono a vederci chiaro, e quando l'effetto soporifero svanì e calò la sera, cieco di lussuria, si lasciò guidare da un impulso animale che non riuscì a controllare.

Due giorni più tardi, la tenuta Monterroso era in pasto alle fiamme.

Capitolo trentunesimo

La signora con la falce

Strada sterrata a 9 chilometri da Zafra
Provincia di Badajoz
22 aprile 1917, ore 16.25

Aveva imparato a guidare veicoli a motore come condizione indispensabile per entrare a far parte del servizio di sicurezza che La Protectora offriva ai politici, all'alta borghesia catalana e ad altre personalità che assumevano gli impiegati dell'agenzia per sfoggiare un'aria di modernità in determinati eventi ufficiali. Il suo istruttore – lo stesso che nell'agosto del 1903 aveva insegnato a Ruperto Garriga y Miranda a guidare la Berliet, la prima automobile privata immatricolata a Barcellona – gli aveva spiegato che il segreto stava nel saper ascoltare i vari rumori del motore.

Ed è proprio quello che sta facendo ora, ma Sebastián Costa non ha mai guidato su strade sterrate, quindi non gli resta altra scelta che farlo con molta cautela, concentrando tutta l'attenzione su questa pista piagata di imperfezioni, buche e avvallamenti pieni d'acqua che si inoltra fra querce e alberi da sughero. Dà per scontato che a quest'ora lo staranno già inseguendo, e ogni tanto lancia un'occhiata allo specchietto per capire se è necessario premere di più sull'acceleratore. Nel frattempo controlla anche il suo passeggero, malgrado non abbia per niente l'aria di volergli dare problemi. Nell'espressione di Jacinto Padilla, neutra, elusiva, non riesce a leggere alcun pensiero, ma intuisce che nella sua mente stia regnando la confusione più assoluta. Per questo, quando lo sente ridere, la prima cosa che pensa è che abbia perso il senno.

«Ora capisco, è chiaro» dice il fattore continuando a sorridere.

Una risata isterica, amara, precede le lacrime che gli scendono sulle guance.

«Era Sixto Simón, certo».

«Spiegati» si interessa Costa.

«Il tizio a cui ho sparato era Sixto Simón. Mi ha ingannato come un bambino. Un bambino scemo» specifica.

Ora è Costa a cadere in preda allo sconcerto.

«Hai ammazzato Sixto Simón?»

«Lo conoscevi?»

«L'ho cercato per un po' di tempo, sì. Hai detto che l'hai ammazzato?»

«Sì, certo che l'ho ammazzato, ma pensavo che fossi tu. Antonia mi aveva raccontato che eri diventato pericoloso per gelosia. E che volevi uccidermi. O tu o io».

«Ti ha detto così, eh?»

«Mi ha comunicato la data esatta in cui saresti arrivato alla tenuta, così non ho dovuto fare altro che aspettarti e... Che grandissima stronza».

Nell'insulto di Padilla c'è più ammirazione che biasimo. Costa, per parte sua, sente che comincia a ribollirgli il sangue capendo che l'altro dice la verità.

Una verità che Antonia non gli ha mai raccontato.

«Era tutto calcolato. Aveva tutto sotto controllo. Be', no, non proprio tutto» si corregge Padilla. «Se avesse avuto tutto sotto controllo a quest'ora non sarebbe morta».

In lontananza, la corazza d'acciaio del firmamento comincia ad aprirsi, lasciando intravedere lembi azzurri dai quali penetrano, furtivi, timidi raggi di luce.

«La odio tanto quanto mi manca» confessa Padilla. «Anch'io ho pensato di ammazzarla qualche volta. Sapeva come mandarmi fuori di testa, soprattutto quando mi parlava di te. Una volta siamo persino venuti alle mani e mi ha lasciato questa come ricordo» dice accarezzandosi la cicatrice sulla guancia, «ma non avrei mai immaginato che Antonia fosse già morta quando ho dato fuoco alla casa. Perché l'hai fatto?»

Gli risponde solo il ruggito del motore.

«Non riuscivi a sopportare l'idea che venisse via con me, vero? La volevi solo per te, per questo l'hai ammazzata di botte».

«Chiudi il becco».

«Ho visto il suo corpo stamattina. Era necessario ridurla così?» domanda indurendo la voce. «La disprezzavi tanto da spaccarle la testa in quel modo?»

«Ti ho detto di chiudere il becco».

«Maledetto figlio di troia! Spero che arrivi presto il tuo giorno e ti...»

La gomitata, fulminea, colpisce la mandibola di Padilla e provoca l'effetto che Sebastián Costa desidera.

Desidera trovare le parole adatte, ma non gli risulta affatto semplice esprimere ciò che vorrebbe dirle in questo momento. Forse perché, in realtà, non sa cosa vorrebbe comunicare a Rosario, o forse la sua parte emotiva è stata annientata dalla certezza di essere stato tradito da qualcuno che considerava più di un amico. Come se non bastasse, ci sono troppi occhi curiosi tutto intorno e non ha intenzione di compromettere ulteriormente la propria immagine di fronte ai suoi uomini.

Per tutti questi motivi, Martín Gallardo si limita a sostenere il suo sguardo verde oliva nel tentativo di entrare in connessione con lei senza bisogno di verbalizzare i propri sentimenti.

«E adesso?» domanda Rosario.

Il tenente della Benemerita non può far altro che risponderle.

«Adesso devo trovare una persona. Questa storia non è ancora conclusa».

«E quando pensi che avrai finito di fare giustizia?»

Gallardo non sa cosa dire.

«Quando?» insiste lei.

«Forse non so fare altro» ammette. «Pensi ancora di andartene?»

Rosario guarda Lope e gli accarezza la guancia con l'indice. Il piccolo ripaga quel gesto d'affetto con un sorriso.

«La casa non è mia, e non posso nemmeno mantenere Pancho. Cos'altro posso fare?»

«Puoi...»

In quel momento Darío Pacheco irrompe nella stanza.

«Confermato: è fuggito sul trabiccolo di Espinosa. Non sarà difficile seguire le impronte, ma dobbiamo sbrigarci, tenente».

Lui annuisce varie volte.

«Gli agenti si occupino di portare via i caduti e poi portino Acevedo in gattabuia. Gli altri possono andare. E fai accompagnare la signorina a casa».

«Agli ordini».

Mentre il sergente si incarica di organizzare tutto, Gallardo si rivolge di nuovo a Rosario.

«Puoi lasciare che ti aiuti» riprende. «Se mi aspetti, quando tutto questo sarà finito verrò a cercarti dovunque sarai».

«Ma quando finirà tutto questo?»

Gallardo inspira dal naso mentre si accarezza i baffi.

«Oggi. In un modo o nell'altro finirà oggi».

«Tenente, i cavalli sono pronti!» gli urla Pacheco.

«Vado a finire di raccogliere le mie cose, ma che tu ci sia o no, domattina all'alba me ne andrò» lo avvisa lei.

«Ci sarò».

Con quell'impegno che gli rimbomba in testa, Martín Gallardo galoppa accanto al sergente Pacheco seguendo le tracce che gli pneumatici della Hispano-Suiza hanno lasciato nel fango. Per rispettarlo deve trovare Sebastián Costa, recuperare Jacinto Padilla e incastrare l'ultimo pezzo del puzzle. Solo dopo potrà cercare di capire cosa sta succedendo con Rosario. Non riesce neppure a identificare quello che prova, ma qualcosa gli dice che lei è la sua ultima occasione per salvarsi.

Dopo aver percorso diversi chilometri, dentro Gallardo si è andato sviluppando un sospetto nato da poco, in modo prematuro, dopo una gravidanza indesiderata e un parto traumatico. Intuisce che questa congettura ha pochissime possibilità di arrivare alla pubertà, ma in ogni caso decide di allattarla nella sua testa. Tuttavia, la fatica dei cavalli al galoppo su una superficie infangata li costringe a rallentare la marcia, circostanza di cui Darío Pacheco approfitta per intavolare una conversazione.

«Sa che l'ultima cosa che voglio è infastidirla, ma quel Sebastián Costa non è il tizio con cui è stato nelle Filippine? Quello che le aveva parlato della linea invisibile?»

«Proprio lui».

«E potrebbe spiegarmi come siamo arrivati al punto in cui ci troviamo ora? Con tutto il rispetto, direi che me lo deve, tenente».

«Ha ragione» ammette. «Vediamo un po'. Tempo fa Sebas, che lavorava come investigatore privato a Barcellona, si è presentato al comando per raccontarmi che l'avevano incaricato di un caso in questa zona e che era rimasto ossessionato dalla donna che doveva seguire».

«E quella donna era la Vedova, non c'è bisogno di specificarlo».

«Esatto. L'uomo che l'aveva assunto era Francisco Espinosa, convinto che la morte di suo fratello non fosse avvenuta per cause naturali. Il problema è che prima ancora lei era venuta da me per denunciare un presunto tentativo di violenza da parte del cognato, e io avevo commesso l'errore di farmi coinvolgere troppo».

«In che senso, se posso chiedere?»

«Ho lanciato un avvertimento a Espinosa. Ho sbagliato a crederle senza fare gli opportuni accertamenti, ma... Quel tipo di faccende sono la mia debolezza» ammette.

Pacheco, sorpreso per la mancanza di ermetismo di Gallardo, non si lascia sfuggire l'occasione.

«A quale tipo di faccende si riferisce?»

Un po' a disagio, Gallardo si tira i peli dei baffi prima di rispondere.

«A quelle legate alle ingiustizie commesse contro le donne. Mia madre ha sofferto tutta la vita per colpa di molti bastardi che si sono approfittati di lei. E questo mi ha segnato. Da allora la prendo sul personale. E non è una scusa, è un dato di fatto» conclude.

«Un dato di fatto piuttosto compromettente, se mi permette il commento».

«Del tutto compromettente. Per questo, non appena ho saputo che avevano arrestato Padilla sono andato dal comandante Recio e l'ho convinto ad affidarmi il caso. Non volevo che se ne occupasse qualcun altro e che la mia questione con Espinosa mi si rivoltasse contro. E poi c'era Sebas. È stato il mio fratello d'armi, e il fatto che fosse in qualche modo coinvolto mi costringeva, come minimo, a non disinteressarmi della faccenda».

«È comprensibile».

«Ma non avrei mai immaginato le dimensioni che avrebbe raggiunto questo casino in cui ci siamo infilati. Né quanta gente sarebbe rimasta coinvolta» completa nel momento in cui arrivano a un crocevia.

«Sembra che sia andato in quella direzione» indica Pacheco. «Dove porta quel sentiero? Se non è diretto né a Zafra né a Badajoz, dove diavolo sta andando?»

Martín Gallardo smonta da cavallo e risale un breve pendio per guadagnare prospettiva. La strada corre parallela al letto del fiume Bodión fino a perdersi fra gli alberi. Più in là si estende una vasta pianura in cui non si nota alcun movimento.

«Non possono essere andati molto lontano» deduce.

Nel preciso istante in cui fa per afferrare le redini e montare di nuovo a cavallo si rende conto che gli tremano le mani. Una volta salito, infila la mano all'interno della casacca in cerca del flacone di capsule.

«Ma porca di quella puttana» mormora.

«Che succede?»

«Niente. Non trovo il tabacco. Deve essermi caduto durante il combattimento».

E come se il suo organismo cercasse il modo di fargli pesare che cosa gli manca davvero, percepisce un'intensa fitta alla bocca dello stomaco.

«Proseguiamo».

La fame bussa alla sua porta nel momento più inopportuno.

Nel momento più inopportuno compare Román Aguado e ordina alla guardia civile che sorveglia Ramón Acevedo di aiutare i colleghi a caricare sul carro i corpi di coloro che non arriveranno a vedere un'altra alba. Ed è inopportuno perché Acevedo era già riuscito a leggere come un libro aperto l'agente che se n'è appena andato, e aveva capito che con lui non avrebbe faticato molto a raggiungere l'obiettivo che si è posto per evitare l'inevitabile: finire in prigione per un lungo periodo. Forse per sempre.

Perché stavolta, anche se il problema che deve affrontare non ha a che fare con i soldi, ha in programma di risolverlo nello stesso modo di sempre.

Con altri soldi.

Costi quel che costi.

Seduto su un divano del salotto, sa che è solo questione di tempo prima che portino a termine il compito di cui si stanno occupando e lo trasferiscano nelle celle della caserma di Zafra. Su una sedia, fingendo la calma che a lui manca, Rosario attende che la accompagnino a casa come ha ordinato il tenente Gallardo. Consapevole che il tempo che passa gli rema contro, Acevedo si schiarisce la gola e si stampa in viso una smorfia innocente, candida.

«Fino ai trent'anni non ho saputo cosa significasse avere dei soldi, sai? La fame che ho sofferto non la conosce nessuno...»

Il caporale Aguado si limita a guardarlo con disprezzo.

«Adesso ho più soldi di quanti ne posso spendere, ma il tuo capo si è messo in testa di sbattermi dietro le sbarre per una faccenda a cui non ho partecipato. Anch'io sono una vittima».

Non ricevendo risposta, Acevedo fa uno sforzo per alzarsi e cammina verso il suo nuovo obiettivo.

«E non ho intenzione di permetterglielo, capisci? No, no, per niente».

«Torni a sedersi e cerchi di starsene tranquillo, per favore».

«E tu che ti spacchi la schiena per quattro pesetas... Non è giusto, vero?»

Il signor Acevedo fa schioccare le dita e assume un'espressione stupita, come se gli fosse appena venuta in mente un'idea straordinaria.

«Che ne dici se ti do cinquemila pesetas e tu mi lasci andare?» domanda ad Aguado abbassando la voce con tono complice. «Si possono fare tante cose con una cifra simile. Puoi fare un bel regalo a tua moglie, un bel pezzo di prosciutto per sfamare i tuoi figli e...»

«Non sono sposato e non ho figli, quindi si sieda e stia zitto una buona volta».

«Ancora meglio! Cinquemila pesetas per te da solo. No, ascolta, facciamo diecimila, è meglio. Hai mai visto diecimila pesetas tutte insieme? In banconote da cinquecento occupano pure poco spazio. Vuoi vederle? Eh? Toccarle? Vuoi?»

Il caporale Aguado si limita a fissarlo, in attesa, ma non dice nulla.

«Certo che sì! Guarda, te le mostro. Le tengo in quel mobile lì».

Acevedo si dirige verso la cassettiera accanto alla finestra e apre il primo cassetto, dove non c'è denaro né c'è mai stato, ma c'è il revolver da tasca che all'epoca aveva regalato a sua moglie. Brevettato da Toribio Zulaica nel 1906 come modello molto maneggevole ma letale da breve distanza, presenta un tamburo con cinque cartucce di calibro 6 millimetri. Un'arma molto maneggevole e molto letale da breve distanza, sì, ma la cosa che interessa di più a Ramón Acevedo ha a che fare con il poco rumore che produce quando spara.

«Signore, si allontani da lì!» gli urla la guardia civile.

Lui gli rivolge un sorriso.

«Sì, eccole qui! Diecimila pesetas in banconote da cinquecento».

Attraverso il riflesso sul vetro della finestra vede che Aguado ha la mano sulla fondina dell'arma, cosa che lo fa esitare.

Ma non fa marcia indietro.

Mai.

Mai gliel'avrebbe consentito, ma ammette che Antonia aveva le sue ragioni per ammazzare Sixto Simón. Ciò che sorprende Sebastián Costa è che sia riuscita a convincere il disgraziato di cui gli è toccato farsi carico. E non solo in senso figurato, perché ora che è appena arrivato al capanno dei serpenti, siccome Jacinto Padilla è ancora incosciente, non può far altro che caricarselo in spalla come un sacco per portarlo all'interno.

Gli ultimi chilometri li ha percorsi con la tensione aggiunta di guidare su una mulattiera sapendo che Martín sarà ormai partito per cercarlo e che non dovrà far altro che seguire le tracce degli pneumatici per trovarlo. Per questo non può perdere troppo tempo.

Non può perdere troppo tempo prima di decidersi. Deve agire. E il momento giusto è questo, ora che le altre guardie sono distratte fuori. Così afferra il revolver della sua defunta moglie e si gira rapidamente. Aguado, sorpreso, ha il tempo di estrarre la sua arma, ma non può fare nulla per schivare la prima pallottola, che ha già percorso i cinque centimetri della canna e si dirige dritta verso di lui. La seconda idem. Entrambi i colpi gli arrivano al petto e, malgrado il piccolo calibro delle munizioni, il suo organismo reagisce a quei corpi estranei lasciandosi vincere dalla gravità. Ramón Acevedo, che ha imparato la lezione e non vuole sprecare altri proiettili, trattiene l'impulso di finirlo, errore di cui il caporale Aguado fa tesoro, premendo diverse volte il grilletto della sua pistola dal pavimento. Uno dei proiettili attraversa gli stivali del suo rivale e gli porta via l'alluce sinistro. Il proprietario del piede ulula di dolore.

«Stronzo maledetto! Porca di quella troia di tua madre!» strilla saltellando in modo ridicolo sull'altro piede.

Consapevole di trovarsi in una situazione critica, il caporale Aguado si sdraia a pancia in su con le braccia aperte per favorire il funzionamento dei suoi polmoni feriti. Ed è in questa posizione che riceve il colpo di grazia che gli attraversa l'osso frontale del cranio.

«Ecco, e vaffanculo una buona volta!» conclude Acevedo.

È allora che si accorge di una presenza immobile.

Immobile, incapace di reagire di fronte a tanta violenza, Rosario ha assistito con Lope addormentato fra le sue braccia al momento in cui Ramón Acevedo ha sparato uccidendo la guardia civile sdraiata a terra.

«E tu, puttana maledetta, che cazzo ti guardi?!»

La ferocia di quella voce la risveglia dal suo letargo e lei, obbediente, agisce come le detta il suo cervello: allontanandosi il più possibile dal pericolo. Senza sapere bene dove andare, Rosario fugge via. Attraversa rapidamente il corridoio stringendosi il figlio al petto e, disperata, apre la prima porta che incontra, sperando di trovare un luogo in cui possa mettersi in salvo.

Uno stanzino per gli utensili non è il posto giusto.

Pronta a cercare un altro riparo, guarda nella direzione da cui è arrivata e vede che il signor Acevedo è lì che avanza a fatica con l'arma in mano.

«Stavolta ti ammazzo, fosse l'ultima cosa che riesco a fare, troia!» urla.

Urla più per sfogare il proprio dolore che con l'intenzione di spaventarla. Ora che tutto è perduto – ha capito di non poter andare da nessuna parte con il piede in quello stato –, Ramón Acevedo pensa solo a levarsi di torno Rosario, quella donna a cui il tenente della Guardia Civile tiene così tanto che si è impegnato a complicargli la vita fino all'estremo. Per sua fortuna, la donna ha scelto una strada senza uscita e a lui restano ancora due pallottole per spedirla all'inferno.

Sorride quando, in preda al panico, Rosario torna nella stanzetta che la servitù usa come magazzino e si chiude dentro. Con uno sforzo titanico, Acevedo raggiunge la porta e, fuori di sé, la apre con una spallata. La luce che arriva da fuori lo aiuta a distinguere le decine di attrezzi e altri utensili da lavoro appesi alla parete. Al di là, tutto è penombra.

«Di' tutte le preghiere che sai, cagna, perché a breve ti riunirai con quel miserabile di tuo marito».

Le sue orecchie captano un leggero suono sulla destra, che identifica immediatamente con quello che emettono i bambini piccoli, quindi punta l'arma in quella direzione e, deciso, fa un passo avanti. Pronto a premere il grilletto, vede il bimbo seduto a terra che gli rivolge un sorriso. O così gli sembra, perché in realtà non è a lui che dedica quella smorfia di felicità, bensì alla persona che si trova alle sue spalle.

Evidentemente Lope trova buffo il bastone che tiene sospeso sopra la sua testa.

E tale bastone ha all'estremità una componente metallica piuttosto affilata, che in genere si usa per spaccare la legna. Ma non stavolta, perché quello che spacca è il cranio di Ramón Acevedo, il quale ha avuto appena il tempo di vedere il viso stravolto di Rosario prima che l'ascia entrasse in contatto con la sua testa. Nello specifico, sono tre centimetri e mezzo di lama a penetrargli nella massa encefalica, provocando danni irreparabili, sì, ma non la morte immediata. La signora con la falce, che grazie alla sua lunga esperienza sa che l'uomo sdraiato a terra con un'ascia piantata in testa è ormai un suo sicuro cliente, non sembra avere alcuna fretta di comparire. O forse il motivo è che ultimamente ha troppo lavoro in zona, ma in ogni caso non si presenterà ancora per un'ora e tredici minuti, intervallo di tempo di cui Ramón Acevedo approfitterà – contro la propria volontà, certo – per agonizzare come non gli è mai capitato in tutta la sua vita.

In tutta la sua vita, Jacinto Padilla non ricorda di aver preso molte decisioni delle quali possa sentirsi orgoglioso. Tuttavia, mentre è ancora immerso in quello stato di semi-incoscienza in cui l'ha gettato Sebastián Costa con una gomitata, gli torna in mente il giorno del matrimonio di Antonia Monterroso; il giorno in cui, contro ogni pronostico, aveva osato avvicinarsi a lei; il giorno in cui era riuscito a far sì che una donna eccezionale lo notasse. Quell'episodio l'aveva cambiato completamente, e sebbene nella storia della sua vita potesse sembrare un mero battito di ciglia, se avesse dovuto scegliere un momento chiave della sua esistenza sarebbe stato senza dubbio quello.

«Forza, svegliati ora» gli dice una voce profonda.

Poi sente qualche schiaffo sul viso e riesce anche a percepire che l'intensità dei colpi si traduce in dolore. Contro la propria volontà, apre gli occhi per cercare di collocarsi nello spazio, e capisce di essere seduto sul pavimento di un luogo sconosciuto dove regna la penombra. Localizza le zone illuminate nei pressi delle due finestre da cui entra la luce. In questo modo, malgrado tutto attorno a lui sia sfumato, scopre di trovarsi in una costruzione di legno non molto grande, con pochi mobili e un caminetto in cui non restano altro che braci spente. La sensazione successiva registrata dal suo sistema nervoso è una fitta alla mandibola, che corrisponde all'ultimo ricordo che conserva nella memoria, il cui protagonista è l'uomo che odia di più al mondo. Per sua sfortuna, vede la sua spregevole sagoma accanto a una delle finestre, ma non è la sua presenza a portarlo a sfregarsi le palpebre, bensì ciò che sta facendo.

Sta parlando con qualcuno.

Qualcuno che si trova nell'area in cui domina l'oscurità.

Aguzzando l'udito riesce a sentire che Sebastián Costa nomina Sixto Simón. Il fatto che l'interlocutore sussurri gli impedisce di udire la risposta, ma subito dopo distingue un suono di passi che si avvicinano. A un paio di metri di distanza, la figura che si trova di fronte a lui risulta di formidabili dimensioni e di volumi corrispondenti a quelli di una donna.

Una donna particolare.

Trascorso qualche secondo, lei si accovaccia per situarsi all'altezza dei suoi occhi, ed è allora che riconosce quei tratti esotici, messi in risalto da un sorriso aureo perfettamente smaltato.

Il respiro gli si mozza in gola.
La sua frequenza cardiaca accelera.
«Benvenuto, Jacinto. Sono contenta di rivederti».

Capitolo trentaduesimo

Un secondo impulso animale

Tenuta Monterroso
Territorio comunale di El Raposo (Badajoz)
Qualche giorno prima

L'effetto soporifero dell'oppio cominciava a svanire mentre le ultime luci della sera languivano in toni aranciati, violacei e paglierini. A quel punto, con la fame ormai saziata, di solito arrivava la fase di rilassamento e chiaroveggenza in cui aveva bisogno di immergersi quando doveva prendere una decisione. Al riparo sotto la folta chioma di una quercia da sughero, Martín Gallardo continuava ad analizzare le circostanze che l'avevano portato a recarsi sino al confine della tenuta nella quale sperava di trovare la donna che si era impadronita dei suoi pensieri più lascivi.

Quello che ancora non sapeva né pensava di riuscire a scoprire era a che scopo.

Accanto a lui riposava Alarico, dopo una cavalcata a buon ritmo da Almendralejo, una lunga distanza che non era più abituato a percorrere.

«Quanto sarebbe facile se le conseguenze delle nostre azioni non avessero alcuna rilevanza, vero? Intendo se potessimo prendere decisioni senza dover stare a pensare se siano corrette o meno. Se ci convengano o no. Forse il mondo funzionerebbe meglio in questo modo, non credi?»

Alarico chinò la testa come se fosse d'accordo, anche se in realtà quello che cercava erano le carezze del padrone. Questi, che seppe interpretare correttamente il suo gesto, non lo lasciò insoddisfatto.

«È diverso quando le nostre scelte hanno delle ripercussioni sulle persone che ci circondano, cosa che succede quasi sempre, e ancora diverso se le danneggiano. In questi casi dobbiamo decidere se è più importante il nostro interesse personale o quello degli altri, non so se mi spiego».

Stavolta Alarico scosse la testa e nitrì.

«Sì, in effetti non sono mai stato molto abile con le parole in certe occasioni» ammise. «In ogni caso, già che siamo venuti fin qui non ho intenzione di andarmene a mani vuote, quindi mettiamoci in marcia e speriamo che ci sorrida la fortuna».

La fortuna faceva sì che di solito nel sotterraneo ci fossero cinque o sei gradi in meno rispetto alla temperatura esterna. Tale circostanza aveva favorito il rallentamento del processo di decomposizione del cadavere, e allo stesso tempo rendeva ancora sopportabile il fetore che c'era là sotto. Nonostante questo, Antonia si tappò il naso e la bocca con un fazzoletto prima di scendere le scale e ruotò la valvola della lampada a olio per aumentare l'intensità della fiamma.

Non le era stato affatto semplice recuperare il corpo. Fin dal giorno successivo a quello in cui aveva parlato con

Sebastián Costa per coinvolgerlo nel suo piano, Antonia era salita sul suo carro e aveva percorso paesi di dimensioni adeguate cercando la defunta di cui aveva bisogno. Malgrado i cadaveri non identificati si ammucchiassero negli obitori improvvisati di tutti i comuni in cui passava, il suo doppio doveva avere caratteristiche morfologiche simili alle sue, e questo riduceva considerevolmente il numero delle candidate. Doveva restringere il campo. Presto scoprì che il numero dei decessi per influenza era maggiore nelle regioni in cui era richiesta molta manodopera per il lavoro nei campi, e fu così che tre giorni dopo essere partita arrivò a La Vega, nella provincia di Siviglia. In quella zona incastonata a metà del corso del Guadalquivir non abbondavano i paesi con molti abitanti, ma la ricchezza del suolo faceva accorrere uomini e donne da tutta l'Andalusia e l'Estremadura in cerca di un salario giornaliero da mettersi in tasca. Fu a Lora del Río che la trovò. Come tanti altri, la donna era morta durante la notte in un capannone che il proprietario dell'appezzamento aveva adibito a residenza. Là si ammucchiavano decine di lavoratori che preferivano dormire sul freddo cemento che pagarsi un caldo materasso, inconsapevoli di rappresentare un terreno fertile per la trasmissione della malattia.

Le uniche cose che sapeva di lei erano le informazioni che i suoi compagni avevano fornito alle autorità: si faceva chiamare Isabela, era sulla trentina e veniva da qualche posto nel sud del Portogallo. Non appena la vide, Antonia capì di aver trovato la *cugina* che cercava da mesi. Le evidenti somiglianze anatomiche e il fatto che sapesse qualche parola di portoghese le facilitarono il già di per sé agevole compito di portarsi via uno dei molti cadaveri della cui sepoltura nessuno voleva farsi carico. Un problema in meno per il funzionario di turno. Dopo averla avvolta in un lenzuolo, la caricò sul carro, la coprì con un telo e, stanca ma soddisfatta, intraprese la strada di ritorno verso casa. Quando finalmente arrivò a El Raposo, sudò sette camicie per trasportare il corpo fin nel sotterraneo e nasconderlo in attesa di compiere gli ultimi passi che le restavano: andare al comando di Almendralejo per denunciare Jacinto Padilla e poi avvisarlo che era arrivato il momento di dare in pasto alle fiamme la tenuta Monterroso, proprietà che aveva già venduto al signor Acevedo e per la quale prevedeva di incassare il denaro dell'assicurazione contro gli incendi una volta che Sebastián Costa avesse recuperato i documenti della compravendita. Tutto stava andando come previsto; non le restava altro che strappare alla morta gli stessi denti che mancavano a lei e trasferire il corpo nella legnaia per assicurarsi che dopo l'incendio non rimanesse alcun tratto fisico che potesse differenziarle.

Proprio a tale scopo quella sera scese nel sotterraneo con le pinze in mano. La luce della lampada la guidò fino all'angolo in cui riposava il cadavere della portoghese, nascosto sotto alcuni sacchi di sabbia da cemento che usava per allenarsi. Dopo averla liberata dal peso, si inginocchiò vicino alla testa e spostò il lenzuolo. In quel momento un odore nauseabondo la costrinse a fare un passo indietro mentre cercava di trattenere il vomito. Il corpo, in avanzato stato di putrefazione, aveva perso una quantità di massa considerevole come conseguenza della liquefazione dei tessuti molli e dell'azione vorace dei vermi. Sul viso non restava molto più che pelle e ossa, e dalla bocca, semiaperta, sfuggivano larve di specie insettivore che avevano trovato una casa in Isabela prima di trasformarsi in pupe. E lì, proprio lì, doveva operare Antonia con le pinze. Non aveva altra scelta che fare buon viso a cattivo verme e, sapendo che è sempre più problematico estrarre denti propri che altrui, spazzò via come poté quegli esseri ripugnanti e si mise all'opera. Stava per assalire l'ottavo dente quando sentì bussare alla porta. Era francamente anomalo che ricevesse visite a quell'ora, quindi decise di ignorare quella presenza sperando che smettesse di insistere. Non fu così, e mentre si dava una sistemata per prepararsi a cacciare via il visitatore inopportuno, una voce proveniente dall'esterno chiarì l'incognita che le girava nella testa.

«Signora Monterroso, sono il tenente Gallardo. Va tutto bene là dentro?»

«Un secondo, per favore» rispose stupita.

Quando aprì trovò la guardia civile che fissava dritto davanti a sé, le mani raccolte dietro la schiena e il petto in fuori. Tuttavia, notò qualcosa di strano nella composizione dei suoi lineamenti. Più specificamente nella parte superiore, dove rifulgeva uno sguardo molto diverso da quello che aveva incontrato nelle occasioni precedenti. Non c'era alcuna traccia della solennità castrense e della quieta intelligenza che aveva percepito in lui.

«Tenente» riuscì a dire. «Cosa ci fa qui?»

«Sono venuto a controllare che lei stia bene. Devo confessarle che la sua visita al comando mi ha lasciato inquieto».

«Molto gentile da parte sua. Grazie mille. Sì, va tutto bene».

«Nessuna notizia di Jacinto Padilla?»

«No, nessuna, nessuna. Meglio così, no?» aggiunse in tono sardonico per alleggerire la tensione.

«Meglio così» ripeté lui forzando un sorriso innaturale.

Il silenzio che calò fra i due, denso e freddo, invitava a essere spazzato via con una parola qualsiasi.

«Senta, tenente. Non voglio sembrarle maleducata, ma stavo concludendo dei lavori nel sotterraneo e sono molto stanca. In altre circostanze la inviterei a bere qualcosa... Perché non torna un'altra volta e apriamo una bottiglia di moscatello, che fa sparire tutti i dispiaceri?»

«Sarei più tranquillo se mi permettesse di passare qui la notte. Non mi fido di quel Padilla. I parassiti come lui agiscono al calar dell'oscurità».

Ad Antonia si gelò il sangue.

«Ah, no, non se ne parla» reagì. «So che lei è un uomo onesto e che la sua proposta non ha secondi fini, ma la mia reputazione è già compromessa a sufficienza, senza dare ai pettegoli altro di cui parlare».

«Non c'è bisogno che lo sappia nessuno».

«Da queste parti si viene a sapere sempre tutto. In più, sono convinta che se ha incrociato qualcuno per strada lo sapranno già fino a Badajoz. No, no, lasci perdere. La ringrazio davvero, ma no».

Durante i secondi in cui Gallardo la fissò senza sbattere le palpebre, Antonia fu avvolta da un alone di terrore che le ricordò il modo in cui la guardava Pavel, il domatore di orsi.

«Come vuole» disse lui alla fine. «Buonanotte».

«Buonanotte, tenente. E, di tutto cuore, grazie».

Grazie alla tenace opposizione di Antonia Monterroso, Martín Gallardo tornò ad Almendralejo senza sapere se sarebbe stato in grado di contenere l'impulso animale di cui si alimentava la bestia che portava dentro.

Quella bestia chiamata dipendenza.

Quando gli effetti della droga scomparvero del tutto e si rese conto di aver messo in una situazione compromettente la donna che secondo il suo giuramento avrebbe dovuto proteggere, Gallardo fermò Alarico, smontò da cavallo e si scagliò con i pugni contro il tronco dell'albero più vicino. Lo colpì come se fosse il suo stesso volto, finché il dolore non gli assalì le nocche costringendolo a smettere.

E non per questo motivo, bensì per sfogare l'odio che provava verso sé stesso, Martín Gallardo si lasciò cadere in ginocchio e urlò fino a sgolarsi.

Fino a liberarsi.

Capitolo trentatreesimo

Oppio e scudo

Strada sterrata a 9 chilometri da Zafra
Provincia di Badajoz
22 aprile 1917, ore 18.40

Prova qualcosa per lui, è un dato di fatto, ma non sa cosa. Lo definirebbe qualcosa di puro ma instabile, anche se potrebbe benissimo essere qualcosa di lascivo ma costante. In ogni caso, ormai poco importa. Nonostante tutto, è innegabile che Jacinto Padilla negli ultimi anni sia stato il suo compagno di viaggio, il suo fattore, il suo amante, il suo complice, ed è possibile che sia la persona che la conosce meglio di tutte. Persino meglio dell'uomo con il quale ha deciso di intraprendere una nuova vita. E vederlo ora immerso nel fango della confusione, incredulo, sconvolto dopo aver scoperto di essere stato manipolato fin dall'inizio, risveglia in lei un sentimento di pena che non le risulta per nulla piacevole gestire. Forse per questo ritiene che un buon modo di saldare il debito con lui sia mettere tutte le carte in tavola.

«Vieni, siediti con me. Parliamo».

Con una delicatezza quasi materna, Antonia lo aiuta ad alzarsi da terra e lo fa accomodare su una sedia di legno che sta per soccombere ai tarli. Davanti a loro, una brocca di vino e due bicchieri vuoti sono appoggiati su un tavolo. Dopo qualche istante di riflessione, Antonia inspira dal naso, si siede di fronte a Padilla e, mostrandosi civettuola, si infila dietro l'orecchio una ciocca fastidiosa che le copriva parzialmente il volto.

«Abbiamo pochissimo tempo» le ricorda Sebastián Costa.

«Lo so. Sarà una questione di minuti. Dimmi, Jacinto, cosa stai pensando?»

«Cosa sto pensando? È meglio che tu non lo sappia. Ma quello che voglio sapere è perché mi hai denunciato alla Guardia Civile» balbetta. «Io e te avevamo un piano».

«Era necessario. Quell'uomo, Pablo Berrocal, non si sarebbe fermato finché non mi avesse vista appesa per il collo per quello che abbiamo fatto a suo fratello, ed era solo...»

«Abbiamo?! Quel disgraziato l'hai ucciso tu! Io mi sono solo disfatto del cadavere!»

«Esatto, come ti ho detto, tu facevi una parte e io l'altra».

Indignato, Padilla esplode: «Io volevo solo aiutarti! Hai deciso tu di ammazzarlo perché sei una pazza assassi...»

Essendo ammanettato, Jacinto non può evitare lo schiaffo che per poco non lo fa cadere dalla sedia. Come un ruscello che sgorga spontaneo da una sorgente, un sottile filo di sangue comincia a fuoriuscirgli dal labbro e gli cola lungo il mento lasciandosi trasportare dalla gravità.

«Se alzi ancora la voce con me non esci vivo da questo capanno» lo avverte lei indurendo il tono. «Tutti quelli che sono finiti nel pozzo meritavano di morire. Sono venuti in molti, lo sai bene, e per la maggior parte se ne sono tornati da dove erano venuti perché erano brave persone. Uomini che rispettavano le donne, uomini che hanno rispettato me. Nessuno di quei bravi uomini ha mai corso alcun pericolo, per quanti soldi potesse avere in tasca. Tutti quelli che sono finiti nel pozzo mi consideravano solo un'ombra. Meritavano di morire» insiste.

«Anche i tuoi ex mariti meritavano di morire?» si azzarda a domandare Padilla.

«Soprattutto loro. Gregorio vedeva solo il mio aspetto fisico, non gli è mai interessato conoscermi per come sono dentro. Era umiliante. Io per lui non ero altro che l'ennesimo affare, un trofeo, una grande conquista con cui alimentare la sua scarsa autostima. E sì, ammetto che non mi trattava male, ma valeva più da morto che da vivo. In quanto a Domingo... per quel vecchio stronzo io ero solo un capo di bestiame con cui procreare. La sua scrofa migliore, questo ero. È durato fin troppo».

«E Clara? Cosa ti aveva fatto Clara per...»

«No!» lo interrompe minacciando di tirargli un altro ceffone. «Clara no, maledetto stupido! Clara si è suicidata per la storia del collegio. Non sopportava l'idea di non vedere più quel morto di fame di Jere. Io volevo solo farla studiare lontano da qui, in modo che avesse un'opportunità nella vita. Quando è morta sapevo che nessuno mi avrebbe creduto, quindi non ho avuto altra scelta che fingere che fosse in collegio a Santiago».

Jacinto Padilla non ha mai saputo distinguere quando Antonia gli mente a metà o gli mente del tutto, ma capisce benissimo quando gli dice la verità.

«La faccenda di Clara mi ha sconvolta» ammette lei. «Ti assicuro che, anche se all'inizio non sopportavo la sua presenza, avevo finito per... Comunque, non mi va di parlarne».

«Va bene».

«Come stavo per dirti prima, era solo questione di tempo prima che arrivassero a te attraverso il mercante di bestiame al quale hai venduto i cavalli. Dovevo scegliere: o tu o io, e insomma, sai bene chi scelgo di solito in questi casi».

«Sì, lo so che tra te e il resto del mondo vieni sempre prima tu. La verità è che alla fine, qualunque cosa accada e costi quel che costi, ottieni sempre quello che vuoi».

«Esattamente. Per esempio, dalla prima volta che le ho viste a Siviglia ho desiderato avere un'automobile, e ora zac!» fa schioccare le dita. «Eccola lì, parcheggiata fuori».

Antonia approfitta di quel momento di leggerezza per versare il vino nei due bicchieri. Vedendolo, Padilla fa una smorfia e indica la brocca.

«È così che vuoi farmi fuori? Anch'io me lo merito?»

Sostenendo il suo sguardo, lei afferra un bicchiere e lo beve in un sorso.

«Sei molto diffidente».

«Non è vero. Mi sono fidato di te e mi hai costretto a uccidere un uomo innocente facendomi credere che fosse quello stronzo che mi ha portato qui».

Il suddetto, che sorveglia l'esterno attraverso una finestrella con il vetro rotto, non interviene.

«Sixto Simón di innocente aveva ben poco, ma non abbiamo tempo per chiarire questa storia. E quello che chiami stronzo ti ha appena salvato la pelle, non dimenticartelo».

«Ma... perché lui? Lo conosci a malapena. E nemmeno lui ti conosce».

«Ti sbagli, mi conosce molto bene. Inoltre, mi ha recuperato la dentiera. Non immagini quanto mi sia mancata in questi giorni».

Padilla sospira e si morde l'interno delle guance.

«Finirai per farci ammazzare».

Antonia si stringe nelle spalle.

«Forse, chi lo sa. Ma lui è l'unico uomo che abbia mai conosciuto che posso considerare alla mia altezza. E mi rispetta».

«Anch'io ti ho sempre rispettato, Antonia. Sempre».

«Tu sei sempre stato innamorato di me; o meglio, di quello che ho in mezzo alle gambe. Abbiamo passato dei bei momenti insieme, sì, ma niente di più».

A Jacinto Padilla si inumidiscono gli occhi.

«Niente di più?! Ho rischiato tutto per stare con te. Tutto».

«Tutto cosa? Quando mai hai avuto qualcosa da perdere?»

«Avrei potuto avere una vita normale» riflette tra sé.

«Ti ricordo che sei stato tu a bussare alla mia porta, e non ti sei fermato finché non hai ottenuto quello che volevi. Te ne saresti potuto andare. Anzi, l'avevi fatto, ma poi sei tornato. E come se non bastasse volevi anche approfittare della situazione, ricordi?» aggiunge allungando una mano per percorrere con l'indice la cicatrice che Padilla ha sul volto. «Ti trovi in queste circostanze perché l'hai voluto tu».

«Antonia, ora dobbiamo andare!» insiste Costa alzando la voce.

«Finisco subito» risponde lei riempiendosi di nuovo il bicchiere.

«Cosa ne farete di me?» domanda Padilla.

«Tu cosa credi che dovremmo fare, mio caro?»

Antonia scoppia a ridere.

«Verrai con noi. Non ho intenzione di lasciarti qui perché ti prendano le guardie».

Padilla solleva le sopracciglia, stupito.

«Finché non sarai in salvo» chiarisce lei. «Poi le nostre strade si separeranno per sempre. Ti sta bene?»

Trascorre qualche istante prima che Padilla annuisca senza la minima convinzione.

«Allora brindiamo».

Jacinto Padilla afferra il bicchiere con entrambe le mani e se lo porta lentamente alla bocca. Quando sta per bere, Antonia gli dà una manata che gli fa cadere il bicchiere. Allarmato dal suono del vetro infranto contro il pavimento, Sebastián Costa la guarda con autentica ferocia.

«No» dice lei. «Così no».

«Ma tu... Tu hai bevuto!» esclama Padilla.

Antonia scuote la testa.

«Non capisci. Io sono immune alla stricnina. Sono anni che ne assumo piccole dosi ogni giorno. Anni. Bere dalla stessa bottiglia era l'unico modo per garantirmi la fiducia di quei miserabili. E questo è il prezzo che ho dovuto pagare» svela indicandosi la dentiera. «Oltre ai costanti dolori allo stomaco che già conosci. Tutto ciò che merita ha un costo».

«Eravamo d'accordo!» interviene Costa. «Sa troppe cose. Te l'ho portato perché mi hai detto che dovevi essere tu a farlo, ma se non ne sei capace ci penso io».

Costa estrae il revolver che porta dentro i pantaloni e appoggia la canna sul petto di Padilla. Quest'ultimo stringe forte le palpebre.

«No!» grida lei. «Ti supplico! Non farlo, per favore!»

«Sa troppe cose!» ripete Costa. «Non possiamo permettere che lo arrestino di nuovo».

«Per questo verrà con noi, e non appena saremo fuori pericolo ti giuro su quanto c'è di più sacro che non lo vedremo più. Per favore! Sai che glielo devo. Glielo dobbiamo».

«Io non devo niente a nessuno».

A nessuno sembra importare che Rosario abbia risolto in maniera così drastica il problema del signor Acevedo. Anzi, quando sono rientrati in casa dopo aver sentito gli spari e hanno trovato il caporale Aguado morto nel salotto, solo Lobito si è mostrato turbato e si è inginocchiato accanto a lui per sfilargli il mantello e usarlo per coprirlo. È come se la brutalità degli avvenimenti vissuti negli ultimi giorni li avesse disumanizzati; come se in modo collettivo e consensuale avessero normalizzato la bestialità che la violenza porta con sé.

Rosario ne è un chiaro esempio.

Senza mostrare alcuna emozione a parte l'amore materno per la creatura che tiene in braccio, cammina senza fretta verso l'uscita del casale con lo sguardo fisso davanti a sé, tracciando una linea retta fra il presente che vuole lasciarsi alle spalle e il futuro che spera di trovare. Purtroppo, incrocia una colonna composta da dodici guardie civili a cavallo che entrano nel casale in fila per due, condotte da un uomo con una folta barba bianca. Senza smontare, questi la osserva per qualche secondo e le indica il volto.

«Sta bene, signora? Ha il viso insanguinato».

Rosario, trasformata in una statua di sale, non risponde.

Il capitano Valenzuela lancia un'occhiata intorno al cortile.

«Cos'è successo qui?»

«Morti. Tanti» risponde lei.

«Morti, ha detto?»

«Lì» indica.

Seguendo la linea del suo braccio individua un carro su cui sono impilati diversi corpi.

«Santa madre di Dio. Smontate!» ordina prima di scendere da cavallo.

In quel momento compaiono due guardie civili con i fucili in spalla e si mettono sull'attenti di fronte al nuovo arrivato.

«Agente scelto Gutiérrez, signore!»

«Agente García, signore!»

«Capitano Valenzuela. Sto cercando il tenente Gallardo».

«Il tenente Gallardo e il sergente Pacheco sono partiti all'inseguimento di un sospetto che si è portato via il detenuto, signore» risponde Ginés García.

«Quale detenuto?»

«Jacinto Padilla, si chiama» interviene Guti.

«Potete spiegarmi che diavolo è successo qui e chi sono i deceduti?»

Le due guardie si scambiano un'occhiata. Gutiérrez prende l'iniziativa.

«Due colleghi e diversi civili ostili, capitano. Il tenente Gallardo ci ha ordinato di accompagnarlo per arrestare il proprietario di questo casale, Ramón Acevedo, e abbiamo incontrato una forte opposizione armata, di fronte alla quale non abbiamo avuto altra scelta che rispondere al fuoco».

«E dov'è questo Acevedo?»

«Se non è ancora morto, manca poco, signore».

«Anche lui?»

Gli sguardi degli agenti convergono su Rosario.

«Sono stata io» ammette lei. «Ha cercato di uccidermi».

«Santa Vergine. Cerchiamo di chiarire questa faccenda. Ora ditemi: in che direzione sono partiti il tenente Gallardo e il sergente Pacheco?»

«Li abbiamo visti andare di là» indica García. «Seguivano le tracce di un veicolo a motore sul quale è fuggito il sospettato».

«Un veicolo a motore?»

Leggermente sopraffatto, il capitano Valenzuela sospira e si volta verso il suo secondo, il tenente Núñez.

«Lei rimanga qui con cinque uomini e si occupi della situazione. Disarmi tutti, comprese le guardie, e li trasferisca alla caserma di Zafra. E quella donna la voglio in arresto finché non avrà rilasciato una dichiarazione. Gli altri, con me».

«Con me non deve preoccuparsi, tenente. Niente di quello che mi ha detto uscirà mai da questa bocca».

«La ringrazio».

«Così come non ho mai fatto commenti sul suo problema» aggiunge Darío Pacheco.

Martín Gallardo lo guarda con curiosità.

«I tremori alle mani e i sudori» completa Pacheco.

Intuitivamente, Gallardo stringe di più le redini come se volesse nasconderli.

«Risolverò tutto a breve».

«Con le pilloline magiche che le ha procurato il veterinario, giusto?»

«Laudano».

«Con tutto il rispetto, tenente, quello che sta prendendo è veleno».

«Lo so, ma è il veleno che mi serve per rimanere nel pieno delle mie facoltà, anche se temo di aver perso il flacone durante lo scontro».

«Accidenti. E ora?»

«È un problema mio, non si preoccupi troppo. Me la caverò».

Il sentiero disegna una curva stretta sulla destra, dove i segni degli pneumatici abbandonano il tracciato. Da quel punto, dopo aver risalito un lieve pendio, seguono un tratto che serpeggia in un boschetto di querce da sughero che nei loro oltre due secoli di esistenza non hanno visto passare molti umani.

«Mi permetta una domanda: cosa succederà se dovessimo trovare Costa?»

«Crede che non sarò in grado di affrontarlo?»

«Non dico questo, assolutamente, ma mi piacerebbe avere la certezza che... Insomma» taglia corto Pacheco.

«Saprò cosa fare, non ne dubiti. Il problema sarà un altro, se quello che sto pensando dovesse rivelarsi vero».

«La ascolto».

«Non riesco a capire perché si sia portato via Padilla. E a quanto mi ha raccontato Ramón Acevedo, Sebastián gli ha rubato dei documenti firmati con i quali Antonia Monterroso gli aveva venduto la tenuta. Oltre a un po' di denaro. Ma si è portato via anche la dentiera di quella donna».

«La dentiera avrà un valore».

«Sicuramente sì, ma forse non è per questo che l'ha presa».

«Ora non la seguo, tenente».

«Intendo che, se Acevedo diceva il vero e Sebas aveva organizzato tutto insieme ad Antonia, forse non dovremmo scartare la possibilità che sia ancora viva».

Darío Pacheco si raddrizza sul suo cavallo.

«Viva?! E di chi è il cadavere carbonizzato?»

«Un'esca. Qualcuno che le assomigliava. Per questo ha ordinato a Padilla di dare fuoco alla casa. Perché il corpo non fosse riconoscibile e lei potesse sparire per sempre. E per questo ha denunciato Padilla, perché venisse accusato lui degli omicidi, e lei avesse la possibilità di iniziare una nuova vita lontano da qui».

«La sua teoria è molto perversa».

«Perversa come Antonia Monterroso».

«Quello che non capisco è per quale motivo Costa volesse recuperare il titolo di proprietà della tenuta, se non intendono tornarci».

«Perché molto probabilmente avrà stipulato una polizza contro gli incendi per coprire il danno. Padilla mi ha raccontato che mentre era sposata con Gregorio Espinosa aveva scoperto il mondo delle truffe assicurative».

«Madre di Dio».

«E di tutti i santi. Solo così ha senso che Sebas non sia scappato verso Badajoz. Io credo che debba incontrarsi con lei».

«Sì, ma dove?»

«In una zona appartata dove Antonia possa essersi nascosta mentre Sebastián faceva la sua parte. Nel posto in cui ci condurranno quelle tracce» assicura Gallardo indicando il terreno. «Ormai non dev'essere molto lontano».

«Un posto come quello?» indica Pacheco sollevando il braccio.

Nel mezzo del boschetto, come un enorme fungo cresciuto per generazione spontanea, emerge un capanno. Immediatamente, senza bisogno di scambiare una parola, entrambi smontano e avanzano tenendo i cavalli per le redini. Il cinguettio degli uccelli è l'unico suono che rompe un silenzio premonitore, da domenica di funerale. A una ventina di metri di distanza, la cavalla di Pacheco nitrisce.

«Lasciamoli qui» sussurra Gallardo.

Un grosso ramo che si allunga verso l'esterno serve da ormeggio.

«Sembra abbandonata» sussurra Pacheco.

Il tenente aguzza la vista e indica la parte posteriore della Hispano-Suiza che sbuca da dietro il capanno.

«Esatto, sembra».

«Sembra che siano solo in due» informa Sebastián Costa affacciandosi con cautela a una delle finestrelle. «Te l'avevo detto, cazzo, te l'avevo detto». E aggiunge: «Uno è Gallardo».

Il nitrito di un cavallo li ha allertati quando stavano per lasciare il capanno.

Costa non ha avuto altra scelta che cedere alle suppliche di Antonia. Considera Padilla una zavorra di cui prima o poi dovranno liberarsi, ma ha dato la priorità al bisogno di andarsene da lì al più presto.

«Allora approfittane» gli suggerisce Antonia.

Lui la guarda di traverso.

«È un segugio. Se non lo fai, ce l'avremo alle costole per tutta la vita, finché un giorno non ci morderà. Toglilo di mezzo ora che ne hai la possibilità».

«È un mio commilitone».

«Ex commilitone. Lo è stato un tempo, ma oggi vuole solo catturarti, vivo o morto. Perché pensi che sia venuto fin qui? Sparagli prima che lo faccia lui. Dammi retta».

Sebastián Costa sa che ha ragione. Pochi meglio di lui conoscono l'uomo che è venuto a cercarlo. Il suo senso del dovere è al di sopra di tutto, e se è arrivato fin qui è perché ha un obiettivo concreto.

Uno scopo.

Uno scopo che comporta la sua fine.

Sebastián Costa si accomoda il calcio del fucile sulla spalla e appoggia la canna sul telaio della finestra senza farla sbucare all'esterno. È un bersaglio facile.

«Fallo, tesoro, e ci toglieremo di torno l'unico problema che ci rimane da risolvere».

Mentre ascolta le parole di Antonia vede che le due guardie civili avanzano raggiungendo l'ultima fila di alberi e prendono posizione accanto a due tronchi a una quindicina di metri di distanza. Martín Gallardo ha un fucile a ripetizione manuale e quello che lo accompagna estrae l'arma regolamentare, evidenziando le loro intenzioni.

«Spara una buona volta!»

Vincere la resistenza del grilletto non gli risulta facile. I ricordi comuni, i momenti condivisi e le gesta compiute congiurano per ostacolare un compito che per lui è un mero atto meccanico.

Ma deve farlo.

Sebastián Costa prende la mira.

Sebastián Costa spara.

Sebastián Costa colpisce nel segno.

Colpisce nel segno pensando di trovarsi in una situazione molto pericolosa, ma quando risuona lo sparo ormai è troppo tardi.

Martín Gallardo vede il suo compagno fare due passi indietro e cadere su un fianco. L'urlo, affogato dal dolore, non gli esce dalla bocca. Dopo aver tolto con destrezza la sicura per caricare il Winchester, il tenente spara due volte contro ogni finestra e corre ad assistere Pacheco, che si contorce a terra. Poi lo afferra per i piedi e lo trascina dietro un rialzo del terreno, fuori dalla portata della linea di fuoco.

«Dove l'ha colpita?!»

Il sergente stringe i denti e si porta la mano alla spalla sinistra. Gallardo gli apre la casacca e vede che la pallottola è entrata appena sotto la clavicola ed è uscita dalla schiena.

«È un tiro pulito, tranquillo. Faccia pressione sulla ferita».

«Martín, mi senti?!»

Immediatamente riconosce la voce di Sebastián Costa, che proviene da dentro il capanno.

«Prendi il tuo collega e tornatevene da dove siete venuti!»

«Mannaggia a te, Sebas, che tu sia maledetto!» risponde iracondo.

«Lo sai che se solo avessi voluto, quel sergente sarebbe morto! Oppure tu!»

«Maledetto! Ma che cazzo ti è successo?!»

«Al casale di Acevedo ti ho salvato la vita!» si difende l'altro. «E sai che non è la prima volta!»

«Che cazzo ti è successo, Sebas?!» insiste Gallardo.

«Ho attraversato la linea invisibile, e non si può tornare indietro!»

«Linea invisibile di merda» ripete Pacheco facendo smorfie di dolore. «Entri e gli spari anche da parte mia, tenente. Mi faccia questo favore».

«Lei resisterà?»

«Che cazzo posso fare altrimenti».

Una fitta allo stomaco gli ricorda che la fame è ancora lì, e non ha bisogno di guardarsi le mani per sapere che i tremori sono già comparsi. Consapevole che il tempo è suo nemico, si affaccia con l'intenzione di studiare il modo migliore per avvicinarsi al capanno, ma la terra sollevata dallo sparo gli arriva in faccia costringendolo ad arretrare.

«Secondo avvertimento!» sente che urla Costa. «Non ce ne sarà un terzo!»

«Maledizione, cazzo!»

«Cazzo, cazzo, cazzo» recita Padilla battendo ripetutamente la nuca contro la parete. È strisciato fino a lì fuggendo dalle pallottole che sono entrate dalle finestre e hanno attraversato l'interno del capanno senza trovare, per fortuna, nessun ospite umano in cui conficcarsi.

Non è ancora riuscito a elaborare tutto ciò che è successo. Non capisce come da un lato Antonia l'abbia manipolato, ingannato e usato come un semplice capro espiatorio, ma dall'altro abbia voluto evitare che Costa lo ammazzasse a sangue freddo. Forse sarebbe stata la cosa migliore, ma l'unico fatto certo è che ancora una volta è scampato alla morte e, dentro di sé, è contento almeno per questo.

Per questo Antonia voleva che Sebastián Costa lo ammazzasse quando ne ha avuto l'opportunità. Adesso la situazione è cambiata e la scelta migliore, l'unica, è parcheggiata sul retro del capanno.

«Dobbiamo andarcene!» gli grida. «Tutto quello che ci serve è in quel trabiccolo là fuori».

«Da qui posso tenerlo sotto tiro. Tu esci ad accendere il motore» risponde Costa senza smettere di puntare verso l'esterno.

«Accendere il motore? E come si fa?»

«Nella parte frontale c'è una manovella. Devi afferrarla da sopra con entrambe le mani e girarla con forza. Stai attenta al contraccolpo o ti farai male al polso. Se non ci riesci al primo tentativo, riprovaci dalla posizione iniziale».

Antonia si avvicina e gli poggia le labbra sulla barba folta.

«Avresti dovuto farlo fuori» gli sussurra.

«E tu avresti dovuto far fuori quello là».

Antonia si volta verso Padilla e trova due occhi vuoti, inermi, ma allo stesso tempo carichi di ricordi indelebili.

«Ti aspettiamo fuori, tesoro» lo saluta.

Passando accanto a Padilla lo afferra per le manette e tira per farlo alzare.

«Muoviti o ti lasciamo qui. Usciamo da quella parte» dice indicando le finestre sul retro.

Senza poter usare liberamente le mani, Jacinto Padilla riesce a uscire con l'aiuto di Antonia, che lo segue fino al veicolo.

«Sali dietro».

Padilla obbedisce mentre lei individua la manovella di accensione. Non riesce a mettere in moto il veicolo al primo colpo. Al tentativo seguente, il motore ruggisce facendo vibrare la carrozzeria.

«Muoviti, per l'amor del cielo...» mormora lei.

Lei non è l'unica preoccupazione di Sebastián Costa quando sente che è riuscita a mettere in moto la Hispano-Suiza. Tuttavia, cancella quei pensieri e abbandona la posizione sapendo di avere solo pochi secondi di vantaggio prima che Martín si accorga della loro mossa. Corre verso la finestra, getta fuori il fucile e lo raccoglie dopo essere uscito.

«Corri!» lo incita Antonia.

Costa salta dentro, mette il cambio in posizione di marcia e schiaccia il pedale dell'acceleratore senza guardarsi alle spalle.

«Corri, corri, corri!»

Corre verso il capanno senza prendere alcuna precauzione. Non appena ha sentito il motore e ha visto che la canna del fucile di Sebastián Costa è sparita, ha fatto due più due.

Qualche passo prima di arrivare alla porta si ferma per confermare attraverso la finestra quello che già sa: dentro non c'è nulla tranne aria e penombra. Riprende immediatamente la corsa facendo il giro del capanno, ed è allora che vede allontanarsi il veicolo con i suoi tre occupanti.

«Ma porca di quella puttana!» urla infuriato mentre si guarda attorno.

Un promontorio di roccia argillosa che si innalza di un paio di metri accanto alla strada attira la sua attenzione. Senza pensarci due volte lo raggiunge, lo risale e si getta a terra per acquisire una posizione ottimale per sparare. La Hispano-Suiza è a un centinaio di metri, e ne mancano altrettanti prima che sparisca dietro la curva successiva. Mentre solleva il sostegno pieghevole del mirino si rende conto di quanto gli tremino i polsi, instabilità cui si somma la sua respirazione agitata. Non avendo il tempo di controllare né evitare alcuna di queste cose, calcola la traiettoria della pallottola per colpire da quella distanza un bersaglio in movimento.

E quel bersaglio altro non è che la nuca di Sebastián Costa.

Tenendo l'indice sul grilletto, si sistema meglio il calcio in noce contro la spalla e inspira dal naso. Con suo grande sconforto, non riesce a tenere ferma la mira, ma gli basta un solo colpo ben piazzato. Tuttavia, gli rimangono a disposizione solo pochi secondi prima che escano dalla sua portata, quindi ne impiega un paio nel tentativo di ottenere una stabilità impossibile.

Quando mancano dieci metri perché il suo obiettivo arrivi alla curva, preme il grilletto.

In lontananza, Gallardo vede che Sebastián Costa si volta improvvisamente verso sinistra sentendo passare il proiettile accanto alla sua testa. Non appena la Hispano-Suiza scompare dal suo campo visivo, si rialza, urla in quella direzione e, frustrato, lancia il fucile più lontano che può. Poi si guarda le mani, tremanti, deboli, difettose, e le strofina come se volesse castigarle per l'errore, come se cercasse di risvegliarle dall'incantesimo che le possiede, dal male di cui non riesce a liberarsi. Il tenente ci mette un po' di tempo a digerire la frustrazione, ma poi si ricorda che il suo compagno è ferito e ha bisogno di aiuto. Mentre scende dal promontorio gli sembra di sentire in lontananza il suono di uno sparo, ma è il galoppare frenetico di alcuni cavalli in avvicinamento ad attirare la sua attenzione.

Fra le querce da sughero riconosce il capitano Valenzuela, forse la persona con cui si è scontrato di più da quando ha iniziato a lavorare al comando di Almendralejo.

«Tenente Gallardo» lo saluta questi, arcigno, quando lo raggiunge. «È in arresto».

Il tenente tarda a reagire.

«Con che accuse?»

«Le accuse gliele esporrà il comandante Recio non appena si presenterà di fronte a lui».

«Capisco. Le persone che dovete fermare sono fuggite in quella direzione».

«Non mi compete. Ho ricevuto ordine di trovarla e portarla dal suo superiore».

«Non opporrò resistenza. Là» indica muovendo un braccio «c'è un collega ferito che ha bisogno di soccorso immediato».

«L'abbiamo visto e ce ne stiamo già occupando. Per favore, mi consegni la sua arma».

Senza abbassare lo sguardo, Martín Gallardo afferra il revolver e lo consegna porgendo il calcio. Il capitano Valenzuela fa un cenno a due dei suoi uomini.

«Prendete in carico il detenuto» ordina. «Senza dilungarmi troppo, voglio dirle che lei è una vera e propria vergogna per tutto il corpo».

Il corpo di Jacinto Padilla viene proiettato in avanti quando Sebastián Costa arresta bruscamente il veicolo.

Antonia Monterroso, ancora a bocca aperta, ripensa incredula a quanto è accaduto da quando una pallottola ha colpito la carrozzeria della Hispano-Suiza.

«Quel bastardo voleva ammazzarti!» ha urlato spaventata.

«Era suo dovere» l'ha giustificato Costa, stranamente calmo.

«E il tuo era ammazzarlo nel preciso istante in cui ne hai avuto l'opportunità! Quel maledetto tenente non smetterà mai di darci la caccia».

«Ha ragione» è intervenuto Padilla. «Lo conosco bene, e non lascerà che...»

Non ha finito la frase.

Con lo sguardo, Antonia ha seguito il rapido movimento di Sebastián Costa che si è girato con un'arma in mano, e l'immagine successiva che si è stampata sulle sue retine è stata la fronte di Jacinto Padilla che esplodeva.

E ora, ancora sconvolta, incapace di reagire, assiste al momento in cui Costa scende dal veicolo, afferra il cadavere del fattore per il colletto e lo getta a terra come uno straccio.

Come la marionetta senza fili che è sempre stato.

Di nuovo al volante, Sebastián Costa si rimette in marcia. Timorosa, Antonia lo guarda. Sul suo volto non trova altro che ermetismo basato sulla sua idiosincrasia; e come se volesse spogliarsi della paura che la attanaglia, scuote la testa.

«Ma... perché?» riesce a dire.

«Mi avevi giurato su quanto c'è di più sacro che non appena fossimo stati fuori pericolo non l'avremmo più visto. E ormai siamo fuori pericolo».

Non fa freddo, ma Antonia sente che qualcosa si congela dentro di lei.

«Non lo vedremo più, quel disgraziato» conclude Costa.

La strada attraversa la pianura estremadurana, e agli occhi di Antonia quel paesaggio insignificante che tanto desiderava lasciarsi alle spalle ora sembra casa sua. Sulla sinistra, il sole ha iniziato il suo periplo quotidiano verso il tramonto. Il rosso che colora le nuvole e l'inarrestabile fatalità implicita nel calar della sera le fa tornare in mente le parole di Jacinto Padilla: «Finirai per farci ammazzare».

La dolorosa certezza di vedersi nuovamente intrappolata nella propria ragnatela si scioglie in silenzio attraverso i suoi dotti lacrimali, e all'improvviso tutto intorno a lei perde i contorni, tutto si sfuma, si snatura.

«Non piangere. A quest'ora dovresti già averlo capito» le dice Costa.

Antonia si asciuga le guance con il dorso della mano, ma non osa guardarlo.

«Cosa dovrei aver capito?»

«Che se si fa terra bruciata poi niente germoglia».

Germoglia nella sua testa, quell'idea, non appena passa accanto allo stemma della Guardia Civile in caserma. Il seme, piantato quando si è assunto le sue responsabilità nella concatenazione di disgrazie accadute da quando ha lasciato Almendralejo, ha messo radici robuste durante il viaggio di ritorno a Zafra. Ma è fiorito solo quando ha visto lo stemma e l'ha collegato con i valori che porta con sé.

Nel cortile sono schierate le guardie della caserma che sono sopravvissute. Sui loro volti si riflette sia la stanchezza fisica sia lo sfinimento psicologico, ma tutti si sforzano di non darlo a vedere. Quando passa il tenente Gallardo accompagnato dai rinforzi inviati dal comando, Pedro Lobato si mette sull'attenti e fa il saluto, atteggiamento che contagia immediatamente i suoi tre compagni. Gallardo si ferma, annuisce e restituisce il gesto, senza nascondere il tremore che ormai si è impadronito delle sue estremità superiori.

Esce a riceverlo il tenente Núñez, con il quale ha un rapporto più che cordiale. Dopo essersi fermato di fronte a lui, si rivolge alle due guardie che lo sorvegliano.

«Potete andare».

Una volta che si sono allontanate, Núñez scuote la testa e sospira.

«Ti sei cacciato in un bel guaio, Martín».

«Non c'è dubbio. Hai notizie di Pacheco?»

«È in ospedale. Dovranno operarlo, ma si riprenderà».

«Ottimo».

«Valenzuela ci ha ordinato di passare qui la notte, ma domattina all'alba partirete per Almendralejo, dove il comandante Recio ti aspetta a braccia aperte».

«Immagino».

«Io resterò qui per un po', finché non si calmeranno gli animi. Ho interrogato quei quattro e devo dirti che tutti, con più o meno entusiasmo, ti hanno difeso».

«Si sono limitati a eseguire i miei ordini, non hanno colpe».

«Hanno anche confermato la versione della ragazza».

Martín aggrotta le sopracciglia.

«Quale ragazza?»

«Quella col bambino piccolo. Ah, non lo sai?»

«No».

«Ha ammazzato con un colpo d'ascia il padrone del casale, quell'Acevedo. A quanto pare è stata legittima difesa. Quel tizio era un vero bastardo, credo che nessuno sporgerà denuncia contro di lei, quindi l'abbiamo lasciata andare».

«Quanto tempo fa?»

«Una mezz'ora».

«Dov'è Valenzuela?»

«Sta parlando con la moglie di una delle vittime dello scontro. Un certo Espinosa. Sembra decisa a non permettere che la sua morte rimanga impunita».

«Espinosa si è trovato nel posto sbagliato per sua scelta».

«Vallo a spiegare a lei. Pare che la famiglia sia piena di grana, e quella donna vuole che rotoli qualche testa».

«Ha sporto denuncia contro di me?»

«No, e può darsi che con le loro dichiarazioni» indica gli agenti con lo sguardo «e quella di Pacheco a tuo favore tu non finisca nemmeno in prigione, ma è più che probabile che ti espellano dal corpo».

Gallardo fa schioccare la lingua.

«Non succederà nemmeno questo, perché presenterò prima le mie dimissioni. Come civile, senza denunce a carico, sai bene che non mi possono portare a forza al comando».

«Al comandante Recio non piacerà affatto».

«Fanculo a Recio» risponde. E aggiunge: «Anzi, sempre che Valenzuela non si opponga e insista per portarmi di fronte a Recio – e per farlo dovrà passare sul mio cadavere – domani non tornerò ad Almendralejo».

«Dai, non complicare le cose ancora di più».

«La decisione è presa e non cambierò idea».

«Accidenti a te, Martín».

«Ormai mi conosci. Se mi accompagni in un ufficio, puoi aiutarmi a firmare le dimissioni» gli chiede mostrandogli le mani, «poi le consegno a Valenzuela e non mi vedrete più».

«Sempre nel caso che il giudice non ci ordini di arrestarti fra qualche giorno».

«In quel caso, sì».

Núñez alza gli occhi al cielo e scuote la testa.

«Va bene, ma lascia che parli prima io con Valenzuela. In fondo è un uomo ragionevole, e l'unico codice che conosce è quello dell'onore. Questo potrebbe giocare a tuo favore».

«Ti ringrazio».

Il tenente Núñez annuisce a lungo.

«Accidenti a te, Martín».

Martín Gallardo gli dà una pacca sulla spalla.

«Questo l'hai già detto».

La chiacchierata con il capitano Valenzuela dura poco più di un'ora. Núñez gli ha spianato una strada che altrimenti sarebbe stata molto impervia, e il capitano Valenzuela gli ha posto come unica condizione la sua parola d'onore che, se il giudice Díaz dovesse richiederlo, lui si presenterebbe per rilasciare le sue dichiarazioni. Gallardo ha acconsentito e ora, senza bisogno di ulteriori saluti, si dirige verso le stalle per recuperare Alarico, il quale, vedendolo, lo accoglie sollevandosi sulle zampe posteriori con un nitrito allegro.

«Finalmente possiamo andarcene, amico mio».

Qualche minuto dopo si presenta a casa della zia Menchu, dove lo tranquillizza vedere una luce accesa. Solo quando sta per bussare si accorge che il tremore alle mani è aumentato e il sudore freddo che gli inzuppa la fronte non è dovuto al nervosismo che prova.

«Ma porca di quella puttana» mormora dopo aver bussato alla porta e aver nascosto le mani dietro la schiena.

Malgrado i suoi lineamenti siano scolpiti dal dolore, Martín Gallardo la vede ancora bella come la prima volta che l'ha incontrata, nella pensione.

«Mi dispiace molto per quello che ti è successo al casale con quel pezzo di merda» comincia Gallardo. «E ti chiedo scusa per tutto quello che hai dovuto passare. Davvero».

«Sì, be'. Perlomeno siamo ancora vivi».

Il tenente della Guardia Civile non sa come rispondere. Forse è proprio quello il punto: vivere.

«Aspetta un attimo, ce l'ho qui» prosegue lei.

Gallardo, stupito, attende il ritorno di Rosario. Lei si ripresenta tenendo fra due dita il flacone con le capsule di laudano.

«L'ho trovato per terra accanto all'olivo».

L'imperiosa necessità di placare la sua fame lo spinge a prenderlo immediatamente e a tentare di aprirlo, ma di fronte alla sua incapacità di svitare il tappo interviene Rosario, che lo apre e gli infila una capsula in bocca.

«Ancora una, per favore» le chiede lui.

Lei esegue, poi gli mette il flacone nella tasca dei pantaloni.

«Grazie, grazie mille, ma non è per questo che sono venuto».

Ora è Rosario a mostrarsi sorpresa.

«No?»

«Te l'avevo detto che sarei venuto a cercarti».

«L'avevi detto, sì. Quello che ancora non so è che cosa vuoi da me».

«Non voglio niente. Solo te».

«Ho un bambino di cui prendermi cura».

«Ti aiuterò io».

«Non ho un posto dove andare».

«Il luogo non è importante».

«E niente da offrire».

«Questo non è vero. Hai molto da offrire».

Rosario fa un passo indietro e si acciglia.

«Non faccio più quelle cose».

«Non mi riferisco al tuo corpo» le dice indicandole la testa, movimento di cui approfitta per infilare le dita tra i suoi capelli.

Rosario socchiude gli occhi e lo lascia fare.

«Sarai chi vorrai essere» continua lui, «ma in ogni caso lontano da qui».

«Almendralejo non è così lontana».

«Non sono più vincolato alla Guardia Civile. Ho appena rinunciato al mio incarico».

«Ah sì? E cosa significa?»

Martín Gallardo accorcia la distanza fra loro senza interrompere il contatto fisico.

«Significa che partiamo tutti e due dallo stesso punto. Be', no, io parto da più indietro, perché devo ripulirmi dentro».

«E fuori. Puzzi peggio del tuo cavallo».

Rosario gli sorride, e in quel cenno lui trova il segnale che aspettava per attirare le labbra della ragazza contro le sue.

«Non così in fretta» lo frena lei. «Prima di tutto, acqua e sapone».

Gallardo sospira e annuisce.

«Vado a portare Alarico sul retro».

«Un'altra cosa» gli dice sollevando l'indice. «Tu mi ami?»

Lui si strofina le mani, agitato.

«Non sono sicuro di sapere cosa voglia dire amare, ma so che ti desidero e sono del tutto sicuro di avere bisogno di te. Come vedi, ho un grosso problema con la dipendenza».

«Capisco, quindi vorresti trasformarmi nel tuo nuovo oppio».

«Potremmo dire così, sì».

Rosario gli accarezza la guancia con la punta delle dita.

«Molto bene, accetto di essere il tuo oppio, a patto che tu sia il mio scudo».

«Tu il mio oppio, io il tuo scudo» ripete lui assorto.

«Io il tuo oppio, tu il mio scudo. Promettimelo».

«Oppio e scudo» conferma lui.

Nota dell'autore

Cara lettrice, caro lettore, ora vorrei concedermi la licenza di presentarti la donna che un giorno non precisato dell'anno 2020 ha ispirato il romanzo che hai appena letto. E lo faccio nella speranza che, conoscendola a fondo, tu riesca a comprendere per quale motivo mi abbia assalito l'ossessione di raccontare la sua storia, anche se, ovviamente, l'ho torturata a modo mio: a colpi di tastiera finché non mi ha confessato tutto quello che avevo in testa.

Cominciamo.

Brynhild Paulsdatter Størseth nacque vicino a Trondheim, in Norvegia, l'11 novembre 1859. Era l'ultima degli otto figli di una coppia di contadini con più bocche da sfamare che possibilità economiche. Tanto che alcuni membri della famiglia non ebbero altra scelta che entrare a far parte di un circo itinerante che percorreva la penisola scandinava durante il periodo estivo, e nel quale la piccola Brynhild lavorava come acrobata e contorsionista. Della sua infanzia e adolescenza si sa ben poco al di là dell'incidente che, come tutto sembra indicare, le cambiò la vita. A diciotto anni rimase incinta di un uomo la cui identità non volle mai svelare, e durante la gravidanza parte-

cipò a una festa locale dove, secondo la sua testimonianza, un uomo cercò di violentarla. Quando si oppose, ricevette svariati calci al ventre che le fecero perdere il feto. La sua famiglia denunciò il fatto alle autorità, ma l'aggressore apparteneva a una famiglia danarosa e restò impunito. Le malelingue erano certe che a provocare quella disgrazia fosse stato proprio il padre della creatura, il quale, per intervento divino o forse umano, morì poco dopo, apparentemente per un cancro allo stomaco. Diverse persone appartenenti alla cerchia stretta di Brynhild assicurarono che dopo quell'esperienza traumatica il suo carattere si incupì e non tornò mai a vedere gli uomini sotto la stessa luce. Motivata da quanto accaduto, decise di costruirsi un futuro diverso da quello che era condannata a vivere in Norvegia. Così si lasciò sedurre dalle infinite possibilità offerte dal Nuovo Mondo e, dopo aver risparmiato per quattro anni lavorando nei campi, emigrò negli Stati Uniti, dove viveva già una delle sue sorelle. Una volta lì cambiò nome in Belle, e inizialmente prese residenza a Chicago, città nella quale seppe integrarsi all'interno della nutrita comunità scandinava. Ben presto conobbe quello che sarebbe diventato il suo primo marito, Mads Anton Sørensen, un imprenditore di origine svedese con cui aprì un negozio di dolci. La coppia, che non poteva avere figli, adottò tre bambine – Jennie, Myrtle e Lucy –, ma l'attività non forniva loro ingressi sufficienti per mantenere la famiglia e non tardarono a presentarsi le prime difficoltà economiche. Per *fortuna*, qualche settimana prima che scadesse l'assicurazione, nel negozio di dolci si scatenò un incendio per il quale i Sørensen ottennero un buon rimborso, somma che investirono in altre attività che in un modo o nell'altro finirono sempre in pasto alle fiamme.
Correva l'anno 1900 e da quasi dieci anni la coppia si era trasferita con le figlie ad Austin, in Texas, dove vivevano senza troppi problemi, ma anche senza troppi agi. Di certo non quelli

di cui aspirava a godere Belle. Tutto cambiò quando suo marito morì improvvisamente per via di un arresto cardiorespiratorio. Quella disgrazia si trasformò in una fortuna per la vedova quando si scoprì che solo tre mesi prima aveva sottoscritto una succulenta polizza sulla vita. Un primo esame medico indicò un possibile avvelenamento da stricnina; tuttavia Belle si accertò che il cadavere venisse cremato immediatamente, come da ultime volontà del marito, impedendo così che si potesse realizzare l'autopsia richiesta dalla famiglia di lui. Quello stesso giorno la vedova si presentò alla compagnia assicurativa per incassare gli 8500 dollari che le spettavano, e che oggi equivarrebbero a più di 255.000. Poco dopo fece le valigie e si trasferì con le tre figlie a La Porte, in Indiana, dove acquistò una tenuta che comprendeva anche un piccolo allevamento di maiali.

Due anni più tardi Belle sposò Peter Gunness, un compatriota che si dedicava al commercio di carne e che aveva due figlie frutto di una relazione precedente. Un solo mese dopo le nozze, la più piccola morì a causa di una forte colite – sintomo molto simile a quelli prodotti dalla stricnina – e a dicembre dello stesso anno Peter ebbe un incidente fatale: gli cadde addosso un pesante macchinario per triturare la carne, spaccandogli il cranio.

In seguito alla sua morte, Belle dovette affrontare due problemi non trascurabili. Il primo era rappresentato da Jennie, la maggiore delle sue figlie adottive, che diffuse tra le sue amicizie e i vicini la notizia di aver visto la madre uccidere il patrigno. Tuttavia, quando il giudice chiamò la ragazzina a testimoniare, lei ritrattò e Belle non venne accusata di nulla. Poco più tardi, Jennie scomparve senza salutare nessuno e sua madre disse di averla mandata in un collegio luterano a San Francisco. La seconda faccenda da risolvere riguardava l'assicurazione sulla vita. Appena dopo il funerale di Peter, il fratello di quest'ultimo si portò via l'unica nipote che gli restava, senza il permesso

di Belle, e secondo il contratto firmato con la compagnia assicurativa l'indennizzo spettava proprio alla bambina, in quanto erede diretta del defunto. Tuttavia, con grande sorpresa di tutta la comunità, Belle svelò di essere segretamente incinta di diversi mesi, e in effetti qualche tempo più tardi ricomparve per presentare in società Richard, un bambino che di neonato aveva ben poco. Essendo l'unico figlio *naturale* della coppia, diventò legittimamente il primo beneficiario della polizza; in questo modo sua madre incassò altri 5300 dollari.
Gli anni trascorsero senza ulteriori scossoni finché nell'aprile del 1906 non decise di assumere come fattore della sua tenuta Ray Lamphere, un uomo molto conosciuto nella zona per aver sedotto svariate giovani con le quali non arrivava mai a formalizzare nessuna relazione. Ben presto diventò l'amante della sua padrona, della quale anni dopo disse che l'aveva incantato con le sue arti amatorie, trasformandolo in una marionetta alla mercé della sua volontà.
Nel frattempo, l'ancora mediocre tenore di vita di Belle, decisa a raggiungere uno status sociale che non era il suo, la portò a ideare un metodo con cui ottenere un flusso di entrate rapido e succulento. Per diverse settimane si recò nelle sedi di vari quotidiani locali sui quali fece pubblicare il seguente annuncio: «Vedova ricca, attraente, giovane, proprietaria di una tenuta di grandi dimensioni, desidera entrare in contatto con gentiluomo benestante dai gusti colti. Obiettivo: matrimonio». Nel corso di successivi scambi per corrispondenza, Belle spiegava che, per evitare possibili truffatori che volevano solo impadronirsi dei suoi beni, il pretendente doveva dimostrare le proprie possibilità economiche portando almeno cinquemila dollari in contanti alla prima visita. In più, chiedeva discrezione assoluta per evitare pettegolezzi che avrebbero potuto pregiudicare la futura relazione. Quello stratagemma, lungi dall'apparire ridicolo, attirò l'attenzione di decine di uomini, che si recarono

alla tenuta con diverse intenzioni. Belle, ossessionata dall'idea di fare bella impressione sui candidati, si impegnò a recuperare la sua figura attraente di un tempo e cominciò a fare esercizio fisico in maniera compulsiva riuscendo a perdere, secondo la testimonianza di Lamphere, più di trenta chili. Allo stesso proposito si fece costruire una sfarzosa dentiera d'oro e porcellana nella quale investì un'autentica fortuna.

Le prime denunce comparvero nel corso del 1907 da parte di familiari di persone scomparse che erano a conoscenza delle tresche fra i loro cari e la vedova Gunness; e sebbene le autorità fossero intervenute diverse volte, nessuna indagine arrivò mai a dimostrare che Belle fosse coinvolta in qualche modo.

La svolta arrivò a febbraio dell'anno successivo, quando Belle licenziò Ray Lamphere a causa dei continui scontri che aveva con lui, roso dalla gelosia. Il fattore, per parte sua, si dedicò a raccontare a chiunque avesse voglia di ascoltarlo che Belle aveva assassinato più di trenta dei pretendenti che erano andati a conoscerla, ma nessuno gli diede ascolto per via del suo passato disseminato di episodi legati all'alcol, e anche perché quell'accusa sembrava folle.

Il 27 aprile 1908, un giorno prima che la sua tenuta fosse divorata dalle fiamme, Belle Gunness chiamò il suo avvocato per fare testamento, dicendo che Ray Lamphere l'aveva minacciata di dare fuoco alla proprietà con dentro lei e i suoi tre figli. Quando i vicini riuscirono infine a soffocare l'incendio, nell'abitazione vennero trovati i corpi carbonizzati di tre minori e una donna decapitata, insieme a una dentiera d'oro, perciò si arrivò subito alla conclusione che il fattore avesse tenuto fede alla sua minaccia. Durante la ricognizione sul posto vennero però rinvenuti altri resti umani. Per la maggior parte appartenevano a individui squartati e sepolti dentro borsoni, altri furono trovati nelle mangiatoie dei maiali. Alcuni, i più recenti, poterono essere identificati da conoscenti e vicini – fu il caso di Jennie, che in teoria doveva essere stata mandata a studiare a San Francisco –, ma considerate le scarse conoscenze in materia che si avevano all'epoca, molti furono interrati in una fossa comune. In totale furono raccolti i resti di quarantadue persone diverse, ma non si scartò la possibilità che esistessero altre vittime.

Ray Lamphere venne subito arrestato e accusato di aver provocato l'incendio che aveva messo fine alla vita di Belle Gunness e dei suoi figli. Durante il processo ammise di essere stato al corrente di quel che avveniva nella tenuta, ma negò di aver partecipato agli omicidi commessi dalla sua amante e di aver scatenato l'incendio. Nonostante questo fu condannato a ventun anni di prigione, ma soltanto un anno dopo morì di tubercolosi, convinto che Belle fosse ancora viva.

Poiché l'opinione pubblica era decisa a scoprire la verità sul caso che aveva spaventato tutto il paese, Asle Helgelien, fratello di una delle vittime, riuscì a raccogliere una moltitudine di testimonianze secondo le quali il corpo attribuito a Belle Gunness apparteneva in realtà a una donna di un paese vicino, che era stata vista in compagnia della vedova due giorni prima che scoppiasse l'incendio. Grazie alle insistenze di Helgelien, venne praticata un'autopsia sui cadaveri ritrovati in casa, e il risultato svelò che tutti erano morti per avvelenamento da stricnina prima di essere consumati dalle fiamme. Tuttavia, per il giudice la testimonianza che risultò determinante e conclusiva fu quella del dentista della famiglia, il quale certificò che la dentiera trovata accanto al cadavere della donna decapitata era proprio quella che lui aveva costruito per Belle Gunness.

Caso chiuso.

Negli anni successivi furono decine le persone che assicurarono di aver riconosciuto Belle Gunness in diversi luoghi del paese, alimentando la leggenda secondo la quale la vedova era riuscita a farla franca tenendosi il suo patrimonio, stimato in oltre 250.000 dollari, che oggi equivarrebbero a quasi sette milioni.

Io credo che sia così.
E tale convinzione è stata la scintilla che mi ha fatto produrre questo romanzo. Ma ha avuto la sua parte anche la testimonianza di Joe Maxton, l'uomo che sostituì Ray Lamphere come fattore della tenuta, che il giudice non interpellò durante il processo con l'evidente intenzione di chiudere il caso il più rapidamente possibile. Maxton dichiarò che da quando era stato assunto, a febbraio del 1908, aveva incrociato svariate volte un tizio dall'abbigliamento sinistro che faceva spesso visita alla sua padrona. Un uomo senza nome che, qualche ora prima che venisse scoperto l'incendio che distrusse tutto, il fattore aveva visto salire insieme a Belle su un veicolo a motore guidato da lui stesso.
La descrizione che Maxton fece di quel misterioso individuo fu la seguente: un volto dai lineamenti squadrati, con una folta barba incerata e occhi neri come la notte.

Indice